鲁迅著译编年全集

王世家
止庵 编

人民出版社

鲁迅著译编年全集

拾陆

目　　录

一九三四　甲

一月

六月

一九三四 甲

一月

一日

日记 晴。午后访以俅未遇,因往来青阁,购得景宋本《方言》一本,《方言疏证》一部四本,《元遗山集》一部十六本,共泉十八元。回寓后即寄以俅信。下午诗荃来并赠水仙花四束,留之夜饭。夜半濯足。

致 梁以俅

以俅先生:

昨晚因有事,迟去了一点,先生已来过,真是抱歉之至。

今日下午往蔡宅,和管门人说不清楚,只得废然而返。

如先生尚留沪,希于四日午后两点钟仍至原处书店,我当自二点至三点止,在那里相候。

此上,即颂

时绥。

迅 启 一月一日

二日

日记 晴。下午寄三弟信。

三日

日记 晴。午后寄谷天信。理发。蕴如为从中国书店买得《诗经世本古义》一部十六本,《南菁札记》一部六本,共泉五元。

四日

　日记　昙。午后往内山书店买『ジョイス中心の文学運動』一本,二元五角。得聚仁,增田,福冈,良友公司贺年片。得王熙之信。得雾城附木刻一幅信,即复。得葛琴信。晚宜宾来。

五日

　日记　昙。午后寄姚克信。下午达夫来。

致 姚 克

Y 先生:

　　梁君到后,约我两次,都参差了,没有遇见;我去寻他一次,约他一次,也都没有遇见,大约是在上海是不能看见的了。

　　谭女士终于没有看到,恐怕她已经走了,木刻我收集了五十余幅,拟直接寄到巴黎去,现将目录寄上,烦先生即为译成英文,并向 S 君问明谭女士在法国的通寄地址,一并寄下,我就可以寄去。

　　此地是乌烟瘴气,各学校多被搜捕,听说弄去了三[?]余人,但详情也莫名其妙。

　　我们都好,请勿念。

　　此上,即请

时绥。

豫　顿首　一月五日

木 刻 目 录

No. 1. 钟步清:　　三农夫

4

5

六日

日记　晴。上午内山书店送来ヂイド『文芸評論』等三本,共泉六元三角。午烈文招饮于古益轩,赴之,同席达夫,语堂等十二人。下午往中国通艺馆买《陶靖节集》一部四本,《洛阳伽蓝记钩沉》一部二本,共泉二元二角。得陶亢德信并还稿。得天马书店信。得钟步清信,即复。以插画底稿四幅寄俊明。夜三弟来,留之饮白蒲陶酒。

致 林语堂

语堂先生:

　　顷得亢德先生函,谓楚囚之稿,仅有少许可登,并以余稿见返。此公远在北平,难与接洽,但窃计所留字数,不过千余,稿费自属无几,而不佞则颇有擅卖他人蟒首之嫌疑,他日史氏笔伐,将云罪浮于桀,诚不如全躯以还之之为得计也。以是希于便中掷还所留之三纸为幸。专此布达,并请

默安。

　　　　　　　　　　　　　　迅　顿首　一月六夜

令夫人令爱们尊前均此请安。

致 希仁斯基等

亲爱的希仁斯基、亚历克舍夫、波查尔斯基、莫察罗夫、密德罗辛诸
　　同志:

　　收到你们的作品,高兴之至,谨致谢忱。尽管遇到了一些麻烦,我们终于使这些作品得以在上海展出。参观者有中国年青的木刻家、学习艺术的大学生,而主要的则是上海的革命青年。当然,展览会颇获好评,简直轰动一时! 连反动报刊对你们的成就亦不能保持沉默。顷正筹划把这些作品连同其他苏联版画家的作品一并翻印,盖中国革命青年深爱你们的作品,并将从中学习获益。遗憾的是我们对你们所知甚少,可否请你们分别为我们撰写各自的传略,并代为设法找到法复尔斯基和其他苏联著名版画家的传略。在此谨预致谢意。

　　兹奉上十三世纪及其后刊印的附有版画的中国古籍若干册。这些都出于封建时代的中国"画工"之手。此外还有三本以石版翻

印的书,这些作品在中国已很少见,而那三本直接用木版印刷的书则更属珍品。我想,若就研究中国中世纪艺术的角度看,这些可能会使你们感到兴趣。如今此类艺术已濒于灭亡,老一辈艺人正在"消失",青年学徒则几乎根本没有。在上一世纪的九十年代,这种"版画家"就已很难找到(顺便说说,他们虽也可称作版画家,实则并不作画,仅只在木板上"复制"名画家的原作);流传至今的只一种《笺谱》,且只限于华北才有,那里的遗老遗少还常喜欢用它写毛笔字。但自版画角度看,这类作品尚能引起人们的一定兴趣,因为它们是中国古代版画的最后样品。现正纠合同好,拟刊印一部《北平笺谱》,约二月间问世,届时当为你们寄上。

可惜我与苏联艺术家、木刻家协会无直接联系。希望我寄赠的能为苏联全体版画家所共享。

新版画(欧洲版画)在中国尚不大为人所知。前年向中国年轻的左翼艺术家介绍了苏联和德国的版画作品,始有人研究这种艺术。我们请了一位日本版画家讲授技术,但由于当时所有"爱好者"几乎都是"左翼"人物,倾向革命,开始时绘制的一些作品都画着工人,题有"五一"字样的红旗之类,这就不会使那在真理的每一点火星面前都要发抖的白色政府感到高兴。不久,所有研究版画的团体都遭封闭,一些成员被逮捕,迄今仍在狱中。这只是因为他们"模仿俄国人"!学校里也不准举行版画展览,不准建立研究这种新艺术的团体。当然,你们一定明白,这种镇压措施会导致什么后果。难道"贵国"的沙皇能扼杀革命的艺术?中国青年正在这方面坚持自己的事业。

近来我们搜集到五十多幅初学版画创作的青年的作品,应法国《观察》杂志的记者绮达·谭丽德(《人道报》主编的夫人)之请,即将寄往巴黎展览,她答应在展览之后即转寄苏联。我想,今年夏天以前你们便可看到。务请你们对这些幼稚的作品提出批评。中国的青年艺术家极需要你们的指导和批评。你们能否借这机会写些文章或写些"致中国友人书"之类？至所盼望！来信（请用俄文或英文）写好后可由萧同志转交（萧同志即萧三，莫斯科国际革命作家联盟的工作人员，莫斯科红色教授学院的学生）。

希望能和你们经常保持联系。致以

革命的敬礼！

     鲁迅 一九三四年一月六日

  再：我本人不懂俄文，德文略知一二。此信是由我的朋友H（曹亚丹同志不在上海）代译为俄文的。我殷切地盼望着你们的回信，但又担心自己不能阅读，因为代我翻译的这位朋友很难与我晤面，我们见面的机会极少。因此，倘有可能，请用德文或英文，因为比较容易找人翻译。文章则可以用俄文写，我可请曹君翻译。

  此外，邮包中还附有几本新出的中国杂志，请连同下面的短简一并转寄给莫斯科的萧同志。

   录自 1959 年 12 月 24 日《版画》第 6 期柯尔尼洛夫《鲁迅给列宁格勒版画家们的信》。

七日

日记 星期。昙。上午寄语堂信。下午诗荃来。晚蕴如及三弟来。夜雨雪。同广平邀蕴如，三弟，密斯何及碧珊往上海大戏院观电影 *Ubangi*。

八日

日记 昙。午后得王慎思信并木刻一本。下午往 ABCベカーリ饮啤酒。得山本实彦信片。得增田君信并其子游照相一幅，即复。得诗荃所寄诗四首。得任[何]白涛信，夜复。买『ドストイエフスキイ研究』一本，价二元。

未来的光荣

现在几乎每年总有外国的文学家到中国来，一到中国，总惹出一点小乱子。前有萧伯纳，后有德哥派拉；只有伐扬古久列，大家不愿提，或者不能提。

德哥派拉不谈政治，本以为可以跳在是非圈外的了，不料因为恭维了食与色，又挣得"外国文氓"的恶谥，让我们的论客，在这里议论纷纷。他大约就要做小说去了。

鼻子生得平而小，没有欧洲人那么高峻，那是没有法子的，然而倘使我们身边有几角钱，却一样的可以看电影。侦探片子演厌了，爱情片子烂熟了，战争片子看腻了，滑稽片子无聊了，于是乎有《人猿泰山》，有《兽林怪人》，有《斐洲探险》等等，要野兽和野蛮登场。然而在蛮地中，也还一定要穿插一点蛮婆子的蛮曲线。如果我们也还爱看，那就可见无论怎样奚落，也还是有些恋恋不舍的了，"性"之于市侩，是很要紧的。

文学在西欧，其碰壁和电影也并不两样；有些所谓文学家也者，也得找寻些奇特的（grotesque），色情的（erotic）东西，去给他们的主顾满足，因此就有探险式的旅行，目的倒并不在地主的打拱或请酒。然而倘遇呆问，则以笑话了之，他其实也知道不了这些，他也不必知道。德哥派拉不过是这些人们中的一人。

但中国人，在这类文学家的作品里，是要和各种所谓"土人"一同登场的，只要看报上所载的德哥派拉先生的路由单就知道——中国，南洋，南美。英，德之类太平常了。我们要觉悟着被描写，还要觉悟着被描写的光荣还要多起来，还要觉悟着将来会有人以有这样的事为有趣。

一月八日。

原载 1934 年 1 月 11 日《申报·自由谈》。署名张承禄。
初收 1936 年 6 月上海联华书局版《花边文学》。

女人未必多说谎

侍桁先生在《谈说谎》里，以为说谎的原因之一是由于弱，那举证的事实，是："因此为什么女人讲谎话要比男人来得多"。

那并不一定是谎话，可是也不一定是事实。我们确也常常从男人们的嘴里，听说是女人讲谎话要比男人多，不过却也并无实证，也没有统计。叔本华先生痛骂女人，他死后，从他的书籍里发见了医梅毒的药方；还有一位奥国的青年学者，我忘记了他的姓氏，做了一大本书，说女人和谎话是分不开的，然而他后来自杀了。我恐怕他自己正有神经病。

我想，与其说"女人讲谎话要比男人来得多"，不如说"女人被人指为'讲谎话要比男人来得多'的时候来得多"，但是，数目字的统计自然也没有。

譬如罢，关于杨妃，禄山之乱以后的文人就都撒着大谎，玄宗逍遥事外，倒说是许多坏事情都由她，敢说"不闻夏殷衰，中自诛褒妲"的有几个。就是妲己，褒姒，也还不是一样的事？女人的替自己和男人伏罪，真是太长远了。

今年是"妇女国货年"，振兴国货，也从妇女始。不久，是就要挨骂的，因为国货也未必因此有起色，然而一提倡，一责骂，男人们的责任也尽了。

记得某男士有为某女士鸣不平的诗道："君王城上竖降旗，妾在深宫那得知？二十万人齐解甲，更无一个是男儿！"快哉快哉！

一月八日。

原载 1934 年 1 月 12 日《申报·自由谈》。署名赵令仪。
初收 1936 年 6 月上海联华书局版《花边文学》。

致 何白涛

白涛先生：

　　来函并木刻收到。这幅木刻，我看是好的，很可见中国的特色。我想，现在的世界，环境不同，艺术上也必须有地方色彩，庶不至于千篇一律。

　　先生要我设法旅费，我是可以的，但我现在手头没有现钱。所以附上一函，请于十五日自己拿至内山书店，我当先期将款办好，放在那里，托他们转交。

　　此复，即颂

时绥。

迅　上　一月八夜

致 増田涉

　　三三、一二、二九の御手紙と御令息の写真を拝見致しました。御令息の写真は父親よりも立派だと思ひました、こんな事を云ては頗るよくない事だけれども併し写真は論より証拠、兎角、人類は進歩して居るを証明して居ます。世界も楽観すべきものだ。

木の実君も頗る堅い主張を持って居る人だと見えます、これも楽観すべきものです。

　支那には旧歴も尊び新歴も尊んで居ますからどうしたらいゝか解り兼ねます。僕は何ちもやらんとしました。併し新年だと云って庭鳥を煮て食べました。うまい工夫でしょう。

　御質問に対しては解答を添へて送りかへます。又、改正したい処があるから一所に送ります。

　上海は昨晩に初雪、さむくなし。僕の書いたものは封鎖されて発表しがたく併し構はない。敝寓のもの一同は皆な達者で御安心なさい。　　草々頓首

　　　　　　　　　　　　　　迅　上　一月八夜

増田兄几下
　御両親様、奥様、令閨、令息様に皆なよろしく

中国小説史略
　第三二四頁三行、「實為常州人陳森書」の下に（括弧を加へて）左の様な四句を入れる：

　（作者原稿の『梅花夢傳奇』には「毘陵陳森」と自署して居るから、この「書」字は余計の字かも知れない。）

　又第三八頁四行、「一為陵」を「一為陔」に改正す。
又同頁六行「子安名未詳」より、九行「然其故似不盡此」まで左の如く改正す：

　子安名秀仁，福建侯官人，少負文名，而年二十八始入泮，即連舉丙午（一八四六）郷試（郷試に及第すれば舉人 w になる），然屢應進士試不第，乃遊山西、陝西、四川，終為成都芙蓉書院院長，因亂逃歸，卒，年五十六（一八一九──一八七四），著作滿家，而世独伝其『花月痕』（『賭棋山莊文集』五）。秀仁寓山西時，為太原知府保眠琴教子，所入頗豐，且多暇，而苦無聊，乃作小説，以韋癡珠自況，保偶

見之,大喜,力獎其成,遂為巨帙云(謝章鋌『課餘續録』一)。然所託似不止此。

又一四頁目録第七行「魏子安花月痕」を「魏秀仁花月痕」に改正す。

九日

日记　微雪。上午寄烈文信并稿二篇。寄墨斯克跋木刻家亚历舍夫等信并书二包,内计木板顾凯之画《列女传》,《梅谱》,《晚笑堂画传》,石印《历代名人画谱》,《耕织图题咏》,《圆明园图咏》各一部,共十七本。午后寄猛克信并稿一篇。晚三弟来,并为从商务印书馆取得百衲本《二十四史》中之《宋书》,《南齐书》,《陈书》,《梁书》各一部共七十二本。夜得宜宾信。

致 萧剑青

剑青先生:

　　来函诵悉。我因为闲暇太少,实在没法看稿作序了。抱歉之至。

　　专复,即颂

时绥。

鲁迅　一月九日

十日

日记　昙。午后得山本夫人信。下午梁,姚二君来访,并赠《以俅画集》一本,至晚同往鸿运楼夜饭。夜风。

十一日

日记 晴,午后昙。复王慎思信。复山本夫人信。下午得小山信。得西谛信,即复。

致 郑振铎

西谛先生:

顷接六日信,甚喜。《北平笺谱》极希望能够早日出书,可以不必先寄我一部,只望令荣宝斋从速运来,因为这里也有人等着。至于我之二十部,实已不能分让,除我自藏及将分寄各国图书馆(除法西之意,德,及自以为绅士之英)者外,都早已约出,且还不够,正在筹划怎样应付也。天行写了这许多字,我想送他一部,如他已豫约,或先生曾拟由公物中送他,则此一节可取消,而将此一部让给别人;又,静农已向我约定一部,亦乞就近交与,所余十八部,则都运上海,不能折扣矣。

第二次印恐为难,因为大约未必再能集至一百人,一拖延,就散了。我个人的意见,以为做事万不要停顿在一件上(也许这是我年纪老起来了的缘故),此书一出,先生大可以作第二事,就是将那资本,来编印明代小说传奇插画,每幅略加解题,仿《笺谱》豫约办法。更进,则北平如尚有若干好事之徒,大可以组织一个会,影印明板小说,如《西游》,《平妖》之类,使它能够久传,我想,恐怕纸墨更寿于金石,因为它数目多。上海的邵洵美之徒,在发议论骂我们之印《笺谱》,这些东西,真是"前不见古人,后不见来者",吃完许多米肉,搽了许多雪花膏之后,就什么也不留一点给未来的人们的——最末,是"大出丧"而已。

前几天，寄了一些原版《晚笑堂画传》之类给俄木刻家，《笺谱》出后，也要寄一部，他们之看中国，是一个谜，而知识甚少，他们画五六百年前的中国人，也戴红缨帽，且拖着一条辫子，站在牌楼之下，而远处则一定有一座塔——岂不哀哉。

《文学》二卷一号，上海也尚未见，听说又不准停刊，大约那办法是在利用旧招牌，而换其内容，所以第一着是检查，抽换。不过这办法，读者之被欺骗是不久的，刊物当然要慢慢的死下去。《文学季刊》未到，见过目录，但也如此麻烦，却得信后才知道，因为我总以为北平还不至于像上海的。我的意思，以为季刊比月刊较厚重，可以只登研究的文章，以及评论，随笔，书报绍介，而诗歌小说则从略，此即清朝考据家所走之路也。如此，则成绩可以容易地发表一部分。但上海《词学季刊》第三期，却有不振之状。

《大公报》及《国闻周报》要投稿，倒也并非不肯投。去年在上海投稿时，被删而又删，有时竟像讲昏话，不如沉默之为愈，所以近来索性不投了，但有时或有一两篇，那是只为了稿费。北边的容易犯讳，大概也不下于上海，还是不作的好罢。

此复即请

道安。

迅　顿首　一月十一夜。

致 山本初枝

拝啓、御手紙は有難く頂戴しました。私達は不相変無事で上海も不相変さびしく、そして寒くなって居ます。日本には何時でも行きたい行さたいと思って居ますが併し今の処では行ったら上陸させないでしょう。よし上陸させても角袖をつけるかも知りません。角袖をつけて花見するには頗る変挺な洒落となるから暫く見合した方がよいと思ひます。先日あなたからいただいた御手紙にタヒチー島に行きたいと書いてあると覚えて居ますが併し実物は書物、絵画、写真の上に見える様な美しいものではないだらうと思ひます。私は唐朝の小説を書く為めに五六年前に長安へ行って見ました。行って見たら意外の事、空までも唐朝の空らしくなく、折角、幻想で描いた計画もすっかりぶちこはされて仕舞ひました、今まで一字もかけません。書物で考へた方がよかったのです。私は別に入要なものもありませんが只一つ頗る面倒くさい事を頼みたいと思ひます、私は一昨年から『白と黒』と云ふ版画雑誌を取って居ますが限定版で注文が遅くなったから、一から十一号まで、又二十号、三十二号、あはせて十三冊手に入れる事が出来ませんでした。若し御友達の中に時々古本屋に行く御方があるなら注意して買入れる様に頼んで下さい。「白と黒社」は淀橋区西落合、一ノ三七番だけれども、第三十二号の外、本社にも残本はないのです。併しこれも必要なものではないのですから、なければ、一生懸命にさがす必要もありません。支那は中々安定にならないでしょう。上海には白色テロは益々ひどくなって青年はつづいて行方不明となって居ます。私は不相変家に居ますが手掛がない為めか或は年を取ったからいらない為めかは知りませんが兎角無事です。無事なら先づ又生きて行きましょう。増田第二世の写真は私ももらひました、父親よりも立派だと云って返事を出しましたが第一世に少し失礼だと思ひます。併しそれは事実です。

魯迅　上　一月十一日

山本夫人几下

致 刘岘

河南门神一类的东西,先前我的家乡——绍兴——也有,也帖在厨门上墙壁上,现在都变了样了,大抵是石印的,要为大众所懂得,爱看的木刻,我以为应该尽量采用其方法。不过旧的和此后的新作品,有一点不同,旧的是先知道故事,后看画,新的却要看了画而知道——故事,所以结构就更难。

木刻我不能一一批评。《黄河水灾图》第二幅最好;第一幅未能表出"嚎叫"来。《没有照会那里行》倒是好的,很有力,不过天空和岸上的刀法太乱一点。阿Q的像,在我的心目中流氓气还要少一点,在我们那里有这么凶相的人物,就可以吃闲饭,不必给人家做工了,赵太爷可如此。

《呐喊》之图首页第一张,如来信所说,当然可以,不过那是"象征"了,智识分子是看不懂的,尺寸不也太大吗?

> 录自 1935 年 6 月未名木刻社版《阿Q正传》画册后记。
> 系残简。

十二日

日记 晴。上午寄三弟信。午后寄静农信。下午得山本夫人贺年片。得姚克信并王钧初木刻新年信片四枚。得任[何]白涛信。得野夫信并木刻连续画《水灾》一本。得猛克信。得三弟信。

致 台静农

静农兄:

《北平笺谱》大约已将订成,兄所要之一部,已函西谛兄在北平交出,另一部则托其交与天行兄,希就近接洽。这两部都是我送的,无须付钱。倘天行兄已豫约,则可要求西谛退款,豫约而不得者尚有人,他毫不为难也。专此,即颂

时绥。

迅　顿首　一月十二日

我们都好的。又及

十三日

日记　晴。上午寄俊明信。午后复猛克信。收《论语》第一集一本。

十四日

日记　星期。昙。上午收《文学季刊》(第一期)四本。午后复野夫信。下午诗荃来。晚蕴如及三弟来,并为代购得《词学季刊》(三)一本。夜雨。

十五日

日记　雨,下午成雪。往良友图书公司交《一天的工作》附记一篇,印证四千。

十六日

日记　昙。上午寄猛克稿二篇。得未删改本《文学季刊》一本,《访笺杂记》一篇,盖西谛所寄。午后买『芸術上のレアリズムと唯物論哲学』一本,『科学随想』一本,共泉二元四角。得姚克信并英译木刻目录一张。得三弟信。得王慎思信并木刻六幅。得三弟信。下午内山夫人赠苹果十,柚子一。得烈文信并赠《嫉妒》一本。寄增田君《文学季刊》一本。夜风。

十七日

日记 晴。午得黄幼雄信并《申报月刊》稿费十元。下午得猛克信。得诗荃诗。以中国新作五十八幅寄谭女士。复小山信并寄《文学季刊》等共五本。

批评家的批评家

情势也转变得真快，去年以前，是批评家和非批评家都批评文学，自然，不满的居多，但说好的也有。去年以来，却变了文学家和非文学家都翻了一个身，转过来来批评批评家了。

这一回可是不大有人说好，最彻底的是不承认近来有真的批评家。即使承认，也大大的笑他们胡涂。为什么呢？因为他们往往用一个一定的圈子向作品上面套，合就好，不合就坏。

但是，我们曾经在文艺批评史上见过没有一定圈子的批评家吗？都有的，或者是美的圈，或者是真实的圈，或者是前进的圈。没有一定的圈子的批评家，那才是怪汉子呢。办杂志可以号称没有一定的圈子，而其实这正是圈子，是便于遮眼的变戏法的手巾。譬如一个编辑是唯美主义者罢，他尽可以自说并无定见，单在书籍评论上，就足够玩把戏。倘是一种所谓"为艺术的艺术"的作品，合于自己的私意的，他就选登一篇赞成这种主义的批评，或读后感，捧着它上天；要不然，就用一篇假急进的好像非常革命的批评家的文章，捺它到地里去。读者这就被迷了眼。但在个人，如果还有一点记性，却不能这么两端的，他须有一定的圈子。我们不能责备他有圈子，我们只能批评他这圈子对不对。

然而批评家的批评家会引出张献忠考秀才的古典来：先在两柱之间横系一条绳子，叫应考的走过去，太高的杀，太矮的也杀，于是杀光了蜀中的英才。这么一比,有定见的批评家即等于张献忠,真可以使读者发生满心的憎恨。但是,评文的圈,就是量人的绳吗?论文的合不合,就是量人的长短吗?引出这例子来的,是诬陷,更不是什么批评。

一月十七日。

原载 1934 年 1 月 21 日《申报·自由谈》。署名倪朔尔。
初收 1936 年 6 月上海联华书局版《花边文学》。

漫 骂

还有一种不满于批评家的批评,是说所谓批评家好"漫骂",所以他的文字并不是批评。

这"漫骂",有人写作"嫚骂",也有人写作"谩骂",我不知道是否是一样的函义。但这姑且不管它也好。现在要问的是怎样的是"漫骂"。

假如指着一个人,说道:这是婊子!如果她是良家,那就是漫骂;倘使她实在是做卖笑生涯的,就并不是漫骂,倒是说了真实。诗人没有捐班,富翁只会计较,因为事实是这样的,所以这是真话,即使称之为漫骂,诗人也还是捐不来,这是幻想碰在现实上的小钉子。

有钱不能就有文才,比"儿女成行"并不一定明白儿童的性质更明白。"儿女成行"只能证明他两口子的善于生,还会养,却并无妄谈儿童的权利。要谈,只不过不识羞。这好像是漫骂,然而并不是。倘说是的,就得承认世界上的儿童心理学家,都是最会生孩子的父母。

说儿童为了一点食物就会打起来,是冤枉儿童的,其实是漫骂。儿童的行为,出于天性,也因环境而改变,所以孔融会让梨。打起来的,是家庭的影响,便是成人,不也有争家私,夺遗产的吗?孩子学了样了。

漫骂固然冤屈了许多好人,但含含胡胡的扑灭"漫骂",却包庇了一切坏种。

一月十七日。

　　原载 1934 年 1 月 22 日《申报·自由谈》。署名倪朔尔。初收 1936 年 6 月上海联华书局版《花边文学》。

致 萧 三

E. S. 兄:

　　十一月二十四日来信,现已收到。一星期前,听说它兄要到内地去,现恐已动身,附来的信,一时不能交给他了。寄来之《艺术》两本,早已收到。本月初,邮局送一张包皮来,说与内容脱开,倘能说出寄来之书名,可以交付,但因无人能知,只好放弃。以后如寄书报,望外面加缚绳子,以免擦破而落下为要。不过它兄既不在沪,则原文实已无人能看,只能暂时收藏,而我们偶然看看插画而已。

　　寄卓姊信,二月那一封是收到的,当即交去,并嘱回答;而六月那一封及英文信,则并未收到,零星之信件,我亦未过手一封(倘亦系寄我转交的话)。至于她之于兄,实并非无意,自然,不很起劲是有点的,但大原因,则实在由于压迫重,人手少,经济也极支绌。譬如寄书报,就很为难,个人须小心,托书店代寄,而这样的书店就不多,因为他们也极谨慎,而一不小心,实际上也真会惹出麻烦的。

　　书籍我收到过四次,约共二十余本,内有 M. Gorky 集,B. Shaw 集,演剧史等,但闻亚兄回时,亦有书籍寄出,托我代收者不少,所以这些已不知是兄的,还是亚兄的,要他看过才会明白了。

　　也在十一月二十四日,我寄上书籍杂志(《文学》从第一期起在内)两包,一月初寄列京木刻家中国画本时,附有杂志两本并它兄短信,托其转交,不知已收到否? 今天又寄杂志五本共一包。现在的刊物是日见其坏了。《文艺》本系我们的青年所办，一月间已被迫停刊；《现代》虽自称中立，各派兼收，其实是有利于他们的刊物；《文学》编辑者，原有茅盾在内，但今年亦被排斥，法西斯谛将潜入指挥。本来停刊就完了，而他们又不许书店停刊，其意是在利用出名之招牌，而暗中换以他们的作品。至于我们的作家，则到处被封锁，有些几于无以为生。不过他们的办法，也只能暂时欺骗读者的，数期后，大家一知道，即无人购阅。《文学季刊》（今天寄上了）是北京新办的，我亦投稿（改名唐俟），而第一期已颇费周折，才能出版。此外，今年大约还有新的刊物二三种出版，俟出后当寄上。

大会我早想看一看，不过以现在的情形而论，难以离家，一离家，即难以复返，更何况发表记载，那么，一切情形，只有我一个人知道，不能传给社会，不是失了意义了么？也许还是照旧的在这里写些文章好一点罢。

Goethe纪念号是收到的；《文学报》收到过两回，第一回它兄拿去了，它一去，这里遂再没有会看原文的人。此后寄书，望常选插图多的寄来，最好是木刻插图，便于翻印介绍，倘是彩色，就不易翻印了。

此复即请
春安。

　　　　　　　豫　启上　一九三四年一月十七日
这信封是它兄写的，我不会写。此后来信时，望附来写好之信封二三个，以便寄回信。信可寄信箱，书籍之类也可以寄信箱吗？便中示及。　又及。

致 黎烈文

烈文先生：

蒙惠书并《妒误》，谢谢。书已读讫，译文如瓶泻水，快甚；剧情亦殊紧张,使读者非终卷不可,法国文人似尤长于写家庭夫妇间之纠葛也。

无聊文又成两篇,今呈上。《儿时》一类之文,因近来心粗气浮,颇不易为;一涉笔,总不免含有芒刺,真是如何是好。此次偶一不慎,复碰着盛宫保家婿,然或尚不至有大碍耶?

此上,即请

著安。

迅　顿首　一月十七夜。

十八日

日记　雨雪。上午复黄幼雄信。复黎烈文信附稿两篇。得罗西信。得俊明信。得光仁信。下午得邵川麟信。得葛琴信。得白涛信。蕴如携阿玉,阿菩来,晚三弟亦至,并留晚餐。为钦文寄稿于文学社,得稿费卅六元,托三弟寄其弟拜言。得《蜈蚣船》一本,作者澎岛寄赠。得语堂信并还楚囚稿。

十九日

日记　晴。上午复俊明信。还欧阳山稿。午后得诗荃信。得吴渤信,夜复。

致 吴 渤

吴渤先生:

今天收到来信并《木刻创作法》稿,看现在的情形,恐怕一时无法可出,且待将来的形势,随时设法罢,但倘能印,其中的插画怎么办呢？

那奥国人的作品展览会我没有去看，一者因为我对于铜版知道得很少，二者报上说是外国风景，倘是风俗，我便去看了。至于中国的所谓"美术家"，当然不知天下有版画，我曾遇见一位名家，他连雕刀也没有看见过，但我看外国的美术杂志上，常有木刻学校招生的广告，此辈似乎连杂志也不看也。

关于各国，无甚消息。所集的中国木刻，已于前日寄往巴黎，并致函苏联木刻家，托其见后给我们批评，但不知何时始有消息。要印的木刻正在选择，并作后记，大约至快怕要在阳四五月才可出版了。此复，即颂

时绥。

迅　上　一月十九夜。

二十日

日记　晴。午后买『岩波全書』中之『細胞学』，『人体解剖学』，『生理学』（上）各一本，每本八角。寄母亲信。得张少岩信。

《引玉集》后记

我在这三年中，居然陆续得到这许多苏联艺术家的木刻，真是连自己也没有预先想到的。一九三一年顷，正想校印《铁流》，偶然在《版画》(*Graphika*)这一种杂志上，看见载着毕斯凯来夫刻有这书中故事的图画，便写信托靖华兄去搜寻。费了许多周折，会着毕斯凯来夫，终于将木刻寄来了，因为怕途中会有失落，还分寄了同样的两份。靖华兄的来信说，这木刻版画的定价颇不小，然而无须付，苏

联的木刻家多说印画莫妙于中国纸，只要寄些给他就好。我看那印着《铁流》图的纸，果然是中国纸，然而是一种上海的所谓"抄更纸"，乃是集纸质较好的碎纸，第二次做成的纸张，在中国，除了做账簿和开发票，账单之外，几乎再没有更高的用处。我于是买了许多中国的各种宣纸和日本的"西之内"和"鸟之子"，寄给靖华，托他转致，倘有余剩，便分送别的木刻家。这一举竟得了意外的收获，两卷木刻又寄来了，毕斯凯来夫十三幅，克拉甫兼珂一幅，法复尔斯基六幅，保夫埋诺夫一幅，冈察罗夫十六幅；还有一卷被邮局所遗失，无从访查，不知道其中是那几个作家的作品。这五个，那时是都住在墨斯科的。

可惜我太性急，一面在搜画，一面就印书，待到《铁流》图寄到时，书却早已出版了，我只好打算另印单张，绍介给中国，以答作者的厚意。到年底，这才付给印刷所，制了版，收回原图，嘱他开印。不料战事就开始了，我在楼上远远地眼看着这印刷所和我的锌版都烧成了灰烬。后来我自己是逃出战线了，书籍和木刻画却都留在交叉火线下，但我也仅有极少的闲情来想到他们。又一意外的事是待到重回旧寓，检点图书时，竟丝毫也未遭损失；不过我也心神未定，一时不再想到复制了。

去年秋间，我才又记得了《铁流》图，请文学社制版附在《文学》第一期中，这图总算到底和中国的读者见了面。同时，我又寄了一包宣纸去，三个月之后，换来的是法复尔斯基五幅，毕珂夫十一幅，莫察罗夫二幅，希仁斯基和波查日斯基各五幅，亚历克舍夫四十一幅，密德罗辛三幅，数目比上一次更多了。莫察罗夫以下的五个，都是住在列宁格勒的木刻家。

但这些作品在我的手头，又仿佛是一副重担。我常常想：这一种原版的木刻画，至有一百余幅之多，在中国恐怕只有我一个了，而但秘之箧中，岂不辜负了作者的好意？况且一部分已经散亡，一部分几遭兵火，而现在的人生，又无定到不及蕣上露，万一相偕湮灭，在我，是觉得比失了生命还可惜的。流光真快，徘徊间已过新年，我便决计选出六十幅来，复制成书，以传给青年艺术学徒和版画的爱好者。其中的法复尔斯基和冈察罗夫的作品，多是大幅，但为资力所限，在这里只好缩小了。

我毫不知道俄国版画的历史；幸而得到陈节先生摘译的文章，这才明白一点十五年来的梗概，现在就印在卷首，算作序言；并且作者的次序，也照序中的叙述来排列的。文中说起的名家，有几个我这里并没有他们的作品，因为这回翻印，以原版为限，所以也不再由别书采取，加以补充。读者倘欲求详，则契诃宁印有俄文画集，列培台华且有英文解释的画集的——

Ostraoomova-Ljebedeva by A. Benois and S. Ernst.

State Press, Moscow-Leningrad.

密德罗辛也有一本英文解释的画集——

D. I. Mitrohin by M. Kouzmin and V. Voinoff.

State Editorship, Moscow-Petrograd.

不过出版太早，现在也许已经绝版了，我曾从日本的"Nauka 社"买来，只有四圆的定价，但其中木刻却不多。

因为我极愿意知道作者的经历，由靖华兄致意，住在列宁格勒的五个都写来了。我们常看见文学家的自传，而艺术家，并且专为我们而写的自传是极少的，所以我全都抄录在这里，借此保存一点史料。以下是密德罗辛的自传——

"密德罗辛（Dmitri Isidorovich Mitrokhin）一八八三年生于耶普斯克（在北高加索）城。在其地毕业于实业学校。后求学于莫斯科之绘画，雕刻，建筑学校和斯特洛干工艺学校。未毕业。曾在巴黎工作一年。从一九〇三年起开始展览。对于书籍之装饰及插画工作始于一九〇四年。现在主要的是给'大学院'和'国家文艺出版所'工作。

七，三〇，一九三三。密德罗辛。"

在墨斯科的木刻家，还未能得到他们的自传，本来也可以逐渐调查,但我不想等候了。法复尔斯基自成一派,已有重名,所以在《苏联小百科全书》中,就有他的略传。这是靖华译给我的——

"法复尔斯基(Vladimir Andreevich Favorsky)生于一八八六年,苏联现代木刻家和绘画家,创木刻派。在形式与结构上显出高尚的匠手,有精细的技术。法复尔斯基的木刻太带形式派色彩,含着神秘主义的特点,表现革命初期一部分小资产阶级知识分子的心绪。最好的作品是:对于梅里美,普式庚,巴尔扎克,法郎士诸人作品的插画和单形木刻——《一九一七年十月》与《一九一九至一九二一年》。"

我极欣幸这一本小集中,竟能收载他见于记录的《一九一七年十月》和《梅里美像》;前一种疑即序中所说的《革命的年代》之一,原是盈尺的大幅,可惜只能缩印了。在我这里的还有一幅三色印的《七个怪物》的插画,并手抄的诗,现在不能复制,也是极可惜的。至于别的四位,目下竟无从稽考;所不能忘的尤其是毕斯凯来夫,他是最先以作品寄与中国的人,现在只好选印了一幅《毕斯凯来夫家的新住宅》在这里,夫妇在灯下作工,床栏上扶着一个小孩子,我们虽然不知道他的身世,却如目睹了他们的家庭。

以后是几个新作家了,序中仅举其名,但这里有为我们而写的自传在——

"莫察罗夫(Sergei Mikhailovich Mocharov)以一九〇二年生于阿斯特拉汗城。毕业于其地之美术师范学校。一九二二年到圣彼得堡,一九二六年毕业于美术学院之线画科。一九二四年开始印画。现工作于'大学院'和'青年卫军'出版所。

七,三〇,一九三三。莫察罗夫。"

"希仁斯基(L. S. Khizhinsky)以一八九六年生于基雅夫。一九一八年毕业于基雅夫美术学校。一九二二年入列宁格勒美术学院,一九二七年毕业。从一九二七年起开始木刻。

主要作品如下:

1 保夫罗夫：《三篇小说》。

2 阿察洛夫斯基：《五道河》。

3 Vergilius：*Aeneid*。

4 《亚历山大戏院（在列宁格勒）百年纪念刊》。

5 《俄国谜语》。

七，三〇，一九三三。希仁斯基。"

最末的两位，姓名不见于"代序"中，我想，大约因为都是线画美术家，并非木刻专家的缘故。以下是他们的自传——

"亚历克舍夫（Nikolai Vasilievich Alekseev）。线画美术家。一八九四年生于丹堡（Tambovsky）省的莫尔襄斯克（Morshansk）城。一九一七年毕业于列宁格勒美术学院之复写科。一九一八年开始印作品。现工作于列宁格勒诸出版所：'大学院'，'Gihl'（国家文艺出版部）和'作家出版所'。

主要作品：陀思妥夫斯基的《博徒》，斐定的《城与年》，高尔基的《母亲》。

七，三〇，一九三三。亚历克舍夫。"

"波查日斯基（Sergei Mikhailovich Pozharsky）以一九〇〇年十一月十六日生于达甫理契省（在南俄，黑海附近）之卡尔巴斯村。

在基雅夫中学和美术大学求学。从一九二三年起，工作于列宁格勒，以线画美术家资格参加列宁格勒一切主要展览，参加外国展览——巴黎，克尔普等。一九三〇年起学木刻术。

七，三〇，一九三三。波查日斯基。"

亚历克舍夫的作品，我这里有《母亲》和《城与年》的全部，前者中国已有沈端先君的译本，因此全都收入了；后者也是一部巨制，以后也许会有译本的罢，姑且留下，以待将来。

我对于木刻的介绍，先有梅斐尔德（Carl Meffert）的《士敏土》之图；其次，是和西谛先生同编的《北平笺谱》；这是第三本，因为都是用白纸换来的，所以取"抛砖引玉"之意，谓之《引玉集》。但目前的中国，真是荆天棘地，所见的只是狐虎的跋扈和雉兔的偷生，在文艺上，仅存的是冷淡和破坏。而且，丑角也在荒凉中趁势登场，对于木刻的绍介，已有富家赘婿和他的帮闲们的讥笑了。但历史的巨轮，是决不因帮闲们的不满而停运的；我已经确切的相信：将来的光明，必将证明我们不但是文艺上的遗产的保存者，而且也是开拓者和建设者。

一九三四年一月二十夜，记。

最初印入 1934 年 3 月三闲书屋版《引玉集》。

初未收集。

二十一日

日记　星期。晴。晚蕴如及三弟携蕖官来。

二十二日

日记　晴。上午得西谛信。午后寄赵家璧信。得小峰信并版税泉二百。晚西谛至自北平，并携来《北平笺谱》一函六本。

致 赵家璧

家璧先生：

顷查得丁玲的母亲的通信地址，是："湖南常德、忠靖庙街六号、蒋慕唐老太太"，如来信地址，与此无异，那就不是别人假冒的。

但又闻她的周围，穷本家甚多，款项一到，顷刻即被分尽，所以最好是先寄一百来元，待回信到后，再行续寄为妥也。专此布达，即请著安。

迅　顿首　一月二十二日

二十三日

日记　昙。午后得母亲信,二十日发。晚往天一楼夜饭,同席六人。诗荃来,未遇,留函并文稿及所写《悉怛多般怛罗咒》而去,夜以函复之。

致 姚 克

姚克先生:

一月八日信早收到,并木刻四帧;后又得木刻目录英译,由令弟看原画修正后,打字见寄。现已并画邮寄谭女士。

梁君已见过,谈了一些时,他此刻当已北返了罢。

书籍被扣或信件被拆,这里也是日常茶饭事,谁也不以为怪。我在本年中,却只有一封母亲的来信恩赐"检讫"而已。《文学》编辑已改换,大约出版是要出版的,并且不准不出版(!),不过作者会渐渐易去,盖文人颇多,而其大作无人过问,所以要存此老招牌来发表一番,然而不久是要被读者发见,依然一落千丈的。《现代》恐怕也不外此例。

上海已下雪结冰,冷至水管亦冻者数日,则北平之冷可想矣。敝寓均安,我依然作打杂生活,大约今年亦未必有什么成绩也。此复即颂

时绥。

豫　顿首　一月二十三夜。

二十四日

日记 晴。午后复张少岩信。复姚克信。下午编《引玉集》讫。往内山书店买『殷墟出土白色土器の研究』及『桉禁の考古学的考察』各[一]本,共泉十六元。得姚克信。得费慎祥信。

更　正[*]

编辑先生:

二十一日《自由谈》的《批评家的批评家》第三段末行,"他没有一定的圈子"是"他须有一定的圈子"之误,乞予更正为幸。

倪朔尔启。

原载 1934 年 1 月 24 日《申报·自由谈》。署名倪朔尔。
初未收集。

《引玉集》牌记

一九三四年三月,三闲书屋据作者手拓原本,用阿罗版翻造三百部,内五十部为纪念本,不发卖;二百五十部为流通本,每部实价一元五角正。

未另发表。
原载 1934 年 3 月三闲书屋初版本《引玉集》末页。

致 黎烈文

烈文先生：

有一友人，无派而不属于任何翼，能作短评，颇似尼采，今为绍介三则，倘能用，当能续作，但必仍由我转也。此上即请

著安。

迅　顿首　一月廿四夜。

二十五日

日记　晴。上午寄烈文信并梵可短评三则。午复王慎思信。复天马书店信。下午得靖农信。得吴渤信并还木刻书一本。诗荃来。晚内山君邀往日本酒店食鹌鹑，同席为其夫人及今关天彭君。

致 姚 克

Y先生：

昨上午方寄一函，下午便得十七来函，谨悉一切。画已寄出。钱君在上海时，曾嘱我便中绍介，事繁忘却，不及提，今既已晤面，甚善，他对于文坛情形，大约知道得较详细。

为 Osaka Asahi 所作文，不过应酬之作，但从外国人看来，或颇奇特，因实出于他们意料之外也。Mr. Katsura 不知所操何业，倘未深知底细，交际当稍小心，盖倘非留学生，则其能居留中国，必有职务也。

先生作小说，极好。其实只要写出实情，即于中国有益，是非曲直，昭然具在，揭其障蔽，便是公道耳。

我顽健如常，正编外国木刻小品，拟付印。令弟见过三回，而未问住址，便中希以地址嘱其见告。又，此后如寄书籍，应寄何处？又，假如送司诺君书籍，照西洋例，其夫人亦应送一部否？此二事亦乞示及为幸。

此布，即颂

时绥。

豫　顿首　一月廿五夜

傅东华公患得患失，《文学》此后大约未必高明矣。

二十六日

日记　晴。上午复姚克信。复静农信。午方璧及西谛来，留之午餐。下午得『園芸植物図譜』一本，三元；『白と黒』（二月分）一本，五角。晚得野夫信。

二十七日

日记　晴。午后得烈文信。得山本夫人信。得增田君信，晚复。寄三弟信。

致 山本初枝

拝啓、御手紙をいただきました、御注意下さる事を感謝します。上海にも寒く、広東と福建とのさかひの処では四十年振りで雪が降ったさうで今年は何処にも寒い様です。Tahiti島はどうであらうか、私も疑って居ります。芙美子様の好意を感謝します。今度御遇ひなったら御伝言を願ひます。先日『面影』を読みました、部

屋をも拝見したいのですが併し今に日本に行ったらやかましいで
せう。角袖にくつかれて花見をするには特別な興味もあるけれ
ども一面には矢張いやな事です。だから今の処では未日本へ旅
行する決心がありません。日本の浮世絵師については私は若かっ
た時には北斎をすきであったけれども今では広重、其次には歌麿
の人物です。写楽は独乙人が大にほめたから二三冊の書物を読ん
で解らうとしましたが、とうたう解らずで仕舞ひました。併し支
那の一般の目に適当する人は私の考では矢張り北斎で大昔から沢
山の挿画を入れて紹介しようと思って居ましたが今の様な読書界
の状態ではまづ駄目です。併し御友人の持って居る浮世絵は私に
送らないで下さい。自分も複製のものを数十枚所有して居ます
が年取って行くにつれて忙しくなり今ではそれを取り出して見る
機会さへも殆んど有りません。其上、支那には浮世絵を賞玩する
人は未無之、自分のものを将来誰に渡したらよいかと心配して居
ます。増田一世は不相変『小説史略』をコツコツ訳して居ます、時
々解らない処を聞きに来ますが若し出版する本屋がなければ実
に気の毒な事です。出版の為めに有益であるならば私は序文を
書いてもよいと思ひます。　草々
頓首

魯迅　一月二十七日

二十八日

　　日记　　星期。晴。午后复烈文信并附诗荃稿三篇。复山本夫
人信。买ジィド『思索と随感』一本，一元八角。得宜宾信。得亚丹
信，即复。晚蕴如携棠官及三弟来，并为买得《默庵集锦》一部二本，
四元；杂书四本，共一元；抄更纸一刀，一元二角。

二十九日

日记 晴。午后寄西谛信。买关于两性之书二本，二元。收小山所寄关于美术之书三本，期刊一卷。得志之信。得天马书店信。夜濯足。

致 郑振铎

西谛先生：

下午晤璧兄，知即以夜车北上。顷检《北平笺谱》，则所缺凡五叶，即：

第四本师曾花果笺（淳）内缺黄蜀葵，

第五本俞明人物笺（淳）内缺倚窗美人，

第六本吴澂花卉笺（淳）内缺水仙，

　　　　　又　　　　　　　缺紫玉簪，

又　二十幅梅花笺（静）内缺一幅。

最前之四幅，前次见寄之样本中皆有之，可以拆下补人。惟梅花笺乞补寄，因不知所缺者为何人作，故别纸录所存之作者名备览。此上即颂

著安。

　　　　　　　　　　　　迅　顿首　一月二十九夜

所存梅花笺

一	桂浩度	二	萧　愻	三	胡佩衡
四	齐白石	五	马　晋	六	石　雪
七	杨葆益	八	与　恬	九	屈兆麟
十	袁匋盦	十一	待　秋	十二	观　岱
十三	吴宁祁	十四	苍虬居士	十五	修　曧

三十日

日记　晴。午后得三弟信。夜寄仁祥信。寄烈文信并克士稿一篇。

"京派"与"海派"

自从北平某先生在某报上有扬"京派"而抑"海派"之言,颇引起了一番议论。最先是上海某先生在某杂志上的不平,且引别一某先生的陈言,以为作者的籍贯,与作品并无关系,要给北平某先生一个打击。

其实,这是不足以服北平某先生之心的。所谓"京派"与"海派",本不指作者的本籍而言,所指的乃是一群人所聚的地域,故"京派"非皆北平人,"海派"亦非皆上海人。梅兰芳博士,戏中之真正京派也,而其本贯,则为吴下。但是,籍贯之都鄙,固不能定本人之功罪,居处的文陋,却也影响于作家的神情,孟子曰:"居移气,养移体",此之谓也。北京是明清的帝都,上海乃各国之租界,帝都多官,租界多商,所以文人之在京者近官,没海者近商,近官者在使官得名,近商者在使商获利,而自己也赖以糊口。要而言之,不过"京派"是官的帮闲,"海派"则是商的帮忙而已。但从官得食者其情状隐,对外尚能傲然,从商得食者其情状显,到处难于掩饰,于是忘其所以者,遂据以有清浊之分。而官之鄙商,固亦中国旧习,就更使"海派"在"京派"的眼中跌落了。

而北京学界，前此固亦有其光荣，这就是五四运动的策动。现在虽然还有历史上的光辉，但当时的战士，却"功成，名遂，身退"者有之，"身稳"者有之，"身升"者更有之，好好的一场恶斗，几乎令人有"若要官，杀人放火受招安"之感。"昔人已乘黄鹤去，此地空余黄鹤楼"，前年大难临头，北平的学者们所想援以掩护自己的是古文化，而惟一大事，则是古物的南迁，这不是自己彻底的说明了北平所有的是什么了吗？

但北平究竟还有古物，且有古书，且有古都的人民。在北平的学者文人们，又大抵有着讲师或教授的本业，论理，研究或创作的环境，实在是比"海派"来得优越的，我希望着能够看见学术上，或文艺上的大著作。

一月三十日。

原载 1934 年 2 月 3 日《申报·自由谈》。署名栾廷石。
初收 1936 年 6 月上海联华书局版《花边文学》。

北人与南人

这是看了"京派"与"海派"的议论之后，牵连想到的——

北人的卑视南人，已经是一种传统。这也并非因为风俗习惯的不同，我想，那大原因，是在历来的侵入者多从北方来，先征服中国之北部，又携了北人南征，所以南人在北人的眼中，也是被征服者。

二陆入晋，北方人士在欢欣之中，分明带着轻薄，举证太烦，姑且不谈罢。容易看的是，羊衒之的《洛阳伽蓝记》中，就常诋南人，并不视为同类。至于元，则人民截然分为四等，一蒙古人，二色目人，三汉人即北人，第四等才是南人，因为他是最后投降的一伙。最后投降，从这边说，是矢尽援绝，这才罢战的南方之强，从那边说，却是不识顺逆,久梗王师的贼。孑遗自然还是投降的,然而为奴隶的资格因此就最浅,因为浅,所以班次就最下,谁都不妨加以卑视了。到清朝,又重理了这一篇账,至今还流衍着余波;如果此后的历史是不再回旋的,那真不独是南人的如天之福。

当然,南人是有缺点的。权贵南迁,就带了腐败颓废的风气来,北方倒反而干净。性情也不同,有缺点,也有特长,正如北人的兼具二者一样。据我所见,北人的优点是厚重,南人的优点是机灵。但厚重之弊也愚,机灵之弊也狡,所以某先生曾经指出缺点道:北方人是"饱食终日,无所用心";南方人是"群居终日,言不及义"。就有闲阶级而言,我以为大体是的确的。

缺点可以改正,优点可以相师。相书上有一条说,北人南相,南人北相者贵。我看这并不是妄语。北人南相者,是厚重而又机灵,南人北相者,不消说是机灵而又能厚重。昔人之所谓"贵",不过是当时的成功,在现在,那就是做成有益的事业了。这是中国人的一种小小的自新之路。

不过做文章的是南人多,北方却受了影响。北京的报纸上,油嘴滑舌,吞吞吐吐,顾影自怜的文字不是比六七年前多了吗?这倘和北方固有的"贫嘴"一结婚,产生出来的一定是一种不祥的新劣种!

一月三十日。

原载 1934 年 2 月 4 日《申报·自由谈》。署名栾廷石。

初收 1936 年 6 月上海联华书局版《花边文学》。

三十一日

日记 晴。下午复天马书店信附印证五百枚。寄改造社杂评一篇。买『鸟类原色大图说』(二)一本,八元;『版芸術』(二月号)一本,五角。得山本夫人寄赠之『版画』(一至四)共四帖。得陈霞信,即复。

火・王道・監獄
二三の支那の事について

一、支那の火について

　希臘人の持つて居る火は、大昔プロメチウスが天から盗んで来たものださうだが、支那のはあれと違つて燧人氏独りで発見——或は発明と云ふ可きか——したのである。盗んでなかつたから岩に繋がれて鷲に啄かれる災難には遇はなかつたけれども、其のかはりプロメチウスの様に囃され、尊ばれるてともなかつた。

　支那にも火の神がある。併し、それは燧人氏でなくつて火事を勝手に起す得体の知れないものである。

　燧人氏が火を発見、或は発明して以来、人々はよせなべをも旨く食べられる様になり、明りをつけて夜に仕事をする事も出来る様になつたけれ共、先哲の云つた通り「一利あれば必ず一弊ある」か、同時に火事も始まり、わざと火をつけて有巣氏の発明した巣を焼払つて仕舞ふ偉ものも出て来た。

　おとなしい燧人氏は忘られる筈である。よし食過ぎても、今度は神農氏の領分に移して仕舞ふから、其の神農氏は今まで人々に記憶されて居る。火事に至つてはそれを発明した主は知らないが、兎角元祖がある筈なので仕方なく、只だ火神と称して敬畏をささげた。その畫像を見ると赤い顔に赤い鬚、併し祀る時には赤いものを皆よけて緑色のものでなければならん。彼は蓋し、西班牙の牛の如く赤色のものさへ見れば亢奮して或る恐しい行動を取るのである。

　彼はそれで祀られて居るのだ。こんな悪神は支那にはまだ沢山居る。

　併し世の中は反つて彼等によつて賑かになつて居るらしい。祭も火神のはあるけれ共、燧人氏の祭はない。火事があつたら焼かれたものと、焼かれなかつた近所のものとが皆一度火神を祀つて感謝の意を表はす。焼かれて感謝の意を表はすとは少々意外の事だけれ共、祀らなければ又、再度焼かれるおそれがあると云ふのだから、矢張感謝した方が安全なのである。それは火神に対するばかりでなく、人間に対しても時によくやる事で、つまり礼儀の一種だらうと思ふ。

　実に、火つけは頗るこはいが、併し御飯焚よりは面白いかも知れん。外国の事は知らないが、支那ではどんな歴史を調べても一向御飯焚や、明りつけの列伝は見つからない。社会上にもいくら上手に御飯を焚き、或は明りをつけても名人になる望は少しもない。併し秦の始皇帝一度本を焼けば、今まで名人になりすましてヒットラー焼書事件にまで先例として引かれて居る。若し、仮にヒットラーの奥様が上手に電燈を点け或はパンを焼くなら史記に一寸先例を見出しがたいばらうと思ふ。併し、幸にそんな事は決して世の中を騒がせないのだ。

　家屋を焼くことは、宋人の筆記によれば蒙古人から始つたのだと云ふ。彼等は、テントに居て家の中に棲む事を知らないから、手当次第に焼いて仕舞つたと。併し、それは嘘で蒙古人に漢文を解るものは少ないから、訂正に来ないのである。実は秦の末に既に項羽と云ふ火つけの名人が居たので、阿房宮を焼払ひ天下聞名になつて、今でも芝居に出て来る事があつて、日本にも随分知られてゐる。併し、焼かれるまでの阿房宮中の燈籠を毎日点けた人々の名を知つて居るのは誰であらう。

今では爆裂弾とか、焼夷弾とか云ふ様なものが出来、其上飛行機も随分進歩したのだから、名人になりたいなら、もう一層たやすく出来る様になつた。而して、火事を昔よりももう一層大きくすれば、其の人ももう一層尊敬されて、遠くから救主の様に見え、其の火の映も光明の様に思はれるのである。

二、支那の王道について

一昨年に中里介山氏の大作『支那及支那国民に与ふる書』を拝読した事があつた。周も漢も皆、侵略者の資質を持つので、しかも支那人は皆歓迎し謳歌した。朔北の元と清とまでも謳歌した。その侵略が国家を安からしむ力があり、民主を保護するの実がありさへすれば、即ち支那の人民の渇望するところの王道であると云つて、而して支那人の執迷して悟らない点に対して、大に慨慨した処を尚ほ記憶して居る。

その『書』は満洲から出版した漢文雑誌には訳載されたが、支那へ輸入しなかつた為めか、今までそれに対する返事らしいものは未だ一つも見えない。只だ、昨年の上海の新聞に載せられた胡適博士の談話の中に「中國を征服する方法は只だ一つしかない。即ち徹底的に侵略をやめて中国民族の心を征服する事である」と云ふところがあつて、無論偶然だらうが、しかも頗るそれに対する答への様に感じさせる所がないでもなかつた。

中国民族の心を征服すること、それは胡適博士の支那に於ける所謂王道に与へた定義であるが、併し私には何んだか、彼自分も自分の云つた事を信じて居ないだらうと思ふ。支那には実を言へば、王道と云ふものは徹底的になかつたので「歴史癖且考拠癖ある」胡博士がそれを知つて居ない筈がないのである。

成程、支那には元をも清をも謳歌した人々があつたらう。併しそれは火の神に感謝をさゝげる類で、心まで征服した証拠ではない。謳歌しなければ、もう一層虐待すると云ふ暗示を与ふれば、或る程度までの虐待をしても謳歌させる事が出来る。私は、四五年前に自由を要求する団体に加盟した。当時上海の教育局長であつた陳徳徴氏は、大に怒り三民主義の統治の下に居てまだ不満を感ずるか、しからば今まで与へて居ただけの自由をも、取り上げてやるとうけたまはつた。さうして本当に取り上げたのである。私は、もう一層の不自由を感ずるたびに陳氏の王道に精通する学識に感服しながら、三民主義を謳歌したらよかつたと考へる時がないでもない。併し今はもうおそかつた。

　支那に於ける王道は、覇道と対立して居る様に見えるけれども、実は兄弟らしいものなので、其先或は其後に屹度覇道がやつて来るに違ひない。人民の謳歌するのは覇道の薄くなり或は濃くならない様に望む為めである。

　漢の高祖は歴史家の説によれば、龍の落胤だと云ふけれども、実はごろつきから立上つたもので侵略者とはいさゝか云ひ難い。周の武王に至つては、征伐と云つて這入り其上殷とは異民族らしかつたから、今の言葉で言へば侵略者である。併し、彼等に対する当時の人民の声は今に残つて居ない。孔子や、孟子は確に其の王道を大に宣伝したが、先生達は周朝の臣民であつたばかりでなく、諸国を周遊して活動したから或は官吏になりたかつた為めかも知れない。美しく言へば、即ち道を行ふつもりで官吏になれば道を行ふに割合に便利であり、而して官吏になる為めには寧ろ周朝を賞めた方が便利であるのである。併し、別の記載を見ると、其の王道の元祖且専家であつた周朝さへも、伐討の始めに伯夷と叔斉とが馬をさへぎつて諫め、彼等をひつぱりゆかなければならなかつた。紂の軍隊も反抗し、杵を漂う程までに血を流させなければならなかつた。続いては殷民反叛し、彼等を特に「頑民」と称して王道天下の人民の中から除いたけれども、兎角何んだか或る破目に陥つた観があつた。頑民一人で折角の王道をも臺なしにして仕舞ふのである。

儒士と方士とは支那特産の名物である。方士の最高理想は仙道で儒士のは即ち王道である。併し残念な事は、支那には仙道も王道も遂に両方ともなかつた。長い歴史上の事実の証明した所によれば、昔に本当の王道があつたと云ふのは嘘で、今にまだあると云ふなら新薬でなければならない。孟子は周朝の末に生活したのだから、覇道を称する事に恥ぢたが、若し今に生きて居たら人類の智識範囲の展開に随つて………………………である。

三、支那の監獄について

人間は確に事実によつて新しく悟り始まるので、それから又事情が変つて来るものであると思ふ。宋から清の末までは、永い間専ら聖賢の代りに言を立つところの「制芸」と云ふむつかしい文章で、人才を選抜登用したが仏蘭西との戦争に敗けて始めてこの方法の誤謬を悟つた。是に於いて留学生を西洋に遣し、武器製造局を建てて其の改正の手段とした。てれでも未だ充分でないと悟つたのは、日本との戦争に敗けた後で、今度は新式の学校を大に建てたのである。さうして生徒達は毎年大に騒いだ。清朝倒れ国民党が政権を握つた頃から始めて又この誤謬を悟り、其の改正の手段としては監獄を沢山建設する外には何もなかつた。

支那には国粋式の監獄なら無論、昔から何処でもあつたが、清の末には西洋式、即ち所謂文明な監獄をも少し拵へた。それは旅行して来る外国人に見せる為めに拵へたので、外国人と御互に御辞儀する為めにわざく外遊さして文明人の礼節を学ばした留学生と同種類に属す可きものである。その御蔭で、囚人の待遇もよくて風呂にも入れてやり御飯も一定の分量のものを喰はせるから、頗る幸福な所である。併しつい二三週前に、政府が仁政を行ひたかつたから、囚人の食料の分量に割引してはいかんと云ふ命令を出した。これからはもう一層幸福である。

旧式の監獄に至つては、仏教の地獄から模範を取つたものらしいから囚人を禁錮するばかりでなく、其上うんと苦めてやる役目をも持つて居る。時には金を出来るだけ絞つて囚人の親類を徹底的に貧乏にして仕舞ふ役目をも持つ事がある。而して誰でもそれは当然の事だと思ふ。若し異議を持出すものがあれば、それは即ち囚人の肩を持つ事に当るから悪党の嫌疑を受けなければならない。併し文明は酷く進んで行つたから、昨年には囚人を毎年一度家に帰らして、××の解決に機会を与ふ可しと云ふ頗る人道主義的な説を唱へた役人もあつた。実を言へば彼は囚人の性慾に特別に同情を持つて居るわけでもないので、どうも実行される恐もないのだから、わざと声高く言つて自分の役人としての存在を示すに過ぎないまでの事である。然るに輿論は頗る沸騰した。或る批評家はさうすれば人々は監獄をこわがらないで、よろこんで行くだらうと云つて大に世道人心の為めに憤慨した。所謂る聖賢の教をこんなに永く受けても尚あの役人の様にずるくならなかつたのだから、頼母しくも感じられるが、併し囚人に対して虐待しなければならないと考へて居る事もこれで解るのである。

違つた道で考ふれば、監獄は安全第一をモ・ツ・ト・ー・として居る人達の理想郷に似ない事もない。火事は少なく盗人も這入らず、山賊も決して掠奪に来ない。戦争があつても監獄を目標として爆撃に来る馬鹿がなく、××があつても囚人を釈放する例はあつたが、屠殺する事はなかつた。福建独立の始めに囚人を放すと云つて外へ出たら、彼等自分達と違つた意見を持つものは反つて皆な行衛不明になつたと云ふ噂もあつたが、併しそんな例は今まで末だなかつたのである。兎に角余りわるい処でもないらしい。只だ世帯をも許すとしたら今の様な洪水、飢饉、戦争、テロの時でなくても転居願を出す人々は決してないともかぎらない。そてで虐待は必要となるのである。

ニューラン夫婦は、赤化宣伝者として南京の監獄に入れられて居て三四度も絶食したが、一向何の効目もなかつた。それは彼は支那に於ける監獄の精神を知らなかつた為めである。或る役人は彼自ら食べないのだから他人と何の関係があると不審がつて言つた。仁政に関係しないばかりか食料を節約して反つて監獄の方の得になるのである。ガンヂーの芸も興行場を選ばなければ失敗して仕舞ふ。

併し、こんな完美に近い監獄にもまだ一の缺点を残して居る。今まで思想上の事に対しては余り気を附けないで来た。この缺点を補ふ為めには、此頃新しく発明した反省院と云ふ特種監獄で教育を施して居る。私は其の中に這入つて反省した事はまだなかつたから、詳しい事は知らないが兎角囚人に時々三民主義を聞かして、自分の誤りを反省さして居るらしい。其上共産主義排撃の論文をも書かなければならんと云ふ。若し書きたくなく、或は書けなかつたら無論一生涯反省しなければならないが、書いても満足に出来なければ矢張り死ぬまで反省しなければならない。今のところでは這入るものもあり、出て来るものもあるが反省院を又又建てると云つて居るから矢張り這入る方が多いに違ひない。出て来た試験済の良民は稀に遇ふ事も出来るが、何んだか大抵は萎れて居て恐らく反省と卒業論文に力を使ひ盡したのであらう。その前途は無望の方である。

原載 1934 年《改造》月刊 3 月号。
初未收集。

二月

一日

日记 晴。上午寄母亲信。寄《自由谈》稿二篇。午后昙。得王慎思信。得费仁祥信。得楼炜春信。买季刊『露西亚文学研究』（第一辑）一本，一元五角。下午诗荃来。得天马书店信，夜复。雨。

二日

日记 昙。上午复天马书店信。寄猛克信。赠三弟泉百，为阿玉等学费之用。

三日

日记 晴。午后以酱鸭各一赠内山及镰田君。得文尹信并译稿一篇。得姚克信。得《巧克力》一本，译者所赠。下午编《南腔北调集》讫。晚蕴如及三弟来，并为豫约得重雕《芥子园画谱》三集一部，二十四元；《四部丛刊》续编一部，百三十五元，取得八种。

四日

日记 星期。晴。午后内山夫人来。下午寄《自由谈》稿一篇。夜内山君及其夫人邀往歌舞伎座观志贺廼家淡海剧团演剧，广平携海婴同去。

《如此广州》读后感

前几天，《自由谈》上有一篇《如此广州》，引据那边的报章，记店家做起玄坛和李逵的大像来,眼睛里嵌上电灯,以镇压对面的老虎招牌,真写得有声有色。自然,那目的,是在对于广州人的迷信,加以讥刺的。

广东人的迷信似乎确也很不小,走过上海五方杂处的衖堂,只要看毕毕剥剥在那里放鞭炮的,大门外的地上点着香烛的,十之九总是广东人,这很可以使新党叹气。然而广东人的迷信却迷信得认真,有魄力,即如那玄坛和李逵大像,恐怕就非百来块钱不办。汉求明珠,吴征大象,中原人历来总到广东去刮宝贝,好像到现在也还没有被刮穷,为了对付假老虎,也能出这许多力。要不然,那就是拼命,这却又可见那迷信之认真。

其实,中国人谁没有迷信,只是那迷信迷得没出息了,所以别人倒不注意。譬如罢,对面有了老虎招牌,大抵的店家,是总要不舒服的。不过,倘在江浙,恐怕就不肯这样的出死力来斗争,他们会只化一个铜元买一条红纸,写上"姜太公在此百无禁忌"或"泰山石敢当",悄悄的贴起来,就如此的安身立命。迷信还是迷信,但迷得多少小家子相,毫无生气,奄奄一息,他连做《自由谈》的材料也不给你。

与其迷信,模胡不如认真。倘若相信鬼还要用钱,我赞成北宋人似的索性将铜钱埋到地里去,现在那么的烧几个纸锭,却已经不但是骗别人,骗自己,而且简直是骗鬼了。中国有许多事情都只剩下一个空名和假样,就为了不认真的缘故。

广州人的迷信,是不足为法的,但那认真,是可以取法,值得佩服的。

二月四日。

原载 1934 年 2 月 7 日《申报·自由谈》。署名越客。
初收 1936 年 6 月上海联华书局版《花边文学》。

五日

日记 晴。上午得天马书店信并版税泉百。午内山君招饮于新半斋,同席志贺廼家淡海,惠川重,山岸盛秀,共五人。得母亲信并白菜干一包共八绞,以其二赠内山君,其三分与三弟。购赠阿玉,阿菩跳绳各一。

六日

日记 晴。午后寄母亲信。寄中国书店信并邮票三分。下午复天马书店信。寄李小峰信。夜三弟来并为取得《四部丛刊》续编三种共五本。

七日

日记 晴。上午寄烈文信并诗荃稿二篇。寄三明印刷厂《引玉集》序跋。得增田君所寄其长女木之实照相一枚。收《自由谈》稿费一月分二十四元。下午得诗荃诗并短评稿一篇。得小峰信并版税泉二百,即付印证八千。付《解放了的董吉诃德》排字费五十。晚亚丹来并赠果脯,小米,即分赠内山及三弟。夜同内山及郑伯寄[奇]往歌舞伎座观淡海剧。

八日

日记 晴。午后得安弥信并书一本。

九日

日记 晴。午后得姚克信。得季市信并剪报四方,即复。得西谛信并补《北平笺谱》缺叶五幅,即复。下午协和及其次子来。

致 许寿裳

季市兄：

顷得惠函并有剪报，得读妙文，甚感。

卖脚气药处，系"上海大东门内大街，严大德堂"，药计二种，一曰脚肿丸，浮肿者服之；一曰脚麻丸，觉麻痹者服之。应视症以求药，每服似一元，大率二服便愈云。

上海天气渐温，敝寓均安好。此复，即颂

曼福。

弟飞　顿首　二月九日

致 郑振铎

西谛先生：

五日函及《北平笺谱》补页五张，已于今九日同时收到。分送印本办法，请悉如来函办理。英国亦可送给，以见并无偏心，至于德意，则且待他们法西结束之后可耳。第二次豫约数目，未知如何？倘已届五十或一百，我并不反对再印，但只须与初版略示区别，如有余书，则当酌加书价出售，庶几与初版豫约及再板豫约者皆有区别也。

先前未见过《十竹斋笺谱》原本，故无从比较，仅就翻本看来，亦颇有趣，翻刻全部，每人一月不过二十余元，我豫算可以担任，如先生觉其刻本尚不走样，我以为可以进行，无论如何，总可以复活一部旧书也。至于渐成《图版丛刊》，尤为佳事，但若极细之古刻，北平现在之刻工能否胜任，却还是一个问题，到这时候，似不妨杂以精良之石印或珂罗版也。

中国明人（忘其名）有《水浒传像》，今似惟日本尚存翻刻本，时被引用，且加赞叹，而觅购不能得，不知先生有此本否？亦一丛刊中之材料也。

上海之青年美术学生中，亦有愿参考中国旧式木刻者，而苦于不知，知之，则又苦于难得，所以此后如图版刻成，似可于精印本外，别制一种廉价本，前者以榨取有钱或藏书者之钱，后者则以减轻学生之负担并助其研究，此于上帝意旨，庶几近之。

我在这里其实并无正业，而又并无闲空，盖因"打杂"之故，将许多光阴，都虚掷于莫名其妙之中。《文学》第二期稿，创作恐不能著笔，至于无聊如《选本》那样之杂感，则当于二十五日以前，寄奉一则也。

专此布复，即请
道安。

迅　顿首　二月九日

十日

日记　晴。午后得李雾城信并木刻一幅。下午往内山书店买『漫画只野凡儿』（Ⅰ）一本，一元。诗荃来，未见。晚蕴如携三孩来，并为买得《司马温公年谱》一部四本，三元。夜三弟来。

十一日

日记　星期。昙。午后复李雾城信。复姚克信。

致 陈烟桥

雾城先生：

二月九日的信并木刻一幅，已经收到了，谢谢。先前的信及木刻,也收到的,我并且即发回信,现在看来,是我的那一封回信寄失了。

《木刻作法》已托友人去买,但因邮寄没有西欧的顺当,所以一时怕未必能到,我想,夏季是总可以寄到的。书价大约不贵,也不必先付,而且也无法汇去,且待寄到后再说罢。

此复,即颂

时绥。

[迅] 上

致 姚 克

姚克先生:

一月廿五日第一号信及二月五日信,均已收到。关于秦代的典章文物,我也茫无所知,耳目所及,也未知有专门的学者,倘查书,则夏曾佑之《中国古代史》(商务印书馆出版,价三元)最简明。生活状态,则我以为不如看汉代石刻中之《武梁祠画像》,此像《金石粹编》及《金石索》中皆有复刻,较看拓本为便,汉时习俗,实与秦无大异,循览之后,颇能得其仿佛也。至于别的种种,只好以意为之,如必俟一切研究清楚,然后下笔,在事实上是难以做到的。

北平之所谓学者,所下的是抄撮功夫居多,而架子却当然高大,因为他们误解架子乃学者之必要条件也。倘有绍介,我以为也不妨拜访几位,即使看不到"学",却能看到"学者",明白那是怎样的人物,于"世故"及创作,会有用处也。

《自由谈》上近已见先生之作一篇,别的几篇,恐怕原因多在为洪乔所误,因为尝闻黎叹无稿也。他在做编辑似甚为难,近新添《妇女园地》一栏,分明是瓜分《自由谈》之现象。我只偶投短文,每月不过二三篇,较长而略有关系之文章,简直无处发表。新出之期刊却多,但无可看者,其中之作者,还是那一班,不过改换名姓而已。检查已开始,《文学》第二期先呈稿十篇,被抽去其半,则结果之必将奄奄无生气可知,大约出至二卷六期后,便当寿终正寝了。《现代》想必亦将讲民族文学,或以莫名其妙之文字填塞耳。

此刻在上海作品可以到处发表,不生问题的作者,其实十之九是先前用笔墨竞争,久已败北的人,此辈藉武力而登坛,则文坛之怪象可想。自办刊物,不为读者所购读,则另用妙法,钻进已经略有信用的刊物里面去,以势力取他作者之地位而代之。从今年起,大约为施行此种战略时代,不过此法亦难久掩他人之目,想来不到半年,《现代》之类也就要无人过问了。

我旧习甚多,也爱中国笺纸,当作花纸看,这回辑印了一部《笺谱》,算是旧法木刻的结账。S夫人既爱艺术,我想送她一部,但因所得之书有限,不能也送S君了。这在礼仪上,不知可否?倘无碍,则请先生用英文写给我应该写上之文字,以便照抄,邮寄。并嘱令弟以其住址见告,令弟之通信地址,亦希嘱其函知,因我不知地址,有事不能函询也。

上海已渐温暖,过旧历年之情形,比新历年还起劲。我们均安。

此上即颂

时绥。

弟豫　顿首　二月十一日

十二日

日记　晴。午后复诗荃信。以诗荃稿三篇寄《自由谈》。下午同亚丹往 ABC 茶店吃茶。得姚克信,即复。得增田君信,晚复。蕴如及三弟来,并为取得《四部丛刊》续编中之《山谷外集诗注》一部八本。

致 姚 克

姚克先生：

昨方寄一函（第一），想已到。顷接第四号信，备悉一切。Saka-moto（＝坂本）系领事馆情报处人员，其实也可以说是一种广义的侦探，不必与之通信，或简直不必以通信地址告之也。

上海已颇温暖，我们均好，请释念。

此复即颂

时绥。

豫　顿首　二月十二夜

致 增田涉

木実君の御写真は拝見致しました。以前の写真と比較すれば私には随分大くそうして美しくなった思はれました。ここに於いて大に時光の迅速を感じて早速く何か書こうと思ひました。転居してから海嬰は頗る健康でしたがそのかわり大変いたづらものになった、家に居れば時々暴動のおそれがあって実に困ります。

迅　上　二月十二夜

増田兄足下

致 山本初枝

拝啓　先日『版画』四帖戴きました。この木刻は三四年前にもう集めたものでしたが併し一、及び二号は当時版元にも品切でし

たのですから遂に手にはいれませんでした。今度初めて御厚意
によって揃へたので大に感謝します。上海にはもうあたたかくな
り確しかに春が来たらしいですが文学に対する気圧は段々重く
なるばかりです。併し私共は皆達者ですから御安心下さい。

　　草々

　　　　　　　　　　　　　　鲁迅　上　二月十二夜

山本夫人几下

　　十三日

　　日记　小雨。上午寄山本夫人信。午后得母亲信,十日发。得
姚克信。得内山嘉吉信,通知于三日生一男,名曰鹑。下午同亚丹,
方璧,古斐往 ABC 吃茶店饮红茶。

　　十四日

　　日记　旧历壬[甲]戌元旦。晴。晨亚丹返燕,赠以火腿一只,
玩具五种,别以火腿一只,玩具一种托其转赠静农。下午得静农信,
十一日发。晚寄小峰信。

致 李小峰

小峰兄:

　　《两地书》评论除李长之的之外,我所有的只二长文〔杨邨人与
语[浩](天津报)〕及一二零星小语,都无扼要之谈,不成什么气候,
这回还是不必附印罢。

　　　　　　　　　　　　　　　迅　上　二月十四日

十五日

日记 晴。上午得母亲所寄糟鸡一合，玩具九种，午后复。下午寄静农信。寄《自由谈》稿一篇，又克士作一篇。得诗荃信并短评一篇。得西谛信并《北平笺谱》提单一纸。买『日本廿六聖人殉教記』一本，一元。寄靖华书四本。寄三明印刷局校稿一封。晚蕴如及三弟来。

过　年

今年上海的过旧年，比去年热闹。

文字上和口头上的称呼，往往有些不同：或者谓之"废历"，轻之也；或者谓之"古历"，爱之也。但对于这"历"的待遇是一样的：结账，祀神，祭祖，放鞭炮，打马将，拜年，"恭喜发财"！

虽过年而不停刊的报章上，也已经有了感慨；但是，感慨而已，到底胜不过事实。有些英雄的作家，也曾经叫人终年奋发，悲愤，纪念。但是，叫而已矣，到底也胜不过事实。中国的可哀的纪念太多了，这照例至少应该沉默；可喜的纪念也不算少，然而又怕有"反动分子乘机捣乱"，所以大家的高兴也不能发扬。几经防遏，几经淘汰，什么佳节都被绞死，于是就觉得只有这仅存残喘的"废历"或"古历"还是自家的东西，更加可爱了。那就格外的庆贺——这是不能以"封建的余意"一句话，轻轻了事的。

叫人整年的悲愤，劳作的英雄们，一定是自己毫不知道悲愤，劳作的人物。在实际上，悲愤者和劳作者，是时时需要休息和高兴的。古埃及的奴隶们，有时也会冷然一笑。这是蔑视一切的笑。不懂得这笑的意义者，只有主子和自安于奴才生活，而劳作较少，并且失了悲愤的奴才。

56

我不过旧历年已经二十三年了,这回却连放了三夜的花爆,使隔壁的外国人也"嘘"了起来:这却和花爆都成了我一年中仅有的高兴。

二月十五日。

原载 1934 年 2 月 17 日《申报·自由谈》。署名张承禄。
初收 1936 年 6 月上海联华书局版《花边文学》。

致 台静农

静农兄:

二月十一日来信昨收到。我的信竟入于被装裱之列,殊出意外,遗臭万年姑且不管,但目下之劳民伤财,为可惜耳。

亚兄以七日午后到沪,昨十四日晨乘轮船北归,此信到时,或已晤面,见时希转告,以一信通知到燕为荷。

西谛藏明版图绘书不少,北平又易于借得古书,所以我曾劝其选印成书,作为中国木刻史。前在沪闻其口谈,则似意在多印图而少立说。明版插画,颇有千篇一律之观,倘非拔尤绍介,易令读者生厌,但究竟胜于无有,所以倘能翻印,亦大佳事,胜于焚书卖血万万矣。此复,即颂

时绥。

迅　顿首　二月十五日午后

十六日

日记　晴。午后以诗荃稿寄《自由谈》。买『東方学报』(京都第四册)一本,四元。下午诗荃来。

57

十七日

　　日记　昙。午后寄烈文信。下午雨。得诗荃信。

致 黎烈文

烈文先生：

　　"古历"元旦前后，陆续寄奉"此公"短评数篇，而开年第一次，竟将拙作取列第一，不胜感幸。但文中似亦雕去不少，以至短如胡羊尾巴，未尝留稿，自亦不复省记是何谬论，倘原稿尚在，希检还以便补入，因将来尚可重编卖钱也。此布　　即请

道安。

　　　　　　　　　　　　　　　　　　迅　顿首　二月十七日

十八日

　　日记　星期。晴。无事。

十九日

　　日记　昙。午后得京都大学『東方学報』第三册一本，三元五角。得山本夫人信并『明日』（七）一本。得烈文信并还克士稿。得姚克信。下午为保宗寄小山小说七本。晚蕴如及三弟来，并为取得《作邑自箴》一本，《挥塵录》七本。饭后同往威利大戏院观电影，为马来深林中情状，广平亦去。夜雨。

二十日

　　日记　昙。午后往内山书店得『生物学講座補正』八本，四元；

『白と黒』（四十四号）一本，五角。夜同广平往上海大戏院观电影。

致 姚 克

姚克先生：

　　第五信收到。来论之关于诗者，是很对的。歌，诗，词，曲，我以为原是民间物，文人取为己有，越做越难懂，弄得变成僵石，他们就又去取一样，又来慢慢的绞死它。譬如《楚辞》罢，《离骚》虽有方言，倒不难懂，到了扬雄，就特地"古奥"，令人莫名其妙，这就离断气不远矣。词，曲之始，也都文从字顺，并不艰难，到后来，可就实在难读了。现在的白话诗，已有人掇用"选"字，或每句字必一定，写成一长方块，也就是这一类。

　　先生能发表英文，极好，发表之处，是不必太选择的。至于此地报纸，则刊出颇难，观一切文艺栏，无不死样活气，即可推见。我的投稿，自己已十分小心，而刊出后时亦删去一大段，好像尚未完篇一样，因此连拿笔的兴趣也提不起来了。傅公，一孱头耳，不知道他是在怎么想；那刊物，似乎也不过挨满一年，聊以塞责，则不复有朝气也可知。那挨满之由，或因官方不许，以免多禁之讥，或因老版要出，可以不退定款，均说不定。

　　M. Artzybashev 的那篇小说，是 *Tales of the Revolution* 中之一，英文有译本，为 tr. Percy Pinkerton，Secker，London；Huebsch，N. Y.；1917. 但此书北平未必能得，买来也可不必。大约照德文转译过来，篇名为 *Worker Sheviriov*，亚拉藉夫拼作 Aladejev 或 Aladeev，也就可以了。"无抗抵主义者"我想还是译作"托尔斯泰之徒"（Tol-stoian?），较为明白易晓。译本出后，给我三四本，不知太多否？直寄之店名，须写 Uchiyama Book－store，不拼中国音。

送 S 君夫妇之书，当照来函办理，但未知其住址为何，希见示，以便直寄。又令弟之号亦请示及，因恐行中有同姓者，倘仅写一姓，或致误投也。

前回的信，不是提起过钱君不复来访吗，新近听到他生了大病，群医束手，终于难以治愈，亦未可知的。

武梁祠画像新拓本，已颇模胡，北平大约每套十元上下可得。又有《孝堂山画像》，亦汉刻，似十幅，内有战斗，刑戮，卤簿……等图，价或只四五元，亦颇可供参考，其一部分，亦在《金石索》中。

此布，即颂

时绥。

豫　顿首　二月二十日(第四)

二十一日

　　日记　昙。午后复诗荃信。复姚克信。下午得天马书店信，夜复。

二十二日

　　日记　晴。上午寄天马书店印证二千枚。午后同广平携海婴并邀何太太携碧山往虹口大戏院观电影。晚得母亲信，十八日发。得古飞信，即复。得陈霞信，即复。得葛贤宁信并诗集一本，即复。

二十三日

　　日记　昙。午后得靖华信。得增田君信，即复。下午得烈文信，即复。收到《北平笺谱》十八部。雨。

运　命

　　电影"《姊妹花》"中的穷老太婆对她的穷女儿说：'穷人终是穷人，

你要忍耐些!'"宗汉先生慨然指出,名之曰"穷人哲学"(见《大晚报》)。

自然,这是教人安贫的,那根据是"运命"。古今圣贤的主张此说者已经不在少数了,但是不安贫的穷人也"终是"很不少。"智者千虑,必有一失",这里的"失",是在非到盖棺之后,一个人的运命"终是"不可知。

豫言运命者也未尝没有人,看相的,排八字的,到处都是。然而他们对于主顾,肯断定他穷到底的是很少的,即使有,大家的学说又不能相一致,甲说当穷,乙却说当富,这就使穷人不能确信他将来的一定的运命。

不信运命,就不能"安分",穷人买奖券,便是一种"非分之想"。但这于国家,现在是不能说没有益处的。不过"有一利必有一弊",运命既然不可知,穷人又何妨想做皇帝,这就使中国出现了《推背图》。据宋人说,五代时候,许多人都看了这图给自己的儿子取名字,希望应着将来的吉兆,直到宋太宗(?)抽乱了一百本,与别本一同流通,读者见次序多不相同,莫衷一是,这才不再珍藏了。然而九一八那时,上海却还大卖着《推背图》的新印本。

"安贫"诚然是天下太平的要道,但倘使无法指定究竟的运命,总不能令人死心塌地。现在的优生学,本可以说是科学的了,中国也正有人提倡着,冀以济运命说之穷,而历史又偏偏不挣气,汉高祖的父亲并非皇帝,李白的儿子也不是诗人;还有立志传,絮絮叨叨的在对人讲西洋的谁以冒险成功,谁又以空手致富。

运命说之毫不足以治国平天下,是有明明白白的履历的。倘若还要用它来做工具,那中国的运命可真要"穷"极无聊了。

二月二十三日。

原载 1934 年 2 月 26 日《申报·自由谈》。署名倪朔尔。

初收 1936 年 6 月上海联华书局版《花边文学》。

二十四日

　　日记　小雨。上午寄《自由谈》稿一篇。午后收改造社稿费日金百圆。得天马书店信,即复。得天下篇半月刊社信并刊物二本,即复。夜寄西谛信。寄小峰信。

致 曹靖华

汝珍兄:

　　十五日托书店寄字典等四本至学校,未知已收到否? 昨得二十日函,甚慰。一有儿女,在身边则觉其烦,不在又觉寂寞,弟亦如此,真是无法可想。静兄处款之无法探问,兄现想已知,只能暂时搁下。

　　上海靠笔墨很难生活,近日禁书至百九十余种之多,闻光华书局第一,现代书局次之,最少要算北新,只有四种(《三闲集》,《伪自由书》,《旧时代之死》,一种忘记了),良友图书公司也四种(《竖琴》,《一天的工作》,《母亲》,《一年》)。但书局已因此不敢印书,一是怕出后被禁,二是怕虽不禁而无人要看,所以卖买就停顿起来了。杂志编辑也非常小心,轻易不收稿。

　　那两本小说稿,当去问一问,我和书局不相识,当托朋友去商量,倘收回时,当照所说改编,然后再觅商店。

　　上海已略暖,商情不佳,别的谣言倒没有,但北方来信,却常常检查,莫非比南边不安静吗? 我们还好,请勿念。

　　此上,即请

近安。

弟豫　顿首　二月廿四日

致 郑振铎

西谛先生：

日前获惠函并《北平笺谱》提单，已于昨日取得三十八部，重行展阅，觉得实也不恶，此番成绩，颇在豫想之上也。账目如已结好，希掷下，以便与内山算账。

本想于这几天为《文学季刊》作一小文，而琐事蝟集，不能静坐。为赌气计，要于日内编印杂感，以破重压，此事不了，心气不平，宜于《文季》之文，不能下笔，故此次实已不能寄稿，希谅察为荷。

新年新事，是查禁书籍百四十余种，书店老版，无不惶惶奔走，继续着拜年一般之忙碌也。

此布即请

道安。

迅　顿首　二月廿四夜

二十五日

　　日记　星期。昙。晚蕴如及三弟来。

二十六日

　　日记　晴。上午得王慎思信并花纸束一，即复。得罗清桢信并木刻四幅，午后复。以《北平笺谱》寄赠蔡先生及山本夫人，内山嘉吉，坪井，增田，静农各一部。下午买『チェーホフ全集』（第一卷）一本，二元五角。晚蕴如来。三弟来并为取得《梅亭先生四六标准》一部八本。

致 罗清桢

清桢先生：

顷奉到来函并木刻五幅，谢谢。此五幅中，《劫后余生》中蹲着的女人的身体，似乎太大了一点，此外都好的。《韩江舟子》的风景，极妙，惜拉纤者与船，不能同时表出，须阅者想像，倘将人物布置得远些，而亦同时看见所拉之船，那就一目了然了。

有一个日本朋友，即前年在上海最初教中国青年以木刻者，甚愿看中国作品，可否再给我一份，以便转寄。

弟一切如常，但比以前更受压迫，倘于大作有所绍介，则被绍介者会反而受害也说不定，现在的事情，无道理可说，不如暂时缄默，看有相宜之机会再动笔罢。

专此布复，即请
文安。

迅　上　二月二十六日

致 郑振铎

西谛先生：

二十四日寄奉一函，想已达。《北平笺谱》收到后，已经逐函查检，不料仍有缺页，共六幅，别纸开出附奉。不知可以设法补印否？希费神与纸铺一商，倘可，印工虽较昂亦无碍，因如此，则六部皆得完全也。

此书在内山书店之销场甚好，三日之间，卖去十一部，则二十部之售罄，当无需一星期耳。

第二次印之豫约者，不知已有几人，尚拟举办否？　先生之书籍插画集，现已如何，是否仍行豫约，希见示为幸。

此布，即请

文安。

迅　顿首　二月廿六夜

二十七日

　　日记　晴。上午寄西谛信。午后寄增田君信。铭之来。下午往内山书店买『東洋古代社会史』一本，五角；『読書放浪』一本，二元。

致 増田渉

　　明日内山老板の知人で日本に帰へる人が有るから小包を一つ頼みました。恐らく大阪についたら出すのでしょう。

　　内には『北平箋譜』一函這入って居ます。それは私から提議したものだけれども鄭振鐸君の尽力によって始めて出きあがったのです。原版は紙店が持って居るので紙を買って印刷し集めて一部の本にしたら悪くもないらしい。一百部拵へただけで出版しない前に皆な予約済でした。しかし版元三閑屋はまだ有りますから一部を清玩に供します。

　　そーして其の小包の内、本のシリッポに又小い包が一つついて居ます。それは渡君に進呈するつもりのものですが実はオトナのオモチヤと云ふた方が適当かも知れません。五十四年前に私の生れた時に外出する時には、そんなものを掛けました。日本流に云へば「悪魔よけ」、併し支那には「悪魔」と云ふ考〻はなかったのだから「不正ものよけ」と云ふた方がいゝでしょう。説明しなければ少しわかりにくいから左に図解しましょう。

65

その円いものは、米を搗い
だ後、精米と糠とを振分ける
もの、竹で拵へ、支那には篩
と云ふが日本名不明。一は
云ふまでもなく太極、二は算
盤、三は硯、四は筆に筆架、五
は本かと思ふ、六は絵巻物、
七は暦書です、八ははさみ、
九は尺、十は菻盤だらうと思
ふ。十一は図解者も困りま
す、その形は蠍らしいが実はハカリでなければならない。

　兎角皆ものをはっきりするものです。して見れば支那の不正者
は大に明了なものをこわがれ胡麻化する事をすく事がわかる。
日本の不正者はどんな性質かしりませんが兎角一種のシナモノ
としておくりました。

　文壇に加へる圧迫は益々重くなって来ました。併し私共は不相
変呑気に暮して居ます。

迅　上　二月二十七日

増田兄几下

二十八日
　日记　昙。下午伊君来。晚收北新版税二百。夜寄小峰信。

三月

一日

日记　晴。午后编《引玉集》毕，付印。以《北平笺谱》一部寄苏联木刻家协会。下午买『ドストイエフスキイ全集』卷八卷九各一本，共泉五元。得天马书店信并版税二百，夜复。校《南腔北调集》起。

二日

日记　晴。午后得烈文信。得惠川重信。

三日

日记　晴。午后得陈霞信，即复。下午寄亚丹信。寄西谛信。夜濯足。

致 曹靖华

汝珍兄：

　　日前将兄所要的书四本寄至学校，昨被寄回，上批云"本校并无此人"，我想必是门房胡闹（因为我并未写错姓名），书仍当寄上，但不知以寄至何处为宜，希即将地址及姓名见示。书须挂号，要有印的名字才好也。此布即颂

时绥。

弟豫　顿首　三月三日

致 郑振铎

西谛先生：

日前奉一函，系拟补印缺页者，未知已到否？

《北平笺谱》之在内山书店，销路极好，不到一星期，二十部全已卖完，内山谓倘若再版，他仍可要二三十部。不知中国方面，豫约者已有几人？如已及二十部倘有三十部，则可只给内山二十部，那就不妨开印了。

此书再版时，只要将末页改刻，于第一二行上，添"次年△月再版△△部越△月毕工"十四字，又，选定者之名，亦用木刻就好了。此布即请

文安。

迅 顿首 三月三日

四日

日记 星期。晴。晚蕴如及三弟携阿玉，阿菩来，留之夜饭。诗荃来，不之见。

答国际文学社问

原问——

一，苏联的存在与成功，对于你怎样（苏维埃建设的十月革命，对于你的思想的路径和创作的性质，有什么改变）？

二，你对于苏维埃文学的意见怎样？

三，在资本主义的各国，什么事件和种种文化上的进
行，特别引起你的注意？

一，先前，旧社会的腐败，我是觉到了的，我希望着新的社会的
起来，但不知道这"新的"该是什么，而且也不知道"新的"起来以后，
是否一定就好。待到十月革命后，我才知道这"新的"社会的创造者
是无产阶级，但因为资本主义各国的反宣传，对于十月革命还有些
冷淡，并且怀疑。现在苏联的存在和成功，使我确切的相信无阶级
社会一定要出现，不但完全扫除了怀疑，而且增加许多勇气了。但
在创作上，则因为我不在革命的旋涡中心，而且久不能到各处去考
察，所以我大约仍然只能暴露旧社会的坏处。

二，我只能看别国——德国，日本——的译本。我觉得现在的
讲建设的，还是先前的讲战斗的——如《铁甲列车》，《毁灭》，《铁流》
等——于我有兴趣，并且有益。我看苏维埃文学，是大半因为想绍
介给中国，而对于中国，现在也还是战斗的作品更为紧要。

三，我在中国，看不见资本主义各国之所谓"文化"；我单知道他
们和他们的奴才们，在中国正在用力学和化学的方法，还有电气机
械，以拷问革命者，并且用飞机和炸弹以屠杀革命群众。

原载 1934 年《国际文学》第 3、4 期合刊，题作《中国与十
月》；同年 7 月 5 日苏联《真理报》转载。

初收 1937 年 7 月上海三闲书屋版《且介亭杂文》。

致 黎烈文

烈文先生：

"此公"稿二篇呈上，颇有佛气，但《自由谈》本不拘一格，或无

妨乎?

"此公"脾气颇不平常,不许我以原稿径寄,其实又有什么关系,而今则需人抄录,既费力,又费时,忙时殊以为苦。不知馆中有人抄写否? 倘有,则以抄本付排,而以原稿还我,我又可以还"此公"。此后即不必我抄,但以原稿寄出,稍可省事矣。如何? 便中希示及。

此上,即请

道安。

迅　顿首　三月四夜

致 萧 三

肖山兄:

一月五日的信,早收到。《文学周报》是陆续收到一些的,但此外书报(插画的),一本也没有到。弟前寄杂志二包后,又于寄莫京木刻家以书籍时,附上杂志数本,前几天又代茅兄寄上他所赠的书一包,未知收到否,此外尚有三本,当于日内寄上。

莲姊处已嘱其常写信。亚兄于年假时来此一趟,住了六七天。它兄到乡下去了,地僻,不能通邮,来信已交其太太看过,但她大约不久也要赴乡下去了,倘兄寄来原文书籍,除英德文者外,我们这里已无人能看,暂时可以不必寄了。

《子夜》,茅兄已送来一本,此书已被禁止了,今年开头就禁书一百四十九种,单是文学的。昨天大烧书,将柔石的《希望》,丁玲的《水》,全都烧掉了,剪报附上。

中国文学史没有好的,但当选购数种寄上。至于作家评传,更是不行,编者并不研究,只将载于报章杂志上的"读后感"之类,连起来成一本书,以博稿费而已,和别国的评传,是不能比的,但亦当购寄,以备参考。

　　附上它嫂信二张。回答二纸,请　兄译出转寄为感。

　　专此布达,即颂

时绥。

弟豫　上　三月四夜。

五日

　　日记　晴。上午寄烈文信并诗荃稿四篇。午后寄肖山信。下午寄纽约及巴黎图书馆《北平笺谱》各一部。得天下篇社信。得王慎思信。得『白と黒』第四十五册一本,五角。夜三弟来并为取得《四部丛刊》续编三种共七本。

六日

　　日记　晴。上午寄肖山信。下午得靖华信,即复。得姚克信,晚复。三弟来。

致 曹靖华

汝珍兄:

　　三月三日函已收到。书已寄回,近因书店太忙,稍停数日当再寄。肖山兄信言寄我书报,报有到者,而书则无。日前刚发一信,谓它兄回乡,无人阅读,可不必寄。今始想到可转寄兄,便中给彼信时,望提及,报可仍寄我处,则由我寄上,当比直达较好也。

　　《春光》杂志,口头上是有稿费的,但不可靠,因书店小,口说不作准。大书店则有人包办,我辈难于被用。

毕氏等传略,倘有暇,仍望译寄。这一回来不及了,因已付印,但将来会有用处的。

上海仍冷如一月前,我们均好。雪夫人于十日前生一男孩,须自养,生活更困难了。

此上即颂

时绥。

弟豫　顿首　三月六夜

致 姚 克

Y先生:

二月廿七日函收到;信的号数,其实是连我自己也记不清楚了,我于信件随到随复,不留底子,而亦不宜留,所以此法也不便当,还是废止,一任恩赐没收,不再究诘,胡里胡涂罢。

汉画象模胡的居多,倘是初拓,可比较的清晰,但不易得。我在北平时,曾陆续搜得一大箱,曾拟摘取其关于生活状况者,印以传世,而为时间与财力所限,至今未能,他日倘有机会,还想做一做。汉画像中,有所谓《朱鲔石室画象》者,我看实是晋石,上绘宴会之状,非常生动,与一般汉石不同,但极难得,我有一点而不全,先生倘能遇到,万不可放过也。

关于中国文艺情形,先生能陆续作文发表,最好。我看外国人对于这些事,非常模胡,而所谓"大师""学者"之流,则一味自吹自捧,绝不可靠,青年又少有精通外国文者,有话难开口,弄得漆黑一团。日本人读汉文本来较易,而看他们的著作,也还是胡说居多,到上海半月,便做一本书,什么轮盘赌,私门子之类,说得中国好像全盘都是嫖赌的天国。但现在他们也有些露出马脚,读者颇知其不可信了。上月我做了三则短评，发表于本月《改造》上，对于中、日、满，都加以讽刺，而上海文氓，竟又藉此施行谋害，所谓黑暗，真是至今日而无以复加了。

插画要找画家，怕很难，木刻较好的两三个人，都走散了，因为饥饿。在我的记忆中，现在只有一人或者还能试一试，不过他不会木刻，只能笔画，纵不佳，比西洋人所画总可以真确一点。当于日内去觅，与之一谈，再复。

上月此间禁书百四十九种，我的《自选集》在内。我所选的作品，都是十年以前的，那时今之当局，尚未取得政权，而作品中已有对于现在的"反动"，真是奇事也。

上海还冷，恐怕未必逊于北平。我们都好。

此布，即颂

时绥。

弟豫　顿首　三月六夜

七日

日记　晴，风。上午同广平携海婴往须藤医院诊。

大 小 骗

"文坛"上的丑事，这两年来真也揭发得不少了：剪贴，瞎抄，贩卖，假冒。不过不可究诘的事情还有，只因为我们看惯了，不再留心它。

名人的题签，虽然字不见得一定写的好，但只在表示这书的作者或出版者认识名人，和内容并无关系，是算不得骗人的。可疑的是"校阅"。校阅的脚色，自然是名人，学者，教授。然而这些先生们自己却并无关于这一门学问的著作。所以真的校阅了没有是一个问题;即使真的校阅了,那校阅是否真的可靠又是一个问题。但再加校阅,给以批评的文章,我们却很少见。

还有一种是"编辑"。这编辑者,也大抵是名人,因这名,就使读者觉得那书的可靠。但这是也很可疑的。如果那书上有些序跋,我们还可以由那文章,思想,断定它是否真是这人所编辑,但市上所陈列的书,常有翻开便是目录,叫你一点也摸不着头脑的。这怎么靠得住? 至于大部的各门类的刊物的所谓"主编",那是这位名人竟上至天空,下至地底,无不通晓了,"无为而无不为",倒使我们无须再加以揣测。

还有一种是"特约撰稿"。刊物初出,广告上往往开列一大批特约撰稿的名人,有时还用凸版印出作者亲笔的签名,以显示其真实。这并不可疑。然而过了一年半载,可就渐有破绽了,许多所谓特约撰稿者的东西一个字也不见。是并没有约,还是约而不来呢,我们无从知道;但可见那些所谓亲笔签名,也许是从别处剪来,或者简直是假造的了。要是从投稿上取下来的,为什么见签名却不见稿呢?

这些名人在卖着他们的"名",不知道可是领着"干薪"的? 倘使领的,自然是同意的自卖,否则,可以说是被"盗卖"。"欺世盗名"者有之,盗卖名以欺世者又有之,世事也真是五花八门。然而受损失的却只有读者。

三月七日。

原载 1934 年 3 月 28 日《申报·自由谈》。署名邓当世。
初收 1936 年 6 月上海联华书局版《花边文学》。

八日

日记 晴。上午得三月分『版芸術』一本,五角。午后寄《自由谈》稿一篇。寄施乐君夫妇《北平笺谱》一部。得诗荃信并稿一,晚寄烈文。夜须藤先生来为海婴诊。内山君及其夫人来访。为海婴施芥子泥罨法,不能眠。

九日

日记 晴。上午得张慧信并诗集二本,诗稿二本。得何白涛信并木刻一幅,泉卅,午后复。下午须藤先生来为海婴诊。得西谛信。晚得小峰信并二月份版税泉二百。

致 何白涛

白涛先生:

二月廿日的信,是三月九日才收到的,并洋卅元及木刻一幅,谢谢。

我所拟翻印之木刻画,已寄东京去印,因那边印工好而价廉,共六十幅,内有几幅须缩小,只印三百本,是珂罗板,布面装订的,费须三百余元,拟卖一元五角一本,在内山书店出售。成功恐不能快,一出版,当寄上。

中国能有关于木刻的杂志,原是很好,但读者恐不会多,日本之《白与黑》(原版印),每期只印六十本,《版艺术》也不过五百部,尚且卖不完也。

专此布复,并颂
时绥。

迅　上　三月九日

十日

日记　雨。上午内山君同贺川丰彦君来谈。午后复王慎思信。复西谛信。夜风。

《准风月谈》前记

　　自从中华民国建国二十有二年五月二十五日《自由谈》的编者刊出了"吁请海内文豪，从兹多谈风月"的启事以来，很使老牌风月文豪摇头晃脑的高兴了一大阵，讲冷话的也有，说俏皮话的也有，连只会做"文探"的叭儿们也翘起了它尊贵的尾巴。但有趣的是谈风云的人，风月也谈得，谈风月就谈风月罢，虽然仍旧不能正如尊意。

　　想从一个题目限制了作家，其实是不能够的。假如出一个"学而时习之"的试题，叫遗少和车夫来做八股，那做法就决定不一样。自然，车夫做的文章可以说是不通，是胡说，但这不通或胡说，就打破了遗少们的一统天下。古话里也有过：柳下惠看见糖水，说"可以养老"，盗跖见了，却道可以粘门闩。他们是弟兄，所见的又是同一的东西，想到的用法却有这么天差地远。"月白风清，如此良夜何？"好的，风雅之至，举手赞成。但同是涉及风月的"月黑杀人夜，风高放火天"呢，这不明明是一联古诗么？

　　我的谈风月也终于谈出了乱子来，不过也并非为了主张"杀人放火"。其实，以为"多谈风月"，就是"莫谈国事"的意思，是误解的。"漫谈国事"倒并不要紧，只是要"漫"，发出去的箭石，不要正中了有些人物的鼻梁，因为这是他的武器，也是他的幌子。

　　从六月起的投稿，我就用种种的笔名了，一面固然为了省事，一面也省得有人骂读者们不管文字，只看作者的署名。然而这么一来，却又使一些看文字不用视觉，专靠嗅觉的"文学家"疑神疑鬼，而他们的嗅觉又没有和全体一同进化，至于看见一个新的作家的名字，就疑心是我的化名，对我呜呜不已，有时简直连读者都被他们闹得莫名其妙了。现在就将当时所用的笔名，仍旧留在每篇之下，算是负着应负的责任。

还有一点和先前的编法不同的，是将刊登时被删改的文字大概补上去了，而且旁加黑点，以清眉目。这删改，是出于编辑或总编辑，还是出于官派的检查员的呢，现在已经无从辨别，但推想起来，改点句子，去些讳忌，文章却还能连接的处所，大约是出于编辑的，而胡乱删削，不管文气的接不接，语意的完不完的，便是钦定的文章。

日本的刊物，也有禁忌，但被删之处，是留着空白，或加虚线，使读者能够知道的。中国的检查官却不许留空白，必须接起来，于是读者就看不见检查删削的痕迹，一切含胡和恍忽之点，都归在作者身上了。这一种办法，是比日本大有进步的，我现在提出来，以存中国文网史上极有价值的故实。

去年的整半年中，随时写一点，居然在不知不觉中又成一本了。当然，这不过是一些拉杂的文章，为"文学家"所不屑道。然而这样的文字，现在却也并不多，而且"拾荒"的人们，也还能从中检出东西来，我因此相信这书的暂时的生存，并且作为集印的缘故。

一九三四年三月十日，于上海记。

未另发表。
初收 1934 年 12 月上海兴中书局版《准风月谈》。

致 郑振铎

西谛先生：

五日信并帐目均收到。内山加入，还在发表豫约之先，我想还是作每部九·四七算,连运费等共二〇一·六五元,其一·六五由我之五三·三六四八内减去,我即剩五一·七一四八了,即作为助印《图本丛刊》之类之用。但每月刊刻《十竹斋笺谱》费用,则只要先生将数目通知,仍当案月另寄。

关于《北平笺谱》再版事,前函已提起,顷想已到。今日与内山商量,他仍愿加入三十部,取得三百元,当于下星期汇上,那么,必要者已有八十部,大可以开印了,所余的二十部,是决不会沉滞的。第二次印对于内山,我想仍作每部九·四七算。

寄法美图书馆的两部,前日寄出,而税关说这不是书籍,是印刷品,每部抽税一元五角,你看可笑不可笑。

缺页倘能早印见寄,甚好。这回付印,似应嘱装订者小心,或者每种多印几张,以备补缺之用,才好。因为买这类高价书的人,大抵要检查,恐怕一有缺页,会来麻烦的。

禁书事未闻解决。《文学》三月号,至今未出。《文季》三期稿,当勉力为之。

此复,即请

道安

迅　顿首　三月十日

十一日

日记　星期。雨。上午须藤先生来为海婴诊。午后得诗荃稿四篇。晚蕴如及三弟来,饭后同往大上海戏院观《锦绣天》,广平同去。风。

十二日

日记　昙。午后得『東方の詩』一本,著者森女士寄赠。得烈文信并稿费卅。得天下篇社信并刊物二本。得王慎思信并木刻一卷。

理发。北新书局持来《呐喊》等十本,付印证五千。下午得增田君信。收文学社稿费六十一元。

十三日

日记　晴。晨须藤先生来为海婴诊。午后以诗荃稿二篇寄《自由谈》。下午诗荃来,未见。晚得葛贤宁信并诗。蕴如及三弟来,并取得《张子语录》一本,《龟山语录》二本,《东皋子集》一本。

致 郑振铎

西谛先生:

十日寄一函,想已到。《北平笺谱》之内山书款,已交来三百元,即嘱舍弟由商务印书馆汇奉,取得汇票,今附上,希察收为幸。

老莲之《水浒图》,久闻其名,而未一见。日本所翻刻者,系别一明人作,《世界美术全集续编》中曾印数页,每页二人。但偶忘作者名,稍暇当查出,庶于中国或有访得之望。

《文学》第四期至今未出,盖因检查而迁延,闻此后或不至再误期。书案无后文,似有不死不活之概,盖内幕复杂,非一时所能了也。

《笺谱》再版,约者已有七十部,则事已易举。尾页如嫌另刻费事,我以为亦可就原版将末行锯去(因编者之名,已见于首页),而别刻一木印,记再刻之事,用朱印于第一二行之下,当亦不俗耳。

此布,即请

文安

迅　顿首　三月十三夜

十四日

日记 晴。上午寄西谛信并内山书店豫定再版《北平笺谱》泉三百。下午须藤先生来为海婴诊。夜复王慎思信。寄三弟信。

《无名木刻集》序

用几柄雕刀,一块木版,制成许多艺术品,传布于大众中者,是现代的木刻。

木刻是中国所固有的,而久被埋没在地下了。现在要复兴,但是充满着新的生命。

新的木刻是刚健,分明,是新的青年的艺术,是好的大众的艺术。

这些作品,当然只不过一点萌芽,然而要有茂林嘉卉,却非先有这萌芽不可。

这是极值得记念的。

一九三四年三月十四日,鲁迅。

最初印入 1934 年 5 月原拓版《无名木刻集》。
初未收集。

十五日

日记 晴,风。下午须藤先生来为海婴诊。夜得姚克信,即复。寄母亲信。

致 姚 克

姚克先生：

　　顷接十日函，始知天津报上，谓我已生脑炎，致使吾友惊忧，可谓恶作剧；上海小报，则但云我已遁香港，尚未如斯之甚也。其实我脑既未炎，亦未生他病，顽健仍如往日。假使真患此症，则非死即残废，岂辍笔十年所能了事哉。此谣盖文氓所为，由此亦可见此辈之无聊之至，诸希　释念为幸。插画家正在物色，稍迟仍当奉报也。专此布复，即请

旅安。

豫　顿首　三月十五夜

致 母 亲

母亲大人膝下，敬禀者，久未得来示为念。近闻天津报上，有登男生脑炎症者，全系谣言，请勿念为要。害马亦好，惟海婴于十日前患伤风发热，即经延医诊治，现已渐愈矣。和苏兄不知已动身否？至今未见其来访也。专此布达，恭请

金安。

男树　叩上。广平及海婴随叩　三月十五夜。

十六日

　　日记　晴。上午复天下篇社信。闻天津《大公报》记我患脑炎，戏作一绝寄静农云："横眉岂夺蛾眉冶，不料仍违众女心。诅咒而今翻异样，无如臣脑故如冰。"午后须藤先生来为海婴诊。下午收靖华

81

所寄美术画十幅,赠秀珍、海婴各二幅。买『仏蘭西精神史の一側面』一本,二元八角。夜校《南腔北调集》讫。

闻谣戏作

横眉岂夺蛾眉冶,不料仍违众女心。
诅咒而今翻异样,无如臣脑故如冰。

三月十六日

未另发表。据手稿编入。
初未收集。

致 台静农

横眉岂夺蛾眉冶,不料仍违众女心。诅咒而今翻异样,无如臣脑故如冰。

三月十五夜闻谣戏作,以博
静兄一粲

旅隼

致 天下篇社

日前收到刊物并惠书,谨悉。拙著拟觅一较可凭信者翻译,而此人适回乡省亲,闻需两三星期始能再到上海,大约本月底或下月

初当可译出，届时必即邮奉也。恐念，先此奉闻。并颂

时祉。

迅　上

录自 1936 年 10 月 22 日《北洋画报》第 1468 期。

十七日

日记　晴。上午得陈霞信。得山本夫人信并玩具二种赠海婴。前寄靖华书四本复回，午后再寄并函一。下午须藤先生来为海婴诊。夜复山本夫人信。寄森三千代女士信，谢其赠书。

致　曹靖华

汝珍兄：

蒙寄画片十幅，今日收到。书四本，则于下午又寄往学校去了，写明注册课转，这回想不至于再有错误了罢。

我们一切如常，弟亦甚安好，并无微恙，希释念为要。

此布，即颂

时绥。

弟豫　上。三月十七夜

令夫人及孩子们均此致候。

致　森三千代

拝啓　一昨日御頒與の『東方の詩』をいただいて御蔭様ですわ

つて色々な処に旅行することが出來ました。厚く御礼を申し上げます。

　蘭の話と云へば料理屋に集まつた有様もありありと目の前に浮出します。併し今の上海はあの時と大に変つてどうもさびしくてたまりません。

魯迅　上　三月十七日

森三千代女士几下

致 山本初枝

　拝啓　今日の午後内山書店にて漫談中、丸林様の奥様がいらしゃって御贈物を下さいました。同時に御手紙もつきました。有難う存じます。北平箋譜はその木版は皆な紙屋にあるので編輯して一一紙を買ってその店に頼んで印刷すればたやすく出来るものですが併し習慣も段々変って行くから、こんな詩箋も近い内に滅亡するのであらうと思ひます。その為めに決心して一つやって昔の成績を残して置こうとしました。若しその中に少しでも見る可きもの有れば幸です。増田第一世の処にも一函送りました。上海には気候悪く色々な病気がはやって居ます。子供もインフルエンザにかかって須藤先生に見てもらって今日から始めてよくなりました。丁度怒って居る最中、送って下さった玩具をやったら大変よろこびました。そうして自転車を貰らった事もまだ覚えて居ます。　草々頓首

魯迅　上　三月十七日

山本夫人几下
　山本様と正路君にもよろしく

十八日

日记 星期。晴。午后复增田君信。下午须藤先生来为海婴诊,云已愈。得好友读书社信。买『仏教に於ける地獄の新研究』一本,一元。晚蕴如及三弟来,留之夜饭。得刘肖愚信。得林语堂信。

致 增田涉

拝啓、恵曇村よりの御手紙はとくに拝見しました、今にはもう東京に到着しましただらうと思って少しく書きます。

北平箋譜についての二点は御尤ですが第一点の事は印刷する前にも頗る紙屋と談判しました。併し一度濃くすれば絵の具が版について此の次の実用箋を印刷するに影響するからと云って遂に承知してくれなかった。第二点は私はわざとこう云ふ風にしたのです。実に云へば陳衡恪、齊璜(白石)以後、箋画はもう衰退したので二十人合作の梅花箋、既に無力、御猿様などに至っては大に俗化して仕舞った。これからは滅亡するのでしょう、旧式の文士も段々へって行くから。それで私は虎頭蛇尾の観を呈されて末流の箋画家を表彰したのです。

彫工、印工も今にはまだ三四人残して居ますが大抵みじめな生活状態に陥入って居ます。これらの連中が死んだらこの技術も仕舞ひ。

今年からは私と鄭君二人で毎月少づつ金を出して明の『十竹齋箋譜』を復刻させて居ますが一ケ年位で出来る筈です。その本は精神頗る繊巧で小さいものですが兎角明のものですから回生させて置こう丈の事です。

私の一九二四年以後の訳作は皆禁止されました(但し両地書と箋譜は除外)。天津の新聞には私は脳膜炎に罹ったと記載して居ました。併し実は頭脳冷静、不相変健康です。只海嬰奴が「インフルエンザ」にかかって二週間怒って居ましたが今にはもうなほってきました。

迅　拝上　三月十八日

増田兄几下

十九日

日记　晴。午后得增田君信。晚三弟来并为取得《四部丛刊》续编二种共三本。

二十日

日记　昙。午后以诗荃四稿寄《自由谈》。下午雨。得小峰信并版税二百。夜风。

二十一日

日记　晴。午后得三弟信。内山书店送来『人形図篇』一本，二元五角。复增田君问。

二十二日

日记　晴。午后寄《自由谈》稿一篇。收良友图书公司版税四百八十。下午往知味观定菜，付泉廿。往来青阁买南海冯氏刻《三唐人集》一部六本，四元。收罗清桢所寄木刻一卷二十二幅。夜同广平往金城大戏院观《兽王历险记》。

致 蔡柏龄

柏林先生：

请恕我唐突奉书；实因欲寄季志仁先生信，而不知其现在迁居何处,近闻友人言,谓　先生与之相识,当能知其住址。但亦不知此说果确否。今姑冒昧附上一笺,倘先生确知季先生寓所,则希为加封转寄,不胜感荷。

专此布达,顺请

旅安。

鲁迅　启上　三月二十二夜

致 刘岘鄂

木刻究竟是刻的绘画,所以基础仍在素描及远近,明暗法,这基础不打定,木刻也不会成功。

录自唐诃作《鲁迅先生和中国新兴木刻运动》一文,原载 1936 年《文艺动态》创刊号。系残简。

二十三日

日记　昙,风。午后得李雾城信并木刻一幅。得施乐君及其夫人信。得静农信。得诗荃稿二篇,即为转寄自由谈社。寄蔡柏林君信附致季志仁笺,托其转寄。为施君托魏猛克作插画。夜雨。

《草鞋脚》(英译中国短篇小说集)小引

在中国,小说是向来不算文学的。在轻视的眼光下,自从十八世纪末的《红楼梦》以后,实在也没有产生什么较伟大的作品。小说家的侵入文坛,仅是开始"文学革命"运动,即一九一七年以来的事。自然,一方面是由于社会的要求的,一方面则是受了西洋文学的影响。

但这新的小说的生存,却总在不断的战斗中。最初,文学革命者的要求是人性的解放,他们以为只要扫荡了旧的成法,剩下来的便是原来的人,好的社会了,于是就遇到保守家们的迫压和陷害。大约十年之后,阶级意识觉醒了起来,前进的作家,就都成了革命文学者,而迫害也更加厉害,禁止出版,烧掉书籍,杀戮作家,有许多青年,竟至于在黑暗中,将生命殉了他的工作了。

这一本书,便是十五年来的,"文学革命"以后的短篇小说的选集。因为在我们还算是新的尝试,自然不免幼稚,但恐怕也可以看见它恰如压在大石下面的植物一般,虽然并不繁荣,它却在曲曲折折地生长。

至今为止,西洋人讲中国的著作,大约比中国人民讲自己的还要多。不过这些总不免只是西洋人的看法,中国有一句古谚,说:"肺腑而能语,医师面如土。"我想,假使肺腑真能说话,怕也未必一定完全可靠的罢,然而,也一定能有医师所诊察不到,出乎意外,而其实是十分真实的地方。

一九三四年三月二十三日,鲁迅记于上海。

未另发表。

初收 1937 年 7 月上海三闲书屋版《且介亭杂文》。

二十四日

日记 晴。下午得母亲信,十九日发。得姚克信,晚复。寄西谛信。夜濯足。

致 姚 克

姚克先生：

二十一函顷奉到。流行感冒愈后，大须休养，希勿过劳为要。力作数日，卧床数日，其成绩逊于每日所作有节而无病，这是我所经验的。

关于我的大病的谣言，顷始知出于奉天之《盛京时报》，而所根据则为"上海函"，然则仍是此地之文氓所为。此辈心凶笔弱，不能文战，便大施诬陷与中伤，又无效，于是就诅咒，真如三姑六婆，可鄙亦可恶也。

敬隐渔君的法文听说是好的，但他对于翻译却未必诚挚，因为他的目的是在卖钱，重译之后，错误当然更加不少。近布克夫人译《水浒》，闻颇好，但其书名，取"皆兄弟也"之意，便不确，因为山泊中人，是并不将一切人们都作兄弟看的。

小说插图已托人去画，条件悉如来信所言。插画技术，与欧美人较，真如班门弄斧，但情形器物，总可以较为正确。大约再有十天，便可寄上了。

S君信已收到，先生想已看过，那末一段的话，是极对的。然而中国环境，与艺术最不利，青年竟无法看见一幅欧美名画的原作，都在摸暗弄堂，要有杰出的作家，恐怕是很难的。至于有力游历外国的"大师"之流，他却只在为自己个人吹打，岂不可叹。

汉唐画象石刻，我历来收得不少，惜是模胡者多，颇欲择其有关风俗者，印成一本，但尚无暇，无力为此。先生见过玻璃版印之李毅士教授之《长恨歌画意》没有？今似已三版，然其中之人物屋宇器物，实乃广东饭馆为"梅郎"之流耳，何怪西洋人画数千年前之中国人，就已有了辫子，而且身穿马蹄袖袍子乎。绍介古代人物画之事，可见也不可缓。

我们都好。但闻钱君病颇危耳。此复，并请
著安。

豫　顿首　三月廿四日

二十五日

日记　星期。昙。午后得王慎思信并木刻集一本。买『グーウイン主義とマルクス主義』一本，一元七角。夜招知味观来寓治馔，为伊君夫妇饯行，同席共十人。雨。

二十六日

日记　小雨。下午得兼士所赠《右文说在训诂学上之沿革及其推测［阐］》一本。得诗荃信并《论翻译》一篇，即为转寄《自由谈》。得西谛信并补《北平笺谱》阙叶五幅，《十竹斋笺谱》复刻样本二幅，晚复。蕴如及三弟来，并为取得《四部丛刊》续编中之《梦溪笔谈》一部共四本。夜补订《北平笺谱》四部。风。

致 郑振铎

西谛先生：

二十一日函并《北平笺谱》缺页五张，均收到。

《十竹斋笺谱》的山水，复刻极佳，想当尚有花卉人物之类，倘然，亦殊可观。古之印本，大约多用矿物性颜料，所以历久不褪色，今若用植物性者，则多遇日光，便日见其淡，殊不足以垂远。但我辈之力，亦未能彻底师古，止得从俗。抑或者北平印笺，亦尚有仍用矿物颜料者乎。

刻工的工钱,是否以前已由先生付出？便中希见告:何月起,每月每人约若干。以便补寄及续寄。

《世界美术集续编》,诚系"别集"之误,《水浒像》记得是在《东洋版画篇》中。匆复,顺请

著安。

迅　上　三月廿六日

二十七日

日记　昙。午后得靖华信。下午以《北平笺谱》一部寄赠佐藤春夫君。晚复静农信。夜风而雨。

致 台静农

静农兄:

二十五日得惠书,昨始得《右文说在训诂学上之沿革及其推测[阐]》,一本,入夜循览,恚然发蒙,然文字之学,早已一切还给章先生,略无私蓄,所以甚服此书之浩瀚,而竟不能赞一辞,见兼士兄时,乞代达谢意为托。

素兄墓志,当于三四日内写成寄上;我的字而可以刻石,真如天津报之令我生脑炎一样,大出意料之外。木刻无合用者,勉选横而简单者一幅,当直接交与开明,令制版也。我辈均安,可释念。此布,即颂

时绥。

隼　顿首　三月廿七日

致 曹靖华

联亚兄：

二十三日信并木刻家传略二篇，顷已收到。字典等已于四五日前寄出，上面写明注册部收转，想可不至于再弄错了。

良友出之两本小说，其实并无问题，而情形如此者，一则由于文氓借此作威作福，二则由于书店怕事，有事不如无事，所以索性不发卖了。去年书店，不折本的只有二三家。

亚丹兄有版税八十元，兄如能设法转寄，则乞将附笺并汇票一并交去为荷。

上海多雨，所谓"清明时节雨纷纷"也。敝寓均安，希释念。此布，即请

文安。

弟豫　顿首　三月二十七日

附汇票一纸，信一张。

致 曹靖华

亚丹先生：

先生译《星花》至本年二月底为止之版税，已由公司交来，今特汇上。希在票背签名盖印（须与票上所写者相同之印，勿用闲章），略停一二日后（因恐其存根尚未寄到），往琉璃厂商务印书馆分馆去取，即可付与现洋。取款须至会计科，先前设在楼上，现想必照旧，向柜头一问便知。有时要问汇款人，则云，本馆员周君建人经手可也。收到后并希示知为幸。

专此布达，即颂

时绥。

弟豫　顿首　三月二十七日

附汇票一纸。

二十八日

日记　雨。午后复王慎思信。寄靖华信并良友公司版税八十。寄天下篇社信并方晨译稿一篇。下午得陶亢德信,得增田君信。

致 许寿裳

季市兄:

久未闻消息,想一切康适为念。

《笺谱》已印成,留一部在此,未知何时返禾,尔时希见过为幸。

此布,即颂

曼福。

弟飞　顿首　三月廿八夜

致 陈烟桥

雾城先生:

二十一日信并木刻一幅,早收到了,想写回信,而地址一时竟不知放在那里,所以一直拖到现在。

那一幅图,诚然,刻法,明暗,都比《拉》进步,尤其是主体很分明,能令人一看就明白所要表现的是什么。然而就全体而言,我以

93

为却比《拉》更有缺点。一，背景，想来是割稻，但并无穗子之状；二，主题，那两人的面貌太相像，半跪的人的一足是不对的，当防敌来袭或豫备攻击时，跪法应作ㄣ，这才易于站起。还有一层，《拉》是"动"的，这幅却有些"静"的了，这是因为那主体缺少紧张的状态的缘故。

我看先生的木刻，黑白对比的力量，已经很能运用的了，一面最好是更仔细的观察实状，实物；还有古今的名画，也有可以采取的地方，都要随时留心，不可放过，日积月累，一定很有益的。

至于手法和构图，我的意见是以为不必问是西洋风或中国风，只要看观者能否看懂，而采用其合宜者。先前售卖的旧法花纸，其实乡下人是并不全懂的，他们之买去贴起来，好像了然于心者，一半是因为习惯：这是花纸，好看的。所以例如阴影，是西法，但倘不扰乱一般观众的目光，可用时我以为也还可以用上去。睡着的人的头上放出一道毫光，内画人物，算是做梦，与西法之嘴里放出一道毫光，内写文字，算是说话，也不妨并用的。

中国的木刻，已经像样起来了，我想，最好是募集作品，精选之后，将入选者请作者各印一百份，订成一本，出一种不定期刊，每本以二十至二十四幅为度，这是于大家很有益处的。但可惜我一知半解，又无法公开通信处，不能动。此复，即颂

时绥。

迅　上　三月廿八日

致 刘 岘

The Woodcut of Today 我曾有过一本，后因制版被毁坏，再去购买，却已经绝版了。Daglish 的作品我是以英国的 *Bookman* 的新书介绍栏所引的东西，加以复制的，没见过他整本的作品。Meffert

除《士敏土》外,我还有七幅连续画,名《你的姊妹》,前年展览过。他的刻法,据 Kollwitz 所批评,说是很有才气,但恐为才气所害,这意思大约是说他太任意,离开了写实,我看这话是很对的。不过气魄究竟大,所以那七幅,将来我还想翻印,等我卖出了一部分木刻集——计六十幅,名《引玉集》,已去印——之后。

来信所举的日本木刻家,我未闻有专集出版。他们的风气,都是拼命离社会,作隐士气息,作品上,内容是无可学的,只可以采取一点技法,内山书店杂志部有时有『白卜黑』(手印的)及《版艺术》(机器印的)出售,每本五角,只消一看,日本木刻界的潮流,就大略可见了。

录自 1935 年 6 月未名木刻社《阿 Q 正传》画册后记。
系残简。

二十九日

日记 晴。上午寄母亲信。寄季市信。复李雾城信。往须藤医院为海婴取丸药。往内山书店,得『ドストイエフスキイ全集』(十三),『チェーホフ全集』(二)各一本,共泉五元。夜同广平往卡尔登戏院观电影。

致 母 亲

母亲大人膝下,敬禀者,得来示,知 大人亦患伤风,现已全愈,甚慰。海婴亦已复元,胃口很开了。上海本已和暖,但近几天忽又下雨发风,冷如初冬,仍非生火炉不可。惟寓中均安,可请放心。老三亦好,只是公司中每日须办公八点钟,未免过于劳苦;

至于寄信退回,据云系因信面上写号之故,因为公司门房仅知各人之名,此后可写书名,即不至收不到了。专此布达,恭请

金安。

男树　叩　广平及海婴随叩　三月廿九夜

致　陶亢德

亢德先生:

惠示诵悉。向来本不能文,亦不喜作文,前此一切胡诌,俱因万不得已,今幸逢昭代,赐缄口舌,正可假公济私,辍笔而念经,撰述中无名,刊物上无文,皆夙愿也,没齿无怨。以肖像示青年,却滋笑柄,乞免之,幸甚幸甚。

《南腔北调集》恐已印成,售法如何,殊未审,内山书店亦未必定有,倘出版者有所送赠,当奉呈。《论语》久未得见,但请先生勿促其见惠,因倘欲阅读,可自购致也。专此布复,即请

著安。

迅　顿首　三月廿九日

三十日

日记　昙。上午寄陈霞信。复陶亢德信。得同文局信并书五十本。

三十一日

日记　晴。上午寄靖华信。寄静农信。午史佐才来访。午后得靖华信并卢氏传略。得陶亢德信。下午以《南腔北调》分寄相识者。下午蕴如携阿菩,阿玉来,并为取得豫约之《芥子园画传》三集

96

一部四本。得猛克信并插画稿五幅。夜三弟来并为取得《嘉庆重修一统志》一部二百本。

致 曹靖华

汝珍兄：

二十八日寄上一函寄至学校并洋八十元，未知已到否？顷已收到肖兄寄来之《文学报》约十张，拟寄上，但未知以寄至何处为宜，希示地址。又，挂呈则收信人须有印，并乞以有印之名见告为荷。此上即请

春安。

弟豫　顿首　三月卅一日

致 台静农

静农兄：

日内当寄书五本。其一本奉览，余四本希便中转交霁野，维钧，天行，沈观为感。

此布，即颂

时绥。

隼　上　三月卅一日

四月

一日

日记 晴。上午季市来,赠以《北平笺谱》一部。下午诗荃来。得山本夫人所寄夏服一套,赠海婴者。夜赠阿菩,阿玉以糖果及傀儡子。

致 黎烈文

烈文先生:

"此公"盖甚雄于文,今日送来短评十篇,今先寄二分之一,余当续寄;但颇善虑,必欲我索回原稿,故希先生于排印后,陆续见还,俾我得以交代为幸。

其实,此公文体,与我殊不同,思想亦不一致,而杨公邨人,又疑是拙作,闻在《时事新报》(?)上讲冷话,自以为善嗅,而又不确,此其所以为吧儿狗欤。

此布,即请

著安。

迅 顿首 四月一夜

致 陶亢德

亢德先生:

日前寄奉芜函后,于晚便得《南腔北调集》印本,次日携往书店,

98

拟托代送,而适有人来投大札,因即乞其持归,想已达览。此书殆皆游词琐语,不足存,而竟以出版者,无非为了彼既禁遏,我偏印行,赌气而已,离著作之道远甚。然由此亦可见"本不能文"云云,实有证据,决非虚娇恃气之谈也。

《论语》顷收到一本,是三十八期,即读一过。倘蒙谅其直言,则我以为内容实非幽默,文多平平,甚者且堕入油滑。闻莎士比亚时,有人失足仆地,或面沾污靦而不自知,见者便觉大可笑。今已不然,倘有笑者,可笑恐反在此人之笑,时移世迁,情知亦改也。然中国之所谓幽默,往往尚不脱《笑林广记》式,真是无可奈何。小品文前途虑亦未必坦荡,然亦只能姑试之耳。

照相仅有去年所摄者,倘为　先生个人所需,而不用于刊物,当奉呈也。

此复,即颂
时绥。

鲁迅　四月一夜。

二日

日记　昙。上午托三弟寄章雪村信并木刻一幅。午后寄烈文信并诗荃短评五篇。复陶亢德信。晚雨。夜同广平往南京大戏院观电影。

三日

日记　晴。上午蒋径三来。寄姚克信并魏猛克画五幅。以所书韦素园墓表寄静农。得紫佩信。得王慎思信并木刻三幅,即复。午后与广平携海婴访蕴如,并邀阿玉,阿菩往融光大戏院观《四十二号街》,观毕至如园食沙河面,晚归。夜复魏猛克信。

韦素园墓记

韦君素园之墓。

君以一九又二年六月十八日生，一九三二年八月一日卒。呜呼，宏才远志，厄于短年。文苑失英，明者永悼。弟丛芜，友静农，霁野立表；鲁迅书。

未另发表。

初收 1937 年 7 月上海三闲书屋版《且介亭杂文》。

致 姚 克

姚克先生：

昨寄上书一本，不知已到否？

小说插画已取来，今日另行挂号寄出，内共五幅，两幅大略相似，请择取其一。作者姓魏，名署在图上。上海已少有木刻家，大抵因生活关系而走散；现在我只能找到魏君，总算用毛笔而带中国画风的，但尚幼稚，器具衣服，亦有误处（如衣皆左衽等），不过还不庸俗，而且比欧洲人所作，错误总可较少。不知可用否，希酌定。

上海常雨，否则阴天。我们都如常，希释念。

《北平素描》，已见过三天，大约这里所能发表的，只能写到如此而止。

此布即请

著安。

豫　顿首　四月三日

致 魏猛克

××先生：

画及信早收到，我看画是不必重画了，虽然衣服等等，偶有小误，但也无关大体，所以今天已经寄出了。《嚓》的两幅，我也决不定那一幅好，就都寄了去，由他们去选择罢。

《列女传》翻刻而又翻刻，刻死了；宋本大约好得多，宋本出于顾恺之，原画已无，有正书局印有唐人临本十来幅，名曰《女史箴图》。你倒买一本比比看。（但那图却并非《列女传》，所谓"比"者，比其笔法而已。）

毛笔作画之有趣，我想，在于笔触；而用软笔画得有劲，也算中国画中之一种本领。粗笔写意画有劲易，工细之笔有劲难，所以古有所谓"铁线描"，是细而有劲的画法，早已无人作了，因为一笔也含胡不得。

中国旧书上的插画，我以为可以采用之处甚多，但倘非常逛旧书店，不易遇到。又，清朝末年有吴友如，是画上海流氓和妓女的好手，前几年印有《友如墨宝》，不知曾见过否？

此复，即颂

时绥。

　　　　　　　　　　　　迅　上　四月三夜

四日

日记　雨。午后得烈文信。得陶亢德信。得天下篇社信，夜复。以诗荃五稿寄《自由谈》。

致 陶亢德

亢德先生：

惠示收到。照相若由我觅便人带上，恐需时日。今附上一函，一面将照相放在内山书店，社中想有送信人，请嘱其持函往取为幸。

此复，即请

著安。

迅　顿首　四月四夜

五日

日记　雨。午后复烈文信附稿二篇。复陶亢德信附致内山君函，凭以取照相者。得张慧信，下午复，并寄还诗稿。得李雾城信并木刻一幅。

"小童挡驾"

近五六年来的外国电影，是先给我们看了一通洋侠客的勇敢，于是而野蛮人的陋劣，又于是而洋小姐的曲线美。但是，眼界是要大起来的，终于几条腿不够了，于是一大丛；又不够了，于是赤条条。这就是"裸体运动大写真"，虽然是正正堂堂的"人体美与健康美的表现"，然而又是"小童挡驾"的，他们不配看这些"美"。

为什么呢？宣传上有这样的文字——

"一个绝顶聪明的孩子说：她们怎不回过身子儿来呢？"

"一位十足严正的爸爸说：怪不得戏院对孩子们要挡驾了！"

这当然只是文学家虚拟的妙文，因为这影片是一开始就标榜着"小童挡驾"的，他们无从看见。但假使真给他们去看了，他们就会

102

这样的质问吗？我想，也许会的。然而这质问的意思，恐怕和张生唱的"哈，怎不回过脸儿来"完全两样，其实倒在电影中人的态度的不自然，使他觉得奇怪。中国的儿童也许比较的早熟，也许性感比较的敏，但总不至于比成年的他的"爸爸"，心地更不干净的。倘其如此，二十年后的中国社会，那可真真可怕了。但事实上大概决不至于此，所以那答话还不如改一下：

"因为要使我过不了瘾，可恶极了！"

不过肯这样说的"爸爸"恐怕也未必有。他总要"以己之心，度人之心"，度了之后，便将这心硬塞在别人的腔子里，装作不是自己的，而说别人的心没有他的干净。裸体女人的都"不回过身子儿来"，其实是专为对付这一类人物的。她们难道是白痴，连"爸爸"的眼色，比他孩子的更不规矩都不知道吗？

但是，中国社会还是"爸爸"类的社会，所以做起戏来，是"妈妈"类献身，"儿子"类受谤。即使到了紧要关头，也还是什么"木兰从军"，"汪踦卫国"，要推出"女子与小人"去搪塞的。"吾国民其何以善其后欤？"

四月五日。

原载 1934 年 4 月 7 日《申报·自由谈》。署名宓子章。

初收 1936 年 6 月上海联华书局版《花边文学》。

致 张 慧

小青先生：

二月二十五日惠函并稿二本，早经收到，且蒙赠书两本，感谢之至。顷又得三月二十五日函，备悉种种。旅居上海，琐事太多，以致大作至今始陆续读毕。诸作情感诚挚，文字流畅，惟诚如来示所言，在今日已较觉倾于颓唐，不过均系旧作，则亦不足为病。《国风》新译尤明白生动，人皆能解，有出版之价值，惜此地出版界日见凋苓，我又永受迫压，如居地下，无能为力，顷已托书店挂号寄还，至希察收，有负雅意，真是十分抱歉。

木刻为近来新兴之艺术，比之油画，更易着手而便于流传。良友公司所出木刻四种，作者的手腕，是很好的，但我以为学之恐有害，因其作刀法简略，而黑白分明，非基础极好者，不能到此境界，偶一不慎，即流于粗陋也。惟作为参考，则当然无所不可。而开手之际，似以取法于工细平稳者为佳耳。

专此布复，即请

文安。

鲁迅　上　　四月五日

致 陈烟桥

雾城先生：

三日的信并木刻一幅，今天收到了。这一幅构图很稳妥，浪费的刀也几乎没有。但我觉得烟囱太多了一点，平常的工厂，恐怕没有这许多；又，《汽笛响了》，那是开工的时候，为什么烟通上没有烟呢？又，刻劳动者而头小臂粗，务须十分留心，勿使看者有"畸形"之感，一有，便成为讽刺他只有暴力而无智识了。但这一幅里还不至此，现在不过偶然想起，顺便说说而已。

美术书总是贵的，个人购置，非常困难，所以必须有一机关，公同购阅，前年曾有一个社，藏书三四十本，战后消失，书也大家拿散了。现在则连画社也不能设立，我的书籍，也不得不和自己分开，看起来很不便，但这种情形，一时也没有好法子想。

中国小说上的插画，除你所说的之外，还多得很，不过都是木刻旧书,个人是无力购买的,说也无益。

鼓吹木刻,我想最好是出一种季刊,不得已,则出半年刊或不定期刊,每期严选木刻二十幅,印一百本。其法先收集木刻印本,加以选择,择定之后,从作者借得原版付印。欧美木刻家,是大抵有印刷的小机器的,但我们只能手印,所以为难,只好付给印刷厂,不过这么一来,成本就贵,因为印刷厂以五百本起码,即使只印一百,印费也要作五百本算。

其次是纸,倘用宣纸,每本约三角半,抄更纸(一种厚纸,好像宣纸,而其实是用碎纸再做的)则二角,倘用单张,可减半,但不好看。洋纸也不相宜。如是,则用宣纸者,连印订工每本须五角,一百本为五十元。抄更纸约三十元。

每一幅入选,送作者一本,可出售者八十本,每本定价,只好五角,给寄售处打一个八折,倘全数卖出,可收回工本三十二元,折本约二十元,用抄更纸而仍卖五角,则不折本。

照近几年来的刻本看来,选二十幅是可有的了,这一点印工及纸费,我现在也还能设法,或者来试一试看。至于给 M. K. 木刻会商量,我自然当俟你来信后再说。

不过通信及募集外来投稿,总须有[有]一个公开的固定的机关,一面兼带发售,这一点,我还想不出办法。

此复,即颂

时绥。

迅　上　四月五夜。

致 内山完造

拝啓

一筆申上候、此之手紙持参者に拙者之写真御渡被下度、色々御

手数を掛り誠に有難く存じ、いづれ拝顔之上篤く御礼申上候。草々頓首

鲁迅　四月五日

鄔其山仁兄几下

御令闺殿下によろしく御伝言被下度。

六日

日记　晴。上午复李雾城信。午后得陈霞信。得姚克信。得亚丹信并译稿一。

致 陈烟桥

雾城先生：

今晨寄上一函，想已到。午后，将我所存的木刻看了一看，觉得可以印行者实也不多。MK 木刻会开展览会时，我曾经去看，收集了几张，而其中不能用者居大半。现就在手头者选择起来，觉得可印者如下：

一工：推

之兑：少女　奏琴　水落后之房屋

　　　以上两人大约是美专学生，近印有《木刻集》

陈葆真：十一月十七日　时代的推轮者

普　之：轮辗（七）

张致平：出路

　？　：烟袋

　？　：荸头店

　　　以上五人，是 MK 会中人。

白　涛：工作　街头　小艇　黑烟

雾　城：窗　风景　拉　汽笛……

以上共只作者九人，作品十八幅。白涛兄好像是回去了，不知你认识他否？如原版亦已带回，则只剩了十四幅，或者索性减去不知作者的两幅，以十二张出一本也可以。

还有陈铁耕，罗清桢两人，也有好作品可以绍介，但都不在上海，只好等第二本了。

有些于发行有碍的图画，只好不登。又，野穗社《木刻画》中曾经发表过的，也不选入。

此布，即颂

时绥。

迅　上　四月六晚

七日

日记　晴。上午寄李雾城信。收《自由谈》稿费八元八角。得陶亢德信并《人间世》二本，下午复。得山本夫人信。寄小峰信。晚蕴如来，夜三弟来，饭后与广平邀之至北京大戏院观《万兽之王》。风。

致 陶亢德

亢德先生：

大札与《人间世》两本，顷同时拜领，讽诵一过，诚令人有萧然出尘之想，然此时此境，此作者们，而得此作品等，固亦意中事也。语堂先生及先生盛意，嘱勿藏拙，甚感甚感。惟搏战十年，筋力伤惫，因此颇有所悟，决计自今年起，倘非素有关系之刊物，皆不加入，藉得余暇，可袖手倚壁，看大师辈打太极拳，或夭矫如撮空，或团转如

107

摸地,静观自得,虽小品文之危机临于目睫,亦不思动矣。幸谅其懒散为企。此复,即请

著安。

迅　顿首　四月七日

八日

日记　星期。晴,大风。上午往须藤医院为海婴取丸药。午后得魏猛克信。得陶亢德信。夜同广平往卡尔登大戏院观《罗京管乐》。

九日

日记　昙。午后得小山信并文学书报五包,内德文十本,英文八本,俄文三本。复姚克信。得『版芸術』四月号一本,价五角。下午蕴如来并为取得《韦斋集》一部三本。季市来。得语堂信,夜复。雨。

致 姚 克

姚克先生:

　　愚人节所发信,顷已收到。中国不但无正确之本国史,亦无世界史,妄人信口开河,青年莫名其妙,知今知古,知外知内,都谈不到。当我年青时,大家以胡须上翘者为洋气,下垂者为国粹,而不知这正是蒙古式,汉唐画像,须皆上翘;今又有一班小英雄,以强水洒洋服,令人改穿袍子马掛而后快,然竟忘此乃满洲服也。此种谬妄,我于短评中已曾屡次道及,然无效,盖此辈本不读者耳。

汉唐画像极拟一选，因为不然，则数年收集之工，亦殊可惜。但上海真是是非蜂起之乡，混迹其间，如在洪炉上面，能躁而不能静，颇欲易地，静养若干时，然竟想不出一个适宜之处，不过无论如何，此事终当了之。

清初学者，是纵论唐宋，搜讨前明遗闻的，文字狱后，乃专事研究错字，争论生日，变了"邻猫生子"的学者，革命以后，本可开展一些了，而还是守着奴才家法，不过这于饭碗，是极有益处的。

此布即请

文安。

豫　顿首　四月九日

致 魏猛克

××先生：

七日信收到。古人之"铁线描"，在人物虽不用器械，但到屋宇之类，是利用器械的，我看是一枝界尺，还有一枝半圆的木杆，将这靠住毛笔，紧紧捏住，换了界尺划过去，便既不弯曲，又无粗细了，这种图，谓之"界画"。

学吴友如画的危险，是在只取了他的油滑，他印《画报》，每月大约要画四五十张，都是用药水画在特种的纸张上，直接上石的，不用照相。因为多画，所以后来就油滑了，但可取的是他观察的精细，不过也只以洋场上的事情为限，对于农村就不行。他的沫流是会文堂所出小说插画的画家。至于叶灵凤先生，倒是自以为中国的 Beards-ley 的，但他们两人都在上海混，都染了流氓气，所以见得有相似之处了。

新的艺术，没有一种是无根无蒂，突然发生的，总承受着先前的遗产,有几位青年以为采用便是投降,那是他们将"采用"与"模仿"并为一谈了。中国及日本画入欧洲,被人采取,便发生了"印象派",有谁说印象派是中国画的俘虏呢?专学欧洲已有定评的新艺术,那倒不过是模仿。"达达派"是装鬼脸,未来派也只是想以"奇"惊人,虽然新,但我们只要看 Mayakovsky 的失败(他也画过许多画),便是前车之鉴。既是采用,当然要有条件,例如为流行计,特别取了低级趣味之点,那不消说是不对的,这就是采取了坏处。必须令人能懂,而又有益,也还是艺术,才对。《毛哥哥》虽然失败,但人们是看得懂的;陈静生先生的连环图画,我很用心的看,但老实说起来,却很费思索之力,而往往还不能解。我想,能够一目了然的人,恐怕是不多的。

报上能够讨论,很好,不过我并无什么多意见。

我不能画,但学过两年解剖学,画过许多死尸的图,因此略知身体四肢的比例,这回给他加上皮肤,穿上衣服,结果还是死板板的。脸孔的模样,是从戏剧上看来,而此公的脸相,也实在容易画,况且也没有人能说是像或不像。倘是"人",我就不能画了。

此复,即颂

时绥。

迅 上 四月九夜

十日

日记 昙。南宁博物馆藉三弟索书,上午书一幅寄之。复猛克信。下午雨。得徐式庄信。得亚丹信。得陈霞信,即复。得谷天信并小说稿一篇。买普及版『ツルゲェネフ散文詩』一本,五角。

十一日

日记 雨。午后得母亲信,七日发。下午寄亚丹信并书报一包。得增田君信,晚复。复谷天信并还小说稿。夜得小峰信并版税二百，《唐宋传奇集》纸版一包，书面锌版两块。

致 增田涉

拝啓、四月六日の手紙は拝見しました。

　佐藤先生には三月二十七日にもう北平箋譜一函小包にて送りましたが四月五日に未つかないのだからどうもおそ過ぎます。しかし、今には恐らく到達したのでしょう、ついでの時に聞いて下さいませんか？ 若しとうとうつかなかったら又送ります。

　『朝花夕拾』、若し出版する処があれば訳してもよいが併し中に支那の風俗及び瑣事に関する事があまり多いから注釈を沢山入れなければわかりにくいだらう。注釈が多ければ読む時に面白くなくなります。

　「文藝年鑑社」と云ふものは実には無いので現代書局の変名です。其の『鳥瞰』を書いたものは杜衡即ち一名蘇汶、現代書局から出版する『現代』（月刊文芸雑誌）の編輯者（もう一人は施蟄存）で自分では超党派だと云ふて居りますが実は右派です。今年、圧迫が強くなってからは頗る御用文人らしくなりました。

　だから、あの『鳥瞰』は現代書局の出版物と関係あるものをば、よくかいて居ますが、外の人は多く黙殺されて居ます。其の上、他人の書いた文章の振りをして、自分をほめて居ます。日本にはそんな秘密をわかりかねるから金科玉条とされる事も免かれないでしょう。

　そうして此の前の手紙の忠告は有難ふ存じます。私からは編輯者になほしてくれと固くたのみましたのだが、あまりひどい処ばかりなほして大抵はそのまま、出されました、実に困った事です。

　そうして日本の木版彩色印刷が支那に遜色あると云ふ事がありましたが、私の考では、紙質に大に関係あると思ふ。支那の紙は「散る」性質があるから印刷する時にその性質を利用します。日本紙は散らない、その為に色彩もかたくなって仕舞ひます。
草々

洛文　四月十一日

増田兄几下

十二日

　　日记　昙。午后得李雾城信并木刻三幅，即复。得静农信。得姚克信，八日发。得李又然信，夜复。雨。

致 陈烟桥

雾城先生：

　　十日晚信并木刻均收到；这三幅都平平，《逃难》较好。

　　印行木刻，倘非印一千部，则不能翻印。譬如你的《赋别》，大约为四十八方时，每方时制版费贵者一角二，便宜者八分，即非四元至五元不可，每本二十幅，单是制版费便要一百元左右了。而且不能单图价廉，因为价廉，则版往往不精，有时连线的粗细，也与原本不合。所以只能就用原版去印。入选之画，倘在外埠，便请作者将原版寄来，用小包，四五角即可，则连寄回之费，共不过一元而已。其中如有无法取得原版者，则加入翻板者数幅亦可。

　　M.K.社倘能主持此事，最好。但我以为须有恒性而极负责的

［的］人，虽是小事情，也看作大事情做，才是。例如选纸，付印，付订，都须研究调查过。据我所知，则——

抄更纸每刀约九十张，价壹元二三角（九华堂），倘多买，可打八折，其中有破或污者，选后可剩七十张，一开二，即每张需洋一分。

在木版上印，又只百部，则当用手摇机，在中国纸上印，则当用好墨，以油少者为好。

封面的纸，不妨用便宜之洋纸，但须厚的。

此外还有，都须像先研究确定，然后进行付印。而内容选择，尤应谨严，与其多而不佳，不如少而好；又须顾及流布，风景，静物，美女，亦应加入若干。

工场情形，我也不明白，但我想，放汽时所用之汽，即由锅炉中出来，倘不烧煤，锅炉中水便不会沸。大约烧煤是昼夜不绝的，不过加煤有多少之别而已，所以即使尚未开工，烟通中大概也还有烟的，但这须问一声确实知道的人，才好。

此复，即颂

时绥。

迅　上　四月十二日

致 台静农

静农兄：

七日惠函收到。兼士之作，因我是外行，实不敢开口，非不为也，不能耳。令我作刻石之书，真如生脑膜炎，大出意外，笔画尚不能平稳，不知可用否？上海幽默已稍褪色，语堂转而编小品文，名曰《人间世》，顷见第一期，有半农国博《束天行》云："比得朝鲜美人图一幅，纸墨甚新而布局甚别致，想是俗工按旧时粉本绘成者。"纸墨一新,便是俗工,则生今日而欲雅,难矣,此乾隆纸之所以贵欤?年来诚常有归省之意,但跋涉不易,成否此时殊未能定也。此复,即颂曼福不尽。

隼　顿首　四月十二夜。

致 姚 克

姚克先生:

顷收到八日来信;一日信亦早到,当即于九日奉复,现想已于恩赐检查之后,寄达左右矣。给杨某信,我不过说了一部分,历来所遇,变化万端,阴险诡随如此辈者甚多,倒也惯而不以为怪,多说又不值得,所以仅略与答复而止,而先生已觉其沉痛,可见向来所遇,尚少此种人,此亦一幸事,但亦不可不小心,大约满口激烈之谈者,其人便须留意。

徐何创作问题之争,其中似尚有曲折,不如表面上之简单,而上海文坛之不干不净,却已于此可见。近二年来,一切无耻无良之事,几乎无所不有,"博士""学者"诸尊称,早已成为恶名,此后则"作家"之名,亦将为稍知自爱者所不乐受。近颇自憾未习他业,不能改图,否则虽驱车贩米,亦较作家干净,因驱车贩米,不过车夫与小商人而已,而在"作家"一名之中,则可包含无数恶行也。

来信谓好的插画,比一张大油画之力为大,这是极对的。但中国青年画家,却极少有人注意于此。第一,是青年向来有一恶习,即厌恶科学,便作文学家,不能作文,便作美术家,留长头发,放大领结,事情便算了结。较好者则好大喜功,喜看"未来派""立方派"作品,而不肯作正正经经的画,刻苦用功。人面必歪,脸色多绿,然不能作一不歪之人面,所以其实是能作大幅油画,却不能作"末技"之

114

插画的,譬之孩子,就是只能翻筋斗而不能跨正步。其二,则他们的先生应负责任,因为也是古里古怪的居多,并不对他们讲些什么,中国旧式插画与外国现代插画,青年艺术家知道的极少;尤其奇怪的是美术学校中几乎没有藏书。我曾想出一刊物,专一绍介并不高超而实则有益之末技,但经济,文章,读者,皆不易得,故不成。

上海虽春,而日日风雨,亦不暖。向来索居,近则朋友愈少了,真觉得寂寞。不知先生至迟于何日南来,愿得晤谈为幸耳。

此布,即颂

时绥。

豫　顿首　四月十二夜

十三日

日记　晴,冷。上午寄母亲信。复静农信。复姚克信。午后得罗清桢信并木刻一幅,照相一枚。得杨霁云信。下午寄小山书报两包。得紫佩信。

致母亲

母亲大人膝下,敬禀者,四月七日来信,今已收到,知京寓一切平安,甚喜甚慰。和森及子佩,均未见过,想须由家中出来过上海时,始来相访了。海婴早已复元,医生在给他吃一种丸药,每日二粒,云是补剂,近日胃口极开,而终不见胖,大约如此年龄,终日玩皮,不肯安静,是未必能胖的了。医生又谓在今年夏天,须令常晒太阳,将皮肤晒黑,但此事须在海边或野外,沪寓则殊不便,只得临时再想方法耳。今年此地天气极坏,几乎每日风雨,且颇冷。害马多年想看南镇及禹陵,今年亦因香市时适值天冷且雨,竟不能去,现在夜间亦尚可穿棉袄也。害马安好,男亦安,惟近日胃中略痛,此系老病,服药数天即愈,乞勿远念为要。专此布达,恭请

金安。

男树　叩上。广平海婴随叩。四月十三日。

十四日

日记　晴。上午得烈文信并诗荃原稿六篇,午后复,附诗荃稿一篇。下午诗荃来并持示《泥沙杂拾》一本。得语堂信。晚蕴如及三弟来,并持来商务印书馆代购之 *Das Neue Kollwitz-Werk* 一本,六元,又《四部丛刊》续编三种共二本。夜与广平邀蕴如及三弟往南京大戏院观《凯赛琳女皇》。

致 黎烈文

烈文先生:

顷收到十三日函并原稿六篇,费神甚感。"此公"是先生之同乡,年未"而立",看文章,虽若世故颇深,实则多从书本或推想而得,于实际上之各种困难,亲历者不多。对于投稿之偶有删改,已曾加以解释,想不至有所误解也。

日前又收到一篇,今附上。

此布,即请

道安。

迅　顿首　四月十四日

十五日

日记　星期。晴。上午复语堂信。午广平邀蕴如携晔儿，瑾男，海婴并许妈游城隍庙。夜与广平往上海大戏院观《亡命者》。

古人并不纯厚

老辈往往说：古人比今人纯厚，心好，寿长。我先前也有些相信，现在这信仰可是动摇了。达赖啦嘛总该比平常人心好，虽然"不幸短命死矣"，但广州开的耆英会，却明明收集过一大批寿翁寿媪，活了一百零六岁的老太太还能穿针，有照片为证。

古今的心的好坏，较为难以比较，只好求教于诗文。古之诗人，是有名的"温柔敦厚"的，而有的竟说："时日曷丧，予及汝偕亡！"你看够多么恶毒？更奇怪的是孔子"校阅"之后，竟没有删，还说什么"诗三百，一言以蔽之，曰：思无邪"哩，好像圣人也并不以为可恶。

还有现存的最通行的《文选》，听说如果青年作家要丰富语汇，或描写建筑，是总得看它的，但我们倘一调查里面的作家，却至少有一半不得好死，当然，就因为心不好。经昭明太子一挑选，固然好像变成语汇祖师了，但在那时，恐怕还有个人的主张，偏激的文字。否则，这人是不传的，试翻唐以前的史上的文苑传，大抵是禀承意旨，草檄作颂的人，然而那些作者的文章，流传至今者偏偏少得很。

由此看来，翻印整部的古书，也就不无危险了。近来偶尔看见一部石印的《平斋文集》，作者，宋人也，不可谓之不古，但其诗就不可为训。如咏《狐鼠》云："狐鼠擅一窟，虎蛇行九逵，不论天有眼，但管地无皮……。"又咏《荆公》云："养就祸胎身始去，依然钟阜向人青"。那指斥当路的口气，就为今人所看不惯。"八大家"中的欧阳修，是不能算作偏激的文学家的罢，然而那《读李翱文》中却有云：

"呜呼,在位而不肯自忧,又禁它人使皆不得忧,可叹也夫!"也就悻悻得很。

但是,经后人一番选择,却就纯厚起来了。后人能使古人纯厚,则比古人更为纯厚也可见。清朝曾有钦定的《唐宋文醇》和《唐宋诗醇》,便是由皇帝将古人做得纯厚的好标本,不久也许会有人翻印,以"挽狂澜于既倒"的。

四月十五日。

原载 1934 年 4 月 26 日《中华日报·动向》。署名翁隼。
初收 1936 年 6 月上海联华书局版《花边文学》。

致 林语堂

顷收到十三日信,谨悉种种。弟向来厚于私而薄于公,前之不欲以照片奉呈,正因并"非私人请托",而有公诸读者之虑故。近来思想倒退,闻"作家"之名,颇觉头痛。又久不弄笔,实亦不符;而且示众以后,识者骤增,于逛马路,进饭馆之类,殊多不便。《自选集》中像未必竟不能得,但甚愿以私谊吁请勿转灾楮墨,一以利己,一以避贤。此等事本不必絮絮,惟既屡承下问,慨然知感,遂辄略布鄙怀,万乞曲予谅察为幸。此复即请
道安。

迅 上 四月十五日

十六日

日记 晴。午后寄亢德信并诗荃稿一卷。得烈文信并还稿一篇,又诗荃者三篇。夜三弟来。

致 陶亢德

亢德先生：

　　有一个相识者持一卷文稿来，要我寻一发表之地，我觉得《人间世》或者相宜，顷已托书店直接寄去。究竟可用与否，自然是说不定的。倘可用，那就没有什么。如不合用，则对于先生，有一件特别的请托，就是从速寄还我，以便交代。费神之处，至感。那文稿名《泥沙杂拾》，作者署"闲斋"。

　　此布，即颂

时绥。

迅　顿首　四月十六日

十七日

　　日记　晴。上午往须藤医院治胃病。下午得王慎思信并木刻一本，即复。得诗荃稿一篇，即转寄《自由谈》。得增田君信，九日发。晚得姚克信，十三日发。得徐讦信。夜蕴如及三弟来。

致 罗清桢

清桢先生：

　　日前收到来信，并尊照一张，木刻一幅，感谢之至。这一幅也并无缺点，但因其中之人物姿态，与前回之《劫后余生》相似，所以印行起来，二者必去其一，我想，或者还是留这一幅罢。

见寄之二十余幅，早经收到。《或人之家》平稳，《被弃之后》构图是很有力的，但我以为站着的那人不相称，也许没有她，可以更好。《残冬》最佳，只是人物太大一点，倘若站起来，不是和牌坊同高了么。

我离开日本，已经二十多年，与现在情形大不相同，恐怕没有什么可以奉告了。又来信谓要我的朋友写书面字，不知何人，希示知，倘为我所熟识，那是可以去托的。

专此布复，即颂

时绥。

迅　上　四月十七夜。

十八日

日记　晴。上午复罗清桢信。午后寄李雾城信。下午复徐讦信。得诗荃稿二篇，即为转寄《自由谈》。

十九日

日记　昙。午后往内山书店买『猎人日记』下卷一本，二元五角。得李雾城信，下午复。夜雨。

致 陈烟桥

雾城先生：

昨天才寄一函，今日即收到十六日来信，备悉种种。做一件事，无论大小，倘无恒心，是很不好的。而看一切太难，固然能使人无成，但若看得太容易，也能使事情无结果。

我曾经看过 MK 社的展览会，新近又见了无名木刻社的《木刻集》(那书上有我的序,不过给我看的画,和现在所印者不同),觉得有一种共通的毛病,就是并非因为有了木刻,所以来开会,出书,倒是因为要开会,出书,所以赶紧大家来刻木刻,所以草率,幼稚的作品,也难免都拿来充数。非有耐心,是克服不了这缺点的。

木刻还未大发展,所以我的意见,现在首先是在引起一般读书界的注意,看重,于是得到赏鉴,采用,就是将那条路开拓起来,路开拓了,那活动力也就增大;如果一下子即将它拉到地底下去,只有几个人来称赞阅看,这实在是自杀政策。我的主张杂入静物,风景,各地方的风俗,街头风景,就是为此。现在的文学也一样,有地方色彩的,倒容易成为世界的,即为别国所注意。打出世界上去,即于中国之活动有利。可惜中国的青年艺术家,大抵不以为然。

况且,单是题材好,是没有用的,还是要技术;更不好的是内容并不怎样有力,却只有一个可怕的外表,先将普通的读者吓退。例如这回无名木刻社的画集,封面上是一张马克思像,有些人就不敢买了。

前回说过的印本,或者再由我想一想,印一回试试看,可选之作不多,也许只能作为"年刊",或不定期刊,数目恐怕也不会在三十幅以上。不过罗君自说要出专集,克白的住址我不知道,能否收集,是一个疑问,那么,一本也只有二十余幅了。

此复即颂

时绥。

迅　上　四月十九日

又前信谓先生有几幅已寄他处发表,我想他们未必用,即用,也一定缩小,这回也仍可收入的。

二十日

日记　昙。上午往须藤医院诊,阿霜同去。午得母亲信,十六日发。得靖华信,即复。得诗荃稿二,即转寄《自由谈》。下午往来青阁买《范声山杂著》四本，又《芥子园画传》初集五本，共泉四元。又往有正书局买《芥子园画传》二集四本，六元。得徐讦信。晚方壁来邀夜饭，即与广平携海婴同去，同席共九人。夜费君送来《解放的董吉诃德》五十本。

法会和歌剧

《时轮金刚法会募捐缘起》中有这样的句子："古人一遇灾祲，上者罪己，下者修身……今则人心浸以衰矣，非仗佛力之加被，末由消除此浩劫。"恐怕现在也还有人记得的罢。这真说得令人觉得自己和别人都半文不值，治水除蝗，完全无益，倘要"或消自业，或淡他灾"，只好请班禅大师来求佛菩萨保佑了。

坚信的人们一定是有的，要不然，怎么能募集一笔巨款。

然而究竟好像是"人心浸以衰矣"了，中央社十七日杭州电云："时轮金刚法会将于本月二十八日在杭州启建，并决定邀梅兰芳，徐来，胡蝶，在会期内表演歌剧五天。"梵呗圆音，竟将为轻歌曼舞所"加被"，岂不出于意表也哉！

盖闻昔者我佛说法，曾有天女散花，现在杭州启会，我佛大概未必亲临，则恭请梅郎权扮天女，自然尚无不可。但与摩登女郎们又有什么关系呢？莫非电影明星与标准美人唱起歌来，也可以"消除此浩劫"么？

大约，人心快要"浸衰"之前，拜佛的人，就已经喜欢兼看玩艺的了，款项有限，法会不大的时候，和尚们便自己来飞钹，唱歌，给善男子，善女人们满足，但也很使道学先生们摇头。班禅大师只"印可"开会而不唱《毛毛雨》，原是很合佛旨的，可不料同时也唱起歌剧来了。

原人和现代人的心，也许很有些不同，倘相去不过几百年，那恐怕即使有些差异,也微乎其微的。赛会做戏文,香市看娇娇,正是"古已有之"的把戏。既积无量之福,又极视听之娱,现在未来,都有好处,这是向来兴行佛事的号召的力量。否则,黄胖和尚念经,参加者就未必踊跃,浩劫一定没有消除的希望了。

但这种安排,虽然出于婆心,却仍是"人心浸以衰矣"的征候。这能够令人怀疑:我们自己是不配"消除此浩劫"的了,但此后该靠班禅大师呢,还是梅兰芳博士,或是密斯徐来,密斯胡蝶呢?

四月二十日。

原载 1934 年 5 月 20 日《中华日报·动向》。署名孟孤。

初收 1936 年 6 月上海联华书局版《花边文学》。

二十一日

日记 晴。上午得猛克信。得陶亢德信。得许省微信。得『白と黒』(四十六)一本,价五角。得《文学季刊》(二)一本。晚三弟来,饭后并同广平往大上海戏院[观]《虎魔王》。夜雨。

洋服的没落

几十年来,我们常常恨着自己没有合意的衣服穿。清朝末年,带些革命色采的英雄不但恨辫子,也恨马褂和袍子,因为这是满洲服。一位老先生到日本去游历,看见那边的服装,高兴的了不得,做了一篇文章登在杂志上,叫作《不图今日重见汉官仪》。他是赞成恢复古装的。

然而革命之后,采用的却是洋装,这是因为大家要维新,要便捷,要腰骨笔挺。少年英俊之徒,不但自己必洋装,还厌恶别人穿袍子。那时听说竟有人去责问樊山老人,问他为什么要穿满洲的衣裳。樊山回问道:"你穿的是那里的服饰呢?"少年答道:"我穿的是外国服。"樊山道:"我穿的也是外国服。"

这故事颇为传诵一时,给袍褂党扬眉吐气。不过其中是带一点反对革命的意味的,和近日的因为卫生,因为经济的大两样。后来,洋服终于和华人渐渐的反目了,不但袁世凯朝,就定袍子马褂为常礼服,五四运动之后,北京大学要整饬校风,规定制服了,请学生们公议,那议决的也是:袍子和马褂!

这回的不取洋服的原因却正如林语堂先生所说,因其不合于卫生。造化赋给我们的腰和脖子,本是可以弯曲的,弯腰曲背,在中国是一种常态,逆来尚须顺受,顺来自然更当顺受了。所以我们是最能研究人体,顺其自然而用之的人民。脖子最细,发明了砍头;膝关节能弯,发明了下跪;臀部多肉,又不致命,就发明了打屁股。违反自然的洋服,于是便渐渐的自然的没落了。

这洋服的遗迹,现在已只残留在摩登男女的身上,恰如辫子小脚,不过偶然还见于顽固男女的身上一般。不料竟又来了一道催命符,是锡水悄悄从背后洒过来了。

这怎么办呢?

恢复古制罢,自黄帝以至宋明的衣裳,一时实难以明白;学戏台上的装束罢,蟒袍玉带,粉底皂靴,坐了摩托车吃番菜,实在也不免有些滑稽。所以改来改去,大约总还是袍子马褂牢稳。虽然也是外国服,但恐怕是不会脱下的了——这实在有些稀奇。

四月二十一日。

原载 1934 年 4 月 25 日《申报·自由谈》。署名韦士繇。
初收 1936 年 6 月上海联华书局版《花边文学》。

二十二日

日记 星期。雨。上午寄《自由谈》稿二。往须藤医院诊。下午诗荃来,因卧不见,留笺并稿二篇而去,夜以其稿寄《自由谈》。

朋　友

我在小学的时候,看同学们变小戏法,"耳中听字"呀,"纸人出血"呀,很以为有趣。庙会时就有传授这些戏法的人,几枚铜元一件,学得来时,倒从此索然无味了。进中学是在城里,于是兴致勃勃的看大戏法,但后来有人告诉了我戏法的秘密,我就不再高兴走近圈子的旁边。去年到上海来,才又得到消遣无聊的处所,那便是看电影。

但不久就在书上看到一点电影片子的制造法,知道了看去好像千丈悬崖者,其实离地不过几尺,奇禽怪兽,无非是纸做的。这使我从此不很觉得电影的神奇,倒往往只留心它的破绽,自己也无聊起来,第三回失掉了消遣无聊的处所。有时候,还自悔去看那一本书,甚至于恨到那作者不该写出制造法来了。

暴露者揭发种种隐秘,自以为有益于人们,然而无聊的人,为消遣无聊计,是甘于受欺,并且安于自欺的,否则就更无聊赖。因为这,所以使戏法长存于天地之间,也所以使暴露幽暗不但为欺人者所深恶,亦且为被欺者所深恶。

暴露者只在有为的人们中有益,在无聊的人们中便要灭亡。自救之道,只在虽知一切隐秘,却不动声色,帮同欺人,欺那自甘受欺的无聊的人们,任它无聊的戏法一套一套的,终于反反复复的变下去。周围是总有这些人会看的。

变戏法的时时拱手道:"……出家靠朋友!"有几分就是对着明白戏法的底细者而发的,为的是要他不来戳穿西洋镜。

"朋友,以义合者也",但我们向来常常不作如此解。

四月二十二日。

原载 1934 年 5 月 1 日《申报·自由谈》。署名黄凯音。
初收 1936 年 6 月上海联华书局版《花边文学》。

致 姚 克

姚克先生：

十三日函早收到；近来因发胃病，腹痛而无力，躺了几天，以致迟复，甚歉。中国人总只喜欢一个"名"，只要有新鲜的名目，便取来玩一通，不久连这名目也糟蹋了，便放开，另外又取一个。真如黑色的染缸一样，放下去，没有不乌黑的。譬如"伟人""教授""学者""名人""作家"这些称呼，当初何尝不冠冕，现在却听去好像讽刺了，一切无不如此。

石刻画象印起来，是要加一点说明的，先生肯给我译成英文，更好。但做起来颇不易，青年也未必肯看，聊尽自己的心而已。《朱鲔石室画象》我有两套，凑合起来似乎还不全，倘碑帖店送有数套来，则除先生自己所要的之外，其余的请替我买下，庶几可以凑成全图。这石室，四五年前用泥塞起来了（古怪之至，不知何意），未塞之前，拓了一次，闻张继委员有一套，曾托人转辗去借，而亦不肯借，可笑。此复即请
文安。

        豫　顿首　四月二十二夜。

二十三日

日记　小雨。上午复姚克信。寄《动向》稿一。得肖山所寄书

三包,内俄文十本,德文四本,英文一本。得 MK 木刻研究社信并木刻五幅。得雾城信并木刻二幅,午复。得徐讦信,即复。得烈文信并诗荃底稿二。下午得合众书店信,即复。晚三弟来并为取得《南唐书》二种共七本。

致 陈烟桥

雾城先生:

廿一函并木刻二幅均收到。这回似乎比较的合理,但我以为烟还太小,不如索性加大,直连顶颠,而连黑边也不留,则恐怕还要有力。不知先生以为怎样。

MK 木刻社已有信来,我想慢慢的印一本试试罢。

先生的作品,容我再看一回之后,仔细排定,然后再奉函借版。这回我想不必将版收罗完全,然后付印,凡入选之作,即可陆续印存,到得有二十余幅,然后订好发行的。

此复即颂

时绥。

迅 上 二十三日

二十四日

日记 晴。午后得杨霁云信,即复。得何白涛信,即复。得姚克信。下午诗荃来并赠芒果一筐,夜与广平携海婴访坪井先生,转以赠之。

致 杨霁云

霁云先生：

惠函读悉。所举的三种青年中，第一种当然是令人景仰的；第三种也情有可原，或者也不过暂时休息一下；只有第二种，除说是投机之外，实在无可解释。至于如戴季陶者，还多得很，他的忽而教忠，忽而讲孝，忽而拜忏，忽而上坟，说是因为忏悔旧事，或藉此逃避良心的责备，我以为还是忠厚之谈，他未必责备自己，其毫无特操者，不过用无聊与无耻，以应付环境的变化而已。

来问太大，我不能答复。自己就至今未能牺牲小我，怎能大言不惭。但总之，即使未能径上战线，一切稍为大家着想，为将来着想，这大约总不会是错了路的。

专此布复，即颂

时绥。

迅　上　四月廿四夜

致 何白涛

白涛先生：

四月十八日信，顷已收到，并木刻两幅，初学者急于印成一样东西，开手是大抵如此的，但此后似切不可忽略了基本工夫，因为这刻法开展下去，很能走入乱刻的路上去，而粗粗一看，很像有魄力似的。

木刻书印成后，当寄上一二十本，其时大约要在五月中旬了。木刻刀当于日内到书店去问，倘有，即嘱其寄上。《文学杂志》上的木刻，先前是我选的，后来我退出，便不过问，近来只登着德国一派的木刻，不知何人所为。我想，恐怕是黄源或傅东华罢。

近来上海谣言很多，我不大出门。但我想印一种中国木刻的选集，看情形定为季刊或不定期刊。每本约二十幅，用原版付印刷局去印，以一百本或百五十本为限，以为鼓吹。先生之作，我想选入的有《街头》《工作》《小艇》《黑烟》四幅，未知可否？倘可，则希将原版用小包寄至书店，印后仍即寄还，或托便人带来亦可，因为还不是急于出版的。

专此布复，即颂

时绥。

迅　上　四月二十四夜

二十五日

日记　晴。上午与广平携海婴往须藤医院诊。寄母亲信。得郑振铎著《中国文学论集》一本，著者寄赠。买『满洲画帖』一函二本，三元。得山本夫人信，午复。午后寄何白涛信。下午收北新书局送来版税泉二百。

致 母 亲

母亲大人膝下，敬禀者，四月十六日来示，早经收到。和森兄因沪地生疏，又不便耽搁，未能晤谈，真是可惜。紫佩亦尚未来过，大约在家中多留了几天。今年南方天气太冷，果菜俱迟，新笋干尚未上市，不及托紫佩带回，只能将来由邮局寄送了；男胃病先前虽不常发，但偶而作痛的时候，一年中也或有的，不过这回时日较长，经服药约一礼拜后，已渐痊愈，医言只要再服三日，便可停药矣，请勿念为要。害马亦好。海婴则已颇健壮，身子比

129

去年长得不少，说话亦大进步，但不肯认字，终日大声叱咤，玩耍而已。今年夏天，拟设法令晒太阳，则皮肤可以结实，冬天不致于容易受寒了。老三亦如常，但每日作事八点钟，未免过于劳苦而已。余容续禀。专此布达，恭请

金安。

　　　　　　男树　叩上　广平及海婴随叩　四月二十五日

致 何白涛

白涛先生：

　　上午方寄一函，想已达。顷至内山书店问木刻刀，只有五把一套者，据云铁质甚好，每套二元。不知可用否？倘若要的，可用小包邮寄，候回示办理。

　　此致即颂

时绥。

　　　　　　　　　　　　　　　迅　上　四月廿五日

致 山本初枝

　　拝啓　御手紙を拝見致しました、先日子供に着物を下さって有難う存じます。正路君が絵を始めましたか、それは面白い事だと思ひます。併し無論親も稽古しなければなりません。でなければ聞かれる時に困ります。こちの子供は絵はかかないが絵本を説明させるのですから矢張り頗る困つた役目です。増田第一世は実にどしどし書き出せば善いと思ひます。この先生は少々「呑

気」でもあるがそうして遠慮すぎます。今の所謂支那通のかいた
ものを見れば、間違穿鑿だらけのものでも平気で出版して居るの
に何故そんなに謙遜して居るのでしょう。今からとくにやりだせ
ば屹度成功するものだらうと思ひます。「メメチャウ」と云ふ支那
流の格言までも採用するとあやまります。上海あたりは今年特
別に寒いのだから何でもおそかったのです。併し桃の花はもうさ
きました。私は胃病で一週間程須藤先生の御厄介になりました
が此頃はもうよくなりました。家内は達者で子供は風邪引位で
す。そうして自分は本当に何かの近くに歩いて居ます、それは上
海では他人の生命を商売して居るものが随分あるから時々あぶ
ない計画を立ちます。併し私も頗る警戒して居るから大丈夫だ
ろうと思ひます。

山本夫人几下

鲁迅　四月二十五日

二十六日

日记　昙。上午复烈文信并稿二。午后复 MK 木刻研究会信。
寄三弟信。下午得合众书店信，即复。雨。季市来，并赠海婴积木
二合。

小品文的生机

去年是"幽默"大走鸿运的时候，《论语》以外，也是开口幽默，闭
口幽默，这人是幽默家，那人也是幽默家。不料今年就大塌其台，这
不对，那又不对，一切罪恶，全归幽默，甚至于比之文场的丑脚。骂

幽默竟好像是洗澡,只要来一下,自己就会干净似的了。

倘若真的是"天地大戏场",那么,文场上当然也一定有丑脚——然而也一定有黑头。丑脚唱着丑脚戏,是很平常的,黑头改唱了丑脚戏,那就怪得很,但大戏场上却有时真会有这等事。这就使直心眼人跟着歪心眼人嘲骂,热情人愤怒,脆情人心酸。为的是唱得不内行,不招人笑吗?并不是的,他比真的丑脚还可笑。

那愤怒和心酸,为的是黑头改唱了丑脚之后,事情还没有完。串戏总得有几个脚色:生,旦,末,丑,净,还有黑头。要不然,这戏也唱不久。为了一种原因,黑头只得改唱丑脚的时候,照成例,是一定丑脚倒来改唱黑头的。不但唱工,单是黑头涎脸扮丑脚,丑脚挺胸学黑头,戏场上只见白鼻子的和黑脸孔的丑脚多起来,也就滑天下之大稽。然而,滑稽而已,并非幽默。或人曰:"中国无幽默。"这正是一个注脚。

更可叹的是被谥为"幽默大师"的林先生,竟也在《自由谈》上引了古人之言,曰:"夫饮酒猖狂,或沉寂无闻,亦不过洁身自好耳。今世癫鳌,欲使洁身自好者负亡国之罪,若然则'今日乌合,明日鸟散,今日倒戈,明日凭轼,今日为君子,明日为小人,今日为小人,明日复为君子'之辈可无罪。"虽引据仍不离乎小品,但去"幽默"或"闲适"之道远矣。这又是一个注脚。

但林先生以谓新近各报上之攻击《人间世》,是系统的化名的把戏,却是错误的,证据是不同的论旨,不同的作风。其中固然有虽曾附骥,终未登龙的"名人",或扮作黑头,而实是真正的丑脚的打诨,但也有热心人的谠论。世态是这么的纠纷,可见虽是小品,也正有待于分析和攻战的了,这或者倒是《人间世》的一线生机罢。

四月二十六日。

原载 1934 年 4 月 30 日《申报·自由谈》。署名崇巽。

初收 1936 年 6 月上海联华书局版《花边文学》。

清明时节

清明时节，是扫墓的时节，有的要进关内来祭祖，有的是到陕西去上坟，或则激论沸天，或则欢声动地，真好像上坟可以亡国，也可以救国似的。

坟有这么大关系，那么，掘坟当然是要不得的了。

元朝的国师八合思巴罢，他就深相信掘坟的利害。他掘开宋陵，要把人骨和猪狗骨同埋在一起，以使宋室倒楣。后来幸而给一位义士盗走了，没有达到目的，然而宋朝还是亡。曹操设了"摸金校尉"之类的职员，专门盗墓，他的儿子却做了皇帝，自己竟被谥为"武帝"，好不威风。这样看来，死人的安危，和生人的祸福，又仿佛没有关系似的。

相传曹操怕死后被人掘坟，造了七十二疑冢，令人无从下手。于是后之诗人曰："遍掘七十二疑冢，必有一冢葬君尸。"于是后之论者又曰：阿瞒老奸巨猾，安知其尸实不在此七十二冢之内乎。真是没有法子想。

阿瞒虽是老奸巨猾，我想，疑冢之流倒未必安排的，不过古来的冢墓，却大抵被发掘者居多，冢中人的主名，的确者也很少，洛阳邙山，清末掘墓者极多，虽在名公巨卿的墓中，所得也大抵是一块志石和凌乱的陶器，大约并非原没有贵重的殉葬品，乃是早经有人掘过，拿走了，什么时候呢，无从知道。总之是葬后以至清末的偷掘那一天之间罢。

至于墓中人究竟是什么人，非掘后往往不知道。即使有相传的主名的，也大抵靠不住。中国人一向喜欢造些和大人物相关的名胜，石门有"子路止宿处"，泰山上有"孔子小天下处"；一个小山洞，是埋着大禹，几堆大土堆，便葬着文武和周公。

如果扫墓的确可以救国，那么，扫就要扫得真确，要扫文武周公的陵，不要扫着别人的土包子，还得查考自己是否周朝的子孙。于是乎要有考古的工作，就是掘开坟来，看看有无葬着文王武王周公旦的证据，如果有遗骨，还可照《洗冤录》的方法来滴血。但是，这又和扫墓救国说相反，很伤孝子顺孙的心了。不得已，就只好闭了眼睛，硬着头皮，乱拜一阵。

"非其鬼而祭之，谄也！"单是扫墓救国术没有灵验，还不过是一个小笑话而已。

四月二十六日。

原载 1934 年 5 月 24 日《中华日报·动向》。署名孟弧。
初收 1936 年 6 月上海联华书局版《花边文学》。

二十七日

日记 昙。上午往须藤医院诊，广平携海婴同去。午后寄烈文信并稿一。下午得吴微晒信。得木天信并《茫茫夜》一本。得诗荃信并文二，诗四。紫佩来访，未遇，即往旅馆访之，亦未遇。访三弟于商务印书馆。夜内山书店送来『鸟类原色大図说』(三)一本，八元；ドストイエフスキイ及チェーホフ集各一本，共五元。

二十八日

日记 昙。上午得佐藤春夫信。得王慎思信。得叶紫信。紫佩来，并赠榛子，蜜枣各一合，又母亲笺一，摩菰一包，《世界画报》二本。下午得靖华信。买『世界原始社會史』一本，二元。夜雨。

二十九日

日记 星期。昙。上午同广平携海婴往须藤医院诊。晚三弟及蕴如来并赠香糕,蛋卷,馒头,春笋等,三弟并为取得《四部丛刊》续编二种三本。

三十日

日记 晴。上午寄叶紫信。得诗荃稿一,即并前二篇俱寄《自由谈》。下午得小山信。得曹聚仁信,夜复。寄烈文信并诗荃诗二章。

致 曹聚仁

聚仁先生:

惠函顷奉到。《南腔北调集》于月初托书局付邮,而近日始寄到,作事之慢,令人咋舌。多伤感情调,乃知识分子之常,我亦大有此病,或此生终不能改;杨邨人却无之,此公实是一无赖子,无真情,亦无真相也。

习西医大须记忆,基础科学等,至少四年,然尚不过一毛胚,此后非多年练习不可。我学理论两年后,持听诊器试听人们之胸,健者病者,其声如一,大不如书上所记之了然。今幸放弃,免于杀人,而不幸又成文氓,或不免被杀。倘当崩溃之际,竟尚幸存,当乞红背心扫上海马路耳。

周作人自寿诗,诚有讽世之意,然此种微辞,已为今之青年所不憭,群公相和,则多近于肉麻,于是火上添油,遂成众矢之的,而不作此等攻击文字,此外近日亦无可言。此亦"古已有之",文人美女,必负亡国之责,近似亦有人觉国之将亡,已在卸责于清流或舆论矣。

专此布复,即请
道安。

迅 顿首 四月卅日。

自　传

　　鲁迅，以一八八一年生于浙江之绍兴城内姓周的一个大家族里。父亲是秀才；母亲姓鲁，乡下人，她以自修到能看文学作品的程度。家里原有祖遗的四五十亩田，但在父亲死掉之前，已经卖完了。这时我大约十三四岁，但还勉强读了三四年多的中国书。

　　因为没有钱，就得寻不用学费的学校，于是去到南京，住了大半年，考进了水师学堂。不久，分在管轮班，我想，那就上不了舱面了，便走出，另考进了矿路学堂，在那里毕业，被送往日本留学。但我又变计，改而学医，学了两年，又变计，要弄文学了。于是看些文学书，一面翻译，也作些论文，设法在刊物上发表。直到一九一〇年，我的母亲无法生活，这才回国，在杭州师范学校作助教，次年在绍兴中学作监学。一九一二年革命后，被任为绍兴师范学校校长。

　　但绍兴革命军的首领是强盗出身，我不满意他的行为，他说要杀死我了，我就到南京，在教育部办事，由此进北京，做到社会教育司的第二科科长。一九一八年"文学革命"运动起，我始用"鲁迅"的笔名作小说，登在《新青年》上，以后就时时作些短篇小说和短评；一面也做北京大学，师范大学，女子师范大学的讲师。因为做评论，敌人就多起来，北京大学教授陈源开始发表这"鲁迅"就是我，由此弄到段祺瑞将我撤职，并且还要逮捕我。我只好离开北京，到厦门大学做教授；约有半年，和校长以及别的几个教授冲突了，便到广州，在中山大学做了教务长兼文科教授。

　　又约半年，国民党北伐分明很顺利，厦门的有些教授就也到广州来了，不久就清党，我一生从未见过有这么杀人的，我就辞了职，回到上海，想以译作谋生。但因为加入自由大同盟，听说国民党在通缉我了，我便躲起来。此后又加入了左翼作家联盟，民权同盟。到今年，我的一九二六年以后出版的译作，几乎全被国民党所禁止。

我的工作，除翻译及编辑的不算外，创作的有短篇小说集二本，散文诗一本，回忆记一本，论文集一本，短评八本，《中国小说史略》一本。

未另发表。据手稿编入。

初未收集。

关于《鹭华》*

鹭华（月刊）厦门出版。一九三三年十二月十五日出创刊号。一九二八年已有《鹭华》，附刊于日报上，不久停止。这是第三次的复活，内容也和旧的不同，左倾了。作品以小说，诗为多，也有评论及翻译。

未另发表。据手稿编入。

初未收集。

《萧伯纳在上海》*

萧伯纳一到香港，就给了中国一个冲击，到上海后，可更甚了，定期出版物上几乎都有记载或批评，称赞的也有，嘲骂的也有。编者便用了剪刀和笔墨，将这些都择要汇集起来，又一一加以解剖和比较，说明了萧是一面平面的镜子，而一向在凹凸镜里见得平正的脸相的人物,这回却露出了他们的歪脸来。是一部未曾有过先例的书籍。编的是乐雯,鲁迅作序。

每本实价大洋五角。

最初印入 1934 年 4 月上海联华书局版《解放了的董吉诃德》书末。

初未收集。

五月

一日

日记 晴。上午寄自来火公司信。寄《动向》稿二篇。秉中及其夫人携孩子来访,并赠藕粉,蜜枣各二合,扇一柄,未遇,午后同广平携海婴往旅馆访之,亦未遇。下午三弟及蕴如携三孩子来,赠以藕粉,蜜枣各一合。买『ソヴエト文学概論』一本,一元二角。得娄如煐信,夜复。浴。

论"旧形式的采用"

"旧形式的采用"的问题,如果平心静气的讨论起来,在现在,我想是很有意义的,但开首便遭到了耳耶先生的笔伐。"类乎投降","机会主义",这是近十年来"新形式的探求"的结果,是克敌的咒文,至少先使你惹一身不干不净。但耳耶先生是正直的,因为他同时也在译《艺术底内容和形式》,一经登完,便会洗净他激烈的责罚;而且有几句话也正确的,是他说新形式的探求不能和旧形式的采用机械的地分开。

不过这几句话已经可以说是常识;就是说内容和形式不能机械的地分开,也已经是常识;还有,知道作品和大众不能机械的地分开,也当然是常识。旧形式为什么只是"采用"——但耳耶先生却指为"为整个(!)旧艺术捧场"——就是为了新形式的探求。采取若干,和"整个"捧来是不同的,前进的艺术家不能有这思想(内容)。然而他会想到采取旧艺术,因为他明白了作品和大众不能机械的地分开。以为艺术是艺术家的"灵感"的爆发，像鼻子发痒的人，只要打出喷嚏来就浑身舒服，一了百了的时候已经过去了，现在想到，而且关心了大众。这是一个新思想（内容），由此而在探求新形式，首先提出的是旧形式的采取，这采取的主张，正是新形式的发端，也就是旧形式的蜕变，在我看来，是既没有将内容和形式机械的地分开，更没有看得《姊妹花》叫座，于是也来学一套的投机主义的罪案的。

自然，旧形式的采取，或者必须说新形式的探求，都必须艺术学徒的努力的实践，但理论家或批评家是同有指导，评论，商量的责任的，不能只斥他交代未清之后，便可逍遥事外。我们有艺术史，而且生在中国，即必须翻开中国的艺术史来。采取什么呢？我想，唐以前的真迹，我们无从目睹了，但还能知道大抵以故事为题材，这是可以取法的；在唐，可取佛画的灿烂，线画的空实和明快，宋的院画，萎靡柔媚之处当舍，周密不苟之处是可取的，米点山水，则毫无用处。后来的写意画（文人画）有无用处，我此刻不敢确说，恐怕也许还有可用之点的罢。这些采取，并非断片的古董的杂陈，必须溶化于新作品中，那是不必赘说的事，恰如吃用牛羊，弃去蹄毛，留其精粹，以滋养及发达新的生体，决不因此就会"类乎"牛羊的。

只是上文所举的，亦即我们现在所能看见的，都是消费的艺术。它一向独得有力者的宠爱，所以还有许多存留。但既有消费者，必有生产者，所以一面有消费者的艺术，一面也必有生产者的艺术。古代的东西，因为无人保护，除小说的插画以外，我们几乎什么也看不见了。至于现在，却还有市上新年的花纸，和猛克先生所指出的连环图画。这些虽未必是真正的生产者的艺术，但和高等有闲者的艺术对立，是无疑的。但虽然如此，它还是大受着消费者艺术的影响，例如在文学上，则民歌大抵脱不开七言的范围，在图画上，则题材多是士大夫的故事，然而已经加以提炼，成为明快，简捷的东西了。这也就是蜕变，一向则谓之"俗"。注意于大众的艺术家，来注意于这些东西，大约也未必错，至于仍要加以提炼，那也是无须赘说的。

但中国的两者的艺术,也有形似而实不同的地方,例如佛画的满幅云烟,是豪华的装潢,花纸也有一种硬填到几乎不见白纸的,却是惜纸的节俭;唐伯虎画的细腰纤手的美人,是他一类人们的欲得之物,花纸上也有这一种,在赏玩者却只以为世间有这一类人物,聊资博识,或满足好奇心而已。为大众的画家,都无须避忌。

至于谓连环图画不过图画的种类之一,与文学中之有诗歌,戏曲,小说相同,那自然是不错的。但这种类之别,也仍然与社会条件相关联,则我们只要看有时盛行诗歌,有时大出小说,有时独多短篇的史实便可以知道。因此,也可以知道即与内容相关联。现在社会上的流行连环图画,即因为它有流行的可能,且有流行的必要,着眼于此,因而加以导引,正是前进的艺术家的正确的任务;为了大众,力求易懂,也正是前进的艺术家正确的努力。旧形式是采取,必有所删除,既有删除,必有所增益,这结果是新形式的出现,也就是变革。而且,这工作是决不如旁观者所想的容易的。

但就是立有了新形式罢,当然不会就是很高的艺术。艺术的前进,还要别的文化工作的协助,某一文化部门,要某一专家唱独脚戏来提得特别高,是不妨空谈,却难做到的事,所以专责个人,那立论的偏颇和偏重环境的是一样的。

五月二日。

原载 1934 年 5 月 4 日《中华日报·动向》。署名常庚。

初收 1937 年 7 月上海三闲书屋版《且介亭杂文》。

"夜 来 香"

林琴南式的史汉文章已经少见了,但它还躲在电影院里,凡有电影的说明书,几乎大抵是"某生者,英伦人也"文体。鸳鸯蝴蝶却比他走运,从新飞黄腾达了。我们走过上海的店头弄里,时常听到无线电播音的"哗啦哗喇",不过倘不驻足静听,就不知道它说些什么。多谢近来有几种报纸上登了"精采播音情报",给我能够以目代耳,享受这"文明"玩意。"苏滩",《啼笑姻缘》,《狸猫换太子》,不登原文,无福消受了,有的是各种诗歌,这真是集肉麻之大成,尽鸳鸯之能事,听之而不骨头四两轻者鲜矣。懒于抄录,现在只介绍《夜来香》三首之一在这里:

"夜来香,夜里香,千万种香花儿比不上,少年郎,貌堂堂,佩几朵香花儿扣上西装,知心姐,一见笑洋洋,哥哥喜爱夜来香,一阵一阵香风儿透入两个心房,不仅人香,就是爱也香。"

你看,"哥哥喜爱夜来香"就"不仅人香""爱也香"了,多么骨软筋酥,飘飘荡荡。只要记得这一首,就懂得洋场上顾影自怜的摩登少年的骨髓里的精神。

这"播音情报",虽然看起来难免肉麻,但为通达中国社会的一部分计,却是有用的。而且此外也无可希望。在鸦片当饭,指南针看风水,镪水浇衣服的国度里,单能想播音不宣传肉麻文学吗?

原载 1934 年 5 月 8 日《中华日报·动向》。署名阿二。
初未收集。

致 娄如瑛

如暎〔瑛〕先生:

惠函诵悉。我不习于交际,对人常失之粗卤,方自歉之不暇,何敢"暗骂"。阔人通外,盖视之为主人而非敌人,与买书恐不能比拟。

142

丁玲被捕,生死尚未可知,为社会计,牺牲生命当然并非终极目的,凡牺牲者,皆系为人所杀,或万一幸存,于社会或有恶影响,故宁愿弃其生命耳。我之退出文学社,曾有一信公开于《文学》,希参阅,要之,是在宁可与敌人明打,不欲受同人暗算也。何家槐窃文,其人可耻,于全个文坛无关系,故未尝视为问题。匆复,顺颂

时绥。

鲁迅 上 五月一夜。

二日

日记 晴。下午秉中来,赠以原文《四十年》一本。

致 郑振铎

西谛先生:

再版《北平笺谱》,不知已在进行否?初版之一部,第二本中尚缺王诏画梅(题云:《寄与陇头人》)一幅,印时希多印此一纸,寄下以便补入为荷。此致即请

著安。

迅 上 五月二夜。

三日

日记 小雨。上午寄西谛信。寄紫佩信。寄三弟信。往须藤医院诊。寄聂绀弩信并还小说稿。午秉中来并赠海婴鞋一双,赠以书三本,金鱼形壁瓶一枚。夜得母亲信附与三弟笺,四月三十日发。

得嘉业堂刊印书目一本,季市所寄。得增田君信,即复。得 MK 木刻社信并版四块。

四日

　　日记　小雨。上午内山书店送来『日本玩具史篇』一本,二元五角。得张慧信并诗。下午诗荃来,未见。得语堂信。晚蕴如及三弟来,饭后与广平共四人至上海大戏院观《拉斯普丁》。

致 母 亲

母亲大人膝下敬禀者,四月三十日来示,顷已收到。紫佩已来过,托
　　其带上桌布一条,枕头套二个,肥皂一盒,想已早到北平矣。男
　　胃痛现已医好,但还在服药,医生言因吸烟太多之故,现拟逐渐
　　少,至每日只吸十支,惟不知能否做得到耳。害马亦安好。海
　　婴则日见长大,每日要讲故事,脾气已与去年不同,有时亦懂道
　　理,容易教训了。　大人想必还记得李秉中君,他近因公事在
　　上海,见了两回,闻在南京做教练官,境况似比先前为佳矣。余
　　容续禀,敬请
金安。

　　　　　　　　　　男树　叩上。海婴及广平同叩。五月四日。

致 林语堂

语堂先生:
　　来示诵悉。我实非热心人,但关于小品文之议论,或亦随时涉

猎。窃谓反对之辈，其别有二。一者别有用意，如登龙君，在此可弗道；二者颇具热心，如《自由谈》上屡用怪名之某君，实即《泥沙杂拾》之作者，虽时有冷语，而殊无恶意；三则　先生之所谓"杭育杭育派"，亦非必意在稿费，因环境之异，而思想感觉，遂彼此不同，微词宥论，已不能解，即如不佞，每遭压迫时，辄更粗犷易怒，顾非身历其境，不易推想，故必参商到底，无可如何。但《动向》中有数篇稿，却似为登龙者所利用，近盖已悟，不复有矣。此复，即请
文安。

迅　顿首　五月四夜

先生自评《人间世》，谓谈花树春光之文太多，此即作者大抵能作文章，而无话可说之故，亦即空虚也，为一部分人所不满者，或因此欤？闻黎烈文先生将辞职，《自由谈》面目，当一变矣。又及。

五日

日记　昙。午寄母亲信。复语堂信。午后往嘉业堂刘宅买书，寻其处不获。下午海生及三弟来。得陶亢德信。夜同广平往新光大戏院观《阿丽思漫游奇境记》，复至南越酒家食面而归。

致 陶亢德

亢德先生：

　　惠示谨悉。《泥沙杂拾》之作者，实即以种种笔名，在《自由谈》上投稿，为一部分人疑是拙作之人，然文稿则确皆由我转寄。作者自言兴到辄书，然不常见访，故无从嘱托，亦不能嘱托。今手头但有

杂感三篇,皆《自由谈》不敢登而退还者,文实无大碍,然亦平平。今姑寄奉,可用则用,太触目处删少许亦不妨,不则仍希掷还为荷。此请

文安。

迅　顿首　五月五夜

六日

日记　星期。晴。上午蕴如携晔儿来,即同往须藤医院诊。复陶亢德信附诗荃稿三篇。午三弟携瑾男,蕖官来。下午得杨霁云信,夜复。

致 杨霁云

霁云先生:

四日惠函已读悉。关于近日小品文的流行,我倒并不心痛。以革新或留学获得名位,生计已渐充裕者,很容易流入这一路。盖先前原着鬼迷,但因环境所迫,不得不新,一旦得志,即不免老病复发,渐玩古董,始见老庄,则惊其奥博,见《文选》,则惊其典赡,见佛经,则服其广大,见宋人语录,又服其平易超脱,惊服之下,率尔宣扬,这其实还是当初沽名的老手段。有一部分青年是要受点害的,但也原是脾气相近之故,于大局却无大关系,例如《人间世》出版后,究竟不满者居多;而第三期已有随感录,虽多温暾话,然已与编辑者所主张的"闲适"相矛盾。此后恐怕还有变化,倘依然一味超然物外,是不会长久存在的。

我们试看撰稿人名单,中国在事实上确有这许多作者存在,现

在都网罗在《人间世》中,藉此看看他们的文章,思想,也未尝无用。只三期便已证明,所谓名家,大抵徒有其名,实则空洞,其作品且不及无名小卒,如《申报》"本埠附刊"或"业余周刊"中之作者。至于周作人之诗,其实是还藏些对于现状的不平的,但太隐晦,已为一般读者所不懂,加以吹擂太过,附和不完,致使大家觉得讨厌了。

我的不收在集子里的文章,大约不多,其中有些是遗漏的,有些是故意删掉的,因为自己觉得无甚可取。《浙江潮》中所用笔名,连自己也忘记了,只记得所作的东西,一篇是《说钼》(后来译为雷锭),一篇是《斯巴达之魂》(?);还有《地底旅行》,也为我所译,虽说译,其实乃是改作,笔名是"索子",或"索士",但也许没有完。

三十年前,弄文学的人极少,没有朋友,所以有些事情,是只有自己知道的。现在都说我的第一篇小说是《狂人日记》,其实我的最初排了活字的东西,是一篇文言的短篇小说,登在《小说林》(?)上。那时恐怕还是革命之前,题目和笔名,都忘记了,内容是讲私塾里的事情的,后有恽铁樵的批语,还得了几本小说,算是奖品。那时还有一本《月界旅行》,也是我所编译,以三十元出售,改了别人的名字了。又曾译过世界史,每千字五角,至今不知道曾否出版。张资平式的文贩,其实是三十年前就有的,并不是现在的新花样。攻击我的人物如杨邨人者,也一向就有,只因他的文章,随生随灭,所以令人觉得今之叭儿,远不如昔了,但我看也差不多。

娄如瑛君和我,恐怕未必相识,因为我离开故乡已三十多年,他大约不过二十余,不会有相见的机会。日前曾给我一信,想是问了先生之后所发的,信中有几个问题,即与以答复,以后尚无信来。

"碎割"之说,是一种牢骚,但那时我替人改稿,绍介,校对,却真是起劲,现在是懒得多了,所以写几句回信的工夫倒还有。

此复,即颂
时绥。

鲁迅　五月六夜。

七日

日记　晴,暖。上午寄动向社稿二。午后往嘉业堂刘宅买书,因帐房不在,不能买。晚蕴如来。夜三弟来并为取得《四部丛刊》续编二种共三本。风。

刀"式"辩

本月六日的《动向》上,登有一篇阿芷先生指明杨昌溪先生的大作《鸭绿江畔》,是和法捷耶夫的《毁灭》相像的文章,其中还举着例证。这恐怕不能说是"英雄所见略同"罢。因为生吞活剥的模样,实在太明显了。

但是,生吞活剥也要有本领,杨先生似乎还差一点。例如《毁灭》的译本,开头是——

"在阶石上锵锵地响着有了损伤的日本指挥刀,莱奋生走到后院去了,……"

而《鸭绿江畔》的开头是——

"当金蕴声走进庭园的时候,他那损伤了的日本式的指挥刀在阶石上噼啪地响着。……"

人名不同了,那是当然的;响声不同了,也没有什么关系,最特别的是他在"日本"之下,加了一个"式"字。这或者也难怪,不是日本人,怎么会挂"日本指挥刀"呢? 一定是照日本式样,自己打造的了。

但是,我们再来想一想:莱奋生所带的是袭击队,自然是袭击敌人,但也夺取武器。自己的军器是不完备的,一有所得,便用起来。所以他所挂的正是"日本的指挥刀",并不是"日本式"。

文学家看小说,并且豫备抄袭的,可谓关系密切的了,而尚且如此粗心,岂不可叹也夫!

五月七日。

原载 1934 年 5 月 10 日《中华日报·动向》。署名黄棘。
初收 1936 年 6 月上海联华书局版《花边文学》。

八日

日记 昙。午后得陶亢德信并还诗荃稿二篇。下午诗荃来。得何白涛信,夜复。

致 许寿裳

季市兄:

《嘉业堂书目》早收到。日来连去两次,门牌已改为八九九号,门不肯开,内有中国巡捕,白俄镖师,问以书,则或云售完,或云停售,或云管事者不在,不知是真情,抑系仆役怕烦,信口拒绝也。但要之,无法可得。兄曾经买过刘氏所刻书籍否?倘曾买过,如何得之,便中希示及。

此布,即颂

曼福。

弟令飞　顿首　五月八夜

九日

日记 昙。上午寄季市信。以诗荃稿六篇寄《自由谈》。得语堂信。下午得内山嘉吉君寄赠海婴之铅笔一合,又其子鹑弥月内祝

149

绸袱一方。买『長安史跡之研究』一本并图百七十幅合一帙，共泉十三元。

连环图画琐谈

"连环图画"的拥护者，看现在的议论，是"启蒙"之意居多的。

古人"左图右史"，现在只剩下一句话，看不见真相了，宋元小说，有的是每页上图下说，却至今还有存留，就是所谓"出相"；明清以来，有卷头只画书中人物的，称为"绣像"。有画每回故事的，称为"全图"。那目的，大概是在诱引未读者的购读，增加阅读者的兴趣和理解。

但民间另有一种《智灯难字》或《日用杂字》，是一字一像，两相对照，虽可看图，主意却在帮助识字的东西，略加变通，便是现在的《看图识字》。文字较多的是《圣谕像解》，《二十四孝图》等，都是借图画以启蒙，又因中国文字太难，只得用图画来济文字之穷的产物。

"连环图画"便是取"出相"的格式，收《智灯难字》的功效的，倘要启蒙，实在也是一种利器。

但要启蒙，即必须能懂。懂的标准，当然不能俯就低能儿或白痴，但应该着眼于一般的大众，譬如罢，中国画是一向没有阴影的，我所遇见的农民，十之九不赞成西洋画及照相，他们说：人脸那有两边颜色不同的呢？西洋人的看画，是观者作为站在一定之处的，但中国的观者，却向不站在定点上，所以他说的话也是真实。那么，作"连环图画"而没有阴影，我以为是可以的；人物旁边写上名字，也可以的，甚至于表示做梦从人头上放出一道毫光来，也无所不可。观者懂得了内容之后，他就会自己删去帮助理解的记号。这也不能谓之失真，因为观者既经会得了内容，便是有了艺术上的真，倘必如实物之真，则人物只有二三寸，就不真了，而没有和地球一样大小的纸张，地球便无法绘画。

艾思奇先生说："若能够触到大众真正的切身问题，那恐怕愈是新的，才愈能流行。"这话也并不错。不过要商量的是怎样才能够触到，触到之法，"懂"是最要紧的，而且能懂的图画，也可以仍然是艺术。

五月九日。

原载 1934 年 5 月 11 日《中华日报·动向》。署名燕客。

初收 1937 年 7 月上海三闲书屋版《且介亭杂文》。

十日

日记 晴。上午内山夫人来邀晤铃木大拙师，见赠『六祖壇経』『神会禅师語録』合刻一帙四本，并见眉山，草宣，戒仙三和尚，斋藤贞一君。得烈文信并《自由谈》四月分稿费十六元。得猛克信，即复。得静农信，即复。寄动向社稿一篇。林语堂函邀夜饭，晚往其寓，赠以磁制日本"舞子"一枚，同席共十人。

化名新法

杜衡和苏汶先生在今年揭破了文坛上的两种秘密，也是坏风气：一种是批评家的圈子，一种是文人的化名。

但他还保留着没有说出的秘密——

圈子中还有一种书店编辑用的橡皮圈子，能大能小，能方能圆，只要是这一家书店出版的书籍，这边一套，"行"，那边一套，也"行"。

化名则不但可以变成别一个人，还可以化为一个"社"。这个

"社"还能够选文,作论,说道只有某人的作品,"行",某人的创作,也"行"。

例如"中国文艺年鉴社"所编的《中国文艺年鉴》前面的"鸟瞰"。据它的"瞰"法,是:苏汶先生的议论,"行",杜衡先生的创作,也"行"。

但我们在实际上再也寻不着这一个"社"。

查查这"年鉴"的总发行所:现代书局;看看《现代》杂志末一页上的编辑者:施蛰存,杜衡。

Oho!

孙行者神通广大,不单会变鸟兽虫鱼,也会变庙宇,眼睛变窗户,嘴巴变庙门,只有尾巴没处安放,就变了一枝旗竿,竖在庙后面。但那有只竖一枝旗竿的庙宇的呢? 它的被二郎神看出来的破绽就在此。

"除了万不得已之外","我希望"一个文人也不要化为"社",倘使只为了自吹自捧,那真是"就近又有点卑劣了"。

五月十日。

原载 1934 年 5 月 13 日《中华日报·动向》。署名白道。
初收 1936 年 6 月上海联华书局版《花边文学》。

致 台静农

静农兄:

六日函收到。书六本寄出后,忘了写信,其中五本,是请转交霁,常,魏,沈,亚,五人的。此书系我自资付印,但托人买纸等,就被剥削了一通,纸墨恶劣,印得不成样子,真是可叹。

不久又有木刻画集出版,印成后当寄七本,其一是送钧初兄的,特先说明。但因为重量关系,只有六本也说不定,若然,则亚兄的是另寄的了。

北平诸公，真令人齿冷，或则媚上，或则取容，回忆五四时，殊有隔世之感。《人间世》我真不解何苦为此，大约未必能久，倘有被麻醉者，亦不足惜也。

此布即颂

时绥。

豫　顿首　五月十日

十一日

日记　晴。上午得本月分『版芸術』一本，五角。得山本夫人寄赠海婴之画本一本。得增田君信，即复。得董永舒信，即复。得诗荃信并稿一。得光仁信。得锡丰信。得王思远信并《文史》二本，一赠方璧，夜复。费君来，付以印证千。

致　王志之

思远先生：

前得信后，曾写回信，顷得四月八日函，始知未到。后来因为知道要去教书，也就不写了。近来出版界大不景气，稿子少人承收，即印也难索稿费，我又常常卧病，不能走动，所以恐怕很为难。但，北方大约也未必有适当的书店，所以姑且寄来给我看看，怎么样呢？看后放在这里，也许会有碰巧的机遇的。

《文史》收到，其一已转交，里面的作者，杂乱得很，但大约也只能如此。像《文学季刊》上那样的文章，我可以写一篇，但，寄至何处？还有一层，是登出来时，倘用旧名，恐于《文史》无好处，现在是不管内容如何了,雁君之作亦然,这一层须与编辑者说明,他大约未必知道近事。至于别人的作品,却很难,一者因为我交际少,病中更不与人往来了,二则青年作家大抵苦于生活,倘有佳作,只能就近卖稿。

这里也没有什么新出版物,惟新近印了一本剧本,不久当又有木刻集一本出来,那时当一同寄上。

《北平笺谱》我还有剩下的,但有缺页,已函嘱郑君补印,待其寄到后,当补入寄奉。小包收取人当有印章,我想郑女士一定是有的罢,我想在封面上只写她的姓名,较为简截,请先行接洽。

这里出了一种杂志:《春光》,并不怎么好——也不敢好,不准好——销数却还不错,但大约未必久长。其余则什九乌烟瘴气,不过看的人也并不多,可怜之至。

我总常常患病,不大作文,即作也无处用,医生言须卫生,故不大出外,总是躺着的时候多。倘能转地疗养,是很好的,然而又办不到,真是无法也。

专此布复,即颂
时绥。

豫　启上　五月十一夜

致 增田涉

『佩文韻府』『駢字類編』等龐然たる大作、本を見た事がありますが引っくら返へして読んだ事は今までなかった。支那文学専門家でなければ購藏する必要もなからうと思ひます。併し『大辞典』編輯の為めに手頃の本も知りません。

『辭源』と『通俗編』丈で済ませるなら余り貧乏だと思ふ。其他、

『子史精華』と『讀書記數略』とから必要だと思ふ奴をつまみだして入れたらどうです。或は『駢雅訓纂』（『駢字類編』よりも簡明だ）からも、少々取り入れる可しだ。

『白嶽凝煙』をば未だ見た事ないが併し送らないで下さい。内山書店に屹度来るのだらうと思ひます。

洛文　頓首　五月十一日

増田兄几下

十二日

　　日记　晴。上午得诗荃稿一，午后以寄《自由谈》。寄天马书店信。寄小峰信。晚蕴如及三弟来。梓生来并赠《申报年鉴》一本。

十三日

　　日记　星期。晴。午后得『白と黒』（四七）一本，五角。下午得天马书店信，晚复之。

十四日

　　日记　晴，风。上午寄天马书店印证五百，《自选集》用。寄猛克信并方君稿一篇。晚蕴如来，并为豫约《仰视千七百二十九鹤斋丛书》一部，付泉十七元。三弟来并为取得《公是先生七经小传》一本。

一思而行

　　只要并不是靠这来解决国政，布置战争，在朋友之间，说几句幽默，彼此莞尔而笑，我看是无关大体的。就是革命专家，有时也要负手散步;理学先生总不免有儿女,在证明着他并非日日夜夜,道貌永远的俨然。小品文大约在将来也还可以存在于文坛,只是以"闲适"为主,却稍嫌不够。

人间世事,恨和尚往往就恨袈裟。幽默和小品的开初,人们何尝有贰话。然而轰的一声,天下无不幽默和小品,幽默那有这许多,于是幽默就是滑稽,滑稽就是说笑话,说笑话就是讽刺,讽刺就是漫骂。油腔滑调,幽默也;"天朗气清",小品也;看郑板桥《道情》一遍,谈幽默十天,买袁中郎尺牍半本,作小品一卷。有些人既有以此起家之势,势必有想反此以名世之人,于是轰然一声,天下又无不骂幽默和小品。其实,则趁队起哄之士,今年也和去年一样,数不在少的。

手拿黑漆皮灯笼,彼此都莫名其妙。总之,一个名词归化中国,不久就弄成一团糟。伟人,先前是算好称呼的,现在则受之者已等于被骂;学者和教授,前两三年还是干净的名称;自爱者闻文学家之称而逃,今年已经开始了第一步。但是,世界上真的没有实在的伟人,实在的学者和教授,实在的文学家吗?并不然,只有中国是例外。

假使有一个人,在路旁吐一口唾沫,自己蹲下去,看着,不久准可以围满一堆人;又假使又有一个人,无端大叫一声,拔步便跑,同时准可以大家都逃散。真不知是"何所闻而来,何所见而去",然而又心怀不满,骂他的莫名其妙的对象曰"妈的"!但是,那吐唾沫和大叫一声的人,归根结蒂还是大人物。当然,沉着切实的人们是有的。不过伟人等等之名之被尊视或鄙弃,大抵总只是做唾沫的替代品而已。

社会仗这添些热闹,是值得感谢的。但在乌合之前想一想,在云散之前也想一想,社会未必就冷静了,可是还要像样一点点。

五月十四日。

原载 1934 年 5 月 17 日《申报·自由谈》。署名曼雪。

初收 1936 年 6 月上海联华书局版《花边文学》。

读几本书

读死书会变成书呆子，甚至于成为书厨，早有人反对过了，时光不绝的进行，反读书的思潮也愈加彻底，于是有人来反对读任何一种书。他的根据是叔本华的老话，说是倘读别人的著作，不过是在自己的脑里给作者跑马。

这对于读死书的人们，确是一下当头棒，但为了与其探究，不如跳舞，或者空暴躁，瞎牢骚的天才起见，却也是一句值得绍介的金言。不过要明白：死抱住这句金言的天才，他的脑里却正被叔本华跑了一趟马，踏得一榻胡涂了。

现在是批评家在发牢骚，因为没有较好的作品；创作家也在发牢骚，因为没有正确的批评。张三说李四的作品是象征主义，于是李四也自以为是象征主义，读者当然更以为是象征主义。然而怎样是象征主义呢？向来就没有弄分明，只好就用李四的作品为证。所以中国之所谓象征主义，和别国之所谓 Symbolism 是不一样的，虽然前者其实是后者的译语，然而听说梅特林是象征派的作家，于是李四就成为中国的梅特林了。此外中国的法朗士，中国的白璧德，中国的吉尔波丁，中国的高尔基……还多得很。然而真的法朗士他们的作品的译本，在中国却少得很。莫非因为都有了"国货"的缘故吗？

在中国的文坛上，有几个国货文人的寿命也真太长；而洋货文人的可也真太短，姓名刚刚记熟，据说是已经过去了。易卜生大有出全集之意，但至今不见第三本；柴霍甫和莫泊桑的选集，也似乎走了虎头蛇尾运。但在我们所深恶痛疾的日本，《吉诃德先生》和《一千一夜》是有全译的；沙士比亚，歌德，……都有全集；托尔斯泰的有三种,陀思妥也夫斯基的有两种。

读死书是害己,一开口就害人;但不读书也并不见得好。至少,譬如要批评托尔斯泰,则他的作品是必得看几本的。自然,现在是国难时期,那有工夫译这些书,看这些书呢,但我所提议的是向着只在暴躁和牢骚的大人物,并非对于正在赴难或"卧薪尝胆"的英雄。因为有些人物,是即使不读书,也不过玩着,并不去赴难的。

五月十四日。

原载 1934 年 5 月 18 日《申报·自由谈》。署名邓当世。
初收 1936 年 6 月上海联华书局版《花边文学》。

推己及人

忘了几年以前了,有一位诗人开导我,说是愚众的舆论,能将天才骂死,例如英国的济慈就是。我相信了。去年看见几位名作家的文章,说是批评家的漫骂,能将好作品骂得缩回去,使文坛荒凉冷落。自然,我也相信了。

我也是一个想做作家的人,而且觉得自己也确是一个作家,但还没有获得挨骂的资格,因为我未曾写过创作。并非缩回去,是还没有钻出来。这钻不出来的原因,我想是一定为了我的女人和两个孩子的吵闹,她们也如漫骂批评家一样,职务是在毁灭真天才,吓退好作品的。

幸喜今年正月,我的丈母要见见她的女儿了,她们三个就都回到乡下去。我真是耳目清静,猗欤休哉,到了产生伟大作品的时代。可是不幸得很,现在已是废历四月初,足足静了三个月了,还是一点也写不出什么来。假使有朋友问起我的成绩,叫我怎么回答呢? 还能归罪于她们的吵闹吗?

丁是乎我的信心有些动摇。

我疑心我本不会有什么好作品,和她们的吵闹与否无关。而且我又疑心到所谓名作家也未必会有什么好作品,和批评家的漫骂与否无涉。

不过,如果有人吵闹,有人漫骂,倒可以给作家的没有作品遮羞,说是本来是要有的,现在给他们闹坏了。他于是就像一个落难小生,纵使并无作品,也能从看客赢得一掬一掬的同情之泪。

假使世界上真有天才,那么,漫骂的批评,于他是有损的,能骂退他的作品,使他不成其为作家。然而所谓漫骂的批评,于庸才是有益的,能保持其为作家,不过据说是吓退了他的作品。

在这三足月里,我仅仅有了一点"烟士披离纯",是套罗兰夫人的腔调的:"批评批评,世间多少作家,借汝之骂以存!"

五月十四日。

原载 1934 年 5 月 18 日《中华日报·动向》。署名梦文。

初收 1936 年 6 月上海联华书局版《花边文学》。

十五日

日记 晴。上午寄《自由谈》及《动向》稿各二。午得绀弩信,即复。得杨霁云信,即复。下午得史岩信。寄靖华信并书报一包。寄思远及小山书报各一包。理发。夜得猛克信,即复。得何白涛信。

致 杨霁云

霁云先生:

惠示收到,并剪报,甚感。《小说林》中的旧文章,恐怕是很难找到的了。我因为向学科学，所以喜欢科学小说，但年青时自作聪明，不肯直译，回想起来真是悔之已晚。那时又译过一部《北极探险记》，叙事用文言，对话用白话，托蒋观云先生绍介于商务印书馆，不料不但不收，编辑者还将我大骂一通，说是译法荒谬。后来寄来寄去，终于没有人要，而且稿子也不见了，这一部书，好像至今没有人检去出版过。

张资平式和吕不韦式，我看有些不同，张只为利，吕却为名。名和利当然分不开，但吕氏是为名的成分多一点。近来如哈同之印《艺术丛编》和佛经，刘翰怡之刻古书，养遗老，是近于吕不韦式的。而张式气味，却还要恶劣。

汉奸头衔，是早有人送过我的，大约七八年前，爱罗先珂君从中国到德国，说了些中国的黑暗，北洋军阀的黑暗。那时上海报上就有一篇文章，说是他之宣传，受之于我，而我则因为女人是日本人，所以给日本人出力云云。这些手段，千年以前，百年以前，十年以前，都是这一套。叭儿们何尝知道什么是民族主义，又何尝想到民族，只要一吠有骨头吃，便吠影吠声了。其实，假使我真做了汉奸，则它们的主子就要来握手，它们还敢开口吗？

集一部《围剿十年》，加以考证：一，作者的真姓名和变化史；二，其文章的策略和用意……等，大约于后来的读者，也许不无益处。但恐怕也不多，因为自己或同时人，较知底细，所以容易了然，后人则未曾身历其境，即如隔鞋搔痒。譬如小孩子，未曾被火所灼，你若告诉他火灼是怎样的感觉，他到底莫名其妙。我有时也和外国人谈起，在中国不久的，大约不相信天地间会有这等事，他们以为是在听《天方夜谈》。所以应否编印，竟也未能决定。

二则，这类的文章，向来大约很多，有我曾见过的，也有没有见过的，那见过的一部分，后来也随手散弃，不知所在了。大约这种文章，在身受者，最初是会愤懑的，后来经验一多，就不大措意，也更无愤懑或苦痛。我想，这就是非洲黑奴虽日受鞭挞，还能活下去的原因。这些(以前的)人身攻击的文字中,有卢冀野作,有郭沫若的化名之作,先生一定又大吃一惊了罢,但是,人们是往往这样的。

烈文先生不做编辑,为他自己设想,倒干净,《自由谈》是难以办好的。梓生原亦相识,但他来接办,真也爱莫能助。我不投稿已经很久了,有一个常用化名,爱引佛经的,常有人疑心就是我,其实是别一人。

此复即颂

时绥。

迅　上　五月十五日

致 曹靖华

汝珍兄:

四月廿五日信早收到。翻译材料既没有,只好作罢了。

到现在为止,陆续收到杂志一份,《文学报》数份,今日已托书店挂号寄奉。报的号数,并不相连,可见途中时常失少的。又近印剧本一种,托农转交,已收到否? 印的很坏。

现代书局的稿子,函索数次,他们均置之不理。

木刻集不久可以出版,拟寄赠作者,那时当分两包,请兄分写纸两张(五人与六人)寄下,俾可贴上。作者是 D. I. Mitrokhin, V. A. Favorsky, P. Y. Pavlinov, A. D. Goncharov, M. Pikov, S. M. Mocharov, L. S. Khizhinsky, N. V. Alekseev, S. M. Pozharsky, A. I. Kravchenko, N. I. Piskarev。

我们都好。此布,即颂

时绥。

弟豫　顿首　五月十五日

十六日

日记 晴。上午蕴如来,并为从上虞山间买得茶叶十九斤,十六元二角。下午得天马书店信,即复。寄母亲信并《金粉世家》,《美人恩》各一部。得西谛信并笺叶,夜复。诗荃来并携来短文一篇,即为转寄《自由谈》。补订《北平笺谱》一部。

《玄武湖怪人》按语*

中头按:此篇通讯中之所谓"三种怪人",两个明明是畸形,即绍兴之所谓"胎里疾";"大头汉"则是病人,其病是脑水肿。而乃置之动物园,且说是"动物中之特别者",真是十分特别,令人惨然。

原载 1934 年 6 月 16 日《论语》半月刊第 43 期。

初未收集。

致 母 亲

母亲大人膝下敬禀者,紫佩已早到北平,当已经见过矣。昨闻三弟说,笋干已买来,即可寄出。又,三日前曾买《金粉世家》一部十二本,又《美人恩》一部三本,皆张恨水所作,分二包,由世界书局寄上,想已到,但男自己未曾看过,不知内容如何也。上海已颇温暖,寓中一切平安,请勿念为要。专此布达,恭请

金安。

男树　叩上　广平及海婴同叩。五月十六日

致 郑振铎

西谛先生：顷得十二日惠函，复印木刻图等一卷，亦同时收到。能有《笺谱补编》，亦大佳，但最好是另有人仿办，倘以一人兼之，未免太烦，且只在一件事中打圈子也。加入王、马两位为编辑及作序，我极赞同，且以为在每书之首叶上，可记明原本之所从来，如《四部丛刊》例，庶几不至掠美。《十竹斋笺谱》刻成印一二批后，以板赠王君，我也赞成的，但此非繁销书，印售若干后，销路恐未必再能怎么盛大，王君又非商人，不善经营，则得之亦何异于骏骨。其实何妨在印售时，即每本增价壹二成，作为原本主人之报酬，买者所费不多，而一面反较有实益也。至于版，则当然仍然赠与耳。《雕版画集》印刷甚好，图则《浣纱》《焚香》最佳，《柳枝》较逊，所惜者纸张不坚，恐难耐久，然亦别无善法。此书无《北平笺谱》之眩目，购者自当较少，但百部或尚可售罄。有图无说，非专心版本者莫名其妙，详细之解说，万不可缺也。得来函后，始知《桂公塘》为先生作，其先曾读一遍，但以为太为《指南录》所拘束，未能活泼耳，此外亦无他感想。别人批评，亦未留意。《文学》中文，往往得酷评，盖有些人以为此是"老作家"集团所办，故必加以打击。至于谓"民族作家"者，大约是《新垒》中语，其意在一面中伤《文学》，侪之民族主义文学，一面又在讥刺所谓民族主义作家，笑其无好作品。此即所谓"左打左派，右打右派"，《铁报》以来之老拳法，而实可见其无"垒"也。《新光》中作者皆少年，往往粗心浮气，傲然陵人，势所难免，如童子初着皮鞋，必故意放重脚步，令其橐橐作声而后快，然亦无大恶意，可以一笑置之。但另有文氓，恶劣无极，近有一些人，联合谓我之《南腔北调集》乃受日人万金而作，意在卖国，称为汉奸；又有不满于语堂者，竟在报上造谣，谓当福建独立时，曾秘密前去接洽。是直欲置我们于死地，这是我有生以来，未尝见此黑暗的。

烈文系他调，其调开之因，与"林"之论战无涉，盖另有有力者，非其去职不可，而暗中发动者，似为待［侍］桁。此人在官场中，盖已颇能有作为，且极不愿我在《自由谈》投稿。揭发何家槐偷稿事件，即彼与杨邨人所为，而《自由谈》每有有利于何之文章，遂招彼辈不满，后有署名"宇文宙"者之一文，彼辈疑为我作，因愈怒，去黎之志益坚，然宇文实非我，我亦终未知其文中云何也。梓生忠厚，然胆小，看这几天，投稿者似与以前尚无大不同，但我看文氓将必有稿勒令登载，违之，则运命与烈文同。要之，《自由谈》恐怕是总归难办的。

不动笔诚然最好。我在《野草》中，曾记一男一女，持刀对立旷野中，无聊人竞随而往，以为必有事件，慰其无聊，而二人从此毫无动作，以致无聊人仍然无聊，至于老死，题曰《复仇》，亦是此意。但此亦不过愤激之谈，该二人或相爱，或相杀，还是照所欲而行的为是。因为天下究竟非文氓之天下也。匆复，即请道安。

　　　　　　　　　　　迅　顿首　五月十六夜。

短文当作一篇，于月底寄上。　　又及

致 陶亢德

亢德先生：

　　奉上剪报一片，是五月十四的《大美晚报》。"三个怪人"之中，两个明明是畸形，即绍兴之所谓"胎里疾"；"大头汉"则是病人，其病是脑水肿，而乃置之动物园，且谓是"动物中之特别者"，真是十分特

别，令人惨然。随手剪寄，不知可入"古香斋"否？此布即请
著祺。

迅　启上　五月十六夜。

十七日

日记　雨。上午寄陶亢德信。午后闻镰田政一君于昨日病故，忆前年相助之谊，为之黯然。下午费君来并交《唐宋传奇集》合本十册，又得小峰信并版税泉贰百，且让与石民之散文小诗译稿作价二百五十元。

十八日

日记　晴。午后得天马书店信，即复。得陶亢德信，即复。遇叶紫及绀弩，同赴加非店饮茗，广平携海婴同去。收《动向》稿费三元。得烈文信并还稿一篇，即转寄《动向》。下午得紫佩信，即复。得刘岘信并木刻《孔乙己》一本，单片十一张，夜复之。寄何白涛信。

致 陶亢德

亢德先生：

　　惠示谨悉，蒙设法询嘉业堂书买法，甚感。以敝"指谬"拖为"古香斋"尾巴，自无不可，但署名希改为"中头"，倘嫌太俳，则"渠"亦可。《论语》虽先生所编，但究属盛家赘婿商品，故殊不愿与之太有瓜葛也。

　　专此布复，即请
文安。

迅　上　五月十八日

致 何白涛

白涛先生：

九日函收到。展览会以不用我的序言为便，前信已奉陈，而且我亦不善于作此等文字也。

木刻刀已托书店照寄，其寄法闻为现银换取法，即物存邮局，而由邮局通知应付之款，交款，取件，比平常为便。

木刻选集拟陆续付印，先生之版，未知能从速寄下否？又外国木刻选集名《引玉集》者，不久可出，计五十九页，实价一元五角，未知广州有无购取之人，倘能预先示知数目，当寄上也。此布即颂

时绥。

迅　上　五月十八夜。

致 陈烟桥

雾城先生：

久未通信，近想安健如常，为念。

MK木刻社已送来原版六块，现即拟逐渐进行。先生之作，想用《窗外》，《风景》，《拉》三种，可否于便中交与书店，于印后送还。最近之二种，则版木太大，不能容也。

白涛兄处已去信，但尚未寄来。铁耕兄之原版，不知在上海否？否则，只能移入下一期印本了。

复制苏联木刻，下月初可成，拟寄奉一本，以挂号寄上，不知仍可由陈南滨先生代收，无失误否？便中乞示知。

此布即颂

时绥。

迅　上　五月十八夜

致 刘 岘

　　《孔乙己》的图，我看是好的，尤其是许多颜面的表情，刻得不坏，和本文略有出入，也不成问题，不过这孔乙己是北方的孔乙己，例如骡车，我们那里就没有，但这也只能如此，而且使我知道假如孔乙己生在北方，也该是这样的一个环境。

　　　　录自1935年6月未名木刻社版《阿Q正传》画册后记。
　　系残简。

十九日

　　日记　昙。上午寄李雾城信。得钟步清信，即复。得增田君信，午后复。下午寄小峰信并印证收条，嘱其改写。达夫来，赠以《唐宋传奇集》、《南腔北调集》各一本。晚蕴如及三弟来。夜雷雨。

致 李小峰

小峰兄：

　　再版《伪自由书》印证收条，与《呐喊》等合为一纸，今检出寄上，请改写寄下可也。

167

此布即请

刻安。

迅　上　五月十九日

致 增田涉

　　訳文の終了に関しては大に雀躍しますが併しこんなつまらない原本に大力をついやして下さる事に対しては実に慚愧不堪と存じ侯です。出版の見込はありますか?

　　拙著『南腔北調集』は大に禍をかひました。二三の出版物(「ファショ」の?)にはそれは日本から一万元をもらって情報処に送ったものだと書いて私に「日探」と云ふ尊号を与へて居ます。併しそんな無実の攻撃も直に消えて仕舞ふのでしょう。

洛文　上　五月十九日

増田兄几下

二十日

　　日记　星期。晴。下午寄小峰信。得同文书店信并纸版一副。得 MK 木刻研究社信并《木刻集》稿一本。得诗荃稿一,即为转寄《自由谈》。得猛克信,即复。得陶亢德信。得母亲信,十六日发。

偶　感

　　还记得东三省沦亡,上海打仗的时候,在只闻炮声,不愁炮弹的马路上,处处卖着《推背图》,这可见人们早想归失败之故于前定了。三年以后,华北华南,同濒危急,而上海却出现了"碟仙"。前者所关心的还是国运,后者却只在问试题,奖券,亡魂。着眼的大小,固已迥不相同,而名目则更加冠冕,因为这"灵乩"是中国的"留德学生白同君所发明",合于"科学"的。

"科学救国"已经叫了近十年,谁都知道这是很对的,并非"跳舞救国""拜佛救国"之比。青年出国去学科学者有之,博士学了科学回国者有之。不料中国究竟自有其文明,与日本是两样的,科学不但并不足以补中国文化之不足,却更加证明了中国文化之高深。风水,是合于地理学的,门阀,是合于优生学的,炼丹,是合于化学的,放风筝,是合于卫生学的。"灵乩"的合于"科学",亦不过其一而已。

五四时代,陈大齐先生曾作论揭发过扶乩的骗人,隔了十六年,白同先生却用碟子证明了扶乩的合理,这真叫人从那里说起。

而且科学不但更加证明了中国文化的高深,还帮助了中国文化的光大。马将桌边,电灯替代了蜡烛,法会坛上,镁光照出了喇嘛,无线电播音所日日传播的,不往往是《狸猫换太子》,《玉堂春》,《谢谢毛毛雨》吗?

老子曰:"为之斗斛以量之,则并与斗斛而窃之。"罗兰夫人曰:"自由自由,多少罪恶,假汝之名以行!"每一新制度,新学术,新名词,传入中国,便如落在黑色染缸,立刻乌黑一团,化为济私助焰之具,科学,亦不过其一而已。

此弊不去,中国是无药可救的。

五月二十日。

原载 1934 年 5 月 25 日《申报·自由谈》。署名公汗。

初收 1936 年 6 月上海联华书局版《花边文学》。

二十一日

日记 晴。上午得《祝蔡先生六十五岁论文集》(上)一本,季市所寄。下午蕴如携蕖官来。晚三弟来并为取得《尔雅疏》一部二本。

二十二日

日记 昙。午后得诗荃信并稿二篇,即转寄《自由谈》。得季市信。得猛克信。得谷天信。得徐懋庸信,即复。得杨霁云信,下午复。得王思远信,晚复。得靖华信,即复。亦志招宴于大三元,与广平携海婴往,同席十二人。

致 徐懋庸

懋庸先生:

别后一切如常,可纾锦注。Montaigne 的姓名,日本人的论文中有时也提起他,但作品却未见译本,好像不大注意似的。

巴罗哈之作实系我所译,所据的是笠井镇夫的日译本,名『バスク牧歌調』,为《海外文学新选》中之第十三编,新潮社出版,但还在一九二四年,现在恐怕未必买得到了。又曾见过一本『革命家ノ手記』,也是此人作,然忘其出版所及的确的书名。

巴罗哈是一个好手,由我看来,本领在伊巴涅支之上,中国是应该绍介的,可惜日本此外并无译本。英译记得有一本 *Weed*,法译不知道,但想来是不会没有的。

此复即颂

时绥。

迅 上 五月二十二日

致 杨霁云

霁云先生：

惠示谨悉。刘翰怡听说是到北京去了。前见其所刻书目，真是"杂乱无章"，有用书亦不多，但有些书，则非傻公子如此公者，是不会刻的，所以他还不是毫无益处的人物。

未印之拙作，竟有如此之多，殊出意外，但以别种化名，发表于《语丝》，《新青年》，《晨报副刊》而后来删去未印者，恐怕还不少；记得《语丝》第一年的头几期中，有一篇仿徐志摩诗而骂之的文章，也是我作，此后志摩便怒而不再投稿，盖亦为他人所不知。又，在香港有一篇演说：《老调子已经唱完》，因为失去了稿子，也未收入，但报上是登载过的。

至于《鲁迅在广东》中的讲演，则记得很坏，大抵和原意很不同，我也未加以订正，希 先生都不要它。

登了我的第一篇小说之处，恐怕不是《小说月报》，倘恽铁樵未曾办过《小说林》，则批评的老师，也许是包天笑之类。这一个社，曾出过一本《侠女奴》(《天方夜谈》中之一段）及《黄金虫》(A. Poe 作)，其实是周作人所译，那时他在南京水师学堂做学生，我那一篇也由他寄去的，时候盖在宣统初。现商务印书馆的书，没有《侠女奴》，则这社大半该是小说林社了。

看看明末的野史，觉得现今之围剿法，也并不更厉害，前几月的《汗血月刊》上有一篇文章，大骂明末士大夫之"矫激卑下"，加以亡国之罪，则手段之相像，他们自己也觉得的。自然，辑印起来，可知也未始不可以作后来者的借鉴。但读者不察，往往以为这些是个人的事情，不加注意，或则反谓我"太凶"。我的杂感集中，《华盖集》及《续编》中文，虽大抵和个人斗争，但实为公仇，决非私怨，而销数独少，足见读者的判断，亦幼稚者居多也。

平生所作事，决不能如来示之誉，但自问数十年来，于自己保存之外，也时时想到中国，想到将来，愿为大家出一点微力，却可以自白的。倘再与叭儿较，则心力更多白费，故《围剿十年》或当于暇日作之。

专此布复，顺颂

时绥。

迅　启上　五月廿二日

再北新似未有叭儿混入，但他们懒散不堪，有版而不印，适有联华要我帮忙，遂移与之，尚非全部也。到内山无定时，如见访，最好于三四日前给我一信，指明日期，时间，我当按时往候，其时间以下午为佳。　　又及

二十三日

日记　昙。上午洪洋社寄来《引玉集》三百本，共工料运送泉三百四十元。寄《自由谈》稿一。复季市信。午后得千秋社信。得李雾城信并木版三块。得王慎思信并木版六块。得文求堂书目及景印《白岳凝烟》各一本。买『史学概論』、『ドストエーフスキイ再観』各一本，二元八角。晚寄省吾信。寄靖华信。

致 曹靖华

汝珍兄：

十八日函收到。现代存稿，又托茅兄写信去催，故请暂勿去信，且待数日，看其有无回信，再说。倘仍无信，则当通知，其时再由农兄写信可也。

书报挂号,全由书店办理,我并不加忙,但不知于兄是否不便,乞示知。倘无不便,则似乎不如挂号,因为偶或遗失,亦殊可惜也。

沪寓均安好。弟胃病已愈,但此系多年老病,断根则不能矣,只能常常小心而已。此地友人,甚望兄译寄一些短篇及文坛消息应用,令我转告。

此复即颂

时绥。

弟 豫　顿首　五月二十三日

致 许寿裳

季市兄:

顷收到惠函;《祝蔡先生六十五岁论文集》,则昨日已到,其中力作不少,甚资参考。兼士兄有抽印者一篇,此中无有,盖在下册,然则下册必已在陆续排印矣。

来函言下月上旬,当离开研究院,所往之处,未知是否已经定局,甚以为念,乞先示知一二也。此布,即颂

曼福。

弟 飞　顿首　五月廿三日

致 曹靖华

汝珍兄:

上午方寄一函,想已达。

木刻集已印好了,而称称重量,每包只能容四本,所以寄与作家

的书,须分四包了,每包三本(其中之一是送 VOKS 的),请 兄再一费神,另再[写]四张寄下为祷。至于寄书人,则书店会打印章的。

赠兄之一本,当于日内寄农兄(因为一共有赠人的数本),托其转交耳。

专此布达,顺请

文安。

弟豫 顿首 五月廿三日

阖府均吉。

致 陈烟桥

雾城先生:

午后方寄一信,而晚间便得来信并木版三块。木刻集本可寄,但因已托了书店,不想再去取回,所以索性不寄了。仍希照前信托友持条于便中前去一取为荷。这回印得颇不坏,可惜的是有几幅大幅,缩小不少了。

白涛兄处我亦有信去催,但未得回信。铁耕兄的作品,恐怕只能待第二集付印时再说了。因为我备下之项款[款项],存着是很靠不住的,能够为了别事花完,所以想办的事,必须早办。现在已去买抄更纸二十帖,从下月初起,就想陆续印起来,待积到二十余幅,便装订发售。此次拟印百二十本,除每幅之作者各得一本外,可有百本出卖,大约每本五角或六角,就可收回本钱矣。

此布,即颂

时绥。

迅 上 五月二十三夜。

二十四日

日记　晴。上午以《引玉集》分寄相识者。寄雾城信。寄保宗信。寄天马书店信。寄三弟信。寄《自由谈》稿二。午得杨霁云信，下午复。复王思远信。寄西谛信。得姚克留片，夜复。

论秦理斋夫人事

这几年来，报章上常见有因经济的压迫，礼教的制裁而自杀的记事，但为了这些，便来开口或动笔的人是很少的。只有新近秦理斋夫人及其子女一家四口的自杀，却起过不少的回声，后来还出了一个怀着这一段新闻记事的自杀者，更可见其影响之大了。我想，这是因为人数多。单独的自杀，盖已不足以招大家的青睐了。

一切回声中，对于这自杀的主谋者——秦夫人，虽然也加以恕辞；但归结却无非是诛伐。因为——评论家说——社会虽然黑暗，但人生的第一责任是生存，倘自杀，便是失职，第二责任是受苦，倘自杀，便是偷安。进步的评论家则说人生是战斗，自杀者就是逃兵，虽死也不足以蔽其罪。这自然也说得下去的，然而未免太笼统。

人间有犯罪学者，一派说，由于环境；一派说，由于个人。现在盛行的是后一说，因为倘信前一派，则消灭罪犯，便得改造环境，事情就麻烦，可怕了。而秦夫人自杀的批判者，则是大抵属于后一派。

诚然，既然自杀了，这就证明了她是一个弱者。但是，怎么会弱的呢？要紧的是我们须看看她的尊翁的信札，为了要她回去，既耸之以两家的名声，又动之以亡人的乩语。我们还得看看她的令弟的挽联："妻殉夫，子殉母……"不是大有视为千古美谈之意吗？以生长及陶冶在这样的家庭中的人，又怎么能不成为弱者？我们固然未始不可责以奋斗，但黑暗的吞噬之力，往往胜于孤军，况且自杀的批判者未必就是战斗的应援者，当他人奋斗时，挣扎时，败绩时，也许倒是鸦雀无声了。穷乡僻壤或都会中，孤儿寡妇，贫女劳人之顺命而死，或虽然抗命，而终于不得不死者何限，但曾经上谁的口，动谁的心呢？真是"自经于沟渎而莫之知也"！

人固然应该生存，但为的是进化；也不妨受苦，但为的是解除将来的一切苦；更应该战斗，但为的是改革。责别人的自杀者，一面责人，一面正也应该向驱人于自杀之途的环境挑战，进攻。倘使对于黑暗的主力，不置一辞，不发一矢，而但向"弱者"唠叨不已，则纵使他如何义形于色，我也不能不说——我真也忍不住了——他其实乃是杀人者的帮凶而已。

五月二十四日。

原载 1934 年 6 月 1 日《申报·自由谈》。署名公汗。
初收 1936 年 6 月上海联华书局版《花边文学》。

##

徐讦先生在《人间世》上，发表了这样的题目的论。对于此道，我没有那么深造，但"愚者千虑，必有一得"，所以想来补一点，自然，浅薄是浅薄得多了。

"……"是洋货，五四运动之后这才输入的。先前林琴南先生译小说时，夹注着"此语未完"的，便是这东西的翻译。在洋书上，普通用六点，吝啬的却只用三点。然而中国是"地大物博"的，同化之际，就渐渐的长起来，九点，十二点，以至几十点；有一种大作家，则简直至少点上三四行，以见其中的奥义，无穷无尽，实在不可以言语形容。读者也大抵这样想，有敢说觉不出其中的奥义的罢，那便是低能儿。

然而归根结蒂，也好像终于是安徒生童话里的"皇帝的新衣"，其实是一无所有；不过须是孩子，才会照实的大声说出来。孩子不会看文学家的"创作"，于是在中国就没有人来道破。但天气是要冷的，光着身子不能整年在路上走，到底也得躲进宫里去，连点几行的妙文，近来也不大看见了。

　　"□□"是国货，《穆天子传》上就有这玩意儿，先生教我说：是阙文。这阙文也闹过事，曾有人说"口生垢，口戕口"的三个口字，也是阙文，又给谁大骂了一顿。不过先前是只见于古人的著作里的，无法可补，现在却见于今人的著作上了，欲补不能。到目前，则渐有代以"××"的趋势。这是从日本输入的。这东西多，对于这著作的内容，我们便预觉其激烈。但是，其实有时也并不然。胡乱×它几行，印了出来，固可使读者佩服作家之激烈，恨检查员之峻严，但送检之际，却又可使检查员爱他的顺从，许多话都不敢说，只×得这么起劲。一举两得，比点它几行更加巧妙了。中国正在排日，这一条锦囊妙计，或者不至于模仿的罢。

　　现在是什么东西都要用钱买，自然也就都可以卖钱。但连"没有东西"也可以卖钱，却未免有些出乎意表。不过，知道了这事以后，便明白造谣为业，在现在也还要算是"货真价实，童叟无欺"的生活了。

五月二十四日。

　　原载 1934 年 5 月 26 日《申报·自由谈》。署名曼雪。
初收 1936 年 6 月上海联华书局版《花边文学》。

致 杨霁云

霁云先生：

　　顷得廿三日函，蒙示曹霑诸事，甚感。《小说史略》尚在北新，闻存书有千余册，一时盖未能再版，他日重印，当改正也。

所举三凶，诚如尊说，惟杨邨人太渺小，其特长在无耻；居心险毒，而手段尚不足以副之，近已为《新上海半月刊》编辑，颇有腾达之意，其实盖难，生成是一小贩，总难脱胎换骨，但多演几出滑稽剧而已。

宋明野史所记诸事，虽不免杂恩怨之私，但大抵亦不过甚，而且往往不足以尽之。五六年前考虑杀法，见日本书记彼国杀基督徒时，火刑之法，与别国不同，乃远远以火焙之，已大叹其苛酷。后见唐人笔记，则云有官杀盗，亦用火缓焙，渴则饮以醋，此又日本人所不及者也。岳飞死后，家族流广州，曾有人上书，谓应就地赐死，则今之人心，似尚非不如古人耳。

倘蒙赐教，乞于下星期一（二十八）午后二点钟惠临书店，当在其地相候，得以面晤，可稍详于笔谈也。

匆复，并候

刻安。

迅　上　五月廿四夜。

致　王志之

思远兄：

十九日信收到。关于称呼的抗议，自然也有一理，但时候有些不同，那时是平时，所以较有秩序，现在却是战时了，因此时或有些变动，甚至乱呼朋友为阿伯，叫少爷为小姐，亦往往有之。但此后我可以改正。

那位"古董"，不知是否即吴，若然，则他好像也是太炎先生的学生，和我可以说是同窗，不过我们没有见过面。文章当赶月底寄出。

178

但雁君之作，则一定来不及，因为索文之道，第一在于"催"，而我们不易见面，只靠写信，大抵无甚效力也。

得来信，才知道兄亦与郑君认识，这人是不坏的。《北平笺谱》正在再版，六月间可出，也有我的豫约在里面，兄可就近取得一部，我已写信通知他了，一面也请你自己另作一信，与他接洽为要。这书在最初计画时，我们是以为要折本的，不料并不然，现在竟至再版，真是出于意外，但上海的豫约者，却只两人而已。

前几天，寄出《春光》三本，剧本一本，由郑女士转交，不知已收到否？《春光》也并不好，只是作者多系友人，故寄上。剧本译的很好，但印得真坏，此系我出资付印，而先被经手印刷人剥削了。今天又以书一包付邮，系直寄，内有旧作二本，兄或已见过，又木刻集一本，则新出，大约中国图版之印工，很少胜于这一本者，然而是从东京印来的，岂不可叹。印了三百本，看来也是折本生意经，此后大约不见得能印书了。

上海的空气真坏，不宜于卫生，但此外也无可住之处，山巅海滨，是极好的，而非富翁无力住，所以虽然要缩短寿命，也还只得在这里混一下了。

此复即颂

时绥。

豫　上　五月廿四日

致 郑振铎

西谛先生：

新俄木刻集已印成，今日寄奉一本，想可与此信同时到达。此系从东京印来，每本本钱一元二角，并不贵，印工也不坏，但二百五十本恐怕难以卖完,则折本也必矣。

《北平笺谱》除内山之卅部外,我曾另定两部,其中之一部,是分与王思远君的,近日得他来信,始知亦与先生相识,则出版后此一部可就近交与,只以卅一部运沪就好了。一面则由我写信通知他,令他自行与先生接洽。

再版出时,写书签之两沈,似乎得各送一部,不知然否?

《文学季刊》中文,当于月底写寄,但无聊必仍与《选本》相类也。上海盛行小品文,有人疑我在号召攻击,其实不然。但看近来名家的作品,却真也愈看愈觉可厌。此布即请

著安。

迅　顿首　五月廿四日

致　姚　克

莘农先生:

今晚往书店,得见留字,欣幸之至。本星期日(二十七)下午五点钟,希惠临"施高塔路大陆新邨第一弄第九号",拟略设菲酌,藉作长谈。令弟是日想必休息,万乞同来为幸。

大陆新邨去书店不远,一进施高塔路,即见新造楼房数排,是为"留青小筑",此"小筑"一完,即新邨第一弄矣。

此布并请

文安。

豫　顿首　五月二十四夜。

致 刘 岘

《引玉集》随信寄去,一册赠给先生,一册请转交 M. K. 木刻研究会。

录自 1947 年 10 月《文艺春秋》月刊第 5 卷第 4 期刘岘《鲁迅与木刻版画》。系残简。

二十五日

日记 晴。午后得『ドストイエフスキイ全集』(一)一本,二元七角。下午得赵家璧信,即复。得陶亢德,徐讦信,即复。夜同广平往新光戏院观电影。

致 陶 亢 德

亢德先生:

顷蒙惠函,谨悉种种,前函亦早收到,甚感。

作家之名颇美,昔不自量,曾以为不妨滥竽其列,近来稍稍醒悟,已羞言之。况脑里并无思想,寓中亦无书斋;"夫人及公子",更与文坛无涉,雅命三种,皆不敢承。倘先生他日另作"伪作家小传"时,当罗列图书,摆起架子,扫门欢迎也。

专此布复,即请

著安。

　　　　　　　　　　　迅　上　五月廿五日

徐讦先生均此不另。

二十六日

日记 晴。午后得诗荃稿一,即转寄《自由谈》。得徐懋庸信,下午复。诗荃来并出稿二,即为转寄《自由谈》,赠以《引玉集》一本。下午蕴如携阿玉,阿菩来。晚三弟来并为买得抄更纸二十帖,共泉二十三元;又从商务印书馆取来 Art Young's Inferno 一本,十六元三角,《吕氏家塾读诗记》一部十二本。

致 徐懋庸

懋庸先生:

来示谨悉。我因为根据着前五年的经验,对于有几个书店的出版物,是决不投稿的,而光华即是其中之一。

他们善于俟机利用别人,出版刊物,到或一时候,便面目全变,决不为别人略想一想。例如罢,《自由谈半月刊》这名称,是影射和乘机,很不好的,他们既请先生为编辑,不是首先第一步,已经不听编辑者的话了么。则后来可想而知了。

我和先生见面过多次了,至少已经是一个熟人,所以我想进一句忠告:不要去做编辑。先生也许想:已经答应了,不可失信。但他们是决不讲信用的,讲信用要两面讲,待到他们翻脸不识时,事情就更糟。所以我劝先生坚决的辞掉,不要跳下这泥塘去。

先生想于青年有益,这是极不错的,但我以为还是自己向各处投稿,一面译些有用的书,由可靠的书局出版,于己于人,益处更大。

以上是完全出于诚心的话,请恕其直言。晤谈亦甚愿,但本月没有工夫了,下月初即可。又因失掉了先生的通信住址,乞见示为荷。

专此布复,即请

著安。

迅　启上　五月廿六日

二十七日

日记　星期。昙,风。午后得陶亢德信。得姚克信。得《罗清桢木刻第二集》一本,作者所寄,下午复。镰田夫人来并赠海婴文具一合,簿子五本,夏蜜柑三枚。晚邀莘农夜饭,且赠以《引玉集》一本,并邀保宗。夜作短文一篇二千字。

儒　术

元遗山在金元之际,为文宗,为遗献,为愿修野史,保存旧章的有心人,明清以来,颇为一部分人士所爱重。然而他生平有一宗疑案,就是为叛将崔立颂德者,是否确实与他无涉,或竟是出于他的手笔的文章。

金天兴元年(一二三二),蒙古兵围洛阳;次年,安平都尉京城西面元帅崔立杀二丞相,自立为郑王,降于元。惧或加以恶名,群小承旨,议立碑颂功德,于是在文臣间,遂发生了极大的惶恐,因为这与一生的名节相关,在个人是十分重要的。

当时的情状,《金史·王若虚传》这样说——

"天兴元年,哀宗走归德。明年春,崔立变,群小附和,请为立建功德碑。翟奕以尚书省命,召若虚为文。时奕辈恃势作威,人或少忤,则谗搆立见屠灭。若虚自分必死,私谓左右司员外郎元好问曰,'今召我作碑,不从则死,作之则名节扫地,不若死之为愈。虽然,我姑以理谕之。'……奕辈不能夺,乃召太学

183

生刘祁麻革辈赴省，好问张信之喻以立碑事曰，'众议属二君，且已白郑王矣！二君其无让。'祁等固辞而别。数日，促迫不已，祁即为草定，以付好问。好问意未惬，乃自为之，既成，以示若虚，乃共删定数字，然止直叙其事而已。后兵入城，不果立也。"

碑虽然"不果立"，但当时却已经发生了"名节"的问题，或谓元好问作，或谓刘祁作，文证具在清凌廷堪所辑的《元遗山先生年谱》中，兹不多录。经其推勘，已知前出的《王若虚传》文，上半据元好问《内翰王公墓表》，后半却全取刘祁自作的《归潜志》，被诬攀之说所蒙蔽了。凌氏辩之云，"夫当时立碑撰文，不过畏崔立之祸，非必取文辞之工，有京叔属草，已足塞立之请，何取更为之耶？"然则刘祁之未尝决死如王若虚，固为一生大玷，但不能更有所推诿，以致成为"塞责"之具，却也可以说是十分晦气的。

然而，元遗山生平还有一宗大事，见于《元史·张德辉传》——

"世祖在潜邸，……访中国人材。德辉举魏璠，元裕，李冶等二十余人。……壬子，德辉与元裕北觐，请世祖为儒教大宗师，世祖悦而受之。因启：累朝有旨蠲儒户兵赋，乞令有司遵行。从之。"

以拓跋魏的后人，与德辉请蒙古小酋长为"汉儿"的"儒教大宗师"，在现在看来，未免有些滑稽，但当时却似乎并无訾议。盖蠲除兵赋，"儒户"均沾利益，清议操之于士，利益既沾，虽已将"儒教"呈献，也不想再来开口了。

由此士大夫便渐渐的进身，然终因不切实用，又渐渐的见弃。但仕路日塞，而南北之士的相争却也日甚了。余阙的《青阳先生文集》卷四《杨君显民诗集序》云——

"我国初有金宋，天下之人，惟才是用之，无所专主，然用儒者为居多也。自至元以下，始浸用吏，虽执政大臣，亦以吏为之，……而中州之士，见用者遂浸寡。况南方之地远，士多不能自至于京师，其抱才绲者，又往往不屑为吏，故其见用者尤寡也。及其久也，则南北之士亦自町畦以相訾，甚若晋之与秦，不可与同中国，故夫南方之士微矣。"

然在南方，士人其实亦并不冷落。同书《送范立中赴襄阳诗序》云——

"宋高宗南迁，合淝遂为边地，守臣多以武臣为之。……故民之豪杰者，皆去而为将校，累功多至节制。郡中衣冠之族，惟范氏，商氏，葛氏三家而已。……皇元受命，包裹兵革，……诸武臣之子弟，无所用其能，多伏匿而不出。春秋月朔，郡太守有事于学，衣深衣，戴乌角巾，执笾豆罍爵，唱赞道引者，皆三家之子孙也，故其材皆有所成就，至学校官，累累有焉。……虽天道忌满恶盈，而儒者之泽深且远，从古然也。"

这是"中国人才"们献教，卖经以来，"儒户"所食的佳果。虽不能为王者师，且次于吏者数等，而究亦胜于将门和平民者一等，"唱赞道引"，非"伏匿"者所敢望了。

中华民国二十三年五月二十日及次日，上海无线电播音由冯明权先生讲给我们一种奇书：《抱经堂勉学家训》（据《大美晚报》）。这是从未前闻的书，但看见下署"颜子推"，便可以悟出是颜之推《家训》中的《勉学篇》了。曰"抱经堂"者，当是因为曾被卢文弨印入《抱经堂丛书》中的缘故。所讲有这样的一段——

"有学艺者，触地而安。自荒乱已来，诸见俘虏，虽百世小人，知读《论语》《孝经》者，尚为人师；虽千载冠冕，不晓书记者，莫不耕田养马。以此观之，汝可不自勉耶？若能常保数百卷书，千载终不为小人也。……谚曰，'积财千万，不如薄伎在身。'伎之易习而可贵者，无过读书也。"

这说得很透彻：易习之伎，莫如读书，但知读《论语》《孝经》，则虽被俘虏，犹能为人师，居一切别的俘虏之上。这种教训，是从当时的事实推断出来的，但施之于金元而准，按之于明清之际而亦准。

现在忽由播音,以"训"听众,莫非选讲者已大有感于方来,遂绸缪于未雨么?

"儒者之泽深且远",即小见大,我们由此可以明白"儒术",知道"儒效"了。

五月二十七日。

原载 1934 年 6 月 15 日《文史》月刊第 1 卷第 2 期。署名唐俟。

初收 1937 年 7 月上海三闲书屋版《且介亭杂文》。

二十八日

日记 晴。午后得罗生信。得刘岘信。得钟步清信并木刻一枚。遇杨霁云,赠以《引玉集》一本,并以二本托其转交徐懋庸及曹聚仁。买《古代铭刻汇考续编》及『英国近世唯美主義の研究』各一本,共泉十一元五角。

致 罗清桢

清桢先生:

顷收到大作第二集一本,佳品甚多,谢谢。

弟拟选中国作家木刻,集成一本,年出一本或两三本,名曰《木刻纪程》,即用原版印一百本,每本二十幅,以便流传,且引起爱艺术者之注意。先生之作,拟用《爹爹还在工厂里》,《韩江舟子》,《夜渡》,《静物》,《五指峰的白云》五种,但须分两期,不在一本内登完,亦无报酬,仅每幅赠书一本。不知可否以原版见借?倘以为可,则希即用小包寄至书店,印讫当即奉还也。

去年所印新俄木刻,近已印成,似尚不坏,前日已由书店寄上一本,想能到在此信之前也。

匆布即请

文安。

迅　上　五月廿八夜。

致 王志之

《文史》之文已成,今寄上,塞责而已。

前函谓吴君为太炎先生弟子,今思之殊误,太炎先生之学生乃名承仕,末一字不同也。

前寄画集等三本,想已达。

此布,即颂

时绥。

豫　启　五月二十八夜。

二十九日

日记　晴。上午寄思远信并稿。寄季市信。寄何白涛信。下午寄来青阁书庄信。寄杨霁云信。得李雾城信,即复。寄母亲信。

致 何白涛

白涛先生:

木刻刀三套,早由书店寄出,想已收到。前日又寄赠《引玉集》

一本，印工尚佳，不知能收到否？

现拟印中国木刻一本，前函已经提及，昨纸已购好，可即开手。先生之原版，务希早日寄下，以便印入为祷。

专此布达，即颂

时绥。

迅　上　五月二十九日

致 杨霁云

霁云先生：

昨蒙见访，藉得晤谈，甚忭。前惠函谓曹雪芹卒年，可依胡适所得脂砚斋本改为乾隆二十七年。此事是否已见于胡之论文，本拟面询，而遂忘却，尚希拨冗见示为幸。

专此布达，并请

文安。

迅　上　五月二十九日

致 母 亲

母亲大人膝下，敬禀者，五月十六日来函，早已收到。胃痛大约很与香烟有关，医生说亦如此，但减少颇不容易，拟逐渐试办，且已改吸较好之烟卷矣。至于痛，则早已全愈，停药已有两星期之久了，请勿念。害马及海婴均安好，惟海婴日见长大，自有主意，常出门外与一切人捣乱，不问大小，都去冲突，管束颇觉吃力耳。

十六日函中,并附有太太来信,言可铭之第二子,在上海作事,力不能堪,且多病,拟招至京寓,一面觅事,问男意见如何。可铭之子,三人均在沪,其第三子由老三荐入印刷厂中,第二子亦曾力为设法,但终无结果。男为生活计,只能漂浮于外,毫无恒产,真所谓做一日,算一日,对于自己,且不能知明日之办法,京寓离开已久,更无从知道详情及将来,所以此等事情,可请太太自行酌定,男并无意见,且亦无从有何主张也。以上乞转告为祷。

专此布达,恭请

金安。

> 男树　叩上　广平及海婴同叩　五月廿九日

三十日

日记　昙。午复罗生信。午后为新居格君书一幅云:"万家墨面没蒿莱,敢有歌吟动地哀。心事浩茫连广宇,于无声处听惊雷。"下午寄《动向》稿一。得来青阁书目一本。晚内山君招饮于知味观,同席九人。

谁在没落?

五月二十八日的《大晚报》告诉了我们一件文艺上的重要的新闻:

"我国美术名家刘海粟徐悲鸿等,近在苏俄莫斯科举行中国书画展览会,深得彼邦人士极力赞美,揄扬我国之书画名作,切合苏俄正在盛行之象征主义作品。爰苏俄艺术界向分写实与象征两派,现写实主义已渐没落,而象征主义则经朝野一致提倡,引成欣欣向荣之概。自彼邦艺术家见我国之书画作品深合象征派后,即忆及中国戏剧亦必采取象征主义。因拟……邀中国戏曲名家梅兰芳等前往奏艺。此事已由俄方与中国驻俄大使馆接洽,同时苏俄驻华大使鲍格莫洛夫亦奉到训令,与我方商洽此事。……"

这是一个喜讯,值得我们高兴的。但我们当欣喜于"发扬国光"之后,还应该沉静一下,想到以下的事实——

一,倘说:中国画和印象主义有一脉相通,那倒还说得下去的,现在以为"切合苏俄正在盛行之象征主义",却未免近于梦话。半枝紫藤,一株松树,一个老虎,几匹麻雀,有些确乎是不像真的,但那是因为画不像的缘故,何尝"象征"着别的什么呢?

二,苏俄的象征主义的没落,在十月革命时,以后便崛起了构成主义,而此后又渐为写实主义所排去。所以倘说:构成主义已渐没落,而写实主义"引成欣欣向荣之概",那是说得下去的。不然,便是梦话。苏俄文艺界上,象征主义的作品有些什么呀?

三,脸谱和手势,是代数,何尝是象征。它除了白鼻梁表丑脚,花脸表强人,执鞭表骑马,推手表开门之外,那里还有什么说不出,做不出的深意义?

欧洲离我们也真远,我们对于那边的文艺情形也真的不大分明,但是,现在二十世纪已经度过了三分之一,粗浅的事是知道一点的了,这样的新闻倒令人觉得是"象征主义作品",它象征着他们的艺术的消亡。

五月三十日。

原载 1934 年 6 月 2 日《中华日报·动向》。署名常庚。

初收 1936 年 6 月上海联华书局版《花边文学》。

《看图识字》

凡一个人，即使到了中年以至暮年，倘一和孩子接近，便会踏进久经忘却了的孩子世界的边疆去，想到月亮怎么会跟着人走，星星究竟是怎么嵌在天空中。但孩子在他的世界里，是好像鱼之在水，游泳自如，忘其所以的，成人却有如人的凫水一样，虽然也觉到水的柔滑和清凉，不过总不免吃力，为难，非上陆不可了。

月亮和星星的情形，一时怎么讲得清楚呢，家境还不算精穷，当然还不如给一点所谓教育，首先是识字。上海有各国的人们，有各国的书铺，也有各国的儿童用书。但我们是中国人，要看中国书，识中国字。这样的书也有，虽然纸张，图画，色彩，印订，都远不及别国，但有是也有的。我到市上去，给孩子买来的是民国二十一年十一月印行的"国难后第六版"的《看图识字》。

先是那色彩就多么恶浊，但这且不管他。图画又多么死板，这且也不管他。出版处虽然是上海，然而奇怪，图上有蜡烛，有洋灯，却没有电灯；有朝靴，有三镶云头鞋，却没有皮鞋。跪着放枪的，一脚拖地；站着射箭的，两臂不平，他们将永远不能达到目的，更坏的是连钓竿，风车，布机之类，也和实物有些不同。

我轻轻的叹了一口气，记起幼小时候看过的《日用杂字》来。这是一本教育妇女婢仆，使她们能够记账的书，虽然名物的种类并不多，图画也很粗劣，然而很活泼，也很像。为什么呢？就因为作画的人，是熟悉他所画的东西的，一个"萝卜"，一只鸡，在他的记忆里并不含胡，画起来当然就切实。现在我们只要看《看图识字》里所画的生活状态——洗脸，吃饭，读书　　就知道这是作者意中的读者，也是作者自己的生活状态，是在租界上租一层屋，装了全家，既不阔绰，也非精穷的，埋头苦干一日，才得维持生活一日的人，孩子得上学校，自己须穿长衫，用尽心神，撑住场面，又那有余力去买参考书，观察事物，修炼本领呢？况且，那书的末叶上还有一行道："戊申年七月初版"。查年表，才知道那就是清朝光绪三十四年，即西历一九〇八年，虽是前年新印，书却成于二十七年前，已是一部古籍了，其奄奄无生气，正也不足为奇的。

孩子是可以敬服的，他常常想到星月以上的境界，想到地面下的情形，想到花卉的用处，想到昆虫的言语；他想飞上天空，他想潜入蚁穴……所以给儿童看的图书就必须十分慎重，做起来也十分烦难。即如《看图识字》这两本小书，就天文，地理，人事，物情，无所不有。其实是，倘不是对于上至宇宙之大，下至苍蝇之微，都有些切实的知识的画家，决难胜任的。

然而我们是忘却了自己曾为孩子时候的情形了，将他们看作一个蠢才，什么都不放在眼里。即使因为时势所趋，只得施一点所谓教育，也以为只要付给蠢才去教就足够。于是他们长大起来，就真的成了蠢才，和我们一样了。

然而我们这些蠢才，却还在变本加厉的愚弄孩子。只要看近两三年的出版界，给"小学生"，"小朋友"看的刊物，特别的多就知道。中国突然出了这许多"儿童文学家"了么？我想：是并不然的。

五月三十日。

原载 1934 年 7 月 1 日《文学季刊》第 3 期。署名唐俟。
初收 1937 年 7 月上海三闲书屋版《且介亭杂文》。

戌年初夏偶作

万家墨面没蒿莱，敢有歌吟动地哀。
心事浩茫连广宇，于无声处听惊雷。

五月

未另发表。据手稿编入。

初未收集。

题《唐宋传奇集》赠增田涉

合本而已,毫无订正之处。出版者赠十册,无所用之,故以其一赠增
田兄,借减自己行箧之重量也。

鲁迅记于上海

一九三四年五月三十日

未另发表。据手迹编入。

初未收集。

致 伊罗生

伊先生:昨天收到来信,当即送给 M. D. 看过了,我们都非常高兴,因
为正在惦记着的。全书太长,我们以为可以由您看一看,觉得不相
宜的,就删去。

删去《水》的末一段,我们都同意的。

《一千八百担》可以不要译了,因为他另有作品,我们想换一篇
较短的。又,他的自传,说是"一八……年生",是错的,请给他改为
"一九……年生",否则,他有一百多岁了,活的太长。

这位作者(吴君),就在清华学校,先生如要见见他,有所询问,
是很便当的。要否,俟来信办理。倘要相见,则请来信指明地址,我
们当写信给他,前去相访。

专此奉复,并问

好,且问

太太好。

Ｌ 启　五月三十日

三十一日

　　日记　晴,风。上午寄西谛信并稿一篇。下午得母亲信附与三弟笺,二十七日发。得徐懋庸信。得靖华信。得猛克信,即复。得杨霁云信并《胡适文选》一本,即复。买『チェーホフ全集』(十三),『版芸術』(六月号)各一本,三元。晚得小峰信并版税二百,即付《杂感选集》印证千。夜同广平往新光戏院观苏联电影《雪耻》。寄增田君信,改《小说史略》文。

致 郑振铎

西谛先生:

　　前几日寄上《引玉集》一本,想已达。

　　拙文附上,真是"拙"极,已经退化,于此可见,倘能厕"散文随笔"之末,则幸甚矣。

　　专此布达,即请

道安

迅　顿首　五月卅一日

近正在收集中国新作家之木刻,拟以二十幅印成一本,名之曰《木刻纪程》,存案,以觇此后之进步与否。　又及。

致 杨霁云

霁云先生：

顷收到卅日信，并《胡适文选》一本，甚感。

徐先生也已有信来，谓决计不干。这很好。否则，上海之所谓作家，鬼蜮多得很，他决非其敌，一定要上当的。但是"作家"之变幻无穷，一面固觉得是文坛之不幸，一面也使真相更分明，凡有狐狸，尾巴终必露出，而且新进者也在多起来，所以不必悲观的。

《鹦哥故事》我没有见过译本，单知道是一部印度古代的文学作品，是集合许多小故事而成的结集。大约其中也讲起中国事，所以那插图有中国的一幅。不过那时中国还没有辫子，而作者却给我们拖起来了，真可笑。他们以为中国人是一向拖辫子的。二月初我曾寄了几部古装人物的画本给他们，倘能收到，于将来的插画或许可以有点影响。

《引玉集》后记有一页倒印了，相隔太远，无法重订，真是可惜。此书如能售完，我还想印一部德国的。 专此布复，即颂
时绥。

迅 上 五月卅一日晚。

致 增田涉

増田兄：

『小説史略』第二九七——二九八頁の文字を下の通に改訂して下さい。

二九七頁

六行、「一字芹圃、鑲藍旗漢軍」を「字芹溪、一字芹圃、正白旗漢

195

軍」に改す。

十二行、「乾隆二十九年」を「乾隆二十七年」に改す。

又「数月而卒」を「至除夕、卒」に。

二九八頁

一行、「──一七六四」を「一七六三」に。

又「其『石頭記』未成、止八十回」を「其『石頭記』尚未就、今所傳
者、止八十回。」に改す。

又「次年遂有傳寫本」一句、削去。

又「（詳見胡適……『努力週報』一）」を「（詳見『胡適文選』）」と
訂正。

又二九九頁第二行、「以上、作者生平……」から三〇〇頁第十行
「……才有了百二十回的『紅樓夢』」まで都合二十一行全部
削去。

洛文　上　五月卅一夜

196

六月

一日

日记 晴,风。午后得季市信。紫佩寄来重修之《芥子园画传》四集一函,又代买之《清文字狱档》七及八各一本,共泉一元。以《引玉集》寄原作者,计三包十二本。以《唐宋传奇集》各一本寄增田及雾城。夜雨。

《引 玉 集》[*]

最新木刻　　　限定版二百五十本
原拓精印　　　每本实价一元五角

　　敝书屋搜集现代版画,已历数年,西欧重价名作,所得有限,而新俄单幅及插画木刻,则有一百余幅之多,皆用中国白纸换来,所费无几。且全系作者从原版手拓,与印入书中及锌版翻印者,有霄壤之别。今为答作者之盛情,供中国青年艺术家之参考起见,特选出五十九幅,嘱制版名手,用玻璃版精印,神采奕奕,殆可乱真,并加序跋,装成一册,定价低廉,近乎赔本,盖近来中国出版界之创举也。但册数无多,且不再版,购宜从速,庶免空回。上海北四川路底施高塔路十一号内山书店代售,函购须加邮费一角四分。

三闲书屋谨白。

原载 1934 年 6 月 1 日《文学》月刊第 2 卷第 6 期。
初未收集。

致 李小峰

小峰兄：

《两地书》印证已印好，因系长条，邮寄不便，希嘱店友于便中来寓一取。来时并携《两地书》三本，无印者即可，可在此贴上，而付出之印，则减为千四百九十七枚也。

《桃色的云》，《小约翰》纸板，亦希一并带来，因今年在故乡修坟，故须于端节前，设法集一笔现款，只好藉此设法耳。

迅 上 六月一夜。

二日

日记 晴。上午寄小峰信。午后往来青阁买《补图承华事略》一部一本，石印《耕织图》一部二本，《金石萃编补略》一部四本，《八琼室金石补正》一部六十四本，共泉七十元。下午得董永舒信。得曹聚仁信，即复。得紫佩信，即复。得西谛信，即复。得吴渤信。得陈铁耕信。得何白涛信，晚复。蕴如及三弟来并赠裁纸刀一柄，又为取得《四部丛刊》续编中之《啸堂集古录》一部二本，饭后同往巴黎大戏院观《魔侠吉诃德》，广平亦去。

致 曹聚仁

聚仁先生：

惠函奉到。我不习画，来问未能确答，但以意度之，论理，是该用什么笔都可以的。不过倘用钢笔，则开手就加上一层钢笔之难——刮纸，墨完，等——能令学者更觉吃力，所以大约还是用铅笔——画用的铅笔——为是。

前回说起的书，是继《伪自由书》之后的《准风月谈》，去年年底，早已被人约去，因恐使烈文先生为难，所以不即付印。现在印起来，还是须照旧约的。对于群众，只好以俟将来了。

我之被指为汉奸，今年是第二次。记得十来年前，因爱罗先珂攻击中国缺点，上海报亦曾说是由我授意，而我之叛国，则因女人是日妇云。今之衮衮诸公及其叭儿，盖亦深知中国已将卖绝，故在竭力别求卖国者以便归罪，如《汗血月刊》之以明亡归咎于东林，即其微意也。

然而变迁至速，不必一二年，则谁为汉奸，便可一目了然矣。

此复即请

道安。

迅　顿首　六月二日

致 郑振铎

西谛先生：

五月二十八日信，今日午后收到。去年底，先生不是说过，《十竹斋笺谱》文求堂云已售出了么？前日有内山书店店员从东京来，他说他见过，是在的，但文求老头子惜而不卖，他以为还可以得重价。又见文求今年书目，则书名不列在内，他盖藏起来，当作宝贝了。我们的翻刻一出，可使此宝落价。

但我们的同胞，真也刻的慢，其悠悠然之态，固足令人佩服，然一生中也就做不了多少事，无怪古人之要修仙，盖非此则不能多看书也。年内先印两种，极好。旧纸及毛边，最好是不用，盖印行之意，广布者其一，久存者其二，所以纸张须求其耐久。倘办得到，不如用黄罗纹纸，买此种书者必非精穷人，每本贵数毛当不足以馁其气。又闻有染成颜色，成为旧纸之状者，倘染工不贵而所用颜料不至蚀纸使脆，则宣纸似亦可用耳。

另选百二十张以制普及版，也是最要紧的事，这些画，青年作家真应该看看了。看近日作品，于古时衣服什器无论矣，即画现在的事，衣服器具，也错误甚多，好像诸公于裸体模特儿之外，都未留心观察，然而裸体画仍不佳。本月之《东方杂志》（卅一卷十一号）上有常书鸿所作之《裸女》，看去仿佛当胸有特大之乳房一枚，倘是真的人，如此者是不常见的。盖中国艺术家，一向喜欢介绍欧洲十九世纪末之怪画，一怪，即便于胡为，于是畸形怪相，遂弥漫于画苑。而别一派，则以为凡革命艺术，都应该大刀阔斧，乱砍乱劈，凶眼睛，大拳头，不然，即是贵族。我这回之印《引玉集》，大半是在供此派诸公之参考的，其中多少认真，精密，那有仗着"天才"，一挥而就的作品，倘有影响，则幸也。

《引玉集》印三百部，序跋是在上海排好，打了纸板寄去的（但他们竟颠倒了两页），印，纸，装订，连运费在内，共三百二十元（合中国钱），但印中国木刻，恐怕不行。《引玉集》原图，本多小块，所以书不妨小，这回却至少非加大三分之一不可，加大的印价，日前已去函问，得复后当通知。大约每本六十图，则当需二元，百二十图分两本，成本当在四元至三元半，售价至少也得定五元了。

投稿家非投稿不可，而所见又不多，得一小题，便即大做，而且往往反复不已。《桂公塘》事即其一，我以为大可置之不理，此种辩论，废时失业，实不如闲坐也。近来时被攻击，惯而安之，纵令诬我以可死之罪，亦不想置辩，而至今亦终未死，可见与此辈讲理，乃反而上当耳。例如乡下顽童，常以纸上画一乌龟，贴于人之背上，最好是毫不理睬，若认真与他们辩论自己之非乌龟，岂非空费口舌。

小品文本身本无功过，今之被人诟病，实因过事张扬，本不能诗者争作打油诗；凡袁宏道李日华文，则誉为字字佳妙，于是而反感随起。总之，装腔作势，是这回的大病根。其实，文人作文，农人掘锄，本是平平常常，若照相之际，文人偏要装作粗人，玩什么"荷锄带笠图"，农夫则在柳下捧一本书，装作"深柳读书图"之类，就要令人肉麻。现已非晋，或明，而《论语》及《人间世》作者，必欲作飘逸闲放语，此其所以难也。

但章之攻林，则别有故，章编《人言》，而林辞编辑，自办刊物，故深恨之，仍因利益而已，且章颇恶劣，因我在外国发表文章，而以军事裁判暗示当局者，亦此人也。居此已近五年，文坛之堕落，实为前此所未见，好像也不能再堕落了。

本月《文学》已见，内容极充实，有许多是可以藉此明白中国人的思想根柢的。顷读《清代文字狱档》第八本，见有山西秀才欲娶二表妹不得，乃上书于乾隆，请其出力，结果几乎杀头。真像明清之际的佳人才子小说，惜结末大不相同耳。清时，许多中国人似并不悟自己之为奴，一叹。

专此布达，即请
著安。

迅　顿首　六月二日夜。

致 何白涛

白涛先生：

顷接到五月廿六信。木刻集于廿四日寄上一本，现在想已收到了罢。三四日内，当嘱书店再寄上十六本，分四包，无须用现银换取法，只要看包上所贴之邮票，平分每册邮费，加上每册若干，将来一并付还书店就好了。

同时又得铁耕兄信,谓他的旧刻木板,皆存先生处。倘此信到日,尚未回汕,则希回汕时将他的《等父亲回来》(即刻母子二人,一坐一立者)那一块一并寄下。但如来不及,就只好等将来再说。

此复,即颂

时绥。

迅　上　六月二夜。

三日

日记　星期。晴。上午寄梓生信。得思远信并小说稿两篇。下午诗荃来并出稿六篇,即为分寄《自由谈》及人间世社。得杨霁云信,夜复。

倒　　提

西洋的慈善家是怕看虐待动物的,倒提着鸡鸭走过租界就要办。所谓办,虽然也不过是罚钱,只要舍得出钱,也还可以倒提一下,然而究竟是办了。于是有几位华人便大鸣不平,以为西洋人优待动物,虐待华人,至于比不上鸡鸭。

这其实是误解了西洋人。他们鄙夷我们,是的确的,但并未放在动物之下。自然,鸡鸭这东西,无论如何,总不过送进厨房,做成大菜而已,即顺提也何补于归根结蒂的运命。然而它不能言语,不会抵抗,又何必加以无益的虐待呢? 西洋人是什么都讲有益的。我们的古人,人民的"倒悬"之苦是想到的了,而且也实在形容得切帖,不过还没有察出鸡鸭的倒提之灾来,然而对于什么"生刲驴肉""活烤鹅掌"这些无聊的残虐,却早经在文章里加以攻击了。这种心思,是东西之所同具的。

但对于人的心思,却似乎有些不同。人能组织,能反抗,能为奴,也能为主,不肯努力,固然可以永沦为舆台,自由解放,便能够获得彼此的平等,那运命是并不一定终于送进厨房,做成大菜的。愈下劣者,愈得主人的爱怜,所以西崽打叭儿,则西崽被斥,平人忤西崽,则平人获咎,租界上并无禁止苛待华人的规律,正因为我们该自有力量,自有本领,和鸡鸭绝不相同的缘故。

然而我们从古典里,听熟了仁人义士,米解倒悬的胡说了,直到现在,还不免总在想从天上或什么高处远处掉下一点恩典来,其甚者竟以为"莫作乱离人,宁为太平犬",不妨变狗,而合群改革是不肯的。自叹不如租界的鸡鸭者,也正有这气味。

这类的人物一多,倒是大家要被倒悬的,而且虽在送往厨房的时候,也无人暂时解救。这就因为我们究竟是人,然而是没出息的人的缘故。

六月三日。

原载 1934 年 6 月 28 日《申报·自由谈》。署名公汗。

初收 1936 年 6 月上海联华书局版《花边文学》。

致 杨霁云

霁云先生:

二日函收到。叭儿无穷之虑,在理论上是对的,正如一人开口发声,空气振动,虽渐远渐微,而凡有空气之处,终必振动下去。然而,究竟渐远渐微了。中国的文坛上,人渣本来多。近十年中,有些青年,不乐科学,便学文学;不会作文,便学美术,而又不肯练画,则留长头发，放大领结完事，真是乌烟瘴气。假使中国全是这类人，实在怕不免于糟。但社会里还有别的方面，会从旁给文坛以影响；试看社会现状，已岌岌不可终日，则叭儿们也正是岌岌不可终日的。它们那里有一点自信心，连做狗也不忠实。一有变化，它们就另换一副面目。但此时倒比现在险，它们一定非常激烈了，不过那时一定有人出而战斗，因为它们的故事，大家是明白的。何以明白，就因为得之现在的经验，所以现在的情形，对于将来并非只是损。至于费去了许多牺牲，那是无可免的，但自然愈少愈好，我的一向主张"壕堑战"，就为此。

记得清朝末年，也一样的有叭儿，但本领没有现在的那么好。可是革命者的本领也大起来了，那时的讲革命，简直像儿戏一样。

《新社会半月刊》曾经看过几期，那缺点是"平庸"，令人看了之后，觉得并无所得，当然不能引人注意。来信所述的方针，我以为是可以的，要站出来，也只能如此。但有一种可叹的事，是读者的感觉，往往还是叭儿灵。叭儿明白了，他们还不懂，甚而至于连讥刺，反话，也不懂。现在的青年，似乎所注意的范围，大抵很狭小，这却比文坛上之多叭儿更可虑。然而也顾不得许多，只好照自己所定的做。至于碰壁而或休息，那是当然的，也必要的。

办起来的时候，我可以投稿，不过未必能每期都有。我的名字，也还是改换好，否则，无论文章的内容如何，一定立刻要出事情，于刊物未免不合算。

《引玉集》并不如来函所推想的风行，需要这样的书的，是穷学生居多，但那有二百五十个，况且有些人是我都送过了。至于有钱的青年，他不需要这样的东西。但德国版画集，我还想计划出版，那些都是大幅，所以印起来，书必加大，幅数也多，因此资本必须加几倍，现在所踌躇的就是这一层。

我常常坐在内山书店里，看看中国人的买书，觉得可叹的现象也不少。例如罢，倘有大批的关于日本的书（日本人自己做的）买去了,不久便有《日本研究》之类出板;近来,则常有青年在寻关于法西主义的书。制造家来买书的,想寻些记载着秘诀的小册子,其实那有这样的东西。画家呢,凡是资料,必须加以研究,融化,才可以应用的好书,大抵弃而不顾,他们最喜欢可以生吞活剥的绘画,或图案,或广告画,以及只有一本的什么"大观"。一本书,怎么会"大观"呢,他们是不想的。其甚者,则翻书一通之后,书并不买,而将其中的几张彩色画撕去了。

现在我在收集中国青年作家的木刻,想以二十幅印成一本,名曰《木刻纪程》,留下来,看明年的作品有无进步。这回只印一百本,大约需要者也不过如此而已。

此上,即颂

时绥。

迅　顿首　六月三夜

四日

日记　晴,夜小雨。无事。

拿来主义

中国一向是所谓"闭关主义",自己不去,别人也不许来。自从给枪炮打破了大门之后,又碰了一串钉子,到现在,成了什么都是"送去主义"了。别的且不说罢,单是学艺上的东西,近来就先送一批古董到巴黎去展览,但终"不知后事如何";还有几位"大师"们捧着几张古画和新画,在欧洲各国一路的挂过去,叫作"发扬国光"。听说不远还要送梅兰芳博士到苏联去,以催进"象征主义",此后是顺便到欧洲传道。我在这里不想讨论梅博士演艺和象征主义的关系，总之，活人替代了古董，我敢说，也可以算得显出一点进步了。

但我们没有人根据了"礼尚往来"的仪节，说道：拿来！

当然，能够只是送出去，也不算坏事情，一者见得丰富，二者见得大度。尼采就自诩过他是太阳，光热无穷，只是给与，不想取得。然而尼采究竟不是太阳，他发了疯。中国也不是，虽然有人说，掘起地下的煤来，就足够全世界几百年之用。但是，几百年之后呢？几百年之后，我们当然是化为魂灵，或上天堂，或落了地狱，但我们的子孙是在的，所以还应该给他们留下一点礼品。要不然，则当佳节大典之际，他们拿不出东西来，只好磕头贺喜，讨一点残羹冷炙做奖赏。

这种奖赏，不要误解为"抛来"的东西，这是"抛给"的，说得冠冕些，可以称之为"送来"，我在这里不想举出实例。

我在这里也并不想对于"送去"再说什么，否则太不"摩登"了。我只想鼓吹我们再吝啬一点，"送去"之外，还得"拿来"，是为"拿来主义"。

但我们被"送来"的东西吓怕了。先有英国的鸦片，德国的废枪炮，后有法国的香粉，美国的电影，日本的印着"完全国货"的各种小东西。于是连清醒的青年们，也对于洋货发生了恐怖。其实，这正是因为那是"送来"的，而不是"拿来"的缘故。

所以我们要运用脑髓，放出眼光，自己来拿！

譬如罢，我们之中的一个穷青年，因为祖上的阴功（姑且让我这么说罢），得了一所大宅子，且不问他是骗来的，抢来的，或合法继承的，或是做了女婿换来的。那么，怎么办呢？我想，首先是不管三七二十一，"拿来"！但是，如果反对这宅子的旧主人，怕给他的东西染污了，徘徊不敢走进门，是孱头；勃然大怒，放一把火烧光，算是保存自己的清白，则是昏蛋。不过因为原是羡慕这宅子的旧主人的，而这回接受一切，欣欣然的蹩进卧室，大吸剩下的鸦片，那当然更是废物。"拿来主义"者是全不这样的。

他占有,挑选。看见鱼翅,并不就抛在路上以显其"平民化",只要有养料,也和朋友们像萝卜白菜一样的吃掉,只不用它来宴大宾;看见鸦片,也不当众摔在毛厕里,以见其彻底革命,只送到药房里去,以供治病之用,却不弄"出售存膏,售完即止"的玄虚。只有烟枪和烟灯,虽然形式和印度,波斯,阿剌伯的烟具都不同,确可以算是一种国粹,倘使背着周游世界,一定会有人看,但我想,除了送一点进博物馆之外,其余的是大可以毁掉的了。还有一群姨太太,也大以请她们各自走散为是,要不然,"拿来主义"怕未免有些危机。

总之,我们要拿来。我们要或使用,或存放,或毁灭。那么,主人是新主人,宅子也就会成为新宅子。然而首先要这人沉着,勇猛,有辨别,不自私。没有拿来的,人不能自成为新人,没有拿来的,文艺不能自成为新文艺。

六月四日。

原载 1934 年 6 月 7 日《中华日报·动向》。署名霍冲。
初收 1937 年 7 月上海三闲书屋版《且介亭杂文》。

五日

日记 晴。午后季市来。夜濯足。

六日

日记 晴。上午寄《动向》稿二篇。午后得增田君信并照相一枚。得钟步清信。得诗荃信。得徐讦,陶亢德信,即复。买『ゴオゴリ全集』一本,二元五角;『ニンジン』一本,一元。托商务印书馆买来"*Capital*" *in Lithographs* 一本,十元。下午北新书局送来《小约翰》及《桃色之云》纸版各一副,付以《两地书》印证千五百。寄烈文信。寄思远信并保中稿一篇。寄吴渤及陈铁耕信并《引玉集》各一本。寄小山杂志三本。寄汝珍《文学报》四张。

致 陶亢德

亢德先生：

我和日本留学生之流，没有认识的，也不知道对于日本文，谁算较好，所以无从绍介。

但我想，与其个人教授，不如进学校好。这是我年青时候的经验，个人教授不但化费多，教师为博学习者的欢心计，往往迁就，结果是没有好处。学校却按步就班，没有这弊病。

四川路有夜校，今附上章程；这样的学校，大约别处还不少。此上即颂

时绥。

迅　顿首　六月六日

再：某君之稿，如《论语》要，亦可分用，因他寄来时，原不指定登载之处的。　又及。

致 黎烈文

烈文先生：

我们想谈谈闲天，本星期六（九日）午后五点半以后，六点以前之间，请　先生到棋盘街商务印书馆编辑处（即在发行所的楼上）找周建人，同他惠临敝寓，除谈天外，且吃简单之夜饭。

另外还有玄先生一人，再无别个了。

专此布达，并请

道安。

迅　顿首　六月六日

致　王志之

思远兄：

雁先生为《文史》而作的稿子已交来，今寄上，希收转为荷。

小说稿两篇已收到，并闻。

此布，即颂

时绥

豫　顿首　六月六日

致　吴渤

吴渤先生：

五月廿五日的信已收到，使我知道了种种，甚感。在这里，有意义的文学书很不容易出版，杂志则最多只能出到三期。别的一面的，出得很多，但购读者却少。

那一本《木刻法》，一时也无处出版。

新近印了一本木刻，叫作《引玉集》，是东京去印来的，所以印工还不坏。上午已挂号寄上一本，想能和此信同时收到。此外，则我正在准备印一本中国新作家的木刻，想用二十幅，名曰《木刻纪程》，大约秋天出版。

我们一切如常。

此复,即颂

时绥。

树　上　六月六夜。

寄出去的木刻,至今还是毫无消息。　　又及

致 陈铁耕

铁耕先生:

昨收到廿二日函并木刻,欢喜之至。许多事情,真是一言难尽,在这里只好不说了。

木刻,好像注意的人多起来了,各处常见用为插画,但很少好的。我为保存历史材料和比较进步与否起见,想出一种不定期刊,或年刊,二十幅,印一百二十本,名曰《木刻纪程》,以作纪念。但正值大家走散的时候,收集很不容易(新近又有一个木刻社被毁了),你的原版,我此刻才知道在白涛兄处,而他人在广州,版则在汕头。他来信说,日内将回去一趟,所以我即写信嘱他将你的那一块《等爸爸回来》寄来,但不知道他能否在未走之前,收到我的信。

《岭南之春》的缺点是牛头似乎太大一点,但可以用的,倘不费事,望将版寄来(这只能用小包寄),不过用在第二本上也难说。十五张连环图画,我是看得懂的,因为我们那里也有这故事,但构图和刻法,却诚如来信所说,有些草率。

我做不出什么作品来,但那木刻集却印好了,印的并不坏,非锌板印者所能比,上午已寄上一本,想能与此信同时寄到的罢。我还想绍介德国版画(连铜刻,石印),但幅数较多,需款不小,所以恐怕一时办不到。

记得去年你曾函告我,要得一部《北平笺谱》。现在是早已印

成,而且已经卖完了。但你所要的一部,还留在我的寓里,我也不要收钱。不知照现在的地址收转,确可以收到无误否?因为这部书印得不多,所以我于邮寄时须小心一点。等来信后,当用小包寄上。

此复,即颂

时绥。

树　上　六月六夜。

七日

日记　晴。下午得西谛信。得梓生信并《自由谈》稿费廿七元。得杨霁云信。

致 徐懋庸

懋庸先生:

六日信顷收到。

本星期六(九日)午后两点钟,希驾临北四川路底(第一点[路]电车终点)内山书店,当在其地相候。

此布即请

刻安。

迅　上　六月七夜。

致 山本初枝

拝啓　五月廿日の御手紙をとくにいただきましたが色々なこ

まかい事の為めに遂に返事をおそくなりました。実にすまない事です。『文學』と云ふ雑誌は私とは何の関係もないので私を其の編輯者にして仕舞ったのは例の井上紅梅様です。先生は改造社の『文芸』にそう書いて居たのだから『日々新聞』は又彼の文章を信じて仕舞ったのでしゃう。編輯も偉いものでわるいとは思ひませんが併しそうでないのだから少し困ります。君子も閑居すれば不善をなすものです。孔子様は一生涯漫遊し其の上弟子達が沢山ついて居ましたから二三の疑ふ可き点を除けば大体よかったが併し若し閑居すると今度は何なるか? 私は実に保証出来ません。殊に男性と云ふものは大抵は安心す可きものではないので長く陸上に居ても陸上の女を珍らしがるのです。倦きが来るや否やと云ふ事は問題ですが併し私に言はせると矢張りやかましく云はない方がよいと思ひます。上海は暑くなりました。私達の家の前へに新しい家をたてましたからさわがしくて困ります。併し転居する考も末ないです。

魯迅　拝　六月七日

山本夫人几下

致 増田渉

　御手紙と御写真とをいたゞきました。写真は特別に怖しい顔をして居る相もないと思ひます。蓋し其の比較は家庭時代の写真と下宿時代の写真とでしなければならないので而して上海にいらしゃつた時にはもう苦悩時代に這入って居たのだから私の目で見ればそう違はない様になります。

　『小説史略』の訂正を二度送りましたが到着したか知りません。

近頃新発見も多く尚訂正すべき処が隨分ありましゃうりれども続いて研究する考へもないからその位にして置いて仕舞ひましゃう。

　上海の景気と漫談とは両方とも不景気。大抵ひきこんで居る時が多いです。テロもひどいがテロ規則がないから、意外の災に思はせて反っておしろしくなくなりました。夏頃に子供をつれて長崎あたり行って海水浴でもしようかと思つた事がありましたが又やめました。しからば不相変、上海です。

　私達は皆な達者ですが、たゞし其の「海嬰氏」は頗る悪戯で始終私の仕事を邪魔します。先月からもう敵として取扱ひました。

　『引玉集』の印刷所は東京の洪洋社です。

洛文　上　六月七夜

増田兄几下

八日

　　日记　昙。上午复山本夫人信。复增田君信。得徐懋庸信,即复。得陶亢德信,即复。午后同广平携海婴往须藤医院诊,见赠墨鱼一枚。买「ダァシェンカ」一本,三元五角。下午得叶紫信,即复。复梓生信。

致　陶亢德

亢德先生:

　　长期的日语学校,我不知道。我的意见,是以为日文只要能看论文就好了,因为他们介绍得快。至于读文艺,却实在有些得不偿失。他们的新语，方言，常见于小说中，而没有完备的字典，只能问日本人，这可就费事了，然而又没有伟大的创作，补偿我们外国读者的劳力。

学日本文要到能够看小说，且非一知半解，所需的时间和力气，我觉得并不亚于学一种欧洲文字，然而欧洲有大作品。先生何不将豫备学日文的力气，学一种西文呢？

用种种笔名的投稿，倘由我再寄时，请　先生看情形分用就是，稿费他是不计较的。　此复即请

著安。

迅　顿首　六月八日

九日

日记　雨，午晴。得静农信，即复。得聚仁信，即复。午后同猛克及懋庸往 Astoria 饮茶。晚邀烈文，保宗，蕴如及三弟夜饭，同席共七人。

致 台静农

对于印图，尚有二小野心。一，拟印德国版画集，此事不难，只要有印费即可。二，即印汉至唐画象，但唯取其可见当时风俗者，如游猎，卤簿，宴饮之类，而著手则大不易。五六年前，所收不可谓少，而颇有拓工不佳者，如《武梁祠画像》，《孝堂山画像》，《朱鲔石室画像》等，虽具有，而不中用；后来出土之拓片，则皆无之，上海又是商场，不可得。　兄不知能代我补收否？即一面收新拓，一面则觅旧拓（如上述之三种），虽重出不妨，可选其较精者付印也。　此复

即颂

时绥。

豫　顿首　六月九日

致 曹聚仁

聚仁先生：

不敢承印《准风月谈》事，早成过去；后约者乃别一家，现正在时时催稿也。

读经，作文言，磕头，打屁股，正是现在必定兴盛的事，当和其主人一同倒毙。但我们弄笔的人，也只得以笔伐之。望道先生之所拟，亦不可省，至少总可给一下打击。

此布即请

道安。

迅　上　六月九日

致 杨霁云

霁云先生：

六日函收到。杂志原稿既然先须检查，则作文便不易，至多，也只能登《自由谈》那样的文章了。政府帮闲们的大作，既然无人要看，他们便只好压迫别人，使别人也一样的奄奄无生气，这就是自己站不起，就拖倒别人的办法。倘用聚仁先生出面编辑，他们大约会更加注意的。

来信所述的忧虑，当然也有其可能，然而也未必一定实现。因为正如来信所说，中国的事，大抵是由于外铄的，所以世界无大变动，中国也不见得单独全局变动，待到能变动时，帝国主义必已凋落，不复有收买的主人了。然而若干叭儿，忽然转向，又挂新招牌以自利，一面遮掩实情，以欺骗世界的事，却未必会没有。这除却与之战斗以外，更无别法。这样的战斗，是要继续得很久的。所以当今急务之一，是在养成勇敢而明白的斗士，我向来即常常注意于这一点，虽然人微言轻，终无效果。

专此布复，即颂

时绥。

迅　上　六月九夜

十日

日记　星期。昙。上午致须藤先生信，取药。复杨霁云信。得母亲信，七日发。下午诗荃来并赠自刻名印一枚，又稿三篇，即为转寄自由谈社。

隔　膜

清朝初年的文字之狱，到清朝末年才被从新提起。最起劲的是"南社"里的有几个人，为被害者辑印遗集；还有些留学生，也争从日本搬回文证来。待到孟森的《心史丛刊》出，我们这才明白了较详细的状况，大家向来的意见，总以为文字之祸，是起于笑骂了清朝。然而，其实是不尽然的。

这一两年来，故宫博物院的故事似乎不大能够令人敬服，但它却印给了我们一种好书，曰《清代文字狱档》，去年已经出到八辑。

其中的案件，真是五花八门，而最有趣的，则莫如乾隆四十八年二月"冯起炎注解易诗二经欲行投呈案"。

冯起炎是山西临汾县的生员，闻乾隆将谒泰陵，便身怀著作，在路上徘徊，意图呈进，不料先以"形迹可疑"被捕了。那著作，是以《易》解《诗》，实则信口开河，在这里犯不上抄录，惟结尾有"自传"似的文章一大段，却是十分特别的——

"又，臣之来也，不愿如何如何，亦别无愿求之事，惟有一事未决，请对陛下一叙其缘由。臣……名曰冯起炎，字是南州，尝到臣张二姨母家，见一女，可娶，而恨不足以办此。此女名曰小女，年十七岁，方当待字之年，而正在未字之时，乃原籍东关春牛厂长兴号张守忭之次女也。又到臣杜五姨母家，见一女，可娶，而恨力不足以办此。此女名小凤，年十三岁，虽非必字之年，而已在可字之时，乃本京东城闹市口瑞生号杜月之次女也。若以陛下之力，差干员一人，选快马一匹，克日长驱到临邑，问彼临邑之地方官：'其东关春牛厂长兴号中果有张守忭一人否？'诚如是也，则此事谐矣。再问：'东城闹市口瑞生号中果有杜月一人否？'诚如是也，则此事谐矣。二事谐，则臣之愿毕矣。然臣之来也，方不知陛下纳臣之言耶否耶，而必以此等事相强乎？特进言之际，一叙及之。"

这何尝有丝毫恶意？不过着了当时通行的才子佳人小说的迷，想一举成名，天子做媒，表妹入抱而已。不料事实的结局却不大好，署直隶总督袁守侗拟奏的罪名是"阅其呈首，胆敢于圣主之前，混讲经书，而呈尾措词，尤属狂妄。核其情罪，较冲突仪仗为更重。冯起炎一犯，应从重发往黑龙江等处，给披甲人为奴。俟部复到日，照例解部刺字发遣。"这位才子，后来大约终于单身出关做西崽去了。

此外的案情，虽然没有这么风雅，但并非反动的还不少。有的是卤莽；有的是发疯；有的是乡曲迂儒，真的不识讳忌；有的则是草野愚民，实在关心皇家。而运命大概很悲惨，不是凌迟，灭族，便是立刻杀头，或者"斩监候"，也仍然活不出。

凡这等事，粗略的一看，先使我们觉得清朝的凶虐，其次，是死者的可怜。但再来一想，事情是并不这么简单的。这些惨案的来由，都只为了"隔膜"。

满洲人自己，就严分着主奴，大臣奏事，必称"奴才"，而汉人却称"臣"就好。这并非因为是"炎黄之胄"，特地优待，锡以嘉名的，其实是所以别于满人的"奴才"，其地位还下于"奴才"数等。奴隶只能奉行，不许言议；评论固然不可，妄自颂扬也不可，这就是"思不出其位"。譬如说：主子，您这袍角有些儿破了，拖下去怕更要破烂，还是补一补好。进言者方自以为在尽忠，而其实却犯了罪，因为另有准其讲这样的话的人在，不是谁都可说的。一乱说，便是"越俎代谋"，当然"罪有应得"。倘自以为是"忠而获咎"，那不过是自己的胡涂。

但是，清朝的开国之君是十分聪明的，他们虽然打定了这样的主意，嘴里却并不照样说，用的是中国的古训："爱民如子"，"一视同仁"。一部分的大臣，士大夫，是明白这奥妙的，并不敢相信。但有一些简单愚蠢的人们却上了当，真以为"陛下"是自己的老子，亲亲热热的撒娇讨好去了。他那里要这被征服者做儿子呢？于是乎杀掉。不久，儿子们吓得不再开口了，计画居然成功；直到光绪时康有为们的上书，才又冲破了"祖宗的成法"。然而这奥妙，好像至今还没有人来说明。

施蛰存先生在《文艺风景》创刊号里，很为"忠而获咎"者不平，就因为还不免有些"隔膜"的缘故。这是《颜氏家训》或《庄子》《文选》里所没有的。

六月十日。

原载 1934 年 7 月 5 日《新语林》半月刊第 1 期。署名杜德机。

初收 1937 年 7 月上海三闲书屋版《且介亭杂文》。

十一日

日记　晴。午后得雾城信。得徐懋庸信。得靖华信,即复。下午买特制本『にんじん』一本,『悲劇の悲［哲］学』一本,『新興仏蘭西文学』一本,共泉十九元二角。晚三弟来并为取得《读四书丛说》三本。夜小雨。同三弟及广平往南京大戏院观《民族精神》,原名 *Massacre*。

玩　具

今年是儿童年。我记得的,所以时常看看造给儿童的玩具。

马路旁边的洋货店里挂着零星小物件,纸上标明,是从法国运来的,但我在日本的玩具店看见一样的货色,只是价钱更便宜。在担子上,在小摊上,都卖着渐吹渐大的橡皮泡,上面打着一个印子道:"完全国货",可见是中国自己制造的了。然而日本孩子玩着的橡皮泡上,也有同样的印子,那却应该是他们自己制造的。

大公司里则有武器的玩具:指挥刀,机关枪,坦克车……。然而,虽是有钱人家的小孩,拿着玩的也少见。公园里面,外国孩子聚沙成为圆堆,横插上两条核树干,这明明是在创造铁甲炮车了,而中国孩子是青白的,瘦瘦的脸,躲在大人的背后,羞怯的,惊异的看着,身上穿着一件斯文之极的长衫。

我们中国是大人用的玩具多:姨太太,雅片枪,麻雀牌,《毛毛雨》,科学灵乩,金刚法会,还有别的,忙个不了,没有工夫想到孩子身上去了。虽是儿童年,虽是前年身历了战祸,也没有因此给儿童创出一种纪念的小玩意,一切都是照样抄。然则明年不是儿童年了,那情形就可想。

但是,江北人却是制造玩具的天才。他们用两个长短不同的竹筒,染成红绿,连作一排,筒内藏一个弹簧,旁边有一个把手,摇起来就格格的响。这就是机关枪!也是我所见的惟一的创作。我在租界边上买了一个,和孩子摇着在路上走,文明的西洋人和胜利的日本人看见了,大抵投给我们一个鄙夷或悲悯的苦笑。

然而我们摇着在路上走,毫不愧恧,因为这是创作。前年以来,很有些人骂着江北人,好像非此不足以自显其高洁,现在沉默了,那高洁也就渺渺然,茫茫然。而江北人却创造了粗笨的机枪玩具,以坚强的自信和质朴的才能与文明的玩具争。他们,我以为是比从外国买了极新式的武器回来的人物,更其值得赞颂的,虽然也许又有人会因此给我一个鄙夷或悲悯的冷笑。

六月十一日。

原载 1934 年 6 月 14 日《申报·自由谈》。署名宓子章。
初收 1936 年 6 月上海联华书局版《花边文学》。

零 食

出版界的现状,期刊多而专书少,使有心人发愁,小品多而大作少,又使有心人发愁。人而有心,真要"日坐愁城"了。

但是,这情形是由来已久的,现在不过略有变迁,更加显著而已。

上海的居民,原就喜欢吃零食。假使留心一听,则屋外叫卖零食者,总是"实繁有徒"。桂花白糖伦教糕,猪油白糖莲心粥,虾肉馄饨面,芝麻香蕉,南洋芒果,西路(暹罗)蜜橘,瓜子大王,还有蜜饯,橄榄,等等。只要胃口好,可以从早晨直吃到半夜,但胃口不好也不妨,因为这又不比肥鱼大肉,分量原是很少的。那功效,据说,是在消闲之中,得养生之益,而且味道好。

前几年的出版物，是有"养生之益"的零食，或曰"入门"，或曰"ABC"，或曰"概论"，总之是薄薄的一本，只要化钱数角，费时半点钟，便能明白一种科学，或全盘文学，或一种外国文。意思就是说，只要吃一包五香瓜子，便能使这人发荣滋长，抵得吃五年饭。试了几年，功效不显，于是很有些灰心了。一试验，如果有名无实，是往往不免灰心的，例如现在已经很少有人修仙或炼金，而代以洗温泉和买奖券，便是试验无效的结果。于是放松了"养生"这一面，偏到"味道好"那一面去了。自然，零食也还是零食。上海的居民，和零食是死也分拆不开的。

于是而出现了小品，但也并不是新花样。当老九章生意兴隆的时候，就有过《笔记小说大观》之流，这是零食一大箱；待到老九章关门之后，自然也跟着成了一小撮。分量少了，为什么倒弄得闹闹嚷嚷，满城风雨的呢？我想，这是因为在担子上装起了篆字的和罗马字母合璧的年红电灯的招牌。

然而，虽然仍旧是零食，上海居民的感应力却比先前敏捷了，否则又何至于闹嚷嚷。但这也许正因为神经衰弱的缘故。假使如此，那么，零食的前途倒是可虑的。

六月十一日。

原载 1934 年 6 月 16 日《申报·自由谈》。署名莫朕。

初收 1936 年 6 月上海联华书局版《花边文学》。

致 曹靖华

汝珍兄：

八日信并稿收到，先前所寄的地址四张及插画本《城与年》，也早收到了。和书一对照，则拓本中缺一幅，但也不要紧，倘要应用，可以从书上复制出来的。

木刻集系由东京印来，中国的印工，还没有这么好。寄给作者们的十二本，已于一星期前寄去了。我从正月起，陆续寄给了他们中国旧木刻书共四包，至今毫无回信，也不知收到了没有。

日前寄上《文学报》四份，收到否？该报似中途遗失的颇多。

上海已颇热，我们都好的，不过我既不著作，又不翻译，只做些另碎事，真是懒散，以后我想来译点书。

此布即颂

时绥。

弟豫　顿首　六月十一日

十二日

日记　晴。上午复徐懋庸信并稿一，又诗荃稿一篇。寄《自由谈》稿二。寄汉文渊信。得天马书店信并版税泉百。得燕寓旧存《清代文字狱档》（一至六辑）六本，子佩代寄。内山君赠长崎枇杷一碟。得杨霁云信，下午复。得山本夫人信。得费慎祥信，下午复。得天马书店信并版税泉百元，夜复。

致 杨霁云

霁云先生：

快信收到。《词话》书价，系三十六元。其书共二十一本，内中之绣像一本，实非《词话》中原有，乃出版人从别一种较晚出之版本中，取来附上的。又《胡适文选》已用过，因乘便奉还，谢谢。

二十二日午后二时，倘别无较紧要之事，当在书店奉候也。

此复即颂

时绥。

迅　上　六月十二日

十三日

日记　昙。上午寄母亲信。收汉文渊书目一本。午后蕴如来并赠角黍一筐。下午得诗荃信并稿三篇,即以其二寄《自由谈》。夜三弟同季志仁来。

致母亲

母亲大人膝下,敬禀者:来信已经收到。海婴这几天不到外面去闹事了,他又到公园和乡下去。而且日见其长,但不胖,议论极多,在家时简直说个不歇。动物是不能给他玩的,他有时优待,有时则要虐待,寓中养着一匹老鼠,前几天他就用蜡烛将后脚烧坏了。至于学校,则今年拟不给他去,因为四近实无好小学,有些是骗钱的,教员虽然打扮得很时髦,却无学问;有些是教会开的,常要讲教,更为讨厌。海婴虽说是六岁,但须到本年九月底,才是十足五岁,所以不如暂且任他玩着,待到足六岁时再看罢。

上海从今天起,已入了梅雨天,虽然比绍兴好,但究竟也颇潮湿。一面则苍蝇蚊子,都出来了。男胃病已愈,害马亦安好,可请勿念。李秉中君在南京办事,家眷即住在南京,他自己则有时出外,因为他是在陆军里做训育事务的,所以有时要跟着走,上月见过一回,比先前胖得多了。

余容续禀,专此布达,恭请

223

金安。

男树　叩上。广平及海婴同叩　六月十三日

十四日

　　日记　晴,风。上午收开明书店送来韦丛芜之版税八十二元八角七分,还旧欠,即付收条。午后季市来,并赠北地摩菇一合,白沙枇杷一筐。下午得诗荃稿一,即转寄《自由谈》。夜同季市及广平往南京大戏院观《富人之家》。

十五日

　　日记　昙。午后得诗荃信。下午往汉文渊买顾凯之画《列女传》一部四本,《小学大全》一部五本,《淞滨琐话》一部四本,共泉十三元八角。北新书局送来版税二百,又《两地书》者一百。夜同广平往光陆大戏院观电影。

十六日

　　日记　晴。午后往二酉书店为内山君买《点石斋画报汇编》一部三十六本,卅二元。又往来青阁自买石印《圆明园图咏》二部二本,二元。下午诗荃来并交一稿,即为转寄《自由谈》。晚蕴如携阿玉,阿菩来。三弟来并为取得《北山小集》一部十本。旧历端午也,广平治馔留诸人夜饭,同坐共八人。夜坪井先生来并赠长崎枇杷一筐。

十七日

　　日记　星期。晴,风。午后得北平翻印本《南腔北调集》一本,似静农寄来。

十八日

日记 昙,风。上午须藤先生来为海婴诊,云是消化系性流行感冒,随至其寓取药。晚得罗清桢信。得静农信,夜复。雨。

致 台静农

静农兄:

今晚得十三日函,书则昨已收到。如此版本,可不至增加误字,方法殊佳,而代为"普及",意尤可感,惜印章殊不似耳。倘于难得之佳书,俱以此法行之,其有益于读者,当更大也。

石刻画像,除《君车》残石(有阴)外,翻刻者甚少,故几乎无须鉴别,惟旧拓或需问人。我之目的,(一)武梁祠,孝堂山二种,欲得旧拓,其佳者即不全亦可;(二)嵩山三阙不要;(三)其余石刻,则只要拓本较可观,皆欲收得,虽与已有者重出亦无害,因可比较而取其善者也。但所谓"可观"者,系指拓工而言,石刻清晰,而拓工草率,是为不"可观",倘石刻原已平漫,则虽图像模胡,固仍在"可观"之列耳。

济南图书馆所藏石,昔在朝时,曾得拓本少许;闻近五六年中,又有新发见而搜集者不少,然我已下野,遂不能得。 兄可否托一机关中人,如在大学或图书馆者,代为发函购置,实为德便。凡有代价,均希陆续就近代付,然后一总归还。

《引玉集》已售出五十本以上,较之《士敏土之图》,远过之矣。我所藏德国版画,有四百余幅,颇欲选取百八十幅,印成三本以绍介于中国,然兹事体大,万一生意清淡,则影响于生计,故尚在彷徨中也。

上海算是已入"梅雨天",但近惟多风而无雨;前日为端午,家悬蒲艾,盛于往年,敝寓亦悬一束,以示不敢自外生成之意。文坛,则刊物杂出，大都属于"小品"。此为林公语堂所提倡，盖骤见宋人语录，明人小品，所未前闻，遂以为宝，而其作品，则已远不如前矣。如此下去，恐将与老舍半农，归于一丘，其实，则真所谓"是亦不可以已乎"者也。

贱躯如常，脑膜无恙，惟眼花耳。孩子渐大，善于捣乱，看书工夫，多为所败，从上月起，已明白宣言，以敌人视之矣。

近见《新文学运动史》，附有作者之笔名，云我亦名"吴谦"，似未确，又于广平下注云"已故"，亦不确也。专复，即颂

曼福。

隼　顿首　六月十八夜

致 杨霁云

霁云先生：

日来自患胃病，眷属亦罹流行感冒，所约文遂止能草草塞责，歉甚。今姑寄呈，能用与否，希酌定。

又，倘能用，而须检查，则草稿殊不欲送去，自又无法托人抄录，敢乞 先生觅人一抄，而以原稿见还为祷。

此布即请

道安。

迅　上　六月十八夜

十九日

日记　雨。上午寄杨霁云信并稿一。下午须藤先生来为海婴诊。得靖华信，即复。得罗清桢所寄木刻画版六块，晚复。姚克来

226

并交施乐君及其夫人信,即写付作品翻译及在美印行权证一纸。

《归厚》附记

附记:这一篇没有能够发表。

次年六月十九日记。

未另发表。
初收 1934 年 12 月上海兴中书局版《准风月谈》。

致 曹靖华

汝珍兄:

端节前一夕信已收到。《南北集》翻本,静兄已寄我一本,是照相石印的,所以略无错字,纸虽坏,定价却廉,当此买书不易之时,对于读者也是一种功德,而且足见有些文字,是不能用强力遏止的。

《引玉集》其实是东京所印,上海印工,价贵而成绩还不能如此之好。至今为止,已售出约八十本,销行也不算坏。此书如在年内卖完,则恰恰不折本。此后想印文学书上之插画一本,已有之材料,即《城与年》,又,《十二个》。兄便中不知能否函问 V. O. K. S.,可以将插画(木刻)见寄,以备应用否? 最好是中国已有译本之插画,如《铁流》,《毁灭》,《肥料》之类。

我们都好。此布即颂
时绥。

弟豫　上　六月十九日

二十日

日记　晴。上午寄西谛信。得诗荃稿一,即为转寄《自由谈》。下午须藤先生来为海婴诊。晚斋藤君赠麒麟啤酒一箱。

致 郑振铎

西谛先生:

再版《北平笺谱》,此地有人要预约两部,但不知尚有余本否?倘有,则希于将来汇运时,加添两部,并在便中以有无见示为荷。此布,即请

道安。

迅　顿首　六月二十日

致 陈烟桥

雾城先生:

木刻集拟付印,而所得的版,还止十七块,因为铁耕和白涛两位的,都还没有寄来。

MK 社原要出一本选集,稿在我这里,不知仍要出版否? 其实,集中佳作并不多;致平的《负伤的头》最好,比去年的《出路》,进步多了,我想也印进去,不知你能否找他一问,能否同意。 即使那选集仍要出,两边登载也不要紧的,倘以为可,则乞借我原版,如已遗失,则由我去做锌版亦可。

一个美国人告诉我,他从一个德国人听来,我们的绘画(这是北平的作家的出品)及木刻,在巴黎展览,很成功;又从一苏联人听来,

这些作品，又在莫斯科展览，评论很好云云。但不知详情；而收集者也不直接给我们一封信，真是奇怪。

专此，即颂

时绥。

迅　上　六月廿夜。

二十一日

日记　晴，风。上午寄雾城信。得杨霁云信。得梓生信并还诗荃稿一篇，即复。得徐懋庸信，即复，并附诗荃稿一篇。得西谛信并《十竹斋笺谱》样本三十六幅，下午复。夜风较大而旋止。编《准风月谈》起。

致 徐懋庸

懋庸先生：

十九日信收到。《新语林》第二期的文章很难说，日前本在草一篇小文，也是关于清代禁书的，后来因发胃病，孩子又伤风，放下了，到月底不知如何，倘能做成，当奉上。闲斋尚无稿来，但有较长之稿一篇在我这里，叫作《攻徐专著》，《自由谈》不要登。其实，对于　先生，是没有什么恶意的，我想，就在自己所编的刊物上登出来，倒也有趣，明天当挂号寄上，倘不要，还我就好了。

《动向》近来的态度，是老病复发，五六年前，有些刊物，一向就这样。有些小说家写"身边琐事"，而反对这种小说的批评家，却忘记了自己在攻击身边朋友。有人在称快的。但这病很不容易医。

不过，我看先生的文章（如最近在《人间世》上的），大抵是在作防御战。这事受损很不小。我以为应该对于那些批评，完全放开，而自己看书，自己作论，不必和那些批评针锋相对。否则，终日为此事烦劳，能使自己没有进步。批评者的眼界是小的，所以他不能在大处落墨，如果受其影响，那就是自己的眼界也给他们收小了。假使攻击者多，而一一应付，那真能因此白活一世，于自己，于社会，都无益处。

但这也须自己有正当的主见，如语堂先生，我看他的作品，实在好像因反感而在沉沦下去。

《引玉集》的图要采用，那当然是可以的。乔峰的文章，见面时当转达，但他每天的时间，和精力一并都卖给了商务印书馆，我看也未必有多少工夫能写文章。我和闲斋的稿费，托他也不好（他几乎没有精神管理琐事了），还是请先生代收，便中给我，迟些时是不要紧的。

此布，即颂

时绥。

迅　上　六月二十一日

因时间尚早，来得及寄挂号信，故将闲斋（＝区区）稿附上了。

又及。

致 郑振铎

西谛先生：

六月十八日函及《十竹斋笺谱》样张，今天都收到。《笺谱》刻的很好，大张的山水及近于写意的花卉，尤佳。此书最好是赶年内出版，而在九或十月中，先出珂罗版印者一种。我想，购买者的经济力，也应顾及，如每月出一种，六种在明年六月以内出全，则大多数人力不能及，所以最好是平均两月出一种，使爱好者有回旋的余地。

对于纸张，我是外行，近来上海有一种"特别宣"，较厚，但我看并不好，砑亦无用，因为它的本质粗。夹贡有时会离开，自不可用。我在上海所见的，除上述二种外，仅有单宣，夹宣（或云即夹贡），玉版宣，煮硾了。杭州有一种"六吉"，较薄，上海未见。我看其实是《北平笺谱》那样的真宣，也已经可以了。明朝那样的棉纸，我没有见过新制的。

前函说的《美术别集》中的《水浒图》，非老莲作，乃别一明人本，而日本翻刻者，老莲之图，我一张也未见过。周子兢也不知其人，未知是否蔡先生的亲戚？倘是，则可以探听其所在。我想，现在大可以就已有者先行出版；《水浒图》及《博古页子》，页数较多，将来得到时，可以单行的。

至于为青年着想的普及版，我以为印明本插画是不够的，因为明人所作的图，惟明事或不误，一到古衣冠，也还是靠不住，武梁祠画象中之商周时故事画，大约也如此。或者，不如（一）选取汉石刻中画像之清晰者，晋唐人物画（如顾凯之《女史箴图》之类），直至明朝之《圣谕像解》（西安有刻本）等，加以说明；（二）再选六朝及唐之土俑，托善画者用线条描下（但此种描手，中国现时难得，则只好用照相），而一一加以说明。青年心粗者多，不加说明，往往连细看一下，想一想也不肯，真是费力。但位高望重如李毅士教授，其作《长恨歌画意》，也不过将梅兰芳放在广东大旅馆中，而道士则穿着八卦衣，如戏文中之诸葛亮，则于青年又何责焉呢？日本人之画中国故事，还不至于此。

六月号之《文学》出后，此地尚无骂声，但另有一种脾气，是专做小题，与并非真正之敌寻衅。此本多年之老脾气，现在复发了，很有些人为此不平，但亦无以慰之，而这些批评家之病亦难治。他们斥小说家写"身边琐事"，而不悟自己在做"身边批评"，较远之大敌，不看见，不提起的。但（！），此地之小品文风潮，也真真可厌，一切期刊,都小品化,既小品矣,而又唠叨,又无思想,乏味之至。语堂学圣叹一流之文,似日见陷没,然颇沾沾自喜,病亦难治也。

骂别人不革命,便是革命者,则自己不做事,而骂别人的事做得不好,自然便是更做事者。若与此辈理论,可以被牵连到白费唇舌,一事无成,也就是白活一世,于己于人,都无益处。我现在得了妙法,是谣言不辩,诬蔑不洗,只管自己做事,而顺便中,则偶刺之。他们横竖就要消灭的,然而刺之者,所以偶使不舒服,亦略有报复之意云尔。

《十竹斋笺谱》刻工之钱,当于月底月初汇上一部分。

专此布复,即请

道安。

隼　上　六月廿一日

寄茅兄函,顷已送去了。　又及

二十二日

日记　昙,午后小雨。得『白と黑』(四十八)一本,五角。下午得甘努信,晚复。夜雨。

二十三日

日记　晴,风。上午寄《自由谈》稿一篇。午后保宗来。莘农及省吾来。得楼炜春信附适夷致友人笺。得陶亢德信。下午诗荃来并赠海婴糖果一合。晚蕴如来。三弟来并为取得《清波杂志》一部二本。夜与蕴如及三弟并同广平往融光大戏院观《爱斯基摩》。

正是时候

"山梁雌雉,时哉时哉!"东西是自有其时候的。

圣经，佛典，受一部分人们的奚落已经十多年了，"觉今是而昨非"，现在就是复兴的时候。关岳，是清朝屡经封赠的神明，被民元革命所闲却；从新记得，是袁世凯的晚年，但又和袁世凯一同盖了棺；而第二次从新记得，则是在现在。

这时候，当然要重文言，掉文袋，标雅致，看古书。

如果是小家子弟，则纵使外面怎样大风雨，也还要勇往直前，拼命挣扎的，因为他没有安稳的老巢可归，只得向前干。虽然成家立业之后，他也许修家谱，造祠堂，俨然以旧家子弟自居，但这究竟是后话。倘是旧家子弟呢，为了逞雄，好奇，趋时，吃饭，固然也未必不出门，然而只因为一点小成功，或者一点小挫折，都能够使他立刻退缩。这一缩而且缩得不小，简直退回家，更坏的是他的家乃是一所古老破烂的大宅子。

这大宅子里有仓中的旧货，有壁角的灰尘，一时实在搬不尽。倘有坐食的余闲，还可以东寻西觅，那就修破书，擦古瓶，读家谱，怀祖德，来消磨他若干岁月。如果是穷极无聊了，那就更要修破书，擦古瓶，读家谱，怀祖德，甚而至于翻肮脏的墙根，开空虚的抽屉，想发见连他自己也莫名其妙的宝贝，来救这无法可想的贫穷。这两种人，小康和穷乏，是不同的，悠闲和急迫，是不同的，因而收场的缓促，也不同的，但当这时候，却都正在古董中讨生活，所以那主张和行为，便无不同，而声势也好像见得浩大了。

于是就又影响了一部分的青年们，以为在古董中真可以寻出自己的救星。他看看小康者，是这么闲适，看看急迫者，是这么专精，这，就总应该有些道理。会有仿效的人，是当然的。然而，时光也绝不留情，他将终于得到一个空虚，急迫者是妄想，小康者是玩笑。主张者倘无特操，无灼见，则说古董应该供在香案上或掷在茅厕里，其实，都不过在尽一时的自欺欺人的任务，要寻前例，是随处皆是的。

六月二十三日。

原载 1934 年 6 月 26 日《申报·自由谈》。署名张承禄。

初收 1936 年 6 月上海联华书局版《花边文学》。

"此生或彼生"

"此生或彼生"。

现在写出这样五个字来,问问读者:是什么意思?

倘使在《申报》上,见过汪懋祖先生的文章,"……例如说'这一个学生或是那一个学生',文言只须'此生或彼生'即已明了,其省力为何如?……"的,那就也许能够想到,这就是"这一个学生或是那一个学生"的意思。

否则,那回答恐怕就要迟疑。因为这五个字,至少还可以有两种解释:一,这一个秀才或是那一个秀才(生员);二,这一世或是未来的别一世。

文言比起白话来,有时的确字数少,然而那意义也比较的含胡。我们看文言文,往往不但不能增益我们的智识,并且须仗我们已有的智识,给它注解,补足。待到翻成精密的白话之后,这才算是懂得了。如果一径就用白话,即使多写了几个字,但对于读者,"其省力为何如"?

我就用主张文言的汪懋祖先生所举的文言的例子,证明了文言的不中用了。

六月二十三日。

原载 1934 年 6 月 30 日《中华日报·动向》。署名白道。

初收 1936 年 6 月上海联华书局版《花边文学》。

二十四日

日记 星期。晴。午后诗荃来,未遇,留稿而去,即为转寄《自由谈》。下午买果戈理『死せる魂』一本，二元。得季市信，即复。得徐懋庸信，即复。得志之信，晚复。得何白涛信并木刻三幅。夜浴。

论 重 译

穆木天先生在二十一日的《火炬》上，反对作家的写无聊的游记之类，以为不如给中国介绍一点上起希腊罗马，下至现代的文学名作。我以为这是很切实的忠告。但他在十九日的《自由谈》上，却又反对间接翻译，说"是一种滑头办法"，虽然还附有一些可恕的条件。这是和他后来的所说冲突的，也容易启人误会，所以我想说几句。

重译确是比直接译容易。首先，是原文的能令译者自惭不及，怕敢动笔的好处，先由原译者消去若干部分了。译文是大抵比不上原文的，就是将中国的粤语译为京语，或京语译成沪语，也很难恰如其分。在重译，便减少了对于原文的好处的踌躇。其次，是难解之处，忠实的译者往往会有注解，可以一目了然，原书上倒未必有。但因此，也常有直接译错误，而间接译却不然的时候。

懂某一国文，最好是译某一国文学，这主张是断无错误的，但是，假使如此，中国也就难有上起希罗，下至现代的文学名作的译本了。中国人所懂的外国文，恐怕是英文最多，日文次之，倘不重译，我们将只能看见许多英美和日本的文学作品，不但没有伊卜生，没有伊本涅支，连极通行的安徒生的童话，西万提司的《吉诃德先生》，也无从看见了。这是何等可怜的眼界。自然，中国未必没有精通丹麦，诺威，西班牙文字的人们，然而他们至今没有译，我们现在的所有，都是从英文重译的。连苏联的作品，也大抵是从英法文重译的。

所以我想，对于翻译，现在似乎暂不必有严峻的堡垒。最要紧的是要看译文的佳良与否，直接译或间接译，是不必置重的；是否投机,也不必推问的。深通原译文的趋时者的重译本,有时会比不甚懂原文的忠实者的直接译本好,日本改造社译的《高尔基全集》,曾被有一些革命者斥责为投机,但革命者的译本出,却反而显出前一本的优良了。不过也还要附一个条件,并不很懂原译文的趋时者的速成译本,可实在是不可恕的。

待到将来各种名作有了直接译本,则重译本便是应该淘汰的时候,然而必须那译本比旧译本好,不能但以"直接翻译"当作护身的挡牌。

六月二十四日。

原载 1934 年 6 月 27 日《申报·自由谈》。署名史贲。

初收 1936 年 6 月上海联华书局版《花边文学》。

致 许寿裳

季茀兄:

廿二日信奉到。师曾画照片,虽未取来,却已照成,约一尺余,不复能改矣。

有周子竞先生名仁,兄识其人否?因我们拟印陈老莲插画集,而《博古叶子》无佳本,蟫隐庐有石印本,然其底本甚劣。郑君振铎言曾见周先生藏有此画原刻,极想设法借照,郑重处理,负责归还。兄如识周先生,能为一商洽否?

此布,即颂

曼福不尽。

弟索士　顿首　六月二十四日

致 王志之

思远兄：

廿日信已到；《文史》未到，书是照例比信迟的。《春光》已经迫得停刊了，那一本只可在我这里暂存。

《北平笺谱》尚未印成，大约当在七月内。郑君处早有信去，他便来问住在何处，我回说由他自己直接通知，因为我不喜欢不得本人同意，而随便告诉。现在你既有信去，倘已写明通信处，则书一订好，我想是必来通知的了。但此后通信时，我还当叮嘱他一下。

吴先生处通信，本也甚愿，但须从缓，因为我太"无事忙"，——但并非为了黛玉之类。一者，通信之事已多，每天总须费去若干时间；二者，也时有须做短评之处，而立言甚难，所以做起来颇慢，也很不自在，不再如先前之能一挥而就了。因此，看文章也不能精细，所以你的小说，也只能大略一看，难以静心校读，有所批评了。如此情形，是不大好的，很想改正一点，但目下还没有法。

此复，即颂

时绥。

豫　上　六月二十四日

致 楼炜春

炜春先生：

昨收到惠函，并适夷兄笺。先前时闻谣言，多为恶耗，几欲令人相信，今见其亲笔，心始释然。来日方长，无期与否实不关宏恉，但目前则未必能有法想耳。原笺奉还，因恐遗失，故以挂号寄上，希察收为幸。

专此布复,即颂

时绥。

迅　顿首　六月廿四夜。

二十五日

日记　晴,风而热。上午复楼炜春信并还适夷笺。下午得杨霁云信。得诗荃二稿,即为转寄《新语林》。晚蕴如携冀官来。三弟来。

致 徐懋庸

懋庸先生:

某君寄来二稿,其《古诗新改》,似不能用,恐《自由谈》亦不能用,因曾登此种译诗也。今姑扣留,寄上一阅,取半或全收均可。

专此即颂

时绥。

迅　上　六月廿五夜。

二十六日

日记　晴,热。上午往二酉书店买《淞隐漫录》一部六本,《海上名人画稿》一部二本,共泉九元。午后收《动向》上月稿费二十四元。得猛克信。下午得何白涛所寄木版六块,夜复。得新居多美子信。

致 何白涛

白涛先生:

十五日信,在前天收到,木版六块,是今天下午收到的。新作的木板二块中,《马夫》一看虽然生动,但有一个缺点,画面上之马夫,所拉之马在画外,而画中之马,则为别一个看不见之马夫所拉,严酷的批评起来,也是一种"避重就轻"的构图,所以没有用。《上市》却好,挑担者尤能表现他苦于生活的神情,所以用了这一幅了。

耀唐兄的那一幅,正是我所要的。我还在向他要一幅新刻的《岭南之春》,但尚未寄来。

《引玉集》早已寄上十六本,不知已到否?此书尚只卖去一半,稍迟当再寄上八本。

木刻集大约七月中便可付印,共二十四幅。

专此布复,即颂

时绥。

迅　上　六月廿六夜

致 郑振铎

西谛先生:

前几天寄上一函,想已到。

今由开明书店汇上洋叁百元,为刻《十竹斋笺谱》之用,附上收条,乞便中一取为荷。

再版之《北平笺谱》,前曾预定二部,后又发信,代人定二部。其中之一部,则曾请就近交与王君,并嘱他自己直接接洽,现不知已有信来否?

已刻成之《十竹斋笺》,暂借纸店印少许,固无大碍,但若太多,则于木刻锋棱有损,至成书时,其中之有一部分便不是"初印"了。所以我想:如制笺,似以书成以后为是。

此版刻成后,至少可印五六百部;别种用珂罗版印者,则只有百部,多少之数,似太悬殊。先前上海之老同文石印,亦极精细,北京不知亦有略能臻此者否？倘有之，则改用石印，似亦无不可，而书之贵贱，只要以纸质分，特制者用宣纸，此外以廉纸印若干，定价极便宜，使学生亦有力购读，颇为一举两得，但若无好石印，则自然只能仍如前议。

　　上海昨今大热，室内亦九十度以上了。

　　专此布达，并请

著安。

隼　顿首　六月廿六夜

二十七日

　　日记　晴，热。上午寄西谛信并汇泉三百，为刻《十竹斋笺谱》之工资。下午得李雾城信。得何白涛信并木刻一幅。得王慎思信并木刻一束，即复。得增田君信并照相一枚，即复，亦附照相一枚也。

致 增田涉

　　六月二十一日の手紙と御写真とを拝受しました。今度の写真は前の一枚よりもずっと落附いて居たと思ひます。「転地保養」の時が近いて来たからでしょう。

　　小説史の訂正は二回だけです。

　　私の写真も一枚差し上げます。新しいものはないから昨年のものを送る外仕様がないです。其の上に一ケ年余の老さを加へて見れば真に近い様になります。こんな見方も頗るむつかしいけれど。

　　上海ではこの二三日室内、九十三四度、道なら百度以上でしょう。こゝの天気に対する答へとして私は汗を流る、外にアセモノを出して居ます。

240

洛文　上　六月二十七日

增田学兄几下

二十八日

日记　晴,热。上午往汉文渊买残杂书四本,三元六角。午往内山书店,得『世界玩具图篇』及『ドストイエフスキイ全集』(十二)各一本,共泉五元。买麦茶壶一个,茶杯二个,共泉三元五角。得霁野信。得徐懋庸信。得三弟信。夜浴。

致 台静农

静兄:

　　有寄许先生一函,因不知其住址,乞兄探明,封好转寄。倘兄能自去一趟,尤好,因其中之事,可以面商了。

致 李霁野

　　转霁兄:

廿四日信收到。许先生函已写,托静兄转交。兄事亦提及,但北平学界,似乎是"是非蜂起"之乡,倘去津而至平,得乎失乎,我不知其中详情,不能可否,尚希细思为望。

关于索兄文,当于七月十五左右写成寄上。

廿八日

二十九日

日记　晴，风而热。上午寄静农信，附致季市函及复霁野笺。午后季市来。得靖华信，即复。得陈铁耕信。得『版芸術』（七月号）一本，五角。

致　曹靖华

汝珍兄：

二十四日信已收到。前日得霁兄函，言及兄事，我以为季茀已赴校，因作一函，托静兄转交，于今晨寄出。不料他并未走，于午前来寓，云须一星期之后，才能北上，故即将兄事面托，托静兄转交之一函，可以不必交去了，见时乞告知为荷。

我和他极熟，是幼年同窗，他人是极好的，但欠坚硬，倘为人所包围，往往无法摆脱。我看北平学界，是非蜂起，难办之至，所以最先是劝他不要去；后来盖又受另一些人所劝，终于答应了。对于兄之增加钟点，他是满口答应的，我看这没有问题。

印在书内之插图，与作者自印的一比，真有天渊之别，不能再制玻璃版。以后如要求看插画者之人增多，我想可以用锌版复制，作一廉价本，以应需要，只要是线画，则非木刻亦不妨，但中国倘未有译本，则须每种作一该书之概略，俾读者增加兴趣。此事现拟暂不办，所以兄之书可以且勿寄下。《一周间》之画并不佳，且太大，是不能用的。（插画本《水门汀》，我也有。）

《肥料》之插画本，不知兄有否？极想一看。那一篇是从日文重译的，但看别一文中有引用者，多少及语句颇不同，不知那一边错。这样看来，重译真是一种不大稳当的事情。

《粮食》本已编入《文学》七月号中，被检查员抽掉了。

向现代索稿后，仍无回信，真是可恶之至，日内当再去一信，看如

242

何。他们只要无求于人的时候,是一理也不理的,连对十槁费也如此。

我的英文通信地址,如下,但无打字机,只好请兄照抄送去,他们该是能写的罢——

Mr. Y. Chow,

　　Uchiyama Book—store,

11 Scott Road,

　　Shanghai,China.

这里近来热极了,我寓的室内九十二度。听说屋外的空中百另二度,地面百三十余度云。但我们都好的。　此布,即请

刻安。

　　　　　　　　　弟豫　上　六月二十九日下午

合府均好!

致 郑振铎

西谛先生:

二十七日寄奉一函并汇款三百元,不知已收到否?

周子竞先生这人,以问许季茀,说是认识的,他是蔡先生的亲戚,但会不见,今天已面托蔡先生,相见时向其转借了。我想,那么,迟迟早早,总该有回信。

假如肯借的话,挂号寄至北平呢,还是由我在此照相呢?如用后一法,则照片应大多少?凡此均希示及。

前二三星期,在二酉书店见一本《笔花楼新声》,顾仲芳画,陈继儒序,万历丙申刊,颇破烂,已修好,价六十元。过了几天又去,则已卖去了。其图是山水,但我看也并不好。

此布,即请

道安。

　　　　　　　　　隼　顿首　六月二十九日

　　又《北平笺谱》再版本，前由我豫约者共四部，现又有一人要买，所以再添一部，共五部，其中除一部直接交与北平王君外，余四部乞于内山书箱中附下为荷。　　又及

三十日

　　日记　晴，热。上午寄西谛信。寄中国书店信。午后得王之兑信。得铁耕所寄木刻画版一块。收《新语林》稿费四元。得《新生》一至二十一期共二十一本。晚王蕴如来。三弟来并为取得《四部丛刊》中之《切均指掌图》一本。为海婴买玩具枪一具，一元四角。夜同蕴如，三弟及广平往融光大戏院观电影《豹姑娘》。

七月

一日

日记 星期。晴,大热。午后得周权信并《北辰报》副刊《荒草》二十四张。得静农所寄汉画象等拓片十种。下午罗清桢,张慧见访,未见,留片而去,并赠荔枝一包。赠内山夫人《北平笺谱》一部。夜雷电不雨,仍热。浴。

难行和不信

中国的"愚民"——没有学问的下等人,向来就怕人注意他。如果你无端的问他多少年纪,什么意见,兄弟几个,家景如何,他总是支吾一通之后,躲了开去。有学识的大人物,很不高兴他们这样的脾气。然而这脾气总不容易改,因为他们也实在从经验而来的。

假如你被谁注意了,一不小心,至少就不免上一点小当,譬如罢,中国是改革过的了,孩子们当然早已从"孟宗哭竹""王祥卧冰"的教训里蜕出,然而不料又来了一个崭新的"儿童年",爱国之士,因此又想起了"小朋友",或者用笔,或者用舌,不怕劳苦的来给他们教训。一个说要用功,古时候曾有"囊萤照读""凿壁偷光"的志士;一个说要爱国,古时候曾有十几岁突围请援,十四岁上阵杀敌的奇童。这些故事,作为闲谈来听听是不算很坏的,但万一有谁相信了,照办了,那就会成为乳臭未干的吉诃德。你想,每天要捉一袋照得见四号铅字的萤火虫,那岂是一件容易事?但这还只是不容易罢了,倘去凿壁,事情就更糟,无论在那里,至少是挨一顿骂之后,立刻由爸爸妈妈赔礼,雇人去修好。

请援,杀敌,更加是大事情,在外国,都是三四十岁的人们所做的。他们那里的儿童,着重的是吃,玩,认字,听些极普通,极紧要的常识。中国的儿童给大家特别看得起,那当然也很好,然而出来的题目就因此常常是难题,仍如飞剑一样,非上武当山寻师学道之后,决计没法办。到了二十世纪,古人空想中的潜水艇,飞行机,是实地上成功了,但《龙文鞭影》或《幼学琼林》里的模范故事,却还有些难学。我想,便是说教的人,恐怕自己也未必相信罢。

所以听的人也不相信。我们听了千多年的剑仙侠客,去年到武当山去的只有三个人,只占全人口的五百兆分之一,就可见。古时候也许还要多,现在是有了经验,不大相信了,于是照办的人也少了。——但这是我个人的推测。

不负责任的,不能照办的教训多,则相信的人少;利己损人的教训多,则相信的人更其少。"不相信"就是"愚民"的远害的堑壕,也是使他们成为散沙的毒素。然而有这脾气的也不但是"愚民",虽是说教的士大夫,相信自己和别人的,现在也未必有多少。例如既尊孔子,又拜活佛者,也就是恰如将他的钱试买各种股票,分存许多银行一样,其实是那一面都不相信的。

七月一日。

原载 1934 年 7 月 20 日《新语林》半月刊第 2 期。署名
公汗。

初收 1937 年 7 月上海三闲书屋版《且介亭杂文》。

二日

日记　晴。上午得静农信。得中国书店书目一本。夜蕴如及三弟来。热。

三日

日记　晴,热。上午复陈铁耕信并寄《北平笺谱》一部。复静农信并寄还画象拓本三种。午后与市原分君谈。夜浴。

再论重译

看到穆木天先生的《论重译及其他》下篇的末尾,才知道是在释我的误会。我却觉得并无什么误会,不同之点,只在倒过了一个轻重,我主张首先要看成绩的好坏,而不管译文是直接或间接,以及译者是怎样的动机。

木天先生要译者"自知",用自己的长处,译成"一劳永逸"的书。要不然,还是不动手的好。这就是说,与其来种荆棘,不如留下一片白地,让别的好园丁来种可以永久观赏的佳花。但是,"一劳永逸"的话,有是有的,而"一劳永逸"的事却极少,就文字而论,中国的这方块字便决非"一劳永逸"的符号。况且白地也决不能永久的保留,既有空地,便会生长荆棘或雀麦。最要紧的是有人来处理,或者培植,或者删除,使翻译界略免于芜杂。这就是批评。

然而我们向来看轻着翻译,尤其是重译。对于创作,批评家是总算时时开口的,一到翻译,则前几年还偶有专指误译的文章,近来就极其少见;对于重译的更其少。但在工作上,批评翻译却比批评创作难,不但看原文须有译者以上的工力,对作品也须有译者以上的理解。如木天先生所说,重译有数种译本作参考,这在译者是极为便利的,因为甲译本可疑时,能够参看乙译本。直接译就不然了,一有不懂的地方,便无法可想,因为世界上是没有用了不同的文章,来写两部意义句句相同的作品的作者的。重译的书之多,这也许是一种原因,说偷懒也行,但大约也还是语学的力量不足的缘故。遇到这种参酌各本而成的译本，批评就更为难了，至少也得能看各种原译本。如陈源译的《父与子》，鲁迅译的《毁灭》，就都属于这一类的。

我以为翻译的路要放宽，批评的工作要着重。倘只是立论极严，想使译者自己慎重，倒会得到相反的结果，要好的慎重了，乱译者却还是乱译，这时恶译本就会比稍好的译本多。

临末还有几句不大紧要的话。木天先生因为怀疑重译，见了德译本之后，连他自己所译的《塔什干》，也定为法文原译是删节本了。其实是不然的。德译本虽然厚，但那是两部小说合订在一起的，后面的大半，就是绥拉菲摩维支的《铁流》。所以我们所有的汉译《塔什干》，也并不是节本。

七月三日。

原载 1934 年 7 月 7 日《申报·自由谈》。署名史贲。

初收 1936 年 6 月上海联华书局版《花边文学》。

致 陈铁耕

铁耕先生：

六月廿一日信及木版一块，都已收到。《引玉集》已有两礼拜多，而尚未到，颇可诧异，但此书是挂号的，想不至于失落也。

《北平笺谱》一部六本，已于昨日托书店作小包寄出，此书共印一百部，店头早已售罄了。今在北平再版，亦一百部，但尚未印成。

连环图画在兴宁竟豫约至七百部之多，实为意想不到之事。这可见木刻的有用，亦可见大家对于图画的需要也。印成后，倘能给我五部，则甚感。 此致即颂

时绥。

迅　上　七月三日

四日

　　日记　晴。上午得梁得所信并《小说》半月刊。得『オブロモーフ』(前编)一本,二元二角。下午得耶耶信,即复。得诗荃诗二篇。夜同广平携海婴访三弟,小坐归。

五日

　　日记　晴。上午寄《自由谈》稿一篇。寄静农信并泉百。蕴如来并赠杨梅一筐,又杨梅烧一瓮。内山书店送来『チェーホフ全集』(四)一本,一元五角。午后季市来。下午得蔡先生信。得西谛信。

六日

　　日记　晴,风。午后得冰山信并《作品》二本。得《大荒集》一部二本,语堂寄赠。

致 郑振铎

西谛先生：

　　二日函收到,致保宗兄笺已交去。

　　《十竹斋笺谱》我想豫约只能定为八元,非豫约则十二元,盖一者中国人之购买力,恐不大;二则孤本为世所重,新翻即为人所轻,定价太贵,深恐购者裹足不至。其实豫约本即最初印,价值原可增大,但中国读者恐未必想到这一著也。

　　有正书局之《芥子园画谱》三集,定价实也太贵;广告虽云木刻,而有许多却是玻璃板,以木版著色,日本人有此印法,盖有正即托彼国印之,而自谓已研究木刻十余年,真是欺妄。

　　三根是必显神通的,但至今始显,已算缓慢。此公遍身谋略,凡与接触者,定必麻烦,倘与周旋,本亦不足惧,然别人那有如许闲工夫。嘴亦本来不吃,其呐呐者,即因虽谈话时,亦在运用阴谋之故。在厦大时,即逢迎校长以驱除异己,异己既尽,而此公亦为校长所鄙,遂至广州,我连忙逃走,不知其何以又不安于粤也。现在所发之狗性,盖与在厦大时相同。最好是不与相涉,否则钩心斗角之事,层出不穷,真使人不胜其扰。其实,他是有破坏而无建设的,只要看他的《古史辨》,已将古史"辨"成没有,自己也不再有路可走,只好又用老手段了。

石印既多弊病而价又并不廉,还是作罢的好。但北平的珂罗版价,却也太贵。我前印《士敏土》二百五十本,图版十页,连纸张装订二百二十余元。今商务印书馆虽不再作此生意,但他处当尚有承印者,如书能南运,似不妨在上海印,而且买纸之类,亦较便利。不知暑假中,先生将南来否?

周子竞果系蔡子民先生之亲戚,前曾托许季莆打听,昨得蔡先生信,谓他可以将书借出,并将其住宅之电话号数开来,谓可自去接洽。我想,倘非立刻照相,借来放着是不好的,还是临用时去取的好。先生以为何如?还是就先买一批黄色罗纹纸,先将它印成存下,以待合订呢?

许季莆做了北平什么女校长了,在找教员。该校气魄远不如燕大之大,是非恐亦多。但不知先生肯去教否?希示及。

上海近十日室内九十余度,真不可耐,什么也不能做,满身痱子,算是成绩而已。

专此布达,并请

著安。

隼　顿首　七月六夜

七日

日记 晴,风。上午复西谛信。寄蟫隐庐信。寄须藤先生信并致荔枝一筐。译戈理基作《我的文学修养》毕，约五千字，寄文学社。午后北新书局送来版税泉二百，上月分。下午复冰山信。得思远信，即复。得韩白罗信，即复。得靖华信。得梓生信并《自由谈》稿费三十三元。晚蕴如及三弟来并为取得《诸葛武侯传》一本，《嘉庆一统志索引》一部十本。

我的文学修养

[苏联]高尔基

我来回答我怎样学习写作的质问罢。

印象，我是从实际生活直接得到的，也从书籍得到。从实际生活得到的印象，好像原料；从书籍得到的印象，就如加工品一般的东西。说得浅显些，则前者恰如我的面前站着家畜，后者便是放着从家畜剥下来的加过人工的毛皮。我从外国文学，尤其是法国文学里，学得了很多的物事。

我的祖父，是严厉而且非常吝啬的。但待到后来我读了巴尔札克的小说《蔼夫该尼亚·格兰台》的时候，这才能够仔细观察，懂得了我的祖父。

蔼夫该尼亚的父亲老格兰台，也严厉，也吝啬，和我的祖父很相像。但他是比我的祖父更胡涂，更没意思的人物。我所嫌恶的俄国的老头子，比这法国人也还要算好，算进步的。对于祖父的态度，我虽然并没有因此发生变化，但这是一个伟大的发见。——书籍对于我，是有示给未知未见的，在人的内面的东西的力量的。

我的看书，都出于偶然，没有什么统系，也并无目的。我的东家的弟弟威克多尔·绥尔该耶夫，开初是爱看法国的通俗小说的，后来就移到那些用了嘲笑和敌意，来描写虚无党和革命家的事情的种种俄国作家的作品去。我也看起克莱斯托夫斯基、莱式珂夫、毕闪斯基他们的东西来了。最喜欢的是看那些生活在和自己一样的环境中的人们的事情。那是不很像人，而近于囚犯的人们。作者总是用了一样的色彩，描写着"革命家"。但是我不能懂得这样的人们的"革命性"。

有一回，我偶然得到了波蔑罗夫斯基的小说《摩洛妥夫》和《小市民的幸福》，波蔑罗夫斯基给我看了小市民生活的"苦恼的不幸"和小市民式幸福的缺少。我虽然不过隐隐约约，但总觉得忧郁的虚无党，还比幸福的摩洛妥夫好。此后不多久，又看了萨鲁平的无聊之至的小说《俄罗斯生活的光明的和昏暗的》。我在这小说里，竟看不见一点什么光明的东西。只有昏暗的一方面很明白，于是嫌恶俄罗斯生活了。

我看过无数的坏书。坏书也给了益处。坏的也和好的一样，有正确地知道它那实际的必要的。经验愈复杂，愈纷歧，人也就愈被提高，扩大了眼界。

外国的文学，给了我许多比较的材料。那巧妙，也使我出惊。活泼泼地写出形象来的人物，使我觉得好像碰着了实体。而且觉得写出来的人物，都比俄国人更其积极底的——他们说得少，做得多。

对于做着作家的我，实在给了深的影响的——是斯丹达尔，巴尔札克，莤罗贝尔这些法国的巨匠。我竭力奉劝我们的"新人"们多看这些作家的东西。他们实在是天禀的艺术家，形式方面的巨匠。俄国文学，还没有他们似的艺术家。这些作家的东西，我是从俄文译本看来的，但已经足够觉到法国人的文章的力量了。在滥读了种种通俗小说之后，这样的巨匠们的小说，是给了我意外的印象的。

至今也还记得——我在托罗伊支节（五月中树叶初抽之际）的时候，读了莤罗贝尔的《素朴的心》。到晚上，避开了过节气象的热闹，爬上仓库的阁楼，静静的看下去。

用了我每天听惯的言语，写着极平常的厨娘的生活的小说，为什么会这样的激动我呢？——我不能懂得这缘故。这里是藏着难懂的幻术的。我真的有好几回，忘了自己，像野蛮人似的，把书页映在灯光下，只是看，想从这文章的行间，猜出幻术的谜来。

我先前也看过几十本描写着血腥气的犯罪的书。但到看见斯丹达尔的《意大利记》的时候，可又不懂了。这是怎样地描写着的呢？这是人描写着残酷的人们，复仇底的谋杀的——然而我从那小说里，却仿佛看见了"圣者的生活"，听了人间地狱的苦行，也好像觉得是"圣母的梦"的一般。

在巴尔札克的《鲛皮》里，看到银行家的邸宅中的晚餐会那一段的时候，我完全惊服了。二十多个人们同时在喧嚷着谈天，但却以许多形态，写得好像我亲自听见。重要的是——我不但听见，还目睹了各人在怎样的谈天。来宾们的相貌，巴尔札克是没有描写的。但我却看见了人们的眼睛，微笑和姿势。

我总是叹服着从巴尔札克起，以至一切法国人的用会话来描写人物的巧妙，把所描写的人物的会话，写得活泼泼地好像耳闻一般的手段，以及那对话的完全。巴尔札克的作品中，总好像有些用油画颜料画了出来的处所。我第一次看见卢本斯的绘画的时候，就特别记起巴尔札克来。每读陀斯妥也夫斯基的好的作品时，我也不能不想到他许多地方，都仰仗着这伟大的作者。虽是钢笔画似的，锋利而枯燥的恭库尔的作品，以及苦味较多的带着灰色的左拉的笔致，我也还是喜欢的。给嚣俄，却没有被拉过去。虽是《九十三年》，我也平淡的看过了。看了法朗士的《诸神的热望》，我便明白了那原因。至于看斯丹达尔的作品，则已在学得了许多憎恶和冷酷的言语之后；他的怀疑底的嘲笑，是非常地增强了我的憎恶心的。

从上面的讲书籍的地方来一想，便不能不说，我是从法国人学习了写作。这是出于偶然的。然而成了这模样，我以为也不算坏。所以我要劝年青的作家们——为了要从原文来看巨匠们的作品，从他们学习言语的巧妙，应该研究法国话。

我的看俄国的伟大的文学——果戈理，托尔斯泰，都介涅夫，冈察罗夫，陀斯妥也夫斯基，莱式珂夫等，是远在一直后来了。不消说，莱式珂夫是由他的知识的广博和语汇的丰富，给了我强大的影响的。莱式珂夫是一个全体都好的作家，尤其是一个参透了俄国生活的几微的作家。但他贡献于我国文学上的功劳，却还没有得到十足的评价。契诃夫曾经对我说过，他自己的得益于莱式珂夫之处，是很多的。关于莱米淑夫，我也可以说一样的话。

我从二十岁时候起，这才明白了关于各种见闻和经验，应该怎么样，并且将什么，去说给大家听。我觉得自己仿佛和别人有些不同，特别能够感觉事物似的了。这可又给我苦恼，使我焦躁，而且多说话。就是看着都介涅夫那样大作家的作品时，我也会忽然想到，例如《猎人日记》里的主角罢，我想，倘是我，恐怕是能够写得和都介涅夫不一样的。这时代，我已经成了有意思的谈讲家了，起卸工人，面包工人，木匠，铁路工人，还有"浮浪人"和朝山的，以及我的生活圈边的人们，都热心的倾听着我的谈讲。我一面讲着看过的作品，一面也时时将自己的经验，加一点到那里面去。因为在我这里，生活经验和文学，是已经浑然融合的了。

知识阶级中人听了我的讲述，劝我道：

"写出来罢！写出来试试罢。"

我也往往被自己的谈讲所激动，简直是喝醉了酒似的，觉得有尽情倾吐的欲求，而且为了要将这样的感情"从压迫解放"出来，在追求着彻底底地说完一切的快乐。

当我的好朋友，且有才能的青年，玻璃工人阿那德黎生着倘没有人帮忙，便会这样地死掉的重病的时候；看见妓女台莱沙是好女人，而嫖她的大学生们却毫不觉得台莱沙的做妓女的不合理的时候；知道讨饭老婆子"玛契札"比年青而骄傲的接产妇雅各武莱瓦，是更好的人，而谁也没有觉察的时候，我真觉得好像有什么东西鲠着喉咙的苦楚,成了想要大声叫喊的发狂似的心情了。

我用台莱沙和阿那德黎的事情做了诗,连极亲密的大学生格里耶·普来德纳尔也不给他知道。

这诗,很容易的做好了——然而坏得很。连自己,也厌弃了自己的拙劣和无能。我查了一通普式庚,莱尔孟妥夫,涅克拉梭夫,以及译出的培兰求的诗,就分明的知道了我和他们之中的谁也不相像。也没有决心做散文。不知怎地,我总以为散文是难做的。到后来,总算下了决心,要做散文来试一试了。但文体,却还是选取了我自以为好像简单的"韵文"调。我那最初的大结构的散文诗《老橡的歌》,给珂罗连珂几句话就彻底的打倒了。然而我的韵文癖却还没有歇。几年之后,我的短篇小说《祖父阿息普》,珂罗连珂是称赞的,但他还添上几句,对我说道,"可是诗似的调子,总把这小说弄坏了一点。"那时候,我没有相信他的话。回到家里,把自己的小说再看了一通,我羞愧了。我的文章,是流溢着那该死的"韵文味儿"的。这韵文调,后来许多时光,还不知不觉的缠在我的小说上。我写小说,总用这样的诗歌似的句子来开头。我写了找言语之美,而和正确的描写相反的文章了。事物的形象,因此就不能写得正确,却将虚伪传给了人们。

莱夫·托尔斯泰讲起我的小说《二十六个和一个》,一面通知我道,"你的火炉的摆法,是不对的。"的确,火炉的火影,对于那时的工人的身子,就不该是我所描写的那样的照法。安敦·契诃夫说起我的《孚玛·戈尔提耶夫》的女主角美杜文斯卡耶,道:

"她耳朵有三只,一只在下巴的下面……看罢。"

这是真的——我将她写得用了不合式的姿势,对灯坐着了。

虽是这样的,一看好像很小的错误,其实也有大的意义的。因为这就毁坏了艺术的逼真性。寻出一切适当的言语来,加以排列,要用很少的言语,来讲许多的事情,是一件极难的工作。"莫将大地方给言语,却将宽座位给思想。"——用文章描出活的形象来,又将那所描出的形象的基本的特征,简洁地弄得明明白白,使人物的动作和对话,一下子便在读者的记忆里站住,这是非常之难的工作。

用文章来"打扮"人们和物体,如常见于托尔斯泰的《战争与平和》里的那样,令人对于所描写的人物,想要伸出手去碰一下似的,写得活泼泼地和"成型底"地者,那完全是别一样的工作。

有一回,我必须用几句话,表出中央俄罗斯的村镇的外貌来。于是挑选了下面那样的言语,加以排列,其间恐怕几乎想了三点钟。

"高低起伏的平原,被给鞭子抽伤的肿痕似的灰色的道路所分隔,斑点一般的村镇渥库罗夫市,就像放在满是皱纹的大手掌里的精工的玩意儿似地,躺在平原的中央……"

我以为是写得不坏的了,但到小说印出的时候再一看,写在这里的,却觉得好像是平常的什么漂亮的糖果匣,或是什么似的了。

无论是诗人,是小说家,不叹"言语的穷乏"者,是历来少有的。

然而,"不可以言语形容"者又作别论,人的言语,却又丰富到用之不尽。而且还用了惊人的速度,正在越加丰富起来。假使要知道言语的发达的速率,那么,在俄国文学,只要将果戈理和契诃夫,——都介涅夫和譬如蒲宁,——还有陀斯妥也夫斯基和莱阿尼特·莱阿诺夫的语汇,就是言语的宝库,来比较一下就好了。据莱阿诺夫自己所记的话,他是汲陀斯妥也夫斯基的流的,然而有些地方,却也可以说,他也很受托尔斯泰的益处。不过这两者的影响,都没有将莱阿诺夫的特异性遮盖了起来。他在小说《偷儿》中,就分明地显示着那可惊的语汇的丰富。他在那里,已经拿出他独自的言语来了,即使关于他的小说的构想的复杂性,在这里并不提。

我想,莱阿诺夫这一个作家——总见得是有着很独创底的"自己的歌"的人。他现在还不过是开口唱起那歌来罢了。无论是陀斯妥也夫斯基,或者别的什么人,都不能妨碍他的。

不要忘记了言语是由民众所创造。将言语分为文学的和民众的的两种,只不过是"毛胚"的言语和由艺术家加过工的言语的区别。分明地懂得了这点的,是普式庚。他是指示了应该怎样地在民众的言语这一种材料上加工的第一个。

艺术家——是自己的国度,自己的阶级的耳朵,的眼睛,的心脏。他是时代的声音。他对于过去,知道得愈多,就愈加能够多懂得现在,愈加很觉得现在的复杂的斗争,和那任务的广和深的。必须知道国民的历史,那社会的,政治的思想。这思想,有许多都被表现在童话,口碑,传说,俚谚中。而俚谚,尤其明白地,整个地,表现着人民大众的思想。年青的作家们,倘和这些材料相亲近,是极其有益的。他不但由此学好了言语的节省,会话的简洁和写实性,还能够知道民众中的大多数的农民的思想。惟农民,乃是被历史创造出来的劳动者,小市民,商人,教士,官吏,贵族,学者以及艺术家的粘土。

歌德的《浮士德》——是将想象,空想,也就是将思想再现于形象上的艺术作品中的杰作的一种。我是在二十岁的时候,看了《浮士德》的。多年之后,才知道在德国人歌德写那《浮士德》的二百年以前,英国人莆理斯多芳·摩垒尔就写过《浮士德》,波兰的通俗小说《班·德瓦尔陀夫斯基》,法国小说家保尔·缪塞的《幸福探求者》,也都讲着浮士德的。要说起关于浮士德的这些作品的基础是什么来,那便是中世纪的民话,描写着有大欲望的人物,只为了个人的幸福,要掌握那对于自然和人类的权力,便不惜向魔鬼卖掉了自己的灵魂。这民话,是由观察着热中于创造黄金和仙药的中世纪的"大化学家"们的生活和工作,而发达起来的。其中有"理想狂",但也有无赖和骗子。这些人们的全知全能和力求不死的失败,便被再现于鬼也不要的中世纪的医师浮士德身上,并且加以嘲笑了。

和浮士德的不幸的模样一起,各国民也各各创造着谁都知道的人物。那就是意大利的普理契内罗,英吉利的捧支,土耳其的卡拉培式,我们俄罗斯的彼得路式加。这民众的的傀儡喜剧的主角,无论对于什么人,什么事,他都得胜。警士,教士,连鬼和死也都被他所征服,而自己就得了长生。这是劳苦的民众,将终必得胜的自信,再现在毛糙的,幼稚的,这样的形象里面的。

这两个例子,都指示着虽是"无名氏"的艺术,也还是依照着抽出各种社会底集团的性格上的特征来,而将这在一个人的人格之中,加以具体化,一般化的法则。如果艺术家严守着这法则,便足为艺术家的创造"典型"(type)之助。许多巨匠们,都依照着这法则,创造了主角的典型。要创造这"典型底"的人物的肖像,只有具备了很发达的观察眼,学习而又学习之后,再是学习的时候,这才办得到。倘使缺少正确的知识,猜测就起来了。而十个猜测里,是会生出九个错误来的。

我不以为自己是能够创造和阿勃罗摩夫,罗亭以及别的在艺术上同等的典型和性格的大作家。然而因为要写《孚玛·戈尔提也夫》,却也逼得观察了不满于自己的父亲的生活和事业的一二十个商人的儿子的。

(广尾猛原译。见《文学评论》第一卷第五号,一九三四年七月,日本东京 NAUKA 社版。)

原载 1934 年 8 月 1 日《文学》月刊第 3 卷第 2 期。署名许遐。

初未收集。

致 王志之

思远兄:

三日信已收到。"通信从缓"和"地址不随便告诉",是两件事,不知兄何以混为一谈而至于"难受",我是毫不含有什么言外之意的。

郑君已有信来,言《笺谱》印成后,一部当交王□□旧名,然则他是已经知道的了。

《国闻周报》已收到。此地书店,必有□阀占据,我辈出版颇难,稍凉当一打听,倘有法想,当再奉告。

此复即颂

时绥。

豫　上　七月七日

八日

日记　星期。晴。上午陈君来访。得『ゴオゴリ全集』(三)一本,二元五角。下午诗荃来。

"彻底"的底子

现在对于一个人的立论,如果说它是"高超",恐怕有些要招论者的反感了,但若说它是"彻底",是"非常前进",却似乎还没有什么。

现在也正是"彻底"的,"非常前进"的议论,替代了"高超"的时光。

文艺本来都有一个对象的界限。譬如文学,原是以懂得文字的读者为对象的,懂得文字的多少有不同,文章当然要有深浅。而主张用字要平常,作文要明白,自然也还是作者的本分。然而这时"彻底"论者站出来了,他却说中国有许多文盲,问你怎么办?这实在是对于文学家的当头一棍,只好立刻闷死给他看。

不过还可以另外请一枝救兵来,也就是辩解。因为文盲是已经在文学作用的范围之外的了,这时只好请画家,演剧家,电影作家出马,给他看文字以外的形象的东西。然而这还不足以塞"彻底"论者的嘴的,他就说文盲中还有色盲,有瞎子,问你怎么办？于是艺术家们也遭了当头一棍,只好立刻闷死给他看。

那么,作为最后的挣扎,说是对于色盲瞎子之类,须用讲演,唱歌,说书罢。说是也说得过去的。然而他就要问你:莫非你忘记了中国还有聋子吗？

又是当头一棍,闷死,都闷死了。

于是"彻底"论者就得到一个结论:现在的一切文艺,全都无用,非彻底改革不可！

他立定了这个结论之后,不知道到那里去了。谁来"彻底"改革呢？那自然是文艺家。然而文艺家又是不"彻底"的多,于是中国就永远没有对于文盲,色盲,瞎子,聋子,无不有效的——"彻底"的好的文艺。

但"彻底"论者却有时又会伸出头来责备一顿文艺家。

弄文艺的人,如果遇见这样的大人物而不能撕掉他的鬼脸,那么,文艺不但不会前进,并且只会萎缩,终于被他消灭的。切实的文艺家必须认清这一种"彻底"论者的真面目！

七月八日。

原载 1934 年 7 月 11 日《申报·自由谈》。署名公汗。

初收 1936 年 6 月上海联华书局版《花边文学》。

知了世界

中国的学者们,多以为各种智识,一定出于圣贤,或者至少是学者之口;连火和草药的发明应用,也和民众无缘,全由古圣王一手包办;燧人氏,神农氏。所以,有人以为"一若各种智识,必出诸动物之口,斯亦奇矣",是毫不足奇的。

况且,"出诸动物之口"的智识,在我们中国,也常常不是真智识。天气热得要命,窗门都打开了,装着无线电播音机的人家,便都把音波放到街头,"与民同乐"。咿咿唉唉,唱呀唱呀。外国我不知道,中国的播音,竟是从早到夜,都有戏唱的,它一会儿尖,一会儿沙,只要你愿意,简直能够使你耳根没有一刻清净。同时开了风扇,吃着冰淇淋,不但和"水位大涨""旱象已成"之处毫不相干,就是和窗外流着油汗,整天在挣扎过活的人们的地方,也完全是两个世界。

我在咿咿唉唉的曼声高唱中,忽然记得了法国诗人拉芳丁的有名的寓言:《知了和蚂蚁》。也是这样的火一般的太阳的夏天,蚂蚁在地面上辛辛苦苦地作工,知了却在枝头高吟,一面还笑蚂蚁俗。然而秋风来了,凉森森的一天比一天凉,这时知了无衣无食,变了小瘪三,却给早有准备的蚂蚁教训了一顿。这是我在小学校"受教育"的时候,先生讲给我听的。我那时好像很感动,至今有时还记得。

但是,虽然记得,却又因了"毕业即失业"的教训,意见和蚂蚁已经很不同。秋风是不久就来的,也自然一天凉比一天,然而那时无衣无食的,恐怕倒正是现在的流着油汗的人们;洋房的周围固然静寂了,但那是关紧了窗门,连音波一同留住了火炉的暖气,遥想那里面,大约总依旧是咿咿唉唉,《谢谢毛毛雨》。

"出诸动物之口"的智识,在我们中国岂不是往往不适用的么?

中国自有中国的圣贤和学者。"劳心者治人,劳力者治于人;治于人者食(去声)人,治人者食于人",说得多么简截明白。如果先生早将这教给我,我也不至于有上面的那些感想,多费纸笔了。这也就是中国人非读中国古书不可的一个好证据罢。

七月八日。

原载 1934 年 7 月 12 日《申报·自由谈》。署名邓当世。
初收 1936 年 6 月上海联华书局版《花边文学》。

致 徐懋庸

懋庸先生：

此系闲斋寄来，不知可作《新语林》补白之用否？今姑寄上。

此颂

时绥。

迅　顿首　七月八夜

九日

日记　晴，热。上午得姚克信。得徐懋庸信，下午复。复梓生信并寄文稿二篇。

致 徐懋庸

懋庸先生：

八日信收到。我没有做过《非政治化的高尔基》，也许是一直先前，我绍介给什么地方的别人的作品。

《新语林》实在和别的东西太像。商人是总非像别人不可的，试观中华书局必开在商务印书馆左近，即可见。光华老版，决不能独树一帜也。

闲斋仅有歪诗两首，昨已寄上，此外没有。我也没有什么，遍身痱子,无暇想到中国文学也。

胃病无大苦,故患者易于疏忽,但这是极不好的。

此复,即颂

时绥。

隼　上　九日

十日

日记　晴,大热。上午得『白と黑』(四十九)一本,五角。夜蕴如及三弟来。浴。

买《小学大全》记

线装书真是买不起了。乾隆时候的刻本的价钱,几乎等于那时的宋本。明版小说,是五四运动以后飞涨的;从今年起,洪运怕要轮到小品文身上去了。至于清朝禁书,则民元革命后就是宝贝,即使并无足观的著作,也常要百余元至数十元。我向来也走走旧书坊,但对于这类宝书,却从不敢作非分之想。端午节前,在四马路一带闲逛,竟在无意之间买到了一种,曰《小学大全》,共五本,价七角,看这名目,是不大有人会欢迎的,然而,却是清朝的禁书。

这书的编纂者尹嘉铨,博野人;他父亲尹会一,是有名的孝子,乾隆皇帝曾经给过褒扬的诗。他本身也是孝子,又是道学家,官又做到大理寺卿稽察觉罗学。还请令旗籍子弟也讲读朱子的《小学》,而"荷蒙朱批:所奏是。钦此。"这部书便成于两年之后的,加疏的《小学》六卷,《考证》和《释文》、《或问》各一卷,《后编》二卷,合成一函,是为《大全》。也曾进呈,终于在乾隆四十二年九月十七日奉旨:

263

"好！知道了。钦此。"那明明是得了皇帝的嘉许的。

到乾隆四十六年，他已经致仕回家了，但真所谓"及其老也，戒之在得"罢，虽然欲得的乃是"名"，也还是一样的招了大祸。这年三月，乾隆行经保定，尹嘉铨便使儿子送了一本奏章，为他的父亲请谥，朱批是"与谥乃国家定典，岂可妄求。此奏本当交部治罪，念汝为父私情，姑免之。若再不安分家居，汝罪不可逭矣！钦此。"不过他豫先料不到会碰这样的大钉子，所以接着还有一本，是请许"我朝"名臣汤斌范文程李光地顾八代张伯行等从祀孔庙，"至于臣父尹会一，既蒙御制诗章褒嘉称孝，已在德行之科，自可从祀，非臣所敢请也。"这回可真出了大岔子，三月十八日的朱批是："竟大肆狂吠，不可恕矣！钦此。"

乾隆时代的一定办法，是凡以文字获罪者，一面拿办，一面就查抄，这并非着重他的家产，乃在查看藏书和另外的文字，如果别有"狂吠"，便可以一并治罪。因为乾隆的意见，是以为既敢"狂吠"，必不止于一两声，非彻底根究不可的。尹嘉铨当然逃不出例外，和自己的被捕同时，他那博野的老家和北京的寓所，都被查抄了。藏书和别项著作，实在不少，但其实也并无什么干碍之作。不过那时是决不能这样就算的，经大学士三宝等再三审讯之后，定为"相应请旨将尹嘉铨照大逆律凌迟处死"，幸而结果很宽大："尹嘉铨著加恩免其凌迟之罪，改为处绞立决，其家属一并加恩免其缘坐"就完结了。

这也还是名儒兼孝子的尹嘉铨所不及料的。

这一回的文字狱，只绞杀了一个人，比起别的案子来，决不能算是大狱，但乾隆皇帝却颇费心机，发表了几篇文字。从这些文字和奏章（均见《清代文字狱档》第六辑）看来，这回的祸机虽然发于他的"不安分"，但大原因，却在既以名儒自居，又请将名臣从祀：这都是大"不可恕"的地方。清朝虽然尊崇朱子，但止于"尊崇"，却不许"学样"，因为一学样，就要讲学，于是而有学说，于是而有门徒，于是而有门户，于是而有门户之争，这就足为"太平盛世"之累。况且以这样的"名儒"而做官,便不免以"名臣"自居,"妄自尊大"。乾隆是不承认清朝会有"名臣"的,他自己是"英主",是"明君",所以在他的统治之下,不能有奸臣,既没有特别坏的奸臣,也就没有特别好的名臣,一律都是不好不坏,无所谓好坏的奴子。

特别攻击道学先生,所以是那时的一种潮流,也就是"圣意"。我们所常见的,是纪昀总纂的《四库全书总目提要》和自著的《阅微草堂笔记》里的时时的排击。这就是迎合着这种潮流的,倘以为他秉性平易近人,所以憎恨了道学先生的黠刻,那是一种误解。大学士三宝们也很明白这潮流,当会审尹嘉铨时,曾奏道:"查该犯如此狂悖不法,若即行定罪正法,尚不足以泄公愤而快人心。该犯曾任三品大员,相应遵例奏明,将该犯严加夹讯,多受刑法,问其究属何心,录取供词,具奏,再请旨立正典刑,方足以昭炯戒。"后来究竟用了夹棍没有,未曾查考,但看所录供词,却于用他的"丑行"来打倒他的道学的策略,是做得非常起劲的。现在抄三条在下面——

"问:尹嘉铨!你所书李孝女暮年不字事一篇,说'年逾五十,依然待字,吾妻李恭人闻而贤之,欲求淑女以相助,仲女固辞不就'等语。这处女既立志不嫁,已年过五旬,你为何叫你女人遣媒说合,要他做妾?这样没廉耻的事,难道是讲正经人干的么?据供:我说的李孝女年逾五十,依然待字,原因素日间知道雄县有个姓李的女子,守贞不字。吾女人要聘他为妾,我那时在京候补,并不知道;后来我女人告诉我,才知道的,所以替他做了这篇文字,要表扬他,实在我并没有见过他的面。但他年过五十,我还将要他做妾的话,做在文字内,这就是我廉耻丧尽,还有何辩。

"问:你当时在皇上跟前讨赏翎子,说是没有翎子,就回去见不得你妻小。你这假道学怕老婆,到底皇上没有给你翎子,你如何回去的呢?据供:我当初在家时,曾向我妻子说过,要见皇上讨翎子,所以我彼时不辞冒昧,就妄求恩典,原想得了翎子回家，可以夸耀。后来皇上没有赏我，我回到家里，实在觉得害羞，难见妻子。这都是我假道学，怕老婆，是实。

　　"问：你女人平日妒悍，所以替你娶妾，也要娶这五十岁女人给你，知道这女人断不肯嫁，他又得了不妒之名。总是你这假道学居常做惯这欺世盗名之事，你女人也学了你欺世盗名。你难道不知道么？供：我女人要替我讨妾，这五十岁李氏女子既已立志不嫁，断不肯做我的妾，我女人是明知的，所以借此要得不妒之名。总是我平日所做的事，俱系欺世盗名，所以我女人也学做此欺世盗名之事，难逃皇上洞鉴。"

　　还有一件要紧事是销毁和他有关的书。他的著述也真太多，计应"销毁"者有书籍八十六种，石刻七种，都是著作；应"撤毁"者有书籍六种，都是古书，而有他的序跋。《小学大全》虽不过"疏辑"，然而是在"销毁"之列的。

　　但我所得的《小学大全》，却是光绪二十二年开雕，二十五年刊竣，而"宣统丁巳"（实是中华民国六年）重校的遗老本，有张锡恭跋云："世风不古若矣，愿读是书者，有以转移之。……"又有刘安涛跋云："晚近凌夷，益加甚焉，异言喧豗，显与是书相悖，一唱百和，……驯致家与国均蒙其害，唐虞三代以来先圣先贤蒙以养正之遗意，扫地尽矣。剥极必复，天地之心见焉。……"为了文字狱，使士子不敢治史，尤不敢言近代事，但一面却也使昧于掌故，乾隆朝所竭力"销毁"的书，虽遗老也不复明白，不到一百三十年，又从新奉为宝典了。这莫非也是"剥极必复"么？恐怕是遗老们的乾隆皇帝所不及料的罢。

　　但是，清的康熙，雍正和乾隆三个，尤其是后两个皇帝，对于"文艺政策"或说得较大一点的"文化统制"，却真尽了很大的努力的。文字狱不过是消极的一方面，积极的一面，则如钦定四库全书，于汉人的著作，无不加以取舍，所取的书，凡有涉及金元之处者，又大抵加以修改，作为定本。此外，对于"七经"，"二十四史"，《通鉴》，文士的诗文，和尚的语录，也都不肯放过，不是鉴定，便是评选，文苑中实在没有不被蹂躏的处所了。而且他们是深通汉文的异族的君主,以胜者的看法,来批评被征服的汉族的文化和人情,也鄙夷,但也恐惧,有苛论,但也有确评,文字狱只是由此而来的辣手的一种,那成果,由满洲这方面言,是的确不能说它没有效的。

现在这影响好像是淡下去了,遗老们的重刻《小学大全》,就是一个证据,但也可见被愚弄了的性灵,又终于并不清醒过来。近来明人小品,清代禁书,市价之高,决非穷读书人所敢窥觊,但《东华录》、《御批通鉴辑览》、《上谕八旗》、《雍正朱批谕旨》……等,却好像无人过问,其低廉为别的一切大部书所不及。倘有有心人加以收集,一一钩稽,将其中的关于驾御汉人,批评文化,利用文艺之处,分别排比,辑成一书,我想,我们不但可以看见那策略的博大和恶辣,并且还能够明白我们怎样受异族主子的驯扰,以及遗留至今的奴性的由来的罢。

自然,这决不及赏玩性灵文字的有趣,然而借此知道一点演成了现在的所谓性灵的历史,却也十分有益的。

七月十日。

原载 1934 年 8 月 5 日《新语林》半月刊第 3 期。署名杜德机。

初收 1937 年 7 月上海三闲书屋版《且介亭杂文》。

十一日

日记 晴,大热。上午复靖华信。午后得蟫隐庐书目一本。得罗清桢信。得钦文信,下午复。夜浴。

十二日

日记 晴,大热。晨至下午校读《其三人》译本。得『陣中の竪琴』及『続紙魚繁昌記』各一本，共泉六元。得母亲信，即复。得陈铁耕信并木刻三幅，晚复。夜蕴如及三弟携阿菩，阿玉来，并赠《动物学》教科书一部二本。浴。

致 母 亲

母亲大人膝下，敬禀者，久不得来信了，今日上午，始收到一函，甚慰。但大人牙痛，不知已否全愈，至以为念。牙既作痛，恐怕就要摇动，一摇动，即易于拔去，故男以为俟稍凉似可与一向看惯之牙医生一商量，倘他说可保无痛，则不如拔去，另装全口假牙，不便也不过一二十天，用惯之后，即与真牙无异矣。

说到上海今年之热，真是利害，晴而无雨，已有半月以上，每日虽房内也总有九十一二至九十五六度，半夜以后，亦不过八十七八度，大人睡不着，邻近的小孩，也整夜的叫。但海婴却好的，夜里虽然多醒一两次，而胃口仍开，活泼亦不减，白天仍然满身流汗的忙着玩耍。现于他的饮食衣服，皆加意小心，请释念为要。

害马亦还好；男亦如常，惟生了许多痱子，搽痱子药亦无大效，盖旋好旋生，非秋凉无法可想也。为销夏起见，在喝啤酒；王贤桢小姐的家里又送男杨梅烧一坛，够吃一夏天了。

上海报上，亦说北平大热，今得来函，始知不如报章所传之甚。而此地之炎热，则真是少见，大家都在希望下雨，然直至此刻，天上仍无片云也。

专此布复，恭请

金安。

　　　　　男树　叩上。广平及海婴同叩。七月十二日

致 陈铁耕

铁耕先生：

七月四日信并木刻三幅，已收到。我看《讲，听》最好，《神父……》这一幅，一般怕不容易懂，为大众起见，是不宜用这样的画法的。书二本尚未到。《北平笺谱》已于一星期前用小包寄出了，但从上海到你的故乡，挂号信件似乎真慢得可以。

《岭南之春》版及白涛兄所寄的一块，均已收到。书已编好，纸亦买好，本来即可付印了，但近来非常之热，终日流汗，没法想，只得待稍凉时再付印。此书共二十四幅，拟印百二十本，除分送作者二十四本外，只有九十六本发卖。

木刻在法，俄听说已展览过，批评不坏，但得不到详细的消息。

连环图画要在这里卖版权，大约很难。刊物上虽时有木刻，然而不过东拉西扯，不化一文钱。要他们出钱，可就没人肯要了。你的《法网》，也至今并未印出。

《引玉集》可以用邮票买的，昨到书店去问，他们说已寄出，书价及邮费均够。

德国版画怕一时不易办，因为原画大，所以也想印得大些（比《引玉集》至少大一倍），于是本钱也就大，而我则因版税常被拖欠，收入反而少了。还有一层，是我太不专一，忽讲木刻，忽讲文学，自己既变成打杂，敌人也因之加多，所以近来颇想自己用点功，少管种种闲事，因此就引不起计画的兴趣。但是，迟迟早早是总要印的，要不然，不是白收集一场了么？

此地热极，九十度以上者已两星期余，连晚上也睡不大安稳了。

此复即颂

时绥

迅　上　七月十二日

十三日

日记　晴,大热。上午理发。晚同广平携海婴访坪井先生,未遇,见其夫人,赠以荔枝一筐。夜得罗生信。得王余杞信。得徐懋庸信。浴。

十四日

日记　晴,大热。上午复徐懋庸信并稿一篇,又克士稿一篇。以字一小幅寄梁得所。买电风扇一具,四十二元。午后得达夫信,并赠《屐痕处处》一本,赠以《引玉集》一本。与保宗同复罗生信。得静农所寄画象及造象拓本一包。晚蕴如及三弟来并为取得《元城先生尽言集》一部四本。夜浴。

致 徐懋庸

懋庸先生:

十二日信昨收到。宴 L. Körber,到者如此之少,真出意料之外。中国的事情,她自己看不出,也没有人告诉她,真是无法可想。外国人到中国来的,大抵如此,也不但她。

《非政治化……》系别人所作,由我托人抄过,因为偶有不愿意拿出原稿去的投稿者,所以绍介人很困难。他还有一篇登在《文学季刊》(一)上。

光华老病,是要发的,既是老病,即不能不发。此后编辑人怕还要难。钱如拿不到，十五日请不必急于送来，天气大热，我也不在书店相候了。近日做了一篇无聊文，今寄上，又，建人者一篇，一并寄上。我希望 先生能在十五以前收到，不至于在九十多度的炎热中跑远路。

此复，即颂

时绥。

迅 上 七月十四晨

十五日

日记 星期。晴，热。午后得静农信。得徐懋庸信。夜浴。

十六日

日记 晴，热。下午寄静农信并还石拓本，只留三种，其值三元八角。诗荃来并交稿二篇，即为之转寄《自由谈》。托广平往蟫隐庐买《鼻烟四种》一本，价一元，以赠须藤先生。夜蕴如及三弟携诸儿来，飨以西瓜，冰酪。作《忆韦素园》文一篇，三千余字。校《准风月谈》起。浴。

忆韦素园君

我也还有记忆的，但是，零落得很。我自己觉得我的记忆好像被刀刮过了的鱼鳞，有些还留在身体上，有些是掉在水里了，将水一搅，有几片还会翻腾，闪烁，然而中间混着血丝，连我自己也怕得因此污了赏鉴家的眼目。

现在有几个朋友要纪念韦素园君，我也须说几句话。是的，我是有这义务的。我只好连身外的水也搅一下，看看泛起怎样的东西来。

怕是十多年之前了罢，我在北京大学做讲师，有一天，在教师豫备室里遇见了一个头发和胡子统统长得要命的青年，这就是李霁野。我的认识素园，大约就是霁野绍介的罢，然而我忘记了那时的情景。现在留在记忆里的，是他已经坐在客店的一间小房子里计画出版了。

这一间小房子，就是未名社。

那时我正在编印两种小丛书，一种是《乌合丛书》，专收创作，一种是《未名丛刊》，专收翻译，都由北新书局出版。出版者和读者的不喜欢翻译书，那时和现在也并不两样，所以《未名丛刊》是特别冷落的。恰巧，素园他们愿意绍介外国文学到中国来，便和李小峰商量，要将《未名丛刊》移出，由几个同人自办。小峰一口答应了，于是这一种丛书便和北新书局脱离。稿子是我们自己的，另筹了一笔印费，就算开始。因这丛书的名目，连社名也就叫了"未名"——但并非"没有名目"的意思，是"还没有名目"的意思，恰如孩子的"还未成丁"似的。

未名社的同人，实在并没有什么雄心和大志，但是，愿意切切实实的，点点滴滴的做下去的意志，却是大家一致的。而其中的骨干就是素园。

于是他坐在一间破小屋子，就是未名社里办事了，不过小半好像也因为他生着病，不能上学校去读书，因此便天然的轮着他守寨。

我最初的记忆是在这破寨里看见了素园，一个瘦小，精明，正经的青年，窗前的几排破旧外国书，在证明他穷着也还是钉住着文学。然而，我同时又有了一种坏印象，觉得和他是很难交往的，因为他笑影少。"笑影少"原是未名社同人的一种特色，不过素园显得最分明,一下子就能够令人感得。但到后来,我知道我的判断是错误了,和他也并不难于交往。他的不很笑,大约是因为年龄的不同,对我的一种特别态度罢,可惜我不能化为青年,使大家忘掉彼我,得到确证了。这真相,我想,霁野他们是知道的。

但待到我明白了我的误解之后,却同时又发见了一个他的致命伤:他太认真;虽然似乎沉静,然而他激烈。认真会是人的致命伤的么?至少,在那时以至现在,可以是的。一认真,便容易趋于激烈,发扬则送掉自己的命,沉静着,又啮碎了自己的心。

这里有一点小例子。——我们是只有小例子的。

那时候,因为段祺瑞总理和他的帮闲们的迫压,我已经逃到厦门,但北京的狐虎之威还正是无穷无尽。段派的女子师范大学校长林素园,带兵接收学校去了,演过全副武行之后,还指留着的几个教员为"共产党"。这个名词,一向就给有些人以"办事"上的便利,而且这方法,也是一种老谱,本来并不希罕的。但素园却好像激烈起来了,从此以后,他给我的信上,有好一响竟憎恶"素园"两字而不用,改称为"漱园"。同时社内也发生了冲突,高长虹从上海寄信来,说素园压下了向培良的稿子,叫我讲一句话。我一声也不响。于是在《狂飙》上骂起来了,先骂素园,后骂我。素园在北京压下了培良的稿子,却由上海的高长虹来抱不平,要在厦门的我去下判断,我颇觉得是出色的滑稽,而且一个团体,虽是小小的文学团体罢,每当光景艰难时,内部是一定有人起来捣乱的,这也并不希罕。然而素园却很认真,他不但写信给我,叙述着详情,还作文登在杂志上剖白。在"天才"们的法庭上,别人剖白得清楚的么?——我不禁长长的叹了一口气,想到他只是一个文人,又生着病,却这么拚命的对付着内忧外患,又怎么能够持久呢。自然,这仅仅是小忧患,但在认真而激烈的个人,却也相当的大的。

不久,未名社就被封,几个人还被捕。也许素园已经略咯血,进了

273

病院了罢,他不在内。但后来,被捕的释放,未名社也启封了,忽封忽启,忽捕忽放,我至今还不明白这是怎么的一个玩意。

我到广州,是第二年——一九二七年的秋初,仍旧陆续的接到他几封信,是在西山病院里,伏在枕头上写就的,因为医生不允许他起坐。他措辞更明显,思想也更清楚,更广大了,但也更使我担心他的病。有一天,我忽然接到一本书,是布面装订的素园翻译的《外套》。我一看明白,就打了一个寒噤:这明明是他送给我的一个纪念品,莫非他已经自觉了生命的期限了么?

我不忍再翻阅这一本书,然而我没有法。

我因此记起,素园的一个好朋友也咯过血,一天竟对着素园咯起来,他慌张失措,用了爱和忧急的声音命令道:"你不许再吐了!"我那时却记起了伊孛生的《勃兰特》。他不是命令过去的人,从新起来,却并无这神力,只将自己埋在崩雪下面的么?……

我在空中看见了勃兰特和素园,但是我没有话。

一九二九年五月末,我最以为侥幸的是自己到西山病院去,和素园谈了天。他为了日光浴,皮肤被晒得很黑了,精神却并不萎顿。我们和几个朋友都很高兴。但我在高兴中,又时时夹着悲哀:忽而想到他的爱人,已由他同意之后,和别人订了婚;忽而想到他竟连绍介外国文学给中国的一点志愿,也怕难于达到;忽而想到他在这里静卧着,不知道他自以为是在等候全愈,还是等候灭亡;忽而想到他为什么要寄给我一本精装的《外套》?……

壁上还有一幅陀思妥也夫斯基的大画像。对于这先生,我是尊敬,佩服的,但我又恨他残酷到了冷静的文章。他布置了精神上的苦刑,一个个拉了不幸的人来,拷问给我们看。现在他用沉郁的眼光,凝视着素园和他的卧榻,好像在告诉我:这也是可以收在作品里的不幸的人。

自然，这不过是小不幸，但在素园个人，是相当的大的。

一九三二年八月一日晨五时半，素园终于病殁在北平同仁医院里了，一切计画，一切希望，也同归于尽。我所抱憾的是因为避祸，烧去了他的信札，我只能将一本《外套》当作唯一的纪念，永远放在自己的身边。

自素园病殁之后，转眼已是两年了，这其间，对于他，文坛上并没有人开口。这也不能算是希罕的，他既非天才，也非豪杰，活的时候，既不过在默默中生存，死了之后，当然也只好在默默中泯没。但对于我们，却是值得记念的青年，因为他在默默中支持了未名社。

未名社现在是几乎消灭了，那存在期，也并不长久。然而自素园经营以来，绍介了果戈理（N. Gogol），陀思妥也夫斯基（F. Dostoevsky），安特列夫（L. Andreev），绍介了望·蔼覃（F. van Eeden），绍介了爱伦堡（I. Ehrenburg）的《烟袋》和拉夫列涅夫（B. Lavrenev）的《四十一》。还印行了《未名新集》，其中有丛芜的《君山》，静农的《地之子》和《建塔者》，我的《朝华夕拾》，在那时候，也都还算是相当可看的作品。事实不为轻薄阴险小儿留情，曾几何年，他们就都已烟消火灭，然而未名社的译作，在文苑里却至今没有枯死的。

是的，但素园却并非天才，也非豪杰，当然更不是高楼的尖顶，或名园的美花，然而他是楼下的一块石材，园中的一撮泥土，在中国第一要他多。他不入于观赏者的眼中，只有建筑者和栽植者，决不会将他置之度外。

文人的遭殃，不在生前的被攻击和被冷落，一瞑之后，言行两亡，于是无聊之徒，谬托知己，是非蜂起，既以自炫，又以卖钱，连死尸也成了他们的沽名获利之具，这倒是值得悲哀的。现在我以这几千字纪念我所熟识的素园，但愿还没有营私肥己的处所，此外也别无话说了。

我不知道以后是否还有记念的时候，倘止于这一次，那么，素园，从此别了！

一九三四年七月十六之夜，鲁迅记。

原载 1934 年 10 月《文学》月刊第 3 卷第 4 号。
初收 1937 年 7 月上海三闲书屋版《且介亭杂文》。

十七日

日记 昙，热。午前以昨所作文寄静农。午后雨一陈。晚得靖华信。得吴渤信，即复。得杨霁云信，即复。得罗清桢信并木版一块，即复。得徐懋庸信，夜复。浴。

水　性

天气接连的大热了近二十天，看上海报，几乎每天都有下河洗浴，淹死了人的记载。这在水村里，是很少见的。

水村多水，对于水的知识多，能浮水的也多。倘若不会浮水，是轻易不下水去的。这一种能浮水的本领，俗语谓之"识水性"。

这"识水性"，如果用了"买办"的白话文，加以较详的说明，则：一，是知道火能烧死人，水也能淹死人，但水的模样柔和，好像容易亲近，因而也容易上当；二，知道水虽能淹死人，却也能浮起人，现在就设法操纵它，专来利用它浮起人的这一面；三，便是学得操纵法，此法一熟，"识水性"的事就完全了。

但在都会里的人们，却不但不能浮水，而且似乎连水能淹死人

276

的事情也都忘却了。平时毫无准备，临时又不先一测水的深浅，遇到热不可耐时，便脱衣一跳，倘不幸而正值深处，那当然是要死的。而且我觉得，当这时候，肯设法救助的人，好像都会里也比乡下少。

但救都会人恐怕也较难，因为救者固然必须"识水性"，被救者也得相当的"识水性"的。他应该毫不用力，一任救者托着他的下巴，往浅处浮。倘若过于性急，拼命的向救者的身上爬，则救者倘不是好手，便只好连自己也沉下去。

所以我想，要下河，最好是预先学一点浮水工夫，不必到什么公园的游泳场，只要在河滩边就行，但必须有内行人指导。其次，倘因了种种关系，不能学浮水，那就用竹竿先探一下河水的浅深，只在浅处敷衍敷衍；或者最稳当是舀起水来，只在河边冲一冲，而最要紧的是要知道水有能淹死不会游泳的人的性质，并且还要牢牢的记住！

现在还要主张宣传这样的常识，看起来好像发疯，或是志在"花边"罢，但事实却证明着断断不如此。许多事是不能为了讨前进的批评家喜欢，一味闭了眼睛作豪语的。

七月十七日。

原载 1934 年 7 月 20 日《申报·自由谈》。署公汗。
初收 1936 年 6 月上海联华书局版《花边文学》。

算　账

说起清代的学术来，有几位学者总是眉飞色舞，说那发达是为前代所未有的。证据也真够十足：解经的大作，层出不穷，小学也非常的进步；史论家虽然绝迹了，考史家却不少；尤其是考据之学，给我们明白了宋明人决没有看懂的古书……

但说起来可又有些踌躇，怕英雄也许会因此指定我是犹太人，其实，并不是的。我每遇到学者谈起清代的学术时，总不免同时想："扬州十日"，"嘉定三屠"这些小事情，不提也好罢，但失去全国的土地，大家十足做了二百五十年奴隶，却换得这几页光荣的学术史，这买卖，究竟是赚了利，还是折了本呢？

可惜我又不是数学家，到底没有弄清楚。但我直觉的感到，这恐怕是折了本，比用庚子赔款来养成几位有限的学者，亏累得多了。

但恐怕这又不过是俗见。学者的见解，是超然于得失之外的。虽然超然于得失之外，利害大小之辨却又似乎并非全没有。大莫大于尊孔，要莫要于崇儒，所以只要尊孔而崇儒，便不妨向任何新朝俯首。对新朝的说法，就叫作"反过来征服中国民族的心"。

而这中国民族的有些心，真也被征服得彻底，到现在，还在用兵燹，疠疫，水旱，风蝗，换取着孔庙重修，雷峰塔再建，男女同行犯忌，四库珍本发行这些大门面。

我也并非不知道灾害不过暂时，如果没有记录，到明年就会大家不提起，然而光荣的事业却是永久的。但是，不知怎地，我虽然并非犹太人，却总有些喜欢讲损益，想大家来算一算向来没有人提起过的这一笔账。——而且，现在也正是这时候了。

> 七月十七日。

原载 1934 年 7 月 23 日《申报·自由谈》。署名莫朕。
初收 1936 年 6 月上海联华书局版《花边文学》。

赠《新语林》诗及致《新语林》读者辞

〔奥国〕莉莉·珂贝

西方的科学
和东方的热心，

278

将解放全世界！

你们幸福的中国人，现在全世界的运命都捏在你们的手里，如果你们自由了，那么，在西方的你们的弟兄们的镣铐也就粉碎了。所以我们的心，是和你们在大战斗中一同鼓动的。

原载 1934 年 8 月 5 日《新语林》半月刊第 3 期。署张禄如译。

初未收集。

致 吴 渤

吴渤先生：

十一日信收到，在途中不过六天，而一本《引玉集》却要走廿一天，真是奇怪。这书销行还不坏，已卖去一百多本。印费是共三百五十余元，连杂费在内，平均每本一元二角。书的销场，和推销法实是大有关系的，但可靠的书店，往往不善于推销，有推销手段者，大抵连书款（打了折扣的）也不还，所以我终于弄不好。

《城与年》的插画有二十七幅，倘加入集中，此人的作品便居一半，别人的就挤出了，因此留下，拟为续印别种集子之用。现又托友写信到那边去，征求名作的全部插图，倘有效，明年当可又出一种插画集。

木刻书印起来，我看八十元是不够的，当估为百二十元，因为现在纸价贵，而这书又不能用报纸。

《木刻纪程》的材料，已收集齐全，纸亦买好，而近二十天来，每日热至百度左右，不能出去接洽，俟稍凉，就要付印的。

听说我们的木刻，已在巴黎，莫 S 科展览，批评颇好，但收集者本人，却毫无消息给我，真不知是怎么一回事。

此布，即颂

时绥。

迅　上　七月十七日

致 杨霁云

霁云先生：

顷奉到十六晚信。临行时函及《连环》，亦俱早收到。

《浙江潮》实只十期，后不复出。范爱侬辈到日本，比我稍迟，那《题名》大约印在他们未到之前，所以就找不出了。

威男的原名，因手头无书可查，已记不清楚，大约也许是 Jules Verne，他是法国的科学小说家，报上作英，系错误。梁任公的《新小说》中，有《海底旅行》，作者题焦士威奴（？），也是他。但我的译本，似未完，而且几乎是改作，不足存的。

我的零零碎碎的东西，查起来还有这许多，殊出自己的意外，但有些是遗落，有些当是删掉的，因为觉得并无足观。　先生要印成一书，只要有人肯印，有人要看，就行了，我自己却并没有什么异议。

这二十天来，上海每日总在百度左右，于做事颇多阻碍，所以木刻尚未印，也许要俟秋初了。我因有闲，除满身痱子之外，别无损害，诸希释念为幸。

专此布复，顺颂

时绥。

迅　启上　七月十七日

致 罗清桢

清桢先生：

七日及十六日示，并木版一块，均已收到。张先生已就痊可，甚慰，可惜的是不能东游了，但这也是没法的事。

做序文实非我所长，题字比较的容易办。张先生不知要写怎样的几个字，希示下为盼。

专此布复，即请
暑安。

迅　上　七月十七夜。

致 徐懋庸

懋庸先生：

十六日信收到。光华的真相是一定要来的，去年的拉拉藤（这是绍兴话，先生认识这植物么？），今年决不会变作葡萄的。

两点东西，今译上。短的一幅是诗，但译起来就不成诗，只好算是两句话。

"谈言"上那一篇早见过，十之九是施蛰存做的。但他握有编辑两种杂志之权，几曾反对过封建文化，又何曾有谁不准他反对，又怎么能不准他反对。这种文章，造谣撒谎，不过越加暴露了卑怯的叭儿本相而已。

而且"谈言"自己曾宣言停止讨论大众语，现在又登此文，真也是叭儿血统。

祝
安健。

隼　上　七月十七日

克姑娘原文及拙译附上。　又及

十八日

日记　阴晴不定而热。上午寄《自由谈》稿二篇。下午编《木刻纪程》并作序目讫。得陈依非信。得山本夫人信。夜蕴如及三弟来。得母亲信，十六日发。

玩笑只当它玩笑（上）

不料刘半农先生竟忽然病故了，学术界上又短少了一个人。这是应该惋惜的。但我于音韵学一无所知，毁誉两面，都不配说一句话。我因此记起的是别一件事，是在现在的白话将被"扬弃"或"唾弃"之前，他早是一位对于那时的白话，尤其是欧化式的白话的伟大的"迎头痛击"者。

他曾经有过极不费力，但极有力的妙文：

"我现在只举一个简单的例：

子曰：'学而时习之，不亦悦乎？'

这太老式了，不好！

'学而时习之，'子曰，'不亦悦乎？'

这好！

'学而时习之，不亦悦乎？'子曰。

这更好！为什么好？欧化了。但'子曰'终没有能欧化到'曰子'！"

这段话见于《中国文法通论》中，那书是一本正经的书；作者又是《新青年》的同人，五四时代"文学革命"的战士，现在又成了古人了。中国老例，一死是常常能够增价的，所以我想从新提起，并且提出他终于也是《论语》社的同人，有时不免发些"幽默"；原先也有"幽默"，而这些"幽默"，又不免常常掉到"开玩笑"的阴沟里去的。

实例也就是上面所引的文章，其实是，那论法，和顽固先生，市井无赖，看见青年穿洋服，学外国话了，便冷笑道："可惜鼻子还低，脸孔也不白"的那些话，并没有两样的。

自然，刘先生所反对的是"太欧化"。但"太"的范围是怎样的呢？他举出的前三法，古文上没有，谈话里却能有的，对人口谈，也都可以懂。只有将"子曰"改成"曰子"是决不能懂的了。然而他在他所反对的欧化文中也寻不出实例来，只好说是"'子曰'终没有能欧化到'曰子'！"那么，这不是"无的放矢"吗？

欧化文法的侵入中国白话中的大原因，并非因为好奇，乃是为了必要。国粹学家痛恨鬼子气，但他住在租界里，便会写些"霞飞路"，"麦特赫司脱路"那样的怪地名；评论者何尝要好奇，但他要说得精密，固有的白话不够用，便只得采些外国的句法。比较的难懂，不像茶淘饭似的可以一口吞下去是真的，但补这缺点的是精密。胡适先生登在《新青年》上的《易卜生主义》，比起近时的有些文艺论文来，的确容易懂，但我们不觉得它却又粗浅，笼统吗？

如果嘲笑欧化式白话的人，除嘲笑之外，再去试一试绍介外国的精密的论著，又不随意改变，删削，我想，他一定还能够给我们更好的箴规。

用玩笑来应付敌人，自然也是一种好战法，但触着之处，须是对手的致命伤，否则，玩笑终不过是一种单单的玩笑而已。

七月十八日。

原载 1934 年 7 月 25 日《申报·自由谈》。署名康伯度。

初收 1936 年 6 月上海联华书局版《花边文学》。

玩笑只当它玩笑(下)

别一枝讨伐白话的生力军,是林语堂先生。他讨伐的不是白话的"反而难懂",是白话的"鲁里鲁苏",连刘先生似的想白话"返朴归真"的意思也全没有,要达意,只有"语录式"(白话的文言)。

林先生用白话武装了出现的时候,文言和白话的斗争早已过去了,不像刘先生那样,自己是混战中的过来人,因此也不免有感怀旧日,慨叹末流的情绪。他一闪而将宋明语录,摆在"幽默"的旗子下,原也极其自然的。

这"幽默"便是《论语》四十五期里的《一张字条的写法》,他因为要问木匠讨一点油灰,写好了一张语录体的字条,但怕别人说他"反对白话",便改写了白话的,选体的,桐城派的三种,然而都很可笑,结果是差"书僮"传话,向木匠讨了油灰来。

《论语》是风行的刊物,这里省烦不抄了。总之,是:不可笑的只有语录式的一张,别的三种,全都要不得。但这四个不同的脚色,其实是都是林先生自己一个人扮出来的,一个是正生,就是"语录式",别的三个都是小丑,自装鬼脸,自作怪相,将正生衬得一表非凡了。

但这已经并不是"幽默",乃是"顽笑",和市井间的在墙上画一乌龟,背上写上他的所讨厌的名字的战法,也并不两样的。不过看见的人,却往往不问是非,就嗤笑被画者。

"幽默"或"顽笑",也都要生出结果来的,除非你心知其意,只当它"顽笑"看。

因为事实会并不如文章,例如这语录式的条子,在中国其实也并未断绝过种子。假如有工夫,不妨到上海的弄口去看一看,有时就会看见一个摊,坐着一位文人,在替男女工人写信,他所用的文章,决不如林先生所拟的条子的容易懂,然而分明是"语录式"的。这就是现在从新提起的语录派的末流,却并没有谁去涂白过他的鼻子。

这是一个具体的"幽默"。

但是,要赏识"幽默"也真难。我曾经从生理学来证明过中国打屁股之合理:假使屁股是为了排泄或坐坐而生的罢,就不必这么大,脚底要小得远,不是足够支持全身了么? 我们现在早不吃人了,肉也用不着这么多。那么,可见是专供打打之用的了。有时告诉人们,大抵以为是"幽默"。但假如有被打了的人,或自己遭了打,我想,恐怕那感应就不能这样了罢。

没有法子,在大家都不适意的时候,恐怕终于是"中国没有幽默"的了。

七月十八日。

原载 1934 年 7 月 26 日《申报·自由谈》。署名康伯度。
初收 1936 年 6 月上海联华书局版《花边文学》。

《木刻纪程》小引

中国木刻图画,从唐到明,曾经有过很体面的历史。但现在的新的木刻,却和这历史不相干。新的木刻,是受了欧洲的创作木刻的影响的。创作木刻的绍介,始于朝花社,那出版的《艺苑朝华》四本,虽然选择印造,并不精工,且为艺术名家所不齿,却颇引起了青年学徒的注意。到一九三一年夏,在上海遂有了中国最初的木刻讲习会。又由是蔓衍而有木铃社,曾印《木铃木刻集》两本。又有野穗社,曾印《木刻画》一辑。有无名木刻社,曾印《木刻集》。但木铃社早被毁灭,后两社也未有继续或发展的消息。前些时在上海还剩有M. K. 木刻研究社,是一个历史较长的小团体,曾经屡次展览作品,并且将出《木刻画选集》的,可惜今夏又被私怨者告密。社员多遭捕逐,木版也为工部局所没收了。

据我们所知道,现在似乎已经没有一个研究木刻的团体了。但尚有研究木刻的个人。如罗清桢,已出《清桢木刻集》二辑;如又村,最近已印有《廖坤玉故事》的连环图。这是都值得特记的。

而且仗着作者历来的努力和作品的日见其优良,现在不但已得中国读者的同情,并且也渐渐的到了跨出世界上去的第一步。虽然还未坚实,但总之,是要跨出去了。不过,同时也到了停顿的危机。因为倘没有鼓励和切磋,恐怕也很容易陷于自足。本集即愿做一个木刻的路程碑,将自去年以来,认为应该流布的作品,陆续辑印,以为读者的综观,作者的借镜之助。但自然,只以收集所及者为限,中国的优秀之作,是决非尽在于此的。

别的出版者,一方面还正在绍介欧美的新作,一方面则在复印中国的古刻,这也都是中国的新木刻的羽翼。采用外国的良规,加以发挥,使我们的作品更加丰满是一条路;择取中国的遗产,融合新机,使将来的作品别开生面也是一条路。如果作者都不断的奋发,使本集能一程一程的向前走,那就会知道上文所说,实在不仅是一种奢望的了。

一九三四年六月中,铁木艺术社记。

最初印入 1934 年 6 月上海铁木艺术社版《木刻纪程》(1)。署名铁木艺术社。

初收 1937 年 7 月上海三闲书屋版《且介亭杂文》。

十九日

日记 忽晴忽雨而热。上午得梓生信并还诗荃稿一篇。内山书店送来『金時計』一本,一元;『創作版画集』一帖,六元。晚蕴如持来托商务印书馆由德国购得之 G. Grosz's *Spiesser-Spiegel* 及 *Käthe Kollwitz-Werk* 各一本，共泉十捌元二角。寄《自由谈》稿二篇。夜浴。

二十日

日记 忽晴忽雨而热。午前内山夫人及冈口女士来，并赠セーピス二瓶。得和光学园絵葉書一转并其生徒所作木刻四十三枚，嘉吉寄来。得诗荃稿一，即为转寄《自由谈》，附自作一。得耳耶信，下午复。往内山书店买『世界史教程』（第三分册）一本，一元三角。夜烈文来。风。

做 文 章

沈括的《梦溪笔谈》里，有云："往岁士人，多尚对偶为文，穆修张景辈始为平文，当时谓之'古文'。穆张尝同造朝，待旦于东华门外，方论文次，适见有奔马，践死一犬，二人各记其事以较工拙。穆修曰：'马逸，有黄犬，遇蹄而毙。'张景曰：'有犬，死奔马之下。'时文体新变，二人之语皆拙涩，当时已谓之工，传之至今。"

骈文后起，唐虞三代是不骈的，称"平文"为"古文"便是这意思。由此推开去，如果古者言文真是不分，则称"白话文"为"古文"，似乎也无所不可，但和林语堂先生的指为"白话的文言"的意思又不同。两人的大作，不但拙涩，主旨先就不一，穆说的是马踏死了犬，张说的是犬给马踏死了，究竟是着重在马，还是在犬呢？较明白稳当的还是沈括的毫不经意的文章："有奔马，践死一犬。"

因为要推倒旧东西，就要着力，太着力，就要"做"，太"做"，便不但"生涩"，有时简直是"格格不吐"了，比早经古人"做"得圆熟了的旧东西还要坏。而字数论旨,都有些限制的"花边文学"之类,尤其容易生这生涩病。

太做不行,但不做,却又不行。用一段大树和四枝小树做一只凳,在现在,未免太毛糙,总得刨光它一下才好。但如全体雕花,中间挖空,却又坐不来,也不成其为凳子了。高尔基说,大众语是毛胚,加了工的是文学。我想,这该是很中肯的指示了。

七月二十日。

原载 1934 年 7 月 24 日《申报·自由谈》。署名朔尔。
初收 1936 年 6 月上海联华书局版《花边文学》。

二十一日

日记　雨。上午同保宗往须藤医院诊,云皆胃病,须藤夫人赠海婴波罗蜜一罐。晚蕴如及三弟来,并为取得《蜕庵诗集》一本。收北新书局版税泉二百。夜风而雨。胁痛。

致 徐懋庸

懋庸先生:

顷得某君信,谓前寄我之克女士德文稿一篇,今以投《新语林》,嘱我译出,或即以原文转寄,由　先生另觅人翻译云云。我德文既不好,手头又无一本字典,无法可想,只得以原文转寄,希察收。

又新得闲斋文一篇,似尚可用,一并寄呈。

此布,即颂

时绥。

迅　上　七月二十一日

288

二十二日

日记 星期。雨,午后晴。得诗荃稿三,即以其二转寄《自由谈》。得谷非信,即复。

二十三日

日记 昙。上午寄徐懋庸信并 Lili Körber 及诗荃稿各一篇。午后晴。收《动向》上月稿费九元。得白兮信并稿二。买『ツルゲーネフ全集』(五)一本,一元五角。下午寄小山杂志一包。复内山嘉吉君信,并寄仿十竹斋笺一帖。夜浴。

致 内山嘉吉

拝啓、昨日和光学園生徒諸君の木刻をいたゞきまして就中殊に静物の方が私に面白く感じさせました。

今日別封にて手紙用紙を少許り送りました。それは明の末、即ち三百年前の木版を複したものであって、為めには成りませんが兎角おもちゃとして小さい芸術家諸君に分けて下さい。　草々頓首

　　　　　　　　　　　　　魯迅　上　七月二十三日

内山嘉吉兄几下

　　奥様によろしく

致 山本初枝

拝啓　大風の尻っぱの御蔭様で二三日前から上海では大にすず

しくなりました。私共は皆な無事です。汗物も行衛不明になりました。『陣中の竪琴』は注文したのですから一週間前に到着しました、立派な本ですが若し私が歌をよくわかるならもう一層面白いだらうと思ひます。此な軍医様は今では日本にももう少ないでしゃう。先月には随分日本の長崎などに行きたかったが遂に種々な事でやめました。上海があつかったから西洋人などが随分日本に行った様ですから日本への旅行も忽ち「モーダン」な振舞となりました。来年に行きましゃう。男の子は何んだか大抵、ママをいぢめます。私共の子供もそうで母親の云ふことをきかないばかりか其上時々反抗します。私が一所になってしかると今度は「どうしてパパがそんなにママのかたを持つだらう」と不審がります。増田一世の消息は暫く聞えなかった。内山老版は不相変忙しく一生懸命に漫談をかき、そうして発送して居ます。

魯迅　拝　七月二十三夜

山本夫人几下

二十四日

　　日记　昙。上午复山本夫人信。午后晴，晚骤雨一陈。夜译《鼻子》起。

二十五日

　　日记　晴，风而热。上午以新字草案稿寄罗西。寄烈文信。午后得何白涛信。得韩白罗信并翻印《土敏土之图》二本。下午睡中受风，遂发热，倦怠。内山书店送来『ド氏集』（三）一本，二元五角。夜蕴如及三弟来。

致 黎烈文

烈文先生：

《红萝卜须》作者小照,已去复照(因为书是不能交给制版所的,他们喜欢毁坏),月初可晒好,八月五日以前必可送上,想当来得及插入译本罢。

这回《译文》中的译品,最好对于作者及作品,有一点极简略的说明,另纸写下,拟一同附在卷末,就算是公共的《编辑后记》。

专此布达,并请

道安。

隼　顿首　七月廿五日

二十六日

日记　晴,热。上午往须藤医院诊。下午得唐弢信。

二十七日

日记　晴,热。上午复何白涛信。复唐弢信。下午得徐懋庸〔信〕,即复。得罗清桢信,即复。复韩白罗信,并寄《母亲》插画印本十四张,引一。

《〈母亲〉木刻十四幅》序

高尔基的小说《母亲》一出版,革命者就说是一部"最合时的书"。而且不但在那时,还在现在。我想,尤其是在中国的现在和未来,这有沈端先君的译本为证,用不着多说。在那边,倒已经看不见这情形，成为陈迹了。

这十四幅木刻，是装饰着近年的新印本的。刻者亚历克舍夫，是一个刚才三十岁的青年，虽然技术还未能说是十分纯熟，然而生动，有力，活现了全书的神采。便是没有读过小说的人，不也在这里看见了暗黑的政治和奋斗的大众吗？

一九三四年七月廿七日，鲁迅记。

最初印入 1934 年 8 月蓝图纸本《〈母亲〉木刻十四幅》，原无标题。

初未收集。

致 何白涛

白涛先生：

七月十九的信，昨天收到了。《引玉集》一时销不出，也不要紧，慢慢的卖就好。

耀唐兄的连环图画，已见过，大致是要算好的，但为供给大众起见，我以为还可以多采用中国画法，而且有些地方还可以画得更紧张，如瞎子遭打之类。

前几天热极，什么也不能做，现已稍凉，中国木刻选要开始付印了，共二十四幅，因经济关系，只能印百二十本，除送赠每幅之作者共二十四本及别处外，只有八十本可以发售，每本价六角或八角，要看印后才可以决定。

专此布复，即颂
时绥。

迅 上 七月二十七日

致 唐 弢

唐弢先生：

来信问我的几件事情之中，关于书籍的，我无法答复，因为向来没有注意过。社会科学书，我是不看中国译本的。但日文的学习书，过几天可以往内山书店去问来，再通知，这几天因为伤风发热，躺在家里。

日本的翻译界，是很丰富的，他们适宜的人才多，读者也不少，所以著名的作品，几乎都找得到译本，我想，除德国外，肯绍介别国作品的，恐怕要算日本了。但对于苏联的文学理论的绍介，近来却有一个大缺点，即常有删节，甚至于"战争""革命""杀"（无论谁杀谁）这些字，也都成为××，看起来很不舒服。

所以，单靠日本文，是不够的，倘要研究苏俄文学，总要懂俄文才好。但是，我想，你还是划出三四年工夫来（并且不要间断），先学日本文，其间也带学一点俄文，因为，一者，我们先就没有一部较好的华俄字典，查生字只好用日本书；二者他们有专门研究俄文的杂志，可供参考。

自修的方法，我想是不大好，因为没有督促，很容易随便放下，不如进夜校之类的稳当。我的自修，是都失败的，但这也许因为我太懒之故罢，姑且写出以备考。

此复，即颂

时绥。

迅　上　七月廿七日

致 徐懋庸

懋庸先生：

对于光华，我是一丝的同情也没有，他们就利用别人的同情和穷迫的。既然销路还好，怎么会没有钱，莫非他们把杂志都白送了人吗？

生活书店办起来，稿费恐怕不至于无着落；但我看望道先生的"决心"，恐怕很要些时光罢。

在大风中睡了一觉，生病了，但大约也就要好起来的。

此复，即颂

时绥。

迅　上　七月廿七日

致 罗清桢

清桢先生：

惠示谨悉。前日因在大风中睡了一觉，遂发大热，不能久坐，一时恐难即愈。

先生归期又如此之促，以致不能招待，真是抱歉得很。诸希谅察为幸。

专此布复，并请

暑安。

迅　上　七月廿七日

致 韩白罗

白罗先生：

　　信及《土敏土》两本，均已收到。印得这样，供给不学艺术的大众，也可以了，但因为从书中采取，所以题名和原画略有不同。印本上，原文也写错了几个。此书初出时，我是寄给未名社代卖的，但不知道为什么，好像没有给我陈列。

　　这回的《引玉集》，目的是在供给学艺术的青年的参考，所以印工不能不精，一精，价钱就贵，本钱就每本一元二角，倘印得多，还可以便宜些，但我没有推销的本领，不过，只要有人翻印，也就好了。现在又在去信讨取大著作上的木刻插图，但有没有不可知，以后有没有力量印也不可知。

　　《母亲》的插图没有单张的，但从一本完整的书里拆出来，似乎也可惜，因为这书在中国不到三百本。我这里有一本缺页的，已无用处，所以将那十四幅拆下，另封托书店寄上了。至于说明，我无法写，因为我也不能确知每图是针对那几句，今但作二百字介绍，附上，用时请觅人抄一抄。

　　《新俄画选》已无处买，其实那里面的材料是并不好的。《山民牧唱》尚不知何日出版，因为我译译放放，还未译成。

　　专此布复，并颂

时绥。

迅　上　七月廿七日

二十八日

　　日记　晴，热。午后得小山信附致靖华笺。得淡海信片。得山本夫人信并正路照相一枚。得罗生信。得曹聚仁信。晚蕴如及三弟来,赠以发刷一枚。夜寄靖华信附小山笺。夜浴。

二十九日

日记　星期。晴,热。上午往须藤医院诊。午后雷雨一陈即晴。下午复曹聚仁信。得程琪英信。得陈铁耕信。诗荃来,未见,留字而去。

致 曹聚仁

聚仁先生:

　　我对于大众语的问题,一向未曾研究,所以即使下问,也说不出什么来。现在但将得来信后,这才想起的意见,略述于下——

　　一、有划分新阶段,提倡起来的必要的。对于白话和国语,先不
　　　　要一味"继承",只是择取。

　　二、秀才想造反,一中举人,便打官话了。

　　三、最要紧的是大众至少能够看。倘不然,即使造出一种"大众
　　　　语文"来,也还是特殊阶级的独占工具。

　　四、先建设多元的大众语文,然后看着情形,再谋集中,或竟不
　　　　集中。

　　五、现在答不出。

　　我看这事情复杂,艰难得很。一面要研究,推行罗马字拼音;一面要教育大众,先使他们能够看;一面是这班提倡者先来写作一下。逐渐使大众自能写作,这大众语才真的成了大众语。

　　但现在真是哗啦哗啦。有些论者,简直是狗才,借大众语以打击白话的,因为他们知道大众语的起来还不在目前,所以要趁机会先将为害显然的白话打倒。至于建立大众语,他们是不来的。

296

中国语拉丁化;到大众中夫学习,采用方言;以至要大众自己来写作,都不错。但迫在目前的明后天,怎么办？我想,也必须有一批人,立刻试作浅显的文章,一面是试验,一面看对于将来的大众语有无好处。并且要支持欧化式的文章,但要区别这种文章,是故意胡闹,还是为了立论的精密,不得不如此。

照现在的情形看来,倘不小心,便要弄到大众语无结果,白话文遭毒打,那么,剩下来的是什么呢？

草此布复,顺请

道安。

迅　上　七月二十九日

三十日

日记　晴。上午寄母亲信附海婴笺,广平手录。复山本夫人信。午后收八月分《文学》稿费二十四元。晚三弟来并为取得《急就篇》一本,赠以饼干一合。得西谛信附致保宗笺,即为转寄。闻木天被捕。

致 母 亲

母亲大人膝下,敬禀者,七月十六日信,早已收到。现在信上笔迹,常常不同,大约俞小姐她们不大来,所以只好随时托人了罢。上海在七八天前,因有大风,凉了几日,此刻又热起来了,但时亦有雨,比先前要算好的。男因在风中睡熟,生了两天小伤风,现已痊愈。害马海婴都好。但海婴因大起来,心思渐野,在外面玩的时候多,只在肚饥之时,才回家里,在家里亦从不静坐,连看看也吃力的。前天给他照了一张相,大约八月初头可晒好，那时当寄上。他又要写信给母亲，令广平照钞，今亦附上，内有几句上海话，已在旁边注明。女工又换了一个，是绍兴人，年纪很大，大约可以做得较为长久；领海婴的一个则照旧，人虽固执，但从不虐待小孩，所以我们是不去回复他的。

专此，恭请

金安。

男树　叩上　七月三十日

致 山本初枝

　二三日涼しくなって居たが近頃は又熱くなりました。もう一度汗物を出す外仕方ありません。楊梅はもう済んだのです。増田一世の呑気さには頗る感心致しました。今度は何時東京へ来るか、解らないでしょう。田舎はしづかで気持がよいかも知らないけれど、刺戟が少ないから仕事も余りに出来ないです。けれども、此先生は「坊ちゃん」出身だから仕方ありません。周作人は頗る福々しい教授殿で周建人の兄です。同じ人ではありません。増田一世に送った写真は取った時に疲れて居たか知れません。経済の為めではなく、外の環境の為めです。私は生まれてから近頃の様な暗黒を見た事はなかった。網は密で犬は多い。悪ものになる様に奨励して居るから、たまらない。反抗しなければならない。併し私はもう五十をこえたのだから残念です。私共の小供も大にいたづらです。矢張食べたくなると近づいて来、目的達すれば遊びに行く。そうして弟がないから、さびしいと不平を云ふて居ます。頗る偉大なる不平家です。つい二三日前に写真を取りました。出来上ったら一枚送ります、私のも。東京では別に必

要な用はありませんが只神田区神保町二ノ一三に「ナウカ社」と云
ふ本屋があります。その広告を見れば、ロシアの版画と絵葉書が
売って居るさうでついでの時に一度、見て下さいませんか。若し
『引玉集』の中の様な版画だったら少々買って下さい。絵葉書も絵
画の複製なら矢張少し買って下さい、併し風景、建築などの写真で
あったら入りません。　草々

魯迅　上　七月三十日

山本夫人几下

三十一日

日记　晴,热。午后得小峰信并版税泉二百。下午寄季市信。
复小峰信并寄印证三千。得亚丹信,言静农于二十六日被掳,二十
七日发,又一信言离寓,二十九日发。得陶亢德信,即复。晚寄季市
信。夜译《鼻子》讫,约一万八千字。

鼻　子

［俄国］　果戈理

一

　　三月廿五那一天,彼得堡出了异乎寻常的怪事情。住在升天大
街的理发匠伊凡·雅各武莱维支(姓可是失掉了,连他的招牌上,也
除了一个满脸涂着肥皂的绅士和"兼放淤血"这几个字之外,什么都
看不见)——总之——住在升天大街的理发匠,伊凡·雅各武莱维
支颇早的就醒来了,立刻闻到了新烤的面包香。他从床上欠起一点

299

身子来，就看见像煞阔太太的，特别爱喝咖啡的他那女人，正从炉子里取出那烤好的面包。

"今天，普拉斯可夫耶·阿息波夫娜，我不想喝咖啡了，"伊凡·雅各武莱维支说；"还是吃一点儿热面包，加上葱。"（其实，伊凡·雅各武莱维支是咖啡和面包都想要的，但他知道一时要两样，可决计做不到，因为普拉斯可夫耶·阿息波夫娜就最讨厌这样的没规矩。）"让这傻瓜光吃面包去，我倒是这样好，"他的老婆想，"那就给我多出一份咖啡来了，"于是就把一个面包抛在桌子上。

伊凡·雅各武莱维支在小衫上罩好了燕尾服，靠桌子坐下了，撒上盐，准备好两个葱头，拿起刀来，显着像煞有介事的脸相，开手切面包。切成两半之后，向中间一望——吓他一跳的是看见了一点什么白东西。伊凡·雅各武莱维支拿刀轻轻的挖了一下，用指头去一摸，"很硬！"他自己说，"这是什么呀？"

他伸进指头去，拉了出来——一个鼻子！……

伊凡·雅各武莱维支不由的缩了手，擦过眼睛，再去触触看：是鼻子，真的鼻子！而且这鼻子还好像有些认识似的。伊凡的脸上就现出惊骇的神色来。但这惊骇，却敌不过他那夫人所表现的气恼。

"你从那里削了这鼻子来的，你这废料？"她忿忿的喝道。"你这流氓，你这酒鬼！我告诉警察去！这样的蠢货！我早听过三个客人说，你理发的时候总是使劲的拉鼻子，快要拉下来！"

但伊凡·雅各武莱维支却几乎没有进气了；他已经知道这并非别人的鼻子，正是每礼拜三和礼拜日来刮胡子的八等文官可伐罗夫的。

"等一等，普拉斯可夫耶·阿息波夫娜！用布片包起来，放在角落上罢；这么搁一下，我后来抛掉它就是。"

"不成！什么，一个割下来的鼻子放在我的屋子里，我肯的！……真是废料！他光会皮条磨剃刀，该做的事情就不知道马上做。你这闲汉，你这懒虫！你想我会替你去通报警察的吗？对不起！你这偷懒鬼，你这昏蛋！拿出去！随你拿到什么地方去！你倒给我闻着这样的东西的气味试试看！"

伊凡·雅各武莱维支像被打烂了似的站着。他想而又想——但不知道应该想什么。"怎么会有这样的事情的呢，"他搔着耳朵背后，终于说，"昨晚上回来的时候，喝醉了没有呢，可也不大明白了。可是，这事情，想来想去，总不像真的。首先，是面包烤得热透了的，鼻子却一点也不。这事情，我真想不通！"伊凡·雅各武莱维支不作声了。一想到如果警察发见这鼻子，就会给他吃官司，急得几乎要死。他眼前已经闪着盘银线的红领子，还看见一把剑在发光——他全身都抖起来了。于是取出裤子和靴子来，扮成低微模样，由他的爱妻的碎话送着行，用布片包了鼻子，走到街道上。

他原是想塞在那里的大门的基石下，或者一下子在什么街上抛掉，自己却弯进横街里面的。然而运气坏，正当紧要关头，竟遇见了一个熟人，问些什么"那里去，伊凡·雅各武莱维支？这么早，到谁家出包去呀"之类，使他抓不着机会。有一回，是已经很巧妙的抛掉的了，但远远的站着的岗兵，却用他那棍子指着叫喊道："检起来罢，你落了什么了！"这真叫伊凡·雅各武莱维支除了仍然拾起鼻子来，塞进衣袋里之外，再没有别样的办法。这时候，大店小铺，都开了门，走路的人也渐渐的多起来，他也跟着完全绝望了。

他决计跑到以撒桥头去。也许怎么一来，可以抛在涅伐河里的罢？——但是，至今没有叙述过这一位有着许多可敬之处的我们的伊凡·雅各武莱维支，却是作者的错处。

恰如一切像样的俄国手艺工人一般，伊凡·雅各武莱维支是一个可怕的倒醉鬼；虽然天天刮着别人的脸，自己的却是向来不刮的。他那燕尾服（他决没有穿过常礼服）都是斑，因为本来是黑的，但到处变了带灰的黄色；硬领是闪闪的发着光，扣子掉了三个，只剩着线脚。然而伊凡·雅各武莱维支是一位伟大的冷嘲家，例如那八等文官可伐罗夫刮脸的时候，照例的要说："你的手，伊凡·雅各武莱维支，总是有着烂了似的味儿的！"那么，伊凡·雅各武莱维支便回问道："怎么会有烂了似的味儿的呢？""这我不知道，朋友，可是臭的厉害呀。"八等文官回答说。伊凡·雅各武莱维支闻一点鼻烟，于是在面庞上，上唇上，耳朵背后，下巴底下——总而言之，无论那里，都随手涂上肥皂去，当作他的答话。

这可敬的市民现在到了以撒桥上了。他首先向周围一望，接着是伏在桥栏上，好像要看看下面可有许多鱼儿游着没有的样子，就悄悄的抛掉了那包着鼻子的布片。他仿佛一下子卸去了十普特①重的担子似的，伊凡·雅各武莱维支甚至于微笑了起来。他改变了去刮官脸的豫定，回转身走向挂着"茶点"的招牌那一面去了，因为想喝一杯热甜酒，——这时候，他突然看见一位大胡子，三角帽，挂着剑的风采堂堂的警察先生站在桥那边。伊凡·雅各武莱维支几乎要昏厥了。那警察先生用两个指头招着他，说道："来一下，你！"

伊凡·雅各武莱维支是明白礼数的人，他老远的就除下那没边的帽子，赶忙走过去，说道："阿呀，您好哇。"

"好什么呢。倒不如对我说，朋友，你站在那里干什么了？"

"什么也没有，先生，我不过做活回来，去看了一下水可流得快。"

"不要撒谎！瞒不了我的。照实说！"

"唔唔，是的，我早先就想，一礼拜两回，是的，就是三回也可以，替您先生刮刮脸，自然，这边是什么也不要的，先生。"伊凡·雅各武莱维支回答道。

"喂，朋友，不要扯谈！我的胡子是早有三个理发匠刮着的了，他们还算是很大的面子哩，你倒不如说你的事。还是赶快说：你在那里干什么？"

伊凡·雅各武莱维支的脸色发了青……但到这里，这怪事件却

---

① 四十磅（Funt）为一普特（Pood）。——译者。

完全罩在雾里了,后来怎么呢,一点也不知道。

二

八等文官可伐罗夫醒得还早,用嘴唇弄了个"勃噜噜……"——这是他醒来一定要弄的,为什么呢,连他自己也说不出。可伐罗夫打过欠伸,就想去拿桌上的小镜子,为的是要看看昨夜里长在鼻子尖上的滞气①。但他吓了一大跳,该是鼻子的地方,变了光光滑滑的平面了!吓坏了的可伐罗夫拿过水来,湿了手巾,擦了眼,但是,的确没有了鼻子!他想,不是做梦么,便用一只手去摸着看,拧着身子看,然而总好像不能算做梦。八等文官可伐罗夫跳下床,把全身抖擞了一通——但是,他没有鼻子!他叫立刻拿了衣服来,飞似的跑到警察总监那里去了。

但我们应该在这里讲几句关于可伐罗夫的话,给读者知道这八等文官究竟是怎样的一个人。说起八等文官来,就有种种。有靠着学校的毕业文凭,得到这个头衔的,也有从高加索那边弄到手的。这两种八等文官,就完全不一样。学校出身的八等文官……然而俄罗斯是一个奇特的国度,倘有谁说到一个八等文官罢,那么,从里喀以至勘察加的一切八等文官,就都以为说着了他自己。而且也不但八等文官,便是别的官职和头衔的人们,不妨说,也全是这样的。可伐罗夫便是高加索班的八等文官。他弄到了这地位,还不过刚刚两年,所以没有一刻忘记过这称号。但是,为格外体面和格外出色起见,他自己是从来不称八等文官的,总说是少佐。"好么,懂了罢,"如果在路上遇见一个卖坎肩的老婆子,他一定说,"送到我家里去。

---

① 通常大抵译作"面疱",是在春情发动期中,往往生在脸上的一种小突起,所以在这里也带点滑稽的意思。现在姑且用浙东某一处的方言译出,我希望有人教我一个更好的名称。——译者

我的家在花园街。只要问:可伐罗夫少佐住在这里么? 谁都会告诉你的。"倘是漂亮的姑娘,就还要加一点秘密似的嘱咐,悄悄的说道:"问去,我的好人,可伐罗夫少佐的家呀。"所以,从此以后,我们也不如称他少佐罢。

这可伐罗夫少佐是有每天上涅夫斯基大街散步的习惯的。他那坎肩上的领子总是雪白,挺硬。颊须呢,现在就修得像府县衙门里的测量技师,建筑家,联队里的军医,或是什么都独断独行,两颊通红,很能打波士顿纸牌的那些人们模样。这颊须到了面颊的中央之后,就一直生到鼻子那里去。可伐罗夫少佐是总带着许多淡红玛瑙印章的,有些上面刻着纹章,有些是刻着"星期三""星期四""星期一"这些字。可伐罗夫少佐的上圣彼得堡,当然有着他的必需,那就是在找寻和他身分相当的位置。着眼的是,弄得好,则副知事,如果不成,便是什么大机关的监督的椅子。可伐罗夫少佐也并非没有想到结婚,但是,必须有二十万圆的赔嫁。那么,读者也就自己明白,当发见他模样不坏而且十分稳当的鼻子,变了糟糕透顶的光光滑滑的平面的时候,少佐是怎样的心情了。

不凑巧的是街上连一辆马车也没有。他只好自己走,裹紧了外套,用手帕掩着脸,像是出了鼻血的样子。"也许是误会的。既然是鼻子,想来不至于这样瞎跑,"他想着,就走近一家点心店里去照镜。幸而那点心店里没有什么人;小伙计们在打扫房间,排好桌椅。还有几个是一副渴睡的脸,正用盘子搬出刚出笼的馒头来。沾了咖啡渍的昨天的报纸,被弃似的放在桌椅上。"谢天谢地,一个人也没有,"他想,"现在可以仔细的看一下了。"他惴惴的走到镜子跟前,就一望,"呸,畜生,这一副该死的脸呵!"他唾了一口,说,"如果有一点别的东西替代了鼻子,倒还好! 可是什么也没有! ⋯⋯"

他懊丧得紧咬着嘴唇,走出了点心店。并且决意破了向来的惯例,在路上对谁也不用眼睛招呼,或是微笑了。但忽然生根似的他站住在一家的门前,他看见了出乎意料之外的事。那门外面停下了一辆马车，车门一开，就钻出　个穿礼服的绅士来，跑上阶沿去。当可伐罗夫看出那绅士就是他自己的鼻子的时候，他真是非常害怕，非常惊骇了！一看见这异乎寻常的现象，他觉得眼前的一切东西都在打旋子，就是要站稳也很难。但是，他终于下了决心——发疟疾似的全身颤抖着——无论如何，总得等候那绅士回到车子里。两分钟之后，鼻子果然下来了！他穿着高领的绣金的礼服，软皮裤，腰间还挂着一把剑。从带着羽毛的帽子推测起来，确是五等文官的服装；也可见是因公的拜会。他向两边一望，便叫车夫道："走罢！"一上车，就这么的跑掉了。

可怜的可伐罗夫几乎要发疯。他不知道对于这样的怪事情，自己应该怎么想。昨天还在他脸上，做梦也想不到它会坐着马车，跑来跑去的鼻子，竟穿了礼服——怎么会有这样的事情呢！他就跟着马车跑上去。幸而并不远，马车又在一个旅馆前面停下了。

他也急急忙忙的跑到那边去。有一群女乞丐，脸上满包着绷带，只雕两个洞，露着那眼睛。这样子，他先前是以为可笑的。他冲过了乞丐群。另外的人还很少。可伐罗夫很兴奋，自己觉得心神不定，只是圆睁了眼睛，向各处找寻着先前的绅士。终于发现他站在一个铺子前面了。鼻子将脸埋在站起的高领里，正在很留神似的看着什么货色。

"我怎么去接近呢，"可伐罗夫想，"看一切——那礼服，那帽子——总之，看起一切打扮来，一定是五等文官。畜生，这真糟透了！"

他开始在那绅士旁边咳嗽了一下，但鼻子却一动也不动。

"可敬的先生……"可伐罗夫竭力振作着，说，"可敬的先生……"

"您贵干呀？"鼻子转过脸来，回答说。

"我真觉得非常奇怪，极可敬的先生……您应孩知道您自己的住处的……可是我忽然在这里看见了您……什么地方？……您自己想想看……"

"对不起，您说的什么，我一点也不懂……请您说得清楚些罢。"

"教我怎么能说得更清楚呢？"可伐罗夫想，于是从新振作，接下去道，"自然……还有，我是少佐，一个少佐的我，没了鼻子在各处跑，不是太不像样么？如果是升天桥上卖着剥皮橘子的女商人或者什么，那么，没了鼻子坐着，也许倒是好玩的罢。然而，我正在找一个职位……况且我认识许多人家的夫人——譬如五等文官夫人契夫泰来瓦以及别的……请您自己想想看……真的是没有法子了，我实在……（这时可伐罗夫少佐耸一耸肩膀）……请您原谅罢……这事情，如果照着义务和名誉的法律说起来……不过这是您自己很明白的……"

"我一点也不懂，"鼻子回答说，"还是请您说得清楚些。"

"可敬的先生，"可伐罗夫不失他的威严，说，"倒是我不懂您的话是什么意思了……我们的事情是非常明白的……如果您要我说……那么，您是——我的鼻子吗！"

鼻子看定了少佐，略略的皱一皱眉。

"您弄错了，可敬的先生；我是我自己。我们之间，不会有什么密切关系的。因为看您衣服上的扣子，就知道您办公是在别的衙门里的。"说完这，鼻子就不理他了。

可伐罗夫完全发了昏；他不知道应该怎么办，甚至于不知道应该怎么想了。忽然间，听到了女人的好听的衣裙声；来了一个中年的，周身装饰着镂空花条的太太，并排还有她的娇滴滴的女儿，穿的是白衣裳，衬得她那苗条的身材更加优美，头上戴着馒头似的喷松的、淡黄的帽子。她们后面跟着高大的从仆，带了一部大胡子，十二条领子和一个鼻烟壶。

可伐罗夫走近她们去，将坎肩上的薄麻布领子提高一点，弄好了挂在金索子上的印章，于是向周围放出微笑去，他的注意是在那春花一般微微弯腰，有着半透明的指头的纤手遮着前额的女人身上了。可伐罗夫脸上的微笑，从女人的帽子荫下，看到胖胖的又白又嫩的下巴,春初的日荫的蔷薇似的面庞的一部分的时候——放得更其广大了。然而他忽然一跳,好像着了火伤。他记得了鼻子的地方,什么也没有了。他流出眼泪来了。他转脸去寻那礼服的绅士,想简直明明白白的对他说:你这五等文官是假冒的,你是不要脸的骗子,你不过是我的鼻子……然而鼻子已经不在,恐怕是坐了马车,又去拜访谁去了。

可伐罗夫完全绝望了。回转身,在长廊下站了一会,并且向各处用心的看,想从什么地方寻出鼻子来。鼻子的帽子上有着羽毛,礼服上绣着金花,他是记得很清楚的。然而怎样的外套,还有车子和马匹的颜色,后面可有好像跟班的人,如果有,又是怎样的服色,他却全都忘掉了。而且来来往往,跑着的马车的数目也实在多得很,又都跑得很快,总是认不清。即使从中认定了一辆罢,也决没有停住它的法子。这一天,是很好的晴天,涅夫斯基大街上的人们很拥挤。从警察桥到亚尼七庚桥的步道上,都攒动着女人,恰如花朵的瀑布。对面来了一个他的熟人,是七等文官,他却叫他中佐的,尤其是在不知底细的人面前。还有元老院的科长约里斤,他的好朋友,这科长,如果打起八人一组的波士顿纸牌来,是包输的人物。还有别一个少佐,也是从高加索捞了头衔来的,向他挥着手,做着他就要过来的信号。

"啊唷,倒运!"可伐罗夫说,"喂,车夫,给我一直上警察总监那里去!"

可伐罗夫刚一跳上车,就向车夫大喝道:"快走——愈快愈好!"

"警察总监在家么?"他刚跨进门,就大声的问道。

"不,没有在家,"门房回答说,"刚才出去了。"

"真可惜!"

"是呀,"门房接下去道,"是刚才出门的,如果您早来一分钟,恐怕您就能够在家里会到他了。"

可伐罗夫仍旧用手帕掩着脸,又坐进了马车,发出完全绝望的声音,向车夫吆喝道:"走,前去!"

"那里去呀?"车夫问。

"走,一直去!"

"怎么一直去呢? 这里是转角呀。教我往右——还是往左呢?"

这一问,收住了可伐罗夫的奔放的心,使他要再想一想了。到了这样的地步,第一着,是先去告诉警察署。这也并非因为这案件和警察直接相关,倒是为了他们的办案,比别的什么衙门都快得远。至于想往鼻子所在的衙门的长官那里去控告,希图达到目的,那恐怕简直是胡思乱想,这只要看鼻子的种种答辩就知道,这种人是毫无高尚之处的,正如他说过和可伐罗夫毫不相识一样,那时真不知会说出些什么来呢。可伐罗夫原要教车夫上警察署去的,但又起了一个念头:这骗人的恶棍,那时是初会,装着那么不要脸的模样,现在就说不定会看着机会,从彼得堡逃到什么地方去的。这么一来,一切的搜索就无效了,即使并非无效,唉唉,怎么好呢,怕也得要一个整月的罢。但是,好像天终于给了他启示,他决计跑往报馆,赶快去登详情的广告了。那么,无论谁,只要看见了鼻子,就可以立刻拉到可伐罗夫这里来,或者至少,也准会来通知鼻子的住址。这么一决计,他就教车夫开到报馆去。而且一路用拳头冲着车夫的背脊,不断的喝道:"赶快呀,你这贼骨头! 赶快呀,你这骗子!""唉唉,这好老爷唷,"车夫一面摇着头,说,一面用缰绳打着那毛毛长得好像农家窗上的破布一般的马的脊梁。马车终于停下了。可伐罗夫喘息着,跳进了小小的前厅。在那地方,靠桌坐着一个白发的职员,身穿旧的燕尾服,鼻上架着眼镜,咬了笔,在数收进的铜钱。

"谁是收广告的?"可伐罗夫叫道。

"阿,您好! 我就是的!"那白头职员略一抬眼,说,眼光就又落在钱堆上面了。

"我要在报上登一个广告……"

"请您再稍稍的等一下,"职员说,右手写出数目来,左手扶好了眼镜。一个侍役，从许多扁绦和别的打扮上，就知道是在贵族家里当差的，捧着一张稿纸，站在桌子旁，许是要显显他是社交上的人物罢，和气的说："这是真的呢，先生，不值一戈贝克的小狗——这就是说，倘是我，就是一戈贝克也不要；可是伯爵夫人却非常之爱，阿唷，爱得要命——所以为了寻一匹小狗，肯悬一百卢布的赏。我老实对您说，您要知道，这些人们的趣味，和我们是完全不同的；为了这么一匹长毛狗或是斑狗，他们就化五百呀，一千卢布，只要狗好，他们是满不在乎的。"

这可敬的职员认真的听着谈天，同时也算着侍役手中的稿纸上的字数。侍役的旁边，还站着女人，店员，以及别的雇员之类一大群，手里都拿着底稿。一个是求人雇作品行方正的马车夫；别一个是要把一八一四年从巴黎买来的还新的四轮马车出售；第三个是十九岁的姑娘，善于洗衣服，别的一切工作也来得。缺了一个弹簧的坚牢的马车。生后十七年的灰色带斑的年青的骏马。伦敦新到的萝卜子和芜菁子。连装饰一切的别墅。带着足够种植白桦或松树的余地的马棚两间。也有要买旧鞋底，只要一通知，就在每日八点至三点之间，趋前估价的。挤着这一群人的屋子，非常之小，里面的空气也就太坏了；八等文官可伐罗夫却并没有闻着那气味，虽然也有手帕掩着脸，但还是因为顶要紧的鼻子，竟不知道被上帝藏到那里去了。

"我的可敬的先生，请您允许我问一声——我是极紧急的，"他熬不住了，终于说。

"就好，就好！……两卢布和四十三个戈贝克！……再一下子就好的！……一卢布和六十四个戈贝克！"白发先生一面将底稿掷还给老女人和男当差们，一面说。"那么，您的贵干是？"他转过来问到可伐罗夫了。

"我要……"可伐罗夫开始说，"我遭了诬骗，遭了欺诈了——到现在，我还没有抓住那家伙。现在要到贵报上登一个广告，说是有谁捉了这骗贼来的,就给以相当的谢礼。"

"我可以请教您的贵姓么?"

"我的姓有什么用呢?这是不能告诉你的。我有许多熟人。譬如五等文官夫人契夫泰来瓦呀,大佐夫人沛拉该耶·格里戈利也夫娜呀……如果他们一知道,那可就糟了!您不如单是写:一个八等文官,或者更好是:一位少佐品级的绅士。"

"这跑掉了的小家伙是您的男当差罢?"

"怎么是男当差?那类脚色是玩不出这样的大骗局来的!跑了的是……那是……我的鼻子嗬……"

"唔!好一个希奇的名字!就是那鼻子姑娘卷了您一笔巨款去了?"

"鼻子……我说的是……你这么胡扯,真要命!鼻子,是我自己身上的鼻子,现在不知道逃到那里去了。畜生,拿我开玩笑!"

"不知道逃到那里去,是怎么一回事呢?这事情我总有点儿不明白。"

"是怎么一回事?连我也说不出来呀。但是,紧要的是它现在坐着马车在市上转,还自称五等文官。所以我来登广告,要有谁见,便即抓住,拉到我这里来的。鼻子,是身体上最惹眼的东西!没有了这的我的心情,请您推测一下罢!这又不比小脚趾头,倘是那,只要穿上靴子,就谁也看不见了。每礼拜四,我总得去赴五等文官夫人契夫泰来瓦的夜会,还有大佐夫人沛拉该耶·格里戈利也夫娜·坡陀忒契娜,很漂亮的她的小姐,另外还有许多太太们,和我都很熟识,你想想看,现在我的心情是……我竟不能在她们跟前露脸了!"

职员紧闭了嘴唇,在想着。

"不成,这样的广告,我们的报上是不能登的。"沉默一会之后,他终于说。

"怎,什么?为什么不能?"

"您想,我们的报纸的名声,先就会闹坏的。如果登出鼻子跑掉了这些话来……人们就要说，另外一定还有胡说和谎话在里面。"

"但是，怎么这是胡说呢？谎话是一句也没有的！"

"是的，您是觉得这样的。上礼拜我们就有过很相像的事情。恰如您刚刚进来时候的样子一样，来了一位官员，拿着稿纸，费用是两卢布七十三戈贝克。广告上说的是一匹黑色的长毛狗跑掉了。我告拆您，这是什么意思呢？这是嘲骂；这长毛狗是说着一个会计员的——我不记得是那一个机关里的了。"

"但是，我并不要登长毛狗的广告，倒是我自己的鼻子。这和我要登关于我自己的广告，完全一样的。"

"不成，这样的广告，我是断不能收的。"

"但是，如果我的鼻子真是没有了呢？"

"如果没有了鼻子，那是医生的事情了。能照各人心爱的样式，装上鼻子的医生，该是有着的。不过据我看起来，您是一位有趣的先生，爱对大家开开玩笑。"

"我对你赌咒！天在头上！既然到了这地步，我就给你看罢。"

"请您不要发火！"职员嗅了一点鼻烟，接着说。"总之，如果您自己可以的话，"他好奇似的说，"我倒也愿意看一看的，究竟……"

八等文官于是从脸上拿开了手帕。

"这真是出奇，"职员说，"这地方竟完全平滑了，平滑得像剃刀一样。这是只好相信的了。"

"那么，您也再没有什么争执了罢？可以登报的事实，是你亲自看见了的。我还应该特别感谢您，并且从这机会，使我得到和您熟识的满足，我也很喜欢。"看这些话，这一回，少佐是想说得讨好一点的。

"登报自然也并不怎么难，"职员说，"只是我想，这广告恐怕于您也未必有好处。还不如去找一个会做好文章的文学家，告诉他这故事，使他写一篇奇特的记实，怎么样呢？这东西如果登上了《北方的蜜蜂》(这时他又闻一点鼻烟)，既可以教训青年(这时他擦一擦鼻子），也很惹大众的兴味的。"

八等文官是什么希望也没有了。他瞥见了躺在眼前的报章，登着演剧的广告。一看到一个漂亮透顶的女优的名字，他脸上就已经露出笑影来。一面去摸衣袋，看看可有蓝钱票。因为据可伐罗夫的意见，大佐夫人之流是都非坐特等座不可的。但是，一想到鼻子，可又把这个计画打得粉碎了。

报馆人员好像也很同情了可伐罗夫的苦况。他以为照礼数，总得用几句话，来表明自己的意思，以安慰他悲哀的心情。"真的，遭了这等事，多么不幸呵。你要用一点鼻烟么？头痛，气郁，都有效；医痔疮也很灵验的。"馆员一面说，一面向可伐罗夫递过鼻烟壶来，顺手打了开嵌着美人小像的盖子。

这是太不小心的举动。可伐罗夫忍耐不住了。"开玩笑也得有个界限的！"他忿怒的喝道，"你没见我正缺了嗅嗅的家伙吗？妈的你和您的鼻烟！什么东西。这么下等的培力芹烟。自然，就是法国的拉丕烟，也还不是一样！"他说着，恨恨的冲出报馆，拜访警察分局长去了。

当可伐罗夫走进去的时候，分局长正在伸一个懒腰，打一个呵欠，说道，"唉唉，困他这么三个钟头罢！"这就可见八等文官的拜访，是不大凑巧的了。这位分局长，是一切美术品和工艺品的热心的奖励家。但是，顶欢喜的是国家的钞票。"这还切实，"他总爱这么说，"这还切实。再好没有了。不用喂养，不占地方。只要一点小地方，在袋子里就够。即使掉在地上罢——它又是不会破的。"

分局长对可伐罗夫很冷淡。并且说，吃了东西之后，不是调查事情的适宜的时光；休息一下，是造化的命令（听了这话，可伐罗夫就知道这位分局长是深通先哲遗留下来的格言的了），倘不是疏忽的人，怕未必会给谁拉掉鼻子的。

这就是并非眉毛上，却直接在眼睛上着了一棍子。而且还有应该注意的，是可伐罗夫乃是一位非常敏感的人。有人说他本身，他总是能够宽恕的，但如果关于他的官阶和品级，就决不宽恕。譬如做戏的时候，假使是做尉官级的事情，他都不管，然而一牵涉佐官级的人，却以为不该放任了。可是在分局长的招待上，他却碰得发了昏，只是摇着头，保着两手稍稍伸开的姿势，想不失去他的威严，一面说，"我可以说，你这面既然说了这么不客气的话，我还有什么好说呢。"他于是出去了。

　　他一直回了家，连脚步声也轻得很。已经黄昏了。找寻是完全没有用。碰了大钉子回来，觉得自己的家也很凄凉，讨厌，一进门，就看见他的男当差伊凡躺在脏透了的软皮沙发上。他仰卧着，在把唾沫吐到承尘上面去，而且又很准，总是吐在同一的地方。真是悠闲无比。一看见，可伐罗夫就大怒了，用帽子打着伊凡的头，喝道："总做些无聊事，这猪狗！"

　　伊凡立刻跳起身，用全速力跑过来，帮他脱下了外套。

　　于是少佐进了自己的屋子里，坐在沙发上，又疲倦，又悲哀，叹了几声，说道：

　　"唉唉，唉唉，真倒运！如果我没有了一只手，一只脚，或者一条腿，倒还不至于这么坏，然而竟没有了鼻子——畜生！没有鼻子，鸟不是鸟，人也不是人了——这样的东西，立刻撮来，从窗口摔出去罢！倘使为了战争，或是决斗，或是别的什么自己不小心，弄掉了，那没有法，然而竟抛得连为什么，怎么样，也一点不明白，光是不见了就完。真奇怪。决不会有这样的事的。"他想了一下，就又说，"无论如何，总是参不透。鼻子会不见的，这多么稀奇。这一定是在做梦，要不然，就是幻想了。也许是刮过胡子，涂擦皮肤的烧酒，错当水喝了罢。伊凡这昏蛋既然模模胡胡，自己就随随便便的接过来了也说不定的。"因为要查明自己究竟醉了没有，少佐就竭力拧一把他的身体，痛得他喊起来。那就全都明白了，他醒着的，他清楚的。他慢慢的走到镜子前面去了，细眯着眼睛，心里想，恐怕鼻子又在老地方了罢，但忽然跳了回来，叫道："这可多么丑！"

这真是参不透。倘是别的东西：一粒扣子，一个银匙，一只表，那是也会不见的——但却是这样的一个损失……有谁失掉过这样的东西的？而且在自己的家中！可伐罗夫少佐记出一切事情来，觉得最近情理的，是大约只好归罪于大佐夫人坡陀忒契娜才对。她要把她的女儿和他结婚。他也喜欢对这位小姐献媚，不过到底没有开口，待到大佐夫人自己明白表示，要嫁女儿给他了，他却只敷衍一下就完全推脱，说是他年纪还太青，再得办五年公事——那么，自己就刚刚四十二岁了。大佐夫人为了报这点仇，要毁坏他的脸，便从什么地方雇了一两个巫婆来，也是很可能的事。要不然，是谁也不会想到割掉人的鼻子的！那时候，并没有人走进他的屋子来。理发匠伊凡·雅各武莱维支的来刮脸，是礼拜三，礼拜三不必说，就是第二天礼拜四，鼻子也的确还在原地方的——他记得很分明，知道得很清楚。况且不是会觉得疼痛的么？伤口好得这么快，光滑到像剃刀一样，却真是怎么也想不通。他想着各种的计画：依法办理，把大佐夫人传到法庭上去好，还是自己前去，当面斥骂她好呢？……忽然间，从许多门缝里钻进亮光来，将他的思想打断了。这亮光，是伊凡点上了大门口的蜡烛。不一会，伊凡也捧着蜡烛，明晃晃的走进屋里来。可伐罗夫首先第一著，是抓起手帕，遮住了昨天还有鼻子的地方。因为伊凡是昏人，一见他主人的这么奇特的脸，他是会看得张开了嘴巴的。

伊凡刚回到他狗窝一般的小屋里去了不多久，就听得大门外好像有生客的声音，道："八等文官可伐罗夫住在这里么？"

"请，请进来，是的，他住在这里，"可伐罗夫少佐说着，慌忙跑出去，给来客开门。

进来的是一个两颊很胖，胡子不稀不密，风采堂堂的警察。就是这小说的开头，站在以撒桥根的。

"恐怕您失掉了您的鼻子了罢？"

"一点不错。"

"这东西可又找到了。"

"你说什么?"可伐罗夫少佐不禁大叫起来。高兴得连舌头也不会动了。他只是来回的看着站在自己面前的,在抖动的烛光中发亮的警察的厚嘴唇和面颊。"怎,怎么找到的?"

"事情也真怪:在路上捉住的。他几乎就要坐了搭客马车,逃到里喀去了。护照是早已办好了的。还是一个官员的名字。最妙的是,连我也原当他是一个正人君子的。但幸而我身边有眼镜,于是立刻看出,他却是一个鼻子。我有些近视,即使你这样的站在当面,我也不过模模胡胡的看见你的脸,鼻子呀,胡子呀,以及别的小节目,就分不清。我的丈母,就是我的女人的母亲,也是什么都看不见的。"

可伐罗夫忘了自己了。"在那里呢? 那里? 我就去,好……"

"您不要着慌就是。我知道这是要紧的,已经自己带了来了。而且值得注意的事是,这案子的主犯乃是住在升天大街的理发匠这坏家伙,他已经脚镣手铐,关在牢监里了。我是早已疑心了他的,他是一个酒醉鬼,也是一个贼骨头,前天他还在一个铺子里偷了一副扣。你的鼻子倒是好好的,一点也没有什么。"警察一面说,一面从衣袋里掏出用纸包着的鼻子来。

"是的是的,这就是的!"可伐罗夫叫了起来,"不错,这就是的!您可以和我喝一杯茶么?"

"非常之好,可是我实在没有工夫了。我还得立刻到惩治监去……现在的食料品真贵得吓人……我有一个丈母,就是我的女人的母亲,还有许多孩子。最大的一个倒像很有希望的——这么一个乖角儿。但要给他好教育,我简直没有这笔款……"

警察走了之后,好一会,八等文官还是昏昏的呆着。这样的过了两三分钟,这才慢慢的能够看见,能够觉得了。弄得那么胡涂,也就是他的欢喜太出意外了的缘故。他用两手捧起寻到的鼻子来,看了一通,又用极大的注意,细看了一次。

"一点不错。正是这个。"可伐罗夫少佐说,"唔,这左边;就有着昨天生出来的滞气。"因为太高兴了,他几乎要出声笑起来。

然而在这地面上,永久的事情是没有的。欢喜也并不两样。后一霎时,就没有那么大了,再后一霎时,就更加微弱,终于也成了平常的心情,恰如被小石子打出来的波纹,到底还是复归于平滑的水面。可伐罗夫又在想,并且悟到这事件还没完结了。鼻子是的确找到了的,但这回必须装上原先的地方去。

"如果装不牢呢?"少佐自己问着自己,发了青。

说不出的恐怖赶他跑到桌子跟前去。为了要鼻子装得不歪不斜,他拿一面镜。两只手抖得很厉害。极小心,极谨慎的他把鼻子摆在老地方。但是,糟了,鼻子竟不粘住!他拿到嘴巴边,呵口气温润它一下,然后再放在两颊之间的平面上,但鼻子却无论如何总不肯粘牢。

"喂,喂,喂!这样的带着罢,你这蠢货!"他对鼻子说。然而鼻子很麻木,像木塞子似的落在桌上了,只发出一种奇特的声音。少佐的脸痉挛了起来。"无论如何,总不肯粘住么?"他吃惊的说。但还去装了好几回——那努力,仍旧没有用。

他叫了男当差来,教他去请医生。那医生,是就住在这大楼二层楼上的好屋子里的。风采非凡,有一部好看的络腮胡须和一位健康活泼的太太。每天早上吃鲜苹果,漱口要十五分钟,牙刷有五样,嘴里总弄得非常的干净。医生即刻就到了,问过这事情的发生时期之后,便托着少佐的下巴,抬起他的脸,用第二个指头在原有鼻子的地方弹了一下,少佐赶紧一仰头,后头部就撞在墙壁上。医生说,这是没有什么的,命令他离开些墙壁,把头先往右边歪过去,摸一摸原有鼻子的处所,说道"哼!"然后命令他往左边歪过去,说道"哼!"终于用大指头再弹了一下,使少佐像被人来数牙齿的马匹似的缩了头。经过这样的调查之后,于是他摇摇头,开口道:"不成,这是不行的。还是听它这样好。一不小心,也许会更坏的。自然,我可以替您接上鼻子去,马上接也可以。但我得先告诉您说,这是只会更坏的。"

"顾不得这些了！没有鼻子，我还能出门么?"可伐罗夫大声说。"没有能比现在更坏的了。畜生！这样的一张丑脸，我怎么见人呢？我的熟人，都是些阔绰的太太，今晚上该去的就有两家！我说过，我有许多熟人;……首先是五等文官夫人契夫泰来瓦，大佐夫人坡陀忒契娜……虽然吃了她这样的亏，只好在警厅里见面。请你帮一下子罢，先生……"可伐罗夫又恳求的说，"莫非竟一点法子也没有么？接起来试试看。不论好坏，只要安上了就好。不大稳当的时候，我可以用手轻轻的按住的。跳舞是从此不干了。因为一有不相宜的动作，也许会弄坏的。至于您的出诊的谢礼呢，请放心罢，只要我的力量办得到……"

"请您相信我，"医生用了不太高，也不太低，但很清楚，似乎讨好的声音说，"我的行医，是决不为了自己的利益的。这和我的主义和技术相反。的确，我出诊也收些报酬，但这不过因为恐怕不收，倒使病人的心里不舒服罢了。当然，就是这鼻子，倘要给你安上去，那就可以安上去，然而我凭着我的名誉，要请您相信我的话——这是只会更加坏下去的。最好是听其自然。时常用凉水来洗洗。我并且还要告诉您，即使没有鼻子，那健康是和有着鼻子的时候并没两样的。至于这鼻子呢，我劝你装在瓶子里，用酒精泡起来。更好是加上满满的两匙子烧酒和热醋——那么，你一定可以赚一大批钱，如果你讨价不很贵的话，我带了去也可以。"

"不行，不行，怎么卖!"可伐罗夫少佐绝望的叫道，"那倒不如单是不见了鼻子的好了!"

"那么，少陪，"医生鞠一个躬，说，"我真想给您出点力……有什么法子呢？但是，至少，我的用尽了力量，是您已经看得很明白的了。"他说完话，便用了堂皇的姿势，走出屋子去。可伐罗夫连医生的脸也没有看清。深深的沉在无感觉的底里，总算看见了的，是只有黑色燕尾服的袖口和由此露出的雪白干净的小衫的袖子。

第二天,他决定在控告大佐夫人之前,先给她一封信。这信,是问她肯不肯将从他那里拿去的东西,直截爽快的归还的。内容如下:

　　"亲爱之亚历山特拉·格里戈利耶夫娜!

　　敝人诚不解夫人如此奇特之行为矣。由此举动,盖将一无所得;亦不能强鄙人与令爱结婚也。今敝鼻故事,全市皆知,夫人之外,实无祸首。此物突然不见,且已逃亡。或化为官员,或仍复本相,此除我夫人,或如我夫人,亦从事于伟业者之妖术之结果而外,岂有他哉。鄙人自知义务,兹特先行通知,假使该鼻于今日中,不归原处,则惟有力求法律之防御与保护而已。

　　　　　然仍以致敬于夫人为荣之忠仆

　　　　　　　　　柏拉敦·可伐罗夫"

　　"亲爱的柏拉敦·古兹密支!

　　你的信真吓了我一大跳。我明白的对你说,好像干了什么坏事似的,得了你这样的训斥,我真是没有想到的。我明白的对你说,像你所说那样的官员,无论他是真相,是改装,我家里都没有招待过。只有腓立普·伊凡诺维支·坡丹七科夫来会过我,好像想要我的女儿(他是一位品端学粹的君子人),但是我连一点口风也没有露。你又说起鼻子。如果这说的是我们回绝了你,什么都落空了的意思,那么,这可真使我奇怪了。首先说出来的倒是你,至于我们这一面,你想必也明白,意思是恰恰相反的。就是现在,只要你正式要求,说要我的女儿,我也还是很高兴的立刻答应你。这不正是我诚心的在希望的吗。我实在是总在想帮帮你的忙的。

　　　　　　　　　你的

　　　　　　　　亚历山特拉·坡陀忒契娜"

　　"唔,"看过了信之后,可伐罗夫说,"并不是她。不会有这等事!

318

这封信,就完全不像一个犯人写出来的。"八等文官还在高加索的时候,就受过委派,调查了几个案件,所以深通这一方面的事情。"那么,究竟是怎么着,为了怎样的运命的捣乱,弄成了这样的呢? 畜生,这可又莫名其妙了!"他的两只手终于软了下来。

这之间,这一件奇特事件的传说,已经遍满了全市。照例是越传越添花样的。那时候,人们的心都向着异常的事物。大家的试验电磁,就刚刚风行过,而且棚屋街有着能够跳舞的椅子的故事,也还是很新的记忆,所以有了这样的风传,说八等文官可伐罗夫的鼻子每天三点钟一定到涅夫斯基大街去散步,正也毫不足怪的。每天总屯集起一大堆好事之徒来。倘有人说一声鼻子现在雍开尔的铺子里——那铺子近旁便立刻人山人海,不叫警察不行。一个仪表堂堂的投机家,却生着一副很体面的络腮胡子,原是在戏院门口卖着各种饼干和馒头的,福至心灵,就做了许多好看而坚固的木头椅,排起来,每人八十戈贝克,在卖给来看的人们坐。一个武功赫赫的大佐,因为要拥进这里去,特地一早出门,用尽气力,这才分开人堆,走到里面了。但使他非常愤慨的,是在这铺子的窗上所看见的却并非鼻子,不过一张石印画片,画着一个补毛线衫和袜子的姑娘,和一个身穿翻领的坎肩,留一点小胡子的少年,在树阴下向她看。而且这画片挂在那里,也几乎有十年了。大佐回出来,恨恨的说:"为什么人们竟会给这样无聊的,胡说的谣言,弄得起哄的呢?"后来那传说,又说是可伐罗夫少佐的鼻子的散步,不在涅夫斯基大街了,是在滔里斯公园,并且是早在那里了的,当诃莱士夫·米尔沙(一八二九年到彼得堡来的波斯王之孙)还住在那近旁的时候,他就被这奇特的造化游戏吃过吓。外科专门学校的一般学生也来参观了。一个有名的上流的太太,还特地写信给公园的经理,说是他极想给他的孩子们看看这希罕的现象,如果可以,还希望加一些能作青年们的教训的说明云。

有了这故事,欢迎鼓舞的是夜会的常客,社交界的绅士们。他们最擅长的是使女人们发笑，然而那时却已经再也没有材料了。但是，有很少的一些可敬的，精神高尚的人物，却非常之不满。一位先生愤愤的说，他不解现在似的文明的世纪，怎么还会传布那么愚蠢的谣言，而且他更深怪政府对于这事，何以竟不给它些微的注意。这位先生，是分明属于要政府来管一切事件——连自己平时的夫妇口角的事件的人们之一的。于是而……这事件，到这里又完全罩在雾里了，以后怎样呢——一点也不知道。

三

世间也真有古怪得极的事情。有时候，竟连断不能相信的事情也会有。曾经以五等文官的格式，坐着马车，那么哄动过全市的鼻子，居然若无其事似的，忽然在原地方，就是可伐罗夫少佐的两个面颊之间出现了。其时已经是四月初七日。少佐早上醒来，在无意中看了一看镜，却看见了鼻子！用手一撮——真的是鼻子！"嗳哈！"可伐罗夫说，高兴到几乎要在屋子里跳起德罗派克①来。但因为伊凡恰恰走进来，他就中止了。他命令他立刻准备洗脸水。洗过脸，再照一照镜——有鼻子！用手巾使劲的擦一下，又照一照镜——有鼻子！

"来瞧一下，伊凡，好像鼻子尖上生了一粒滞气，"他说着，一面自己想："如果伊凡说：'阿呀，我的好老爷，不要说鼻子尖上的滞气，你连鼻子也没有呢。'这不是完了！"

然而伊凡说，"没有呀。没有滞气。鼻子干干净净的！"

"好！很好！"少佐独自说，并且两指一擦，响了一声。这时候，门口出现了理发匠伊凡·雅各武莱维支，但好像因为偷了黄油，遭人毒打过一顿的猫儿，惴惴的。

——————————

① Tropak，一种国民的舞蹈。——译者。

“先对我说，手干净么？”他还远，可伐罗夫就叫起来。

“干净得很。”

“你说谎！”

“天在头上，干净得很的，老爷！”

“那么，来就是！”

可伐罗夫坐着。伊凡·雅各武莱维支围好白布，用了刷子，渐渐的将胡子全部和面颊的一部分，都涂上了商人做生日的时候，常常请人那样的奶油了。“瞧！”理发匠留心的望着鼻子，自己说。于是将可伐罗夫的头转向一边，又从侧面望着鼻子。“瞧！正好。”他说着，总是不倦的看着那鼻子。到底是极其谨慎地，慢慢的伸出两个指头来，要去撮住鼻子尖。这办法，就是伊凡·雅各武莱维支派。

“喂，喂，喂，小心！”可伐罗夫叫了起来。伊凡·雅各武莱维支大吃一惊，垂下手去，着了一生未有的慌。但终于很小心的在下巴底下剃起来了。刮脸而不以身体上的嗅觉机关为根据，在伊凡·雅各武莱维支是很觉得不便，并且艰难的，但总算只用他毛糙的大指按着面颊和下颚，克服了一切障碍，刮完了。

这事情一结束，可伐罗夫就急忙的换衣裳，叫了马车，跑到点心店。一进门，他就大喝道，“伙计，一杯巧克力！”同时也走到镜前面——不错，鼻子是在的！他很高兴的转过脸去，眏着眼，显着滑稽的相貌去看两个军人。其中的一个生着的鼻子，无论如何，总难说它比坎肩上的扣子大。出了点心店，他到那捞个副知事，倘不行，便是监督的椅子的衙门里的事务所去了。走过应接室，向镜子瞥了一眼——不错，鼻子是在的！他于是跑到别一个八等文官，也是少佐的那里去。那人是一个非常的坏话专家，总喜欢找出什么缺点来，教人不舒服，当这时候，他是总回答他说：“说什么，我知道你是全彼得堡的聪明才子的。”他在路上想：“如果一见面，那少佐并不狂笑起来，便可见一切处所，全有着该有的东西了。”但那八等文官却什么话也没有说。“好，很好！”可伐罗夫自己想。回家的路上，他又遇见了大佐夫人坡陀忒契娜和她的女儿。一招呼，就受了欢呼的迎接，也可见他的肉体上，并无什么缺陷了。许多工夫，他和她们站着谈闲天。还故意摸出鼻烟壶来，当面慢慢的塞进两个鼻孔里去给她们看。心里却想道："怎么样，鸡婆子，你的女儿我却是断断不要的呢。倒也并不是为了什么——par amour——哼，就是怎么着！"

从此以后，可伐罗夫少佐便好像毫没有过什么似的，又在涅夫斯基大街闲逛；戏园，舞场，夜会——总而言之，无论那里都在出入了。鼻子也好像毫没有过什么似的，安坐在脸中央，绝不见有想要跑掉的样子。后来呢，只见可伐罗夫少佐总是很高兴，总是微笑着，总在恼杀所有的美妇人。有一回，他在百货公司的一个铺子里，买了一条勋章带，但做什么用呢，可是不知道，因为他的身分，是还不够得到无论什么勋章的。

但是——在我们广大的俄罗斯的首府里，发生出来的故事的详细，却大略就如上面那样的东西！在现在，无论谁，只要想一想，是都会觉得有许多胡说八道之处的。鼻子跑掉了，穿起五等文官的礼服来，在种种地方出现的这一种完全是超自然的，古怪的事实，姑且不说罢——但怎么连像可伐罗夫那样的人，就不能托报馆登出一个鼻子的广告之类的事，也会不懂的呢？我在这里，也并非说广告费未免贵一点：这是小事情，而且我也决不是吝啬的人。然而我总觉得这有些不妥当！不切帖！不高明！还有一层，是鼻子怎么会在烤熟的面包里面的呢？而且伊凡·雅各武莱维支又是怎么的？……不，我不懂。什么也不懂！但是，最奇怪，最难懂的是怎么世间的作家们，竟会写着和这一样的对象。其实，这是已经应该属于玄妙界里的了。说起来，恰恰……不，不，我什么也不懂。第一，即使说出许多来，于祖国也没有丝毫的用处；第二……第二也还是并无丝毫的用处呀。我，是什么也不懂的，这究竟是……

但是，将这事件的全体一点一点，一步一步的考察下去，却是做得到的，或者连这样做也可以……然而，是的，那有绝无出乎情理之外的事情的地方呢？——这么一想，则这事件的本末里，却有什么东西存在的。确是存在的。无论谁怎么说，这样的事故，世间却有的——少罢了，然而确是有。

果戈理（Nikolai V. Gogol 1809—1852）几乎可以说是俄国写实派的开山祖师；他开手是描写乌克兰的怪谈的，但逐渐移到人事，并且加进讽刺去。奇特的是虽是讲着怪事情，用的却还是写实手法。从现在看来，格式是有些古老了，但还为现代人所爱读，《鼻子》便是和《外套》一样，也很有名的一篇。

他的巨著《死掉的农奴》，除中国外，较为文明的国度都有翻译本，日本还有三种，现在又正在出他的全集。这一篇便是从日译全集第四本《短篇小说集》里重译出来的，原译者是八住利雄。但遇有可疑之处，却参照，并且采用了 Reclam's *Universal Bibliothek* 里的 Wilhelm Lange 的德译本。

原载 1934 年 9 月 16 日《译文》月刊第 1 卷第 1 期。署许遐译。

初未收集。

致 李小峰

小峰兄：

印花三千，顷已用密斯王名义，挂号寄出。

关于半农，我可以写几句，不过不见得是好话，但也未必是坏话。惟来信云"请于本月内见惠"，而署的日子是"七月三十一日"，那么，就是以今天为限，断断来不及的了。

此颂

时绥。

迅　上　七月卅一晚。

倘那限期是没有这么促的,即希通知。

致　陶亢德

亢德先生:

　　来信谨悉。闲斋久无稿来,但我不知其住址,无从催起,只得待之而已。

　　此复,即颂
夏祉。

迅　顿首　七月三十一日

[附　录]

致　伊罗生

伊罗森先生:

　　来信收到了。关于小说集选材的问题,我们的意见如下:

　　Ⅰ.蒋光慈的《短裤党》写得并不好,他是将当时的革命人物歪曲了的;我们以为若要选他的作品,则不如选他的短篇小说,比较好些。至于选什么短篇,请您自己酌定罢。

　　Ⅱ.龚冰庐的《炭矿夫》,我们也觉得不好;倒是适夷的《盐场》好。这一篇,我们已经介绍给您。

　　Ⅲ.由一九三〇至今的左翼文学作品,我们也以为应该多介绍些新进作家;如何谷天的《雪地》及沙汀,草明女士,欧阳山,张天翼诸人的作品,我们希望仍旧保留原议。

再者,茅盾以为他的作品已经占据了不少篇幅,所以他提议,将他的《秋收》去掉,只存《春蚕》和《喜剧》。

除此以外,我们对于来信的意见,都赞成。

我们问候姚女士和您的好!

茅盾　鲁迅七月十四。

再:鲁迅的论文,可用左联开会时的演说,载在《二心集》内。又及。

此信系茅盾执笔。"又及"数字为鲁迅所写。

致 伊罗生

伊罗生先生:

您的七月廿四日的信,收到了。对于您这最后的意见,我们可以赞成。

至于张天翼的小说,或者用《最后列车》,或者用《二十一个》,——《二十一个》是短短的,——都可以。

天气太热,不多写了。祝

您同姚女士的好!

鲁迅　茅盾　七月卅一日

此信系茅盾执笔,鲁迅签名。

八月

一日

日记 晴,热。午后内山书店送来『ツルゲーネフ全集』(六)一本,『版芸術』(八月分)一本,共泉二元三角。夜风。

二日

日记 晴,热。上午得猛克信,下午复。以海婴照片一幅寄母亲。以赖纳照片一幅寄烈文。夜得小峰信。浴。

答曹聚仁先生信

聚仁先生:

关于大众语的问题,提出得真是长久了,我是没有研究的,所以一向没有开过口。但是现在的有些文章觉得不少是"高论",文章虽好,能说而不能行,一下子就消灭,而问题却依然如故。

现在写一点我的简单的意见在这里:

一,汉字和大众,是势不两立的。

二,所以,要推行大众语文,必须用罗马字拼音(即拉丁化,现在有人分为两件事,我不懂是怎么一回事),而且要分为多少区,每区又分为小区(譬如绍兴一个地方,至少也得分为四小区),写作之初,纯用其地的方言,但是,人们是要前进的,那时原有方言一定不够,就只好采用白话,欧字,甚而至于语法。但,在交通繁盛,言语混杂的地方,又有一种语文,是比较普通的东西,它已经采用着新字汇,我想,这就是"大众语"的雏形,它的字汇和语法,即可以输进穷乡僻壤去。中国人是无论如何,在将来必有非通几种中国语不可的运命的,这事情,由教育与交通,可以办得到。

三,普及拉丁化,要在大众自掌教育的时候。现在我们所办得到的是:(甲)研究拉丁化法;(乙)试用广东话之类,读者较多的言语,做出东西来看;(丙)竭力将白话做得浅豁,使能懂的人增多,但精密的所谓"欧化"语文,仍应支持,因为讲话倘要精密,中国原有的语法是不够的,而中国的大众语文,也决不会永久含胡下去。譬如罢,反对欧化者所说的欧化,就不是中国固有字,有些新字眼,新语法,是会有非用不可的时候的。

四,在乡僻处启蒙的大众语,固然应该纯用方言,但一面仍然要改进。譬如"妈的"一句话罢,乡下是有许多意义的,有时骂骂,有时佩服,有时赞叹,因为他说不出别样的话来。先驱者的任务,是在给他们许多话,可以发表更明确的意思,同时也可以明白更精确的意义。如果也照样的写着"这妈的天气真是妈的,妈的再这样,什么都要妈的了",那么于大众有什么益处呢?

五,至于已有大众语雏形的地方,我以为大可以依此为根据而加以改进,太僻的土语,是不必用的。例如上海叫"打"为"吃生活",可以用于上海人的对话,却不必特用于作者的叙事中,因为说"打",工人也一样的能够懂。有些人以为如"像煞有介事"之类,已经通行,也是不确的话,北方人对于这句话的理解,和江苏人是不一样的,那感觉并不比"俨乎其然"切实。

语文和口语不能完全相同;讲话的时候,可以夹许多"这个这个""那个那个"之类,其实并无意义,到写作时,为了时间,纸张的经济,意思的分明,就要分别删去的,所以文章一定应该比口语简洁,然而明了,有些不同,并非文章的坏处。

所以现在能够实行的,我以为是(一)制定罗马字拼音(赵元任的太繁,用不来的);(二)做更浅显的白话文,采用较普通的方言,姑且算是向大众语去的作品,至于思想,那不消说,该是"进步"的;

（三）仍要支持欧化文法，当作一种后备。

还有一层，是文言的保护者，现在也有打了大众语的旗子的了，他一方面，是立论极高，使大众语悬空，做不得；别一方面，借此攻击他当面的大敌——白话。这一点也须注意的。要不然，我们就会自己缴了自己的械。专此布复，即颂

时绥。

迅上。八月二日。

原载 1934 年 8 月 15 日《社会月报》第 1 卷第 3 期。署名迅。

初收 1937 年 7 月上海三闲书屋版《且介亭杂文》。

三日

日记　晴，热。上午得徐懋庸信，下午复。寄曹聚仁信。以自己及海婴之照片各一幅寄山本夫人。夜译《果戈理私观》起。

致 徐懋庸

懋庸先生：

顷收到一日信。光华忽用算盘，忽用苦求，也就是忽讲买卖，忽讲友情，只要有利于己的，什么方法都肯用，这正是流氓行为的模范标本。我倒并不"动火"，但劝你也不要"苦闷"了，打算一下，如果以发表为重，就明知吃亏，还是给他；否则，斩钉截铁的走开，无论如何苦求，都不理。单是苦闷，是自己更加吃亏的。

我生胃病，没有好，近又加以肚泻，不知是怎么的。现在如果约定日子，临时说不定能出门与否，所以还是等我好一点，再约面

谈罢。

生活的条件,这么苛,那么,是办不来的。

我给曹先生信里所说的"狗才",还不是傅红蓼,傅红蓼还不过无聊而已。我所指的是"谈言"和《火炬》上的有几篇文章的作者,虽然好像很急进,其实是在替敌人缴械,这无须一年半载,就有事实可以证明。至于《动向》中人,主张大抵和我很接近(只有一篇说小说每篇开头的作法不同,就是新八股的,我以为颇可笑),我何至于如此骂他们呢?

辩解,说明之类,我真是弄得疲乏了,我想给曹先生一封信,不要公开就算。

此复,即颂

时绥。

迅 上 八月三日

四日

日记 晴,热。晚蕴如及三弟来,并为取得《春秋左传类编》一部三本。得梓生信并上月《自由谈》稿费四十,附文公直信,夜复。费君来并为代印绿格纸三千枚,共泉九元六角。译《果戈理私观》讫,约四千字。

果戈理私观

[日本]立野信之

看着俄国文学的好作品,我就常常惊叹,其中出来的人物,竟和生存在我们周围的人们非常之相像。这也许不但俄国文学是这样的，文学如果是人生的反映，那么，只要是好的文学，即使国情和社会制度并不相同，时代有着差异，当然也可以在所写的人物上，找出性格的类似来。我们在周围的人们中，发见哈谟烈德，堂·吉诃德，蔼夫该尼亚·格兰台①等，实在也决不是希罕的事情。但是，虽然如此，我却在俄国文学——尤其是果戈理，托尔斯泰，契诃夫他们的作品中，发见了比别的无论那一国的作家们所写的人物，更其活生生的类似。

这到底是什么缘故呢？我常常侧着头想。想起来是这样的——

从俄国文学里的诸人物上，看见和我们日本人的许多类似者，并不是为了像日本的作家和评论家们所喜欢称道的那样，什么"文学原是超出国界的东西"，"文学是亘古不变的东西"……之类的缘故，恐怕倒是因为果戈理，托尔斯泰，契诃夫他们生存着的时代——帝制俄罗斯的社会生活，和还有许多封建主义底残滓生存着，伸着根的现在日本的社会生活，在本质上，非常相像的缘故罢？一读取材于农民的俄国文学，就尤是觉得如此。

这样一说，人要责备我也说不定的。——你竟把可以说是黑暗时代的俄罗斯帝制时代，和日本的现在，并为一谈么？不错，那是决不一样的。日本的农民，并非果戈理的《死掉的农奴》和萨尔谛诃夫的《饥馑》里所描写的"农奴"，是事实。然而，即使并非"农奴"，那么，是别的什么呢？在德川幕府的"农民不给活，也不给死"的有名的农民政策之下的农民生活，和现在我国的农民生活之间，有多少划然底差异呢？将这些合起来想一想，就会明白：出现于俄国文学中的诸人物，和日本人的类似的鲜明，是不能单用"文学不问国的东西，时的古今，没有改变"的话来解释，它是在生活上，现实上，更有切实的连系的。

---

① 巴尔札克的小说中的主角。——译者注。

这也许只是一点粗略的见解。但是,我的为果戈理的作品所惑,比别的一切作家们更感到作家底的亲近,却因为这一层。

我常常想:俄国文学是伟大的"乡村文学"。并且想:果戈理更其是首先的一个人。我的比一切的国度的文学,更爱俄国文学,而和果戈理最亲近,放肆的说起来,好像在当他作家这方面的"伯伯"者,恐怕就因为我自己也是乡下人的缘故罢。

我对于乡村生活,比都会生活更亲爱;对于乡下人,比都会人更亲爱。这不但由于思想上,也是出于生活上,性格上的。——海纳在《北海》这篇文章中,有云——

"将这些人们,这么切实地,严紧地结合着的,不只是衷心的神秘底的爱的感情,倒是在习惯,在自然底的混合生活,在共同生活底的直接性。同等的精神的高度,或者要说得更惬当,则是精神的低度,还有同等的要求和同等的活动。同等的经验和想头,于是有彼此的容易的理解。……他们在还未说话之前,就已经看懂。一切共通的生活关系,他们是着实记得的。"

这是关于诺兑尔那岛的渔民的生活状态,海纳的锋利的观察记,但我以为也很适用于日本的农民。

要懂得这样的人们,说得极端一点,则什么学问之类,都没有用处,首先第一是要知道生活。要描写农民和乡下人,这最有用;要懂得描写着那生活的文学,这最必要。

在我,乡下人的生活感情,说起来,是"着实记得"的。所以那伟大的乡村文学的果戈理的作品,使我觉得好像我生长在那里的农家的茅檐一般的亲密。

其实,果戈理的《泰拉斯·蒲理巴》里的老哥萨克,就像我的叔母家里的老子,《死掉的农奴》里的吝啬的地主,和我的外祖父是一式一样的。此外样样的地主和"农奴"的型,也都可以嵌上我所居住的部落里的人物去。

我还记得前年得到《死掉的农奴》(森田草平译《死掉的魂灵》上下两本——这部书,现在到东京的旧书店里去搜寻,似乎也不大有了)①,和现在正在丰多摩刑务所里的伊东三郎,在信州的一个温泉场里盘桓了一月之间,两人一同只是看,讲着其中的种种地主的型,怎样和我们所知道的地主们相像,笑得出了神。这样一想,则讽刺的有意思,是不仅在文学底技工的巧妙,也不仅在所写的人物及其性格,或所构的事件,出乎意料之外的;恐怕大半倒由于在生活上,经验上——换句话,就是和谁恰恰相像的那种现实底的联想。而那相像愈是现实,讽刺也就愈加活泼了。不知怎地,我总觉得是这样。

我将果戈理讲得不大确,单在作中的人物,和我们所知道的人们相像这一点上,费了太多的言语了。单因为作中的人物和谁相像,因此觉得亲切,就来估定价值,那当然是不对的。然而无论怎样努力的读,而对于其中所写的人物,还是毫不觉得亲切——常常会碰到这样的作品的——的作品,却不消说,也不是怎么好的作品。

去年以来,我国的文学界流行了古典文学的复审。巴尔札克,陀斯妥也夫斯基,弗罗贝尔,莫泊桑,契诃夫,斯丹达尔,托尔斯泰,还有果戈理……等等,都陆续使新闻杂志着实热闹了一通。

古典文学的复审这件事,在无产者文学的营盘里,是早就屡次提起过来的。藏原惟人他们一以评论家而登场,就主张得很着力。一部分的作家和理论家之间,也以写实主义作家的研究这一个名目,时时提议过研究这些的作家,但较倾于政治的工作的烦杂,一直将它妨碍了。现在,在从较倾于政治的工作解释放出来了的无产者作家之间,去年以来认真地研究着巴尔札克之流,总也是可喜的现象。

---

① 森田草平译,是题为《死掉的魂灵》的,现在改作《死掉的农奴》,是因为听到一个可信的俄国文学家说,还是这正确,所以就依了他的缘故。——作者。

无产者作家这一面的古典文学的研究，好像着重是在那写实主义的探求。然而有产者作家这一面的研究，是向着什么的呢？看起来，似乎也在说写实主义。但那写实主义，和无产者作家这一面的写实主义，却又自然两样似的。

譬如罢，无产者作家研究起巴尔札克来了，对于这，有产者作家之间便抬出陀斯妥也夫斯基来。但要从陀斯妥也夫斯基学些什么呢？陀斯妥也夫斯基的写实主义又是什么呢？从他的作品上，我们可以学心理学底写实主义，而且这也是一种方法。但仅仅这一点，是没有学得他完全的。他那锋利到有了病像的人间心理的写实，并非单是切断了的个人的心理，乃是在当时的帝制俄罗斯的阴郁的社会制度里，深深的生着根的东西。知道这一层，是比领会了单单的人间心理的活画，更为重要的。

关于果戈理，也可以这样说。从果戈理学什么呢，单从他学些出众的讽刺的手法，是不够的。他的讽刺，是怎样的东西呢？最要紧的是用了懂得了这讽刺，体会了这讽刺的眼睛，来观察现代日本的这混浊了的社会情势，从中抓出真的讽刺底的东西来。

果戈理所描写的各种的人物，也生存在现代的我们周围者，要而言之，是应该归功于他那伟大的作家底才能的，而且不消说，在我们，必须明白他的伟大。他的讽刺，嵌在现在的日本的生活上，也还是活着者，就因为它并非单的奇拔和滑稽，而是参透了社会生活的现实，所以活着的缘故。在这里，可以看出果戈理之为社会的写实主义者的真价来。

近来，对于讽刺文学的希求的声音，似乎高起来了。同时也有人只抓着讽刺文学多发生于政治底反动期这一个现象，说着它的消极性。但讽刺文学的意义，却决非消极，倒是十分积极的的事，只要看果戈理的《死掉的农奴》向着农奴解放，《外套》向着官僚专制的暴露，而政治上也发扬了积极底的意义的例子，就可以明白了。

《死掉的农奴》的主角契契科夫买集了死了的农奴,想获大利,快要失败了,坐马车逃出乡下的时候,对于俄国的运命的豫言底章句,是使我们感得,仿佛豫料着现在的苏俄的——

"唉唉,俄罗斯呵,我的国度呵,你不是也在街路上跑,好像总是追不着的大胆的橇子吗?街路在你下面扬尘,桥在发吼。一切都剩在你背后,此后也还是剩下的罢。看客好像遇见了上帝的奇迹似的,茫然的张着嘴目送着。他问:这是从天而降的电光吗?将恐怖之念,吹进人里面去的这运动,是什么豫兆呢?世界上那么希奇的这些马,又是禀赋着多么古怪的力气呵。唉唉,马呵,马呵,俄罗斯的马呵,你是怎样的马呀!旋风住在你的鬃毛上面吗?你们的很亮的耳朵,连脉搏的一下一下的声音也倾听吗?看罢,从天而下的听惯的歌,你们听到了没有?现在你们各自挺出白铜的胸脯,一致的在使劲。你们几乎蹄不点地,冲开空气,飞着一直在向前。是的,橇子飞着!唉唉,俄罗斯呵。你飞到那里去呢?回答罢。但是,她不回答。马铃响着吓人的声音,搅乱了的空气成了暴风雨,雷霆在怒吼。俄罗斯跨过了地上的一切,飞着了。别的国民,诸王国,诸帝国,都闪在一边,让开道,一面发着呆,在转着眼睛看!"

《死掉的农奴》(上卷)是在一九一七年的俄国革命前约八十年——一八四二年所写的,所以,这不骇人么?

正宗白鸟好像曾经立说,以为日本是不会产生出色的讽刺文学的。但我却觉得现在的日本似的政治状态,却正是讽刺文学的最好的母胎。研究果戈理的意义,是深的。

立野信之原是日本的左翼作家,后来脱离了,对于别人的说他转入了相反的营盘,他却不服气,只承认了政治上的"败北",目下只还在彷徨。《果戈理私观》是从本年四月份的《文学评论》里译出来的，并非怎么精深之作，但说得很浅近，所以清楚；而且说明了"文学不问地的东西，时的古今，永远没有改变"的不实之处，是也可以供读者的参考的。

原载 1934 年 9 月 16 日《译文》月刊第 1 卷第 1 期。署名邓当世。

初未收集。

五日

日记　星期。晴，热。午后得西谛信，即复。下午诗荃来。晚得文尹信。生活书店招饮于觉林，与保宗同去，同席八人。

康伯度答文公直

公直先生：中国语法里要加一点欧化，是我的一种主张，并不是"一定要把中国话取消"，也没有"受了帝国主义者的指使"，可是先生立刻加给我"汉奸"之类的重罪名，自己代表了"四万万四千九百万（陈先生以外）以内的中国人"，要杀我的头了。我的主张也许会错的，不过一来就判死罪，方法虽然很时髦，但也似乎过分了一点。况且我看"四万万四千九百万（陈先生以外）以内的中国人"，意见也未必都和先生相同，先生并没有征求过同意，你是冒充代表的。

中国语法的欧化并不就是改学外国话，但这些粗浅的道理不想和先生多谈了。我不怕热，倒是因为无聊。不过还要说一回：我主张中国语法上有加些欧化的必要。这主张，是由事实而来的。中国人"话总是会说的"，一点不错，但要前进，全照老样却不够。眼前的例，就如先生这几百个字的信里面，就用了两回"对于"，这和古文无关，是后来起于直译的欧化语法，而且连"欧化"这两个字也是欧化字；还用着一个"取消"，这是纯粹日本词；一个"瓦斯"，是德国字的原封不动的日本人的音译。都用得很惬当，而且是"必要"的。譬如"毒瓦斯"罢，倘用中国固有的话的"毒气"，就显得含混，未必一定是毒弹里面的东西了。所以写作"毒瓦斯"，的确是出乎"必要"的。

先生自己没有照镜子，无意中也证明了自己也正是用欧化语法，用鬼子名词的人，但我看先生决不是"为西人侵略张目的急先锋（汉奸）"，所以也想由此证明我也并非那一伙。否则，先生含狗血喷人，倒先污了你自己的尊口了。

我想，辩论事情，威吓和诬陷，是没有用处的。用笔的人，一来就发你的脾气，要我的性命，更其可笑得很。先生还是不要暴躁，静静的再看看自己的信，想想自己，何如？

专此布复，并请

热安。

弟康伯度脱帽鞠躬。八月五日。

原载 1934 年 8 月 7 日《申报·自由谈》。署名康伯度。

初收 1936 年 6 月上海联华书局版《花边文学》。

致 郑振铎

西谛先生：

二日函收到；前一信也早收到了，因闻先生有来沪之说，故未复，而不料至今仍未行。不知究要来否？

《北平笺谱》到时，当照办。

《十竹斋》笺样花卉最好，这种画法，今之名人就无此手腕；山水刻得也好，但因为画稿本纤巧，所以有些出力不讨好了。原书既比前算多一倍,倘环境许可,只好硬着头皮干完。每刻一张即印,寄存我处,亦好,现在我尚有地方可藏,不过将来也难说,然而现在的事,也豫算不了这许多。先生说的第一二本,是否即前半本?我想,先卖是不错的,单面印,毛装,算是前一期。后半本为后期,那时再来一次预约。

先生如南来,就印陈老莲画集何如?材料带来,周子兢君处亦待先生去接洽。倘上海无好印刷,可以自己买好纸张,托东京去印的。我这回印木刻,他们于原底子毫无损坏。

静事已闻,但未详。我想,总不外乎献功和抢饭碗,此风已南北如一。段执政时,我以为"学者文人"已露尽了丑态,现在看起来,这估计是错的。昔读宋明末野史,尝时时掷书愤叹,而不料竟亲身遇之也,呜呼!

上海又大热,我们是好的。穆木天被捕,不知何故,或谓与希图反日有关云。

专此布复,即请

道安。

隼　顿首　八月五日

六日

日记　晴,热。午后寄《自由谈》稿二篇。得嘉吉信。晚钦文来并赠《蜀龟鉴》一部四本,杭州陆军监狱囚所作牛骨耳挖一枚。夜浴。

看书琐记

高尔基很惊服巴尔札克小说里写对话的巧妙,以为并不描写人

物的模样,却能使读者看了对话,便好像目睹了说话的那些人。(八月份《文学》内《我的文学修养》)

中国还没有那样好手段的小说家,但《水浒》和《红楼梦》的有些地方,是能使读者由说话看出人来的。其实,这也并非什么奇特的事情,在上海的弄堂里,租一间小房子住着的人,就时时可以体验到。他和周围的住户,是不一定见过面的,但只隔一层薄板壁,所以有些人家的眷属和客人的谈话,尤其是高声的谈话,都大略可以听到,久而久之,就知道那里有那些人,而且仿佛觉得那些人是怎样的人了。

如果删除了不必要之点,只摘出各人的有特色的谈话来,我想,就可以使别人从谈话里推见每个说话的人物。但我并不是说,这就成了中国的巴尔札克。

作者用对话表现人物的时候,恐怕在他自己的心目中,是存在着这人物的模样的,于是传给读者,使读者的心目中也形成了这人物的模样。但读者所推见的人物,却并不一定和作者所设想的相同,巴尔札克的小胡须的清瘦老人,到了高尔基的头里,也许变了粗蛮壮大的络腮胡子。不过那性格,言动,一定有些类似,大致不差,恰如将法文翻成了俄文一样。要不然,文学这东西便没有普遍性了。

文学虽然有普遍性,但因读者的体验的不同而有变化,读者倘没有类似的体验,它也就失去了效力。譬如我们看《红楼梦》,从文字上推见了林黛玉这一个人,但须排除了梅博士的"黛玉葬花"照相的先入之见,另外想一个,那么,恐怕会想到剪头发,穿印度绸衫,清瘦,寂寞的摩登女郎;或者别的什么模样,我不能断定。但试去和三四十年前出版的《红楼梦图咏》之类里面的画像比一比罢,一定是截然两样的,那上面所画的,是那时的读者的心目中的林黛玉。

文学有普遍性,但有界限;也有较为永久的,但因读者的社会体验而生变化。北极的遏斯吉摩人和菲洲腹地的黑人,我以为是不会懂得"林黛玉型"的;健全而合理的好社会中人,也将不能懂得,他们大约要比我们的听讲始皇焚书,黄巢杀人更其隔膜。一有变化,即非永久,说文学独有仙骨,是做梦的人们的梦话。

八月六日。

原载 1934 年 8 月 8 日《申报·自由谈》。署名焉于。

初收 1936 年 6 月上海联华书局版《花边文学》。

看书琐记(二)

就在同时代,同国度里,说话也会彼此说不通的。

巴比塞有一篇很有意思的短篇小说,叫作《本国话和外国话》,记的是法国的一个阔人家里招待了欧战中出死入生的三个兵,小姐出来招呼了,但无话可说,勉勉强强的说了几句,他们也无话可答,倒只觉坐在阔房间里,小心得骨头疼。直到溜回自己的"猪窠"里,他们这才遍身舒齐,有说有笑,并且在德国俘虏里,由手势发见了说他们的"我们的话"的人。

因了这经验,有一个兵便模模胡胡的想:"这世间有两个世界。一个是战争的世界。别一个是有着保险箱门一般的门,礼拜堂一般干净的厨房,漂亮的房子的世界。完全是另外的世界。另外的国度。那里面,住着古怪想头的外国人。"

那小姐后来就对一位绅士说的是:"和他们是连话都谈不来的。好像他们和我们之间,是有着跳不过的深渊似的。"

其实,这也无须小姐和兵们是这样。就是我们——算作"封建余孽"或"买办"或别的什么而论都可以——和几乎同类的人,只要什么地方有些不同,又得心口如一,就往往免不了彼此无话可说。不过我们中国人是聪明的,有些人早已发明了一种万应灵药,就是

"今天天气……哈哈哈!"倘是宴会,就只猜拳,不发议论。

这样看来,文学要普遍而且永久,恐怕实在有些艰难。"今天天气……哈哈哈!"虽然有些普遍,但能否永久,却很可疑,而且也不大像文学。于是高超的文学家便自己定了一条规则,将不懂他的"文学"的人们,都推出"人类"之外,以保持其普遍性。文学还有别的性,他是不肯说破的,因此也只好用这手段。然而这么一来,"文学"存在,"人"却不多了。

于是而据说文学愈高超,懂得的人就愈少,高超之极,那普遍性和永久性便只汇集于作者一个人。然而文学家却又悲哀起来,说是吐血了,这真是没有法子想。

八月六日。

原载 1934 年 8 月 9 日《申报·自由谈》。署名焉于。
初收 1936 年 6 月上海联华书局版《花边文学》。

七日

日记 晴,热。上午得文尹信。得王思远信。得增田君信,即复,并附十竹斋笺四幅。得季市信。下午钦文来,云明晚将往南京,因以饼干二合托其持赠李秉中君之孩子。内山书店送来『乡土玩具集』(一至三)三本,共泉一元五角,并绍介山室周平及其妹善子来访。得霁野信。得唐弢信。晚孙式甫及其夫人招饮于鼎兴楼,与广平携海婴同往,同席十二人。夜访山室君等。大风而雨。

从孩子的照相说起

因为长久没有小孩子,曾有人说,这是我做人不好的报应,要绝种的。房东太太讨厌我的时候,就不准她的孩子们到我这里玩,叫作"给他冷清冷清,冷清得他要死!"但是,现在却有了一个孩子,虽然能不能养大也很难说,然而目下总算已经颇能说些话,发表他自己的意见了。不过不会说还好,一会说,就使我觉得他仿佛也是我的敌人。

他有时对于我很不满,有一回,当面对我说:"我做起爸爸来,还要好……"甚而至于颇近于"反动",曾经给我一个严厉的批评道:"这种爸爸,什么爸爸!?"

我不相信他的话。做儿子时,以将来的好父亲自命,待到自己有了儿子的时候,先前的宣言早已忘得一干二净了。况且我自以为也不算怎么坏的父亲,虽然有时也要骂,甚至于打,其实是爱他的。所以他健康,活泼,顽皮,毫没有被压迫得瘟头瘟脑。如果真的是一个"什么爸爸",他还敢当面发这样反动的宣言么?

但那健康和活泼,有时却也使他吃亏,九一八事件后,就被同胞误认为日本孩子,骂了好几回,还挨过一次打——自然是并不重的。这里还要加一句说的听的,都不十分舒服的话:近一年多以来,这样的事情可是一次也没有了。

中国和日本的小孩子,穿的如果都是洋服,普通实在是很难分辨的。但我们这里的有些人,却有一种错误的速断法:温文尔雅,不大言笑,不大动弹的,是中国孩子;健壮活泼,不怕生人,大叫大跳的,是日本孩子。

然而奇怪,我曾在日本的照相馆里给他照过一张相,满脸顽皮,也真像日本孩子;后来又在中国的照相馆里照了一张相,相类的衣服,然而面貌很拘谨,驯良,是一个道地的中国孩子了。

为了这事,我曾经想了一想。

这不同的大原因,是在照相师的。他所指示的站或坐的姿势,两国的照相师先就不相同,站定之后,他就瞪了眼睛,觑机摄取他以为最好的一刹那的相貌。孩子被摆在照相机的镜头之下,表情是总在变化的,时而活泼,时而顽皮,时而驯良,时而拘谨,时而烦厌,时而疑惧,时而无畏,时而疲劳……。照住了驯良和拘谨的一刹那的,是中国孩子相;照住了活泼或顽皮的一刹那的,就好像日本孩子相。

驯良之类并不是恶德。但发展开去,对一切事无不驯良,却决不是美德,也许简直倒是没出息。"爸爸"和前辈的话,固然也要听的,但也须说得有道理。假使有一个孩子,自以为事事都不如人,鞠躬倒退;或者满脸笑容,实际上却总是阴谋暗箭,我实在宁可听到当面骂我"什么东西"的爽快,而且希望他自己是一个东西。

但中国一般的趋势,却只在向驯良之类——"静"的一方面发展,低眉顺眼,唯唯诺诺,才算一个好孩子,名之曰"有趣"。活泼,健康,顽强,挺胸仰面……凡是属于"动"的,那就未免有人摇头了,甚至于称之为"洋气"。又因为多年受着侵略,就和这"洋气"为仇;更进一步,则故意和这"洋气"反一调:他们活动,我偏静坐;他们讲科学,我偏扶乩;他们穿短衣,我偏着长衫;他们重卫生,我偏吃苍蝇;他们壮健,我偏生病……这才是保存中国固有文化,这才是爱国,这才不是奴隶性。

其实,由我看来,所谓"洋气"之中,有不少是优点,也是中国人性质中所本有的,但因了历朝的压抑,已经萎缩了下去,现在就连自己也莫名其妙,统统送给洋人了。这是必须拿它回来——恢复过来的——自然还得加一番慎重的选择。

即使并非中国所固有的罢,只要是优点,我们也应该学习。即使那老师是我们的仇敌罢,我们也应该向他学习。我在这里要提出现在大家所不高兴说的日本来,他的会摹仿,少创造,是为中国的许多论者所鄙薄的,但是,只要看看他们的出版物和工业品,早非中国所及,就知道"会摹仿"决不是劣点,我们正应该学习这"会摹仿"的。"会摹仿"又加以有创造,不是更好么?否则,只不过是一个"根根而死"而已。

我在这里还要附一句像是多余的声明:我相信自己的主张,决不是"受了帝国主义者的指使",要诱中国人做奴才;而满口爱国,满身国粹,也于实际上的做奴才并无妨碍。

八月七日。

原载 1934 年 8 月 20 日《新语林》半月刊第 4 期。署名孺牛。

初收 1937 年 7 月上海三闲书屋版《且介亭杂文》。

致 徐懋庸

懋庸先生:

还是没有力气,就胡诌了这一点塞责罢。

此布,即颂

时绥。

隼　顿首　八月七日

致 增田涉

日中八十度内外は誠に浦山しい事、上海では又九十度以上、小生儀汗物を光栄なる反抗の看板として奮闘して居ます。

『十竹齋箋譜』は凡そ五十余枚出来ました。中の四枚の見本を御目にかけます。全部二百八十枚程あるから何時完工するか解らず半分出上れば前期予約として発売するつもりです。こゝではいのちは頗るあぶない。私人の犬にならなければ自分の趣味をもつ人も、割合に一般の文化に関心するものも、右も左も反動と

343

して、いぢめます。一週前に同じ趣味をもつ北平に於ける友人二人つかまへられました。暫く立ったら古い絵本を翻刻する人もなくなるだろー。併し僕が生きて居れば何頁でも何時までもやって行きます。

　私も家内も達者です。アメ・バ・と海嬰とはもうサヨナラの様だが、そのかはり、海嬰奴は大に悪戯、つい二三日前に「こんなパ・パ・は、何んのパ・パ・だ!」と云ふ様な頗る反動的な宣言までも発表しました。困った事です。

迅　頓首

増田兄几下
　御両親様、奥様、御嬢様及び坊ちゃんにもよろしく

八日

　日记　大风，小雨而凉。上午得母亲信，四日发。得唐弢信。得徐懋庸信，即复，附稿一篇。下午烈文来并交译稿三篇。夜译格罗斯小论一篇毕。

艺术都会的巴黎

［德国］　格罗斯

　　法兰西向来就算是德国艺术家的圣地(Mekka)。人们从那里拿来了做画家的真磨炼。在那边生活和工作着的许多伟大的能人，直接教出很多的外国艺术学徒来，在画家的一朝代中，成就了艺术底教养。好手，例如古秋尔(Thomas Couture)，就直接养成了名士，被赞颂为当时的尊师。成绩卓著的学校开起来了，由此出身的大才

人，便送给它名声和体面。

于是巴黎就得了世界上的艺术中枢的声名。想弄到绘画的真精神，就是绘画的最后的精粹的人，就都到那里去。在最近时，巴黎发生了大运动：有着极能干的干部的印象主义者，芳汀勃罗（Fontainebleau）派，后来是点彩主义，还有立体主义，等等，都将大影响给了世界上的年青的，以及许多古老的艺术家，人们将有益于艺术家的巴黎及其氛围气捧到天上去，正也毫不足怪的。

经过了长久的交通隔绝，报章撒谎和滥造之后的现在——是又有一大群艺术家，恰如抱着旧罗曼主义的成见，到巴黎巡礼，自以为回了真心的祖国的文字推销员一样，带着各种介绍信和推荐信，去历访那里的作场和好手了。因为要将他们的印象，留在多少还有些长的副刊上，他们很热心，仿佛蜜蜂似的，到处插进吸管去。许多曾经在巴黎居住，工作过的人们，则一定要做一本书。那些从战场上，回到他年青的爱人这里来的，也看不出这位堂客在其间已经颇为年老，而且也不愿意看出来。他们觉得永远是先前的巴黎，好像在初期罗曼主义的过去时代，或者反对普鲁士天下的时代的看法似的——但这自然是战争以前的事。那时候，有名的陀谟加啡店（Café du dome）也还是德国艺术家团体的中枢。

但是，也如陀谟加啡店的变了相貌，被修缮，改造了的一样，巴黎的旧幻想也一同消灭了。人应该切实的知道，凡有讲巴黎的报馆文章——都是陈旧，做作，走了气的。简约的说：还是用旧尺在量的时候，其间已经引进着新尺来了（恰如有许多点，也可以见于亚美利加一样）。例如现在还在说法兰西是自由为政，而且和德国相反，实行着德谟克拉西，将军们不能有所主张，外交官为人民负责的国度——但这些和事实是不对的。

其实，法兰西的文化底产物，是和我们这里一样，应着阔人底兴味的需要而起的。这事情，巴黎的艺术家，连极少数的例外（克拉尔德会），也和德国的同业者相同，明白得很少很少。他们将作场的存在,套进各种的形式问题里面去。但那本质的影响,早已不能波及于事件之上,他们却也并不努力使其波及,像那时的百科全书家似的。

到世纪的改换时候为止,在法兰西,画家正如诗人,实在也还是社会发展的积极的力量。只要看嚣俄(Victor Hugo),库尔培(Courbet),左拉(Zola),看《拉雪德·阿·比尔》(L'assiette au beurre),看斯坦兰(Steindlen),格兰强(Grandjouin)和别的人就是。

但现在却也如我们这里一样,在巴黎,支配着停滞和中庸。想将法兰西精神的传统的自由火花引进二十世纪来的老诗人法兰斯(Anatole France),其实,是已经飘泛在云上面,过去时代的最末的象征上面了。

麦绥莱勒(Masereel),巴比塞(Barbusse),还有克拉尔德(Clarté)会员,确也还一同打着先前的仗,然而他们是外面人;观念耗尽了他们原先的锋锐了。以较好的人性的宣告者现身的罗曼·罗兰(Romain Rolland),是一个温和的急进主义者,好像赫理欧(Herriot)之为政治家(但赫里欧也不过在表面上不像亚培尔德[①]而已)。

爱我们,信我们,真实的革命底热情和不可调和的社会底讽刺的法兰西,是属于十八和十九世纪的。试将滑稽新闻《拉·写力德》(La Charette)和先前的《拉雪德·阿·比尔》比一比罢,恰如《纯泼里济希谟斯》[②]一样的堕落。

做梦,是没有用的——法兰西在现在,已经智慧的和精神的地死灭,那些总是说着"传统"的人们,倘去研究观察每一个传统的圆柱,发见了那上面也有和文明欧洲相同的凹陷和坼裂,那就切实地知道了。

---

① Ebert,欧战后德国的总统。——译者。
② Simplijessitmus,德国的滑稽画报。——译者。

如果以为法兰西艺术在错误和经验的年代之后,将复归于先前的"古典的"法兰西传统去,那可也不会有。如果像我已经说过那样,他们玩起所谓表现主义来——赞成这种艺术所特有的歪斜和过度——以为终竟是要完成的,并且会回到轮廓的幽静的流走,结构的高尚的构成,普珊(Poussin),路·耐奴(le Naine),安格尔(Ingres)那些古典底牧歌的,神话的时世图画去,就尤其胡涂之至。人们满怀着赏赞,喜欢指出毕凯梭(Picasso)或者特朗(Dérain)来,他们是分明已经发见了旧物事,现在静静的歇在伟大的法兰西人的完功的床上了。但试看毕凯梭的新的绘画罢,首先惹眼的,是:形式,那变样,并不下于我们的最被诽谤的表现派绘画里的头脸和身体;在我个人,是觉得这描写,倒是戈谛克的刚强,更胜于毕凯梭的橡皮傀儡似的,胀大的,好像象一般的形式的,因此也不想跨进去。古典主义在那里?"高尚"的线在那里? 一切尝试,和"古典的"相一致的,只有一个它的无聊。

　　说有新古典派(Neuklassik),这是一句大胡说,——在这里,现在也还将社会的基础和经济底条件分得很开的,是了不得的圆滑和本领。热烈的才人的努力,现在也会创出一种古典底的样式来,但那跟着的经验价值——却不能改变一般的创造上的停滞,到底是毫无用处。古代的古典的画家,至少,内容是重要的前提:人类历史上的大事件,英雄底的题材,他们在古时候,现代化了市民底英雄,现在的新古典派,却只还剩有绥珊(Cezanne)的《三个苹果》——单可以由此知道,上帝在前一世代,是活得很久很久而已。

　　现在的古典,比市民的阶级文化已经无用的社会底效果,还要不调和,含敌意,虚伪,散漫。最后的收梢,是过去的伟大的法兰西市民的利息很少的公债。这和古典同类化的感情,根基是在战后的希望休息——战胜者的安心里面的。但是,这样的牧歌,却只在法兰西的表面,阶级对立还没有中欧那样的分明之际,这才可以形成,而且没有血迹的留在这世界上。

巴黎现在已不是艺术的中枢了。这样的中枢，现在已经并没有。现在将巴黎当作"世界的艺术中枢"，前去旅行的，也就是想在那里从新更加发展的，他们是将一九一四年（终于！）撕坏了。

到那里去？非到巴黎旅行不可的人，为什么怀着成见的呢？

格罗斯（George Grosz）是中国较为耳熟的画家，本是踏踏派中人，后来却成了革命的战士了；他的作品，中国有几个杂志上也已经介绍过几次。《艺术都会的巴黎》，照实译，该是《当作艺术都会的巴黎》（*Paris als kunststadt*），是《艺术在堕落》（*Die Kunst ist in Gefahr*）中的一篇，题着和 Wieland Herzfelde 合撰，其实他一个人做的，Herzfelde 是首先竭力帮他出版的朋友。

他的文章，在译者觉得有些地方颇难懂，参看了麻生义的日本文译本，也还是不了然，所以想起来，译文一定会有错误和不确。但大略已经可以知道：巴黎之为艺术的中枢，是欧洲大战以前事，后来虽然比德国好像稍稍出色，但这是胜败不同之故，不过胜利者的聊以自慰的出产罢了。

书是一九二五年出版的，去现在已有十年，但一大部分，也还可以适用。

原载 1934 年 9 月 16 日《译文》月刊第 1 卷第 1 期。署茹纯译。

初未收集。

九日

日记 晴，热。自晨至晚编《译文》。谢君及其夫人并孩子来。得诗荃诗并稿四篇。得梓生信，夜复，并附诗荃稿三篇。寄绀奴信并诗荃稿一篇。复唐弢信。胁痛颇烈。

《译文》创刊号前记

　　读者诸君：你们也许想得到，有人偶然得一点空工夫，偶然读点外国作品，偶然翻译了起来，偶然碰在一处，谈得高兴，偶然想在这"杂志年"里来加添一点热闹，终于偶然又偶然的找得了几个同志，找得了承印的书店，于是就产生了这一本小小的《译文》。

　　原料没有限制：从最古以至最近。门类也没固定：小说，戏剧，诗，论文，随笔，都要来一点。直接从原文译，或者间接重译：本来觉得都行。只有一个条件：全是"译文"。

　　文字之外，多加图画。也有和文字有关系的，意在助趣；也有和文字没有关系的，那就算是我们贡献给读者的一点小意思，复制的图画总比复制的文字多保留得一点原味。

　　并不敢自夸译得精，只能自信尚不至于存心潦草；也不是想竖起"重振译事"的大旗来，——这种登高一呼的野心是没有的，不过得这么几个同好互相研究，印了出来给喜欢看译品的人们作为参考而已。倘使有些深文周纳的惯家以为这又是什么人想法挽救"没落"的法门，那我们只好一笑道："领教！领教！诸公的心事，我们倒是雪亮的！"

　　原载 1934 年 9 月 16 日《译文》月刊第 1 卷第 1 期（创刊号），题作《前记》。

　　初未收集。

致 唐 弢

唐弢先生：

　　内山书店的关于日文书籍的目录，今寄上。上用箭头的是书店老版所推举的；我以为可缓买或且不买的，就上面不加圈子。

内山书店店员有中国人，无须用日语。

学校我说不出好的来，但我想，放弃发音，却很不好。不如就近找一个学校（不管好坏）或个人，学字母正音及拼法，学完之后，才自修。无论怎样骗钱的学校，教拼音之类，也拖不到两个月的。

此复，即颂

时绥。

名知　顿首　八月九夜。

十日

日记　晴，热。上午得西谛信。得耳耶信并《当代文学》（二）一本，夜复。浴。

十一日

日记　晴，风而热。上午得母亲信并与海婴笺，六日发。得罗清桢信。得梓生信并关于欧化语来稿四种。内山书店送来『白と黑』（终刊）一本，价五角。午钦文来并带来鲁绸浴衣一件，秉中所赠。晚蕴如携阿玉，阿菩及蕖官来。三弟来并为取得《麟台故事》残本一本。胁痛，服阿斯匹林二枚。

十二日

日记　星期。晴，风而热。午后寄母亲信。寄耳耶信。寄小峰信并稿一篇。

忆刘半农君

这是小峰出给我的一个题目。

这题目并不出得过分。半农去世，我是应该哀悼的，因为他也是我的老朋友。但是，这是十来年前的话了，现在呢，可难说得很。

我已经忘记了怎么和他初次会面，以及他怎么能到了北京。他到北京，恐怕是在《新青年》投稿之后，由蔡子民先生或陈独秀先生去请来的，到了之后，当然更是《新青年》里的一个战士。他活泼，勇敢，很打了几次大仗。譬如罢，答王敬轩的双镦信，"她"字和"牠"字的创造，就都是的。这两件，现在看起来，自然是琐屑得很，但那是十多年前，单是提倡新式标点，就会有一大群人"若丧考妣"，恨不得"食肉寝皮"的时候，所以的确是"大仗"。现在的二十左右的青年，大约很少有人知道三十年前，单是剪下辫子就会坐牢或杀头的了。然而这曾经是事实。

但半农的活泼，有时颇近于草率，勇敢也有失之无谋的地方。但是，要商量袭击敌人的时候，他还是好伙伴，进行之际，心口并不相应，或者暗暗的给你一刀，他是决不会的。倘若失了算，那是因为没有算好的缘故。

《新青年》每出一期，就开一次编辑会，商定下一期的稿件。其时最惹我注意的是陈独秀和胡适之。假如将韬略比作一间仓库罢。独秀先生的是外面竖一面大旗，大书道："内皆武器，来者小心！"但那门却开着的，里面有几枝枪，几把刀，一目了然，用不着提防。适之先生的是紧紧的关着门，门上粘一条小纸条道："内无武器，请勿疑虑。"这自然可以是真的，但有些人——至少是我这样的人——有时总不免要侧着头想一想。半农却是令人不觉其有"武库"的一个人，所以我佩服陈胡，却亲近半农。

所谓亲近，不过是多谈闲天，一多谈，就露出了缺点。几乎有一年多，他没有消失掉从上海带来的才子必有"红袖添香夜读书"的艳福的思想，好容易才给我们骂掉了。但他好像到处都这么的乱说，使有些"学者"皱眉。有时候，连到《新青年》投稿都被排斥。他很勇于写稿，但试去看旧报去，很有几期是没有他的。那些人们批评他的为人，是：浅。

不错，半农确是浅。但他的浅，却如一条清溪，澄澈见底，纵有多少沉渣和腐草，也不掩其大体的清。倘使装的是烂泥，一时就看不出它的深浅来了；如果是烂泥的深渊呢，那就更不如浅一点的好。

但这些背后的批评，大约是很伤了半农的心的，他的到法国留学，我疑心大半就为此。我最懒于通信，从此我们就疏远起来了。他回来时，我才知道他在外国钞古书，后来也要标点《何典》，我那时还以老朋友自居，在序文上说了几句老实话，事后，才知道半农颇不高兴了，"驷不及舌"，也没有法子。另外还有一回关于《语丝》的彼此心照的不快活。五六年前，曾在上海的宴会上见过一回面，那时候，我们几乎已经无话可谈了。

近几年，半农渐渐的据了要津，我也渐渐的更将他忘却；但从报章上看见他禁称"蜜斯"之类，却很起了反感：我以为这些事情是不必半农来做的。从去年来，又看见他不断的做打油诗，弄烂古文，回想先前的交情，也往往不免长叹。我想，假如见面，而我还以老朋友自居，不给一个"今天天气……哈哈哈"完事，那就也许会弄到冲突的罢。

不过，半农的忠厚，是还使我感动的。我前年曾到北平，后来有人通知我，半农是要来看我的，有谁恐吓了他一下，不敢来了。这使我很惭愧，因为我到北平后，实在未曾有过访问半农的心思。

现在他死去了，我对于他的感情，和他生时也并无变化。我爱十年前的半农，而憎恶他的近几年。这憎恶是朋友的憎恶，因为我希望他常是十年前的半农，他的为战士，即使"浅"罢，却于中国更为有益。我愿以愤火照出他的战绩，免使一群陷沙鬼将他先前的光荣和死尸一同拖入烂泥的深渊。

八月一日。

原载 1934 年 10 月《青年界》月刊第 6 卷第 3 期。

初收 1937 年 7 月上海三闲书屋版《且介亭杂文》。

致 母 亲

母亲大人膝下，敬禀者，六日的信，已收到。给海婴的信，也读给他
听了，他非常高兴。他的照片，想必现在已经寄到，其实他平常
是没有照片上那样的老实的。今年我们本想在夏初来看母亲，
后来因为男走不开，广平又不愿男独自留在上海，牵牵扯扯，只
好中止了。但将来我们总想找机会北上一次。

老三是好的，但他公司里的办公时间太长，所以颇吃力。所得
的薪水，好像每月也被八道湾逼去一大半，而上海物价，每月只
是贵起来，因此生活也颇窘的。不过这些事他决不肯对别人
说，只有他自己知道。男现只每星期六请他吃饭并代付两个孩
子的学费，此外什么都不帮，因为横竖他去献给八道湾，何苦来
呢？八道湾是永远填不满的。钦文出来了，见过两回，他说以
后大约没有事了。

余容续禀，恭请

金安。

男树　叩上。广平及海婴同叩　　八月十二日

致 李小峰

小峰兄：

关于半农的文章，写了这一点，今呈上。

作者的署名，现在很有些人要求我用旧笔名，或者是没有什么

大关系了。但我不明白底细，请　兄酌定。改用唐俟亦可。

　　此布即颂

时绥

迅　上　八月十二日

十三日

　　日记　晴，热。上午寄吴景崧信并还梓生寄来之关于欧化语法文件四种。寄《自由谈》稿二篇。得烈文信。得曹聚仁信，午后复。下午昙，雷。复白分信。得『ゴオゴリ全集』（二）一本，二元五角。又 Gogol: *Brief Wechsel* 二本，十三元二角。

趋时和复古

　　半农先生一去世，也如朱湘庐隐两位作家一样，很使有些刊物热闹了一番。这情形，会延得多么长久呢，现在也无从推测。但这一死，作用却好像比那两位大得多：他已经快要被封为复古的先贤，可用他的神主来打"趋时"的人们了。

　　这一打是有力的，因为他既是作古的名人，又是先前的新党，以新打新，就如以毒攻毒，胜于搬出生锈的古董来。然而笑话也就埋伏在这里面。为什么呢？就为了半农先生先就是一位以"趋时"而出名的人。

　　古之青年，心目中有了刘半农三个字，原因并不在他擅长音韵学，或是常做打油诗，是在他跳出鸳蝴派，骂倒王敬轩，为一个"文学革命"阵中的战斗者。然而那时有一部分人，却毁之为"趋时"。时代到底好像有些前进，光阴流过去，渐渐将这谥号洗掉了，自己爬上了一点，也就随和一些，于是终于成为干干净净的名人。但是，"人怕出名猪怕壮"，他这时也要成为包起来作为医治新的"趋时"病的药料了。

这并不是半农先生独个的苦境，旧例着实有。广东举人多得很，为什么康有为独独那么有名呢，因为他是公车上书的头儿，戊戌政变的主角，趋时；留英学生也不希罕，严复的姓名还没有消失，就在他先前认真的译过好几部鬼子书，趋时；清末，治朴学的不止太炎先生一个人，而他的声名，远在孙诒让之上者，其实是为了他提倡种族革命，趋时，而且还"造反"。后来"时"也"趋"了过来，他们就成为活的纯正的先贤。但是，晦气也夹屁股跟到，康有为永定为复辟的祖师，袁皇帝要严复劝进，孙传芳大帅也来请太炎先生投壶了。原是拉车前进的好身手，腿肚大，臂膊也粗，这回还是请他拉，拉还是拉，然而是拉车屁股向后，这里只好用古文，"呜呼哀哉，尚飨"了。

我并不在讥刺半农先生曾经"趋时"，我这里所用的是普通所谓"趋时"中的一部分："前驱"的意思。他虽然自认"没落"，其实是战斗过来的，只要敬爱他的人，多发挥这一点，不要七手八脚，专门把他拖进自己所喜欢的油或泥里去做金字招牌就好了。

　　　　　　　　　　　　　　　　　　八月十三日。

原载 1934 年 8 月 15 日《申报·自由谈》。署名康伯度。
初收 1936 年 6 月上海联华书局版《花边文学》。

安贫乐道法

孩子是要别人教的，毛病是要别人医的，即使自己是教员或医生。但做人处世的法子，却恐怕要自己斟酌，许多别人开来的良方，往往不过是废纸。

劝人安贫乐道是古今治国平天下的大经络,开过的方子也很多,但都没有十全大补的功效。因此新方子也开不完,新近就看见了两种,但我想:恐怕都不大妥当。

　　一种是教人对于职业要发生兴趣,一有兴趣,就无论什么事,都乐此不倦了。当然,言之成理的,但到底须是轻松一点的职业。且不说掘煤,挑粪那些事,就是上海工厂里做工至少每天十点的工人,到晚快边就一定筋疲力倦,受伤的事情是大抵出在那时候的。"健全的精神,宿于健全的身体之中",连自己的身体也顾不转了,怎么还会有兴趣? ——除非他爱兴趣比性命还利害。倘若问他们自己罢,我想,一定说是减少工作的时间,做梦也想不到发生兴趣法的。

　　还有一种是极其彻底的:说是大热天气,阔人还忙于应酬,汗流浃背,穷人却挟了一条破席,铺在路上,脱衣服,浴凉风,其乐无穷,这叫作"席卷天下"。这也是一张少见的富有诗趣的药方,不过也有煞风景在后面。快要秋凉了,一早到马路上去走走,看见手捧肚子,口吐黄水的就是那些"席卷天下"的前任活神仙。大约眼前有福,偏不去享的大愚人,世上究竟是不多的,如果精穷真是这么有趣,现在的阔人一定首先躺在马路上,而现在的穷人的席子也没有地方铺开来了。

　　上海中学会考的优良成绩发表了,有《衣取蔽寒食取充腹论》,其中有一段——

　　"……若德业已立,则虽饔飧不继,捉襟肘见,而其名德足传于后,精神生活,将充分发展,又何患物质生活之不足耶? 人生真谛,固在彼而不在此也。……"(由《新语林》第三期转录)

　　这比题旨更进了一步,说是连不能"充腹"也不要紧的。但中学生所开的良方,对于大学生就不适用,同时还是出现了要求职业的一大群。

　　事实是毫无情面的东西,它能将空言打得粉碎。有这么的彰明较著,其实,据我的愚见,是大可以不必再玩"之乎者也"了——横竖永远是没有用的。

八月十三日。

原载 1934 年 8 月 16 日《申报·自由谈》。署名史贲。
初收 1936 年 6 月上海联华书局版《花边文学》。

致 曹聚仁

聚仁先生：

十一日信，十三才收到。昨天我没有去，虽然并非"兄弟素不吃饭"，但实在有些怕宴会。办小刊物，我的意见是不要帖大广告，却不妨卖好货色；编辑要独裁，"一个和尚挑水吃，两个和尚抬水吃，三个和尚无水吃"，是中国人的老毛病，而这回却有了两种上述的病根，书坊老板代编辑打算盘，道不同，必无是处，将来大约不容易办。但是，我说过做文章，文章当然是做的。

关于大众语问题，我因为素无研究，对个人不妨发表私见，公开则有一点踌躇，因为不豫备公开的，所以信笔乱写，没有顾到各方面，容易引出岔子。我这人又是容易引出岔子的人，后来有一些人会由些〔此〕改骂鲁迅而忘记了大众语。上海有些这样的"革命"的青年，由此显示其"革命"，而一方面又可以取悦于某方。这并不是我的神经过敏，"如鱼饮水，冷暖自知"，一箭之来，我是明白来意的。但如　先生一定要发表，那么，两封都发表也可以，但有一句"狗才"云云，我忘了原文了，请代改为"客观上替敌人缴械"的意思，以免无谓的纠葛。

语堂是我的老朋友，我应以朋友待之，当《人间世》还未出世，《论语》已很无聊时，曾经竭了我的诚意，写一封信，劝他放弃这玩意儿，我并不主张他去革命，拼死，只劝他译些英国文学名作，以他的英文程度，不但译本于今有用，在将来恐怕也有用的。他回我的信是说,这些事等他老了再说。这时我才悟到我的意见,在语堂看来是暮气,但我至今还自信是良言,要他于中国有益,要他在中国存留,并非要他消灭。他能更急进,那当然很好,但我看是决不会的,我决不出难题给别人做。不过另外也无话可说了。

看近来的《论语》之类,语堂在牛角尖里,虽愤愤不平,却更钻得滋滋有味,以我的微力,是拉他不出来的。至于陶徐,那是林门的颜曾,不及夫子远甚远甚,但也更无法可想了。

专复即请

道安。

迅　顿首　八月十三日

十四日

日记　晴,热。上午同广平携海婴往须藤医院诊,云是睡中受凉,并自乞胃药。编《木刻纪程》讫,付印。得山本夫人信。得亚丹信,即复。得吴景崧信,下午复。夜三弟及蕴如携菓官来。

奇　怪

世界上有许多事实,不看记载,是天才也想不到的。非洲有一种土人,男女的避忌严得很,连女婿遇见丈母娘,也得伏在地上,而且还不够,必须将脸埋进土里去。这真是虽是我们礼义之邦的"男女七岁不同席"的古人,也万万比不上的。

这样看来,我们的古人对于分隔男女的设计,也还不免是低能儿;现在总跳不出古人的圈子,更是低能之至。不同泳,不同行,不同食,不同做电影,都只是"不同席"的演义。低能透顶的是还没有想到男女同吸着相通的空气，从这个男人的鼻孔里呼出来，又被那个女人从鼻孔里吸进去，淆乱乾坤，实在比海水只触着皮肤更为严重。对于这一个严重问题倘没有办法，男女的界限就永远分不清。

我想，这只好用"西法"了。西法虽非国粹，有时却能够帮助国粹的。例如无线电播音，是摩登的东西，但早晨有和尚念经，却不坏；汽车固然是洋货，坐着去打麻将，却总比坐绿呢大轿，好半天才到的打得多几圈。以此类推，防止男女同吸空气就可以用防毒面具，各背一个箱，将养气由管子通到自己的鼻孔里，既免抛头露面，又兼防空演习，也就是"中学为体，西学为用"。凯末尔将军治国以前的土耳其女人的面幕，这回可也万万比不上了。

假使现在有一个英国的斯惠夫德似的人，做一部《格利佛游记》那样的讽刺的小说，说在二十世纪中，到了一个文明的国度，看见一群人在烧香拜龙，作法求雨，赏鉴"胖女"，禁杀乌龟；又一群人在正正经经的研究古代舞法，主张男女分途，以及女人的腿应该不许其露出。那么，远处，或是将来的人，恐怕大抵要以为这是作者贫嘴薄舌，随意捏造，以挖苦他所不满的人们的罢。

然而这的确是事实。倘没有这样的事实，大约无论怎样刻薄的天才作家也想不到的。幻想总不能怎样的出奇，所以人们看见了有些事，就有叫作"奇怪"这一句话。

　　　　　　　　　　　　　　　　　　　八月十四日。

原载 1934 年 8 月 17 日《中华日报·动向》。署名白道。
初收 1936 年 6 月上海联华书局版《花边文学》。

奇　怪(二)

尤墨君先生以教师的资格参加着讨论大众语，那意见是极该看重的。他主张"使中学生练习大众语",还举出"中学生作文最喜用而又最误用的许多时髦字眼"来,说"最好叫他们不要用",待他们将来能够辨别时再说,因为是与其"食新不化,何如禁用于先"的。现在摘一点所举的"时髦字眼"在这里——

　　共鸣　对象　气压　温度　结晶　彻底　趋势　理智　现实　下意识　相对性　绝对性　纵剖面　横剖面　死亡率……《新语林》三期)

但是我很奇怪。

那些字眼,几乎算不得"时髦字眼"了。如"对象""现实"等,只要看看书报的人,就时常遇见,一常见,就会比较而得其意义,恰如孩子懂话,并不依靠文法教科书一样;何况在学校中,还有教员的指点。至于"温度""结晶""纵剖面""横剖面"等,也是科学上的名词,中学的物理学矿物学植物学教科书里就有,和用于国文上的意义并无不同。现在竟"最误用",莫非自己既不思索,教师也未给指点,而且连别的科学也一样的模胡吗?

那么,单是中途学了大众语,也不过是一位中学出身的速成大众,于大众有什么用处呢?大众的需要中学生,是因为他教育程度比较的高,能够给大家开拓知识,增加语汇,能解明的就解明,该新添的就新添;他对于"对象"等等的界说,就先要弄明白,当必要时,有方言可以替代,就译换,倘没有,便教给这新名词,并且说明这意义。如果大众语既是半路出家,新名词也还不很明白,这"落伍"可真是"彻底"了。

我想,为大众而练习大众语,倒是不该禁用那些"时髦字眼"的,最要紧的是教给他定义,教师对于中学生,和将来中学生的对于大众一样。譬如"纵断面"和"横断面",解作"直切面"和"横切面",就容易懂;倘说就是"横锯面"和"直锯面",那么,连木匠学徒也明白了,无须识字。禁,是不好的,他们中有些人将永远模胡,"因为中学生不一定个个能升入大学而实现其做文豪或学者的理想的"。

八月十四日。

原载 1934 年 8 月 18 日《中华日报·动向》。署名白道。

初收 1936 年 6 月上海联华书局版《花边文学》。

《木刻纪程》告白

一、本集为不定期刊，一年两本，或数年一本，或只有这一本。

二、本集全仗国内木刻家协助，以作品印本见寄，拟选印者即由本社通知，借用原版。画之大小，以纸幅能容者为限。彩色及已照原样在他处发表者不收。

三、本集入选之作，并无报酬，只每一幅各赠本集一册。

四、本集因限于资力，只印一百二十本，除赠送作者及选印关系人外，以八十本发售，每本实价大洋一元正。

五、代售及代收信件处，为：上海北四川路底内山书店。

铁木艺术社谨告。

最初印入 1934 年 10 月鲁迅自费印行的《木刻纪程》附页，题作《告白》。

初未收集。

致 郑振铎

西谛先生：

七日函并取书条一张，存根二张，早已收到，惟书尚未到，这是照例要迟一些的。

先生此次南来，希将前回给我代刻的印章携来为祷。

余容面罄，即请

旅安。

隼　顿首　八月十四夜。

致　黄　源

河清先生：

我想将《果戈理私观》后面译人的名和《后记》里的署名，都改作邓当世。因为检查诸公，虽若"并无成见"，其实是靠不住的，与其以一个署名，引起他们注意，（决定译文社中，必有我在内，）以致挑剔，使办事棘手，不如现在小心点的好。

迅　上　八月十四夜

十五日

日记　晴，热。上午复西谛信。寄保宗信。寄《动向》稿二篇。下午雨一陈，仍热。得诗荃稿三篇，即为之转寄《自由谈》。收北新书局版税泉二百。

十六日

日记　小雨，上午晴。同广平携海婴往须藤医院诊。寄三弟信。得耳耶信。得钦文信。夜蕴如及三弟来。

十七日

日记　晴，热。午后得曹聚仁信。下午须藤先生来为海婴诊。

收《北平笺谱》再版本四部,西谛寄来。夜写《门外谈文》起。

十八日

日记 晴,热。上午对门吉冈君赠麦酒一打。下午代常君寄天津中国银行信。

十九日

日记 晴。星期。热。午后诗荃来,并卖[买]去再版《北平笺谱》二部。下午须藤先生来为海婴诊。得猛克信。夜浴。

迎神和咬人

报载余姚的某乡,农民们因为旱荒,迎神求雨,看客有带帽的,便用刀棒乱打他一通。

这是迷信,但是有根据的。汉先儒董仲舒先生就有祈雨法,什么用寡妇,关城门,乌烟瘴气,其古怪与道士无异,而未尝为今儒所订正。虽在通都大邑,现在也还有天师作法,长官禁屠,闹得沸反盈天,何尝惹出一点口舌?至于打帽,那是因为恐怕神看见还很有人悠然自得,不垂哀怜;一面则也憎恶他的不与大家共患难。

迎神,农民们的本意是在救死的——但可惜是迷信,——但除此之外,他们也不知道别一样。

报又载有一个六十多岁的老党员,出而劝阻迎神,被大家一顿打,终于咬断了喉管,死掉了。

这是妄信,但是也有根据的。《精忠说岳全传》说张俊陷害忠良,终被众人咬死,人心为之大快。因此乡间就向来有一个传说,谓咬死了人,皇帝必赦,因为怨恨而至于咬,则被咬者之恶,也就可想而知了。我不知道法律，但大约民国以前的律文中，恐怕也未必有这样的规定罢。

咬人，农民们的本意是在逃死的——但可惜是妄信，——但除此之外，他们也不知道别一样。

想救死，想逃死，适所以自速其死，哀哉！

自从由帝国成为民国以来，上层的改变是不少了，无教育的农民，却还未得到一点什么新的有益的东西，依然是旧日的迷信，旧日的讹传，在拼命的救死和逃死中自速其死。

这回他们要得到"天讨"。他们要骇怕，但因为不解"天讨"的缘故，他们也要不平。待到这骇怕和不平忘记了，就只有迷信讹传剩着，待到下一次水旱灾荒的时候，依然是迎神，咬人。

这悲剧何时完结呢？

八月十九日。

原载 1934 年 8 月 22 日《申报·自由谈》。署名越侨。

初收 1936 年 6 月上海联华书局版《花边文学》。

二十日

日记　晴，热。上午复猛克信。寄《自由谈》稿二篇。得母亲信，十五日发。下午得小山信。得罗生信。晚写《门外文谈》讫，约万字。夜蕴如及三弟来并为取得《棠阴比事》一本，赠以麦酒四瓶。寄楼炜春信。

门外文谈

一　开　头

听说今年上海的热，是六十年来所未有的。白天出去混饭，晚上低头回家，屋子里还是热，并且加上蚊子。这时候，只有门外是天堂。因为海边的缘故罢，总有些风，用不着挥扇。虽然彼此有些认识，却不常见面的寓在四近的亭子间或搁楼里的邻人也都坐出来了，他们有的是店员，有的是书局里的校对员，有的是制图工人的好手。大家都已经做得筋疲力尽，叹着苦，但这时总还算有闲的，所以也谈闲天。

闲天的范围也并不小：谈旱灾，谈求雨，谈吊膀子，谈三寸怪人干，谈洋米，谈裸腿，也谈古文，谈白话，谈大众语。因为我写过几篇白话文，所以关于古文之类他们特别要听我的话，我也只好特别说的多。这样的过了两三夜，才给别的话岔开，也总算谈完了。不料过了几天之后，有几个还要我写出来。

他们里面，有的是因为我看过几本古书，所以相信我的，有的是因为我看过一点洋书，有的又因为我看古书也看洋书；但有几位却因此反不相信我，说我是蝙蝠。我说到古文，他就笑道，你不是唐宋八大家，能信么？我谈到大众语，他又笑道：你又不是劳苦大众，讲什么海话呢？

这也是真的。我们讲旱灾的时候，就讲到一位老爷下乡查灾，说有些地方是本可以不成灾的，现在成灾，是因为农民懒，不戽水。但一种报上，却记着一个六十老翁，因儿子戽水乏力而死，灾象如故，无路可走，自杀了。老爷和乡下人，意见是真有这么的不同的。那么，我的夜谈，恐怕也终不过是一个门外闲人的空话罢了。

飓风过后,天气也凉爽了一些,但我终于照着希望我写的几个人的希望,写出来了,比口语简单得多,大致却无异,算是抄给我们一流人看的。当时只凭记忆,乱引古书,说话是耳边风,错点不打紧,写在纸上,却使我很踌躇,但自己又苦于没有原书可对,这只好请读者随时指正了。

一九三四年,八月十六夜,写完并记。

二 字是什么人造的?

字是什么人造的?

我们听惯了一件东西,总是古时候一位圣贤所造的故事,对于文字,也当然要有这质问。但立刻就有忘记了来源的答话:字是仓颉造的。

这是一般的学者的主张,他自然有他的出典。我还见过一幅这位仓颉的画像,是生着四只眼睛的老头陀。可见要造文字,相貌先得出奇,我们这种只有两只眼睛的人,是不但本领不够,连相貌也不配的。

然而做《易经》的人(我不知道是谁),却比较的聪明,他说:"上古结绳而治,后世圣人易之以书契。"他不说仓颉,只说"后世圣人",不说创造,只说掉换,真是谨慎得很;也许他无意中就不相信古代会有一个独自造出许多文字来的人了,所以就只是这么含含胡胡的来一句。

但是,用书契来代结绳的人,又是什么脚色呢? 文学家? 不错,从现在的所谓文学家的最要卖弄文字,夺掉笔杆便一无所能的事实看起来,的确首先就要想到他;他也的确应该给自己的吃饭家伙出点力。然而并不是的。有史以前的人们,虽然劳动也唱歌,求爱也唱歌,他却并不起草,或者留稿子,因为他做梦也想不到卖诗稿,编全集,而且那时的社会里,也没有报馆和书铺子,文字毫无用处。据有些学者告诉我们的话来看,这在文字上用了一番工夫的,想来该是史官了。

原始社会里,大约先前只有巫,待到渐次进化,事情繁复了,有些事情,如祭祀,狩猎,战争……之类,渐有记住的必要,巫就只好在他那本职的"降神"之外,一面也想法子来记事,这就是"史"的开头。况且"升中于天",他在本职上,也得将记载酋长和他的治下的大事的册子,烧给上帝看,因此一样的要做文章——虽然这大约是后起的事。再后来,职掌分得更清楚了,于是就有专门记事的史官。文字就是史官必要的工具,古人说:"仓颉,黄帝史。"第一句未可信,但指出了史和文字的关系,却是很有意思的。至于后来的"文学家"用它来写"阿呀呀,我的爱哟,我要死了!"那些佳句,那不过是享享现成的罢了,"何足道哉"!

三　字是怎么来的?

照《易经》说,书契之前明明是结绳;我们那里的乡下人,碰到明天要做一件紧要事,怕得忘记时,也常常说:"裤带上打一个结!"那么,我们的古圣人,是否也用一条长绳,有一件事就打一个结呢?恐怕是不行的。只有几个结还记得,一多可就糟了。或者那正是伏羲皇上的"八卦"之流,三条绳一组,都不打结是"乾",中间各打一结是"坤"罢?恐怕也不对。八组尚可,六十四组就难记,何况还会有五百十二组呢。只有在秘鲁还有存留的"打结字"(Quippus),用一条横绳,挂上许多直绳,拉来拉去的结起来,网不像网,倒似乎还可以表现较多的意思。我们上古的结绳,恐怕也是如此的罢。但它既然被书契掉换,又不是书契的祖宗,我们也不妨暂且不去管它了。

夏禹的"岣嵝碑"是道士们假造的;现在我们能在实物上看见的最古的文字,只有商朝的甲骨和钟鼎文。但这些,都已经很进步了,几乎找不出一个原始形态。只在铜器上,有时还可以看见一点写实的图形,如鹿,如象,而从这图形上,又能发见和文字相关的线索:中国文字的基础是"象形"。

画在西班牙的亚勒泰米拉(Altamira)洞里的野牛,是有名的原始人的遗迹,许多艺术史家说,这正是"为艺术的艺术",原始人画着玩玩的。但这解释未免过于"摩登",因为原始人没有十九世纪的文艺家那么有闲,他的画一只牛,是有缘故的,为的是关于野牛,或者是猎取野牛,禁咒野牛的事。现在上海墙壁上的香烟和电影的广告画,尚且常有人张着嘴巴看,在少见多怪的原始社会里,有了这么一个奇迹,那轰动一时,就可想而知了。他们一面看,知道了野牛这东西,原来可以用线条移在别的平面上,同时仿佛也认识了一个"牛"字,一面也佩服这作者的才能,但没有人请他作自传赚钱,所以姓氏也就湮没了。但在社会里,仓颉也不止一个,有的在刀柄上刻一点图,有的在门户上画一些画,心心相印,口口相传,文字就多起来,史官一采集,便可以敷衍记事了。中国文字的由来,恐怕也逃不出这例子的。

自然,后来还该有不断的增补,这是史官自己可以办到的,新字夹在熟字中,又是象形,别人也容易推测到那字的意义。直到现在,中国还在生出新字来。但是,硬做新仓颉,却要失败的,吴的朱育,唐的武则天,都曾经造过古怪字,也都白费力。现在最会造字的是中国化学家,许多原质和化合物的名目,很不容易认得,连音也难以读出来了。老实说,我是一看见就头痛的,觉得远不如就用万国通用的拉丁名来得爽快,如果二十来个字母都认不得,请恕我直说:那么,化学也大抵学不好的。

四　写字就是画画

《周礼》和《说文解字》上都说文字的构成法有六种,这里且不谈罢,只说些和"象形"有关的东西。

象形，"近取诸身，远取诸物"，就是画一只眼睛是"目"，画一个圆圈，放几条毫光是"日"，那自然很明白，便当的。但有时要碰壁，譬如要画刀口，怎么办呢？不画刀背，也显不出刀口来，这时就只好别出心裁，在刀口上加一条短棍，算是指明"这个地方"的意思，造了"刃"。这已经颇有些办事棘手的模样了，何况还有无形可象的事件，于是只得来"象意"，也叫作"会意"。一只手放在树上是"采"，一颗心放在屋子和饭碗之间是"宿"，有吃有住，安宿了。但要写"宁可"的宁，却又得在碗下面放一条线，表明这不过是用了"宿"的声音的意思。"会意"比"象形"更麻烦，它至少要画两样。如"宝"字，则要画一个屋顶，一串玉，一个缶，一个贝，计四样；我看"缶"字还是杵臼两形合成的，那么一共有五样。单单为了画这一个字，就很要破费些工夫。

不过还是走不通，因为有些事物是画不出，有些事物是画不来，譬如松柏，叶样不同，原是可以分出来的，但写字究竟是写字，不能像绘画那样精工，到底还是硬挺不下去。来打开这僵局的是"谐声"，意义和形象离开了关系。这已经是"记音"了，所以有人说，这是中国文字的进步。不错，也可以说是进步，然而那基础也还是画画儿。例如"菜，从草，采声"，画一窠草，一个爪，一株树：三样；"海，从水，每声"，画一条河，一位戴帽（？）的太太，也三样。总之：你如果要写字，就非永远画画不成。

但古人是并不愚蠢的，他们早就将形象改得简单，远离了写实。篆字圆折，还有图画的余痕，从隶书到现在的楷书，和形象就天差地远。不过那基础并未改变，天差地远之后，就成为不象形的象形字，写起来虽然比较的简单，认起来却非常困难了，要凭空一个一个的记住。而且有些字，也至今并不简单，例如"鸾"或"鑿"，去叫孩子写，非练习半年六月，是很难写在半寸见方的格子里面的。

还有一层，是"谐声"字也因为古今字音的变迁，很有些和"声"不大"谐"的了。现在还有谁读"滑"为"骨"，读"海"为"每"呢？

古人传文字给我们，原是一份重大的遗产，应该感谢的。但在成了不象形的象形字，不十分谐声的谐声字的现在，这感谢却只好踌躇一下了。

五　古时候言文一致么？

到这里，我想来猜一下古时候言文是否一致的问题。

对于这问题，现在的学者们虽然并没有分明的结论，但听他口气，好像大概是以为一致的；越古，就越一致。不过我却很有些怀疑，因为文字愈容易写，就愈容易写得和口语一致，但中国却是那么难画的象形字，也许我们的古人，向来就将不关重要的词摘去了的。

《书经》有那么难读，似乎正可作照写口语的证据，但商周人的的确的口语，现在还没有研究出，还要繁也说不定的。至于周秦古书，虽然作者也用一点他本地的方言，而文字大致相类，即使和口语还相近罢，用的也是周秦白话，并非周秦大众语。汉朝更不必说了，虽是肯将《书经》里难懂的字眼，翻成今字的司马迁，也不过在特别情况之下，采用一点俗语，例如陈涉的老朋友看见他为王，惊异道："夥颐，涉之为王沉沉者"，而其中的"涉之为王"四个字，我还疑心太史公加过修剪的。

那么，古书里采录的童谣，谚语，民歌，该是那时的老牌俗语罢。我看也很难说。中国的文学家，是颇有爱改别人文章的脾气的。最明显的例子是汉民间的《淮南王歌》，同一地方的同一首歌，《汉书》和《前汉纪》记的就两样。

一面是——

　　一尺布，尚可缝；

　　一斗粟，尚可春。

　　兄弟二人，不能相容。

一面却是——

一尺布，暖童童；

一斗粟，饱蓬蓬。

兄弟二人不相容。

比较起来，好像后者是本来面目，但已经删掉了一些也说不定的：只是一个提要。后来宋人的语录，话本，元人的杂剧和传奇里的科白，也都是提要，只是它用字较为平常，删去的文字较少，就令人觉得"明白如话"了。

我的臆测，是以为中国的言文，一向就并不一致的，大原因便是字难写，只好节省些。当时的口语的摘要，是古人的文；古代的口语的摘要，是后人的古文。所以我们的做古文，是在用了已经并不象形的象形字，未必一定谐声的谐声字，在纸上描出今人谁也不说，懂的也不多的，古人的口语的摘要来。你想，这难不难呢？

六　于是文章成为奇货了

文字在人民间萌芽，后来却一定为特权者所收揽。据《易经》的作者所推测，"上古结绳而治"，则连结绳就已是治人者的东西。待到落在巫史的手里的时候，更不必说了，他们都是酋长之下，万民之上的人。社会改变下去，学习文字的人们的范围也扩大起来，但大抵限于特权者。至于平民，那是不识字的，并非缺少学费，只因为限于资格，他不配。而且连书籍也看不见。中国在刻版还未发达的时候，有一部好书，往往是"藏之秘阁，副在三馆"，连做了士子，也还是不知道写着什么的。

因为文字是特权者的东西，所以它就有了尊严性，并且有了神秘性。中国的字，到现在还很尊严，我们在墙壁上，就常常看见挂着写上"敬惜字纸"的篓子；至于符的驱邪治病，那是靠了它的神秘性的。文字既然含着尊严性，那么，知道文字，这人也就连带的尊严起来了。新的尊严者日出不穷，对于旧的尊严者就不利，而且知道文字的人们一多，也会损伤神秘性的。符的威力，就因为这好像是字的东西，除道士以外，谁也不认识的缘故。所以，对于文字，他们一定要把持。

欧洲中世，文章学问，都在道院里；克罗蒂亚（Kroatia），是到了十九世纪，识字的还只有教士的，人民的口语，退步到对于旧生活刚够用。他们革新的时候，就只好从外国借进许多新语来。

我们中国的文字，对于大众，除了身分，经济这些限制之外，却还要加上一条高门槛：难。单是这条门槛，倘不费他十来年工夫，就不容易跨过。跨过了的，就是士大夫，而这些士大夫，又竭力的要使文字更加难起来，因为这可以使他特别的尊严，超出别的一切平常的士大夫之上。汉朝的杨雄的喜欢奇字，就有这毛病，刘歆想借他的《方言》稿子，他几乎要跳黄浦。唐朝呢，樊宗师的文章做到别人点不断，李贺的诗做到别人看不懂，也都为了这缘故。还有一种方法是将字写得别人不认识，下焉者，是从《康熙字典》上查出几个古字来，夹进文章里面去；上焉者是钱坫的用篆字来写刘熙的《释名》，最近还有钱玄同先生的照《说文》字样给太炎先生抄《小学答问》。

文字难，文章难，这还都是原来的；这些上面，又加以士大夫故意特制的难，却还想它和大众有缘，怎么办得到。但士大夫们也正愿其如此，如果文字易识，大家都会，文字就不尊严，他也跟着不尊严了。说白话不如文言的人，就从这里出发的；现在论大众语，说大众只要教给"千字课"就够的人，那意思的根柢也还是在这里。

七　不识字的作家

用那么艰难的文字写出来的古语摘要，我们先前也叫"文"，现在新派一点的叫"文学"，这不是从"文学子游子夏"上割下来的，是从日本输入，他们的对于英文 Literature 的译名。会写写这样的

"文"的,现在是写白话也可以了,就叫作"文学家",或者叫"作家"。

文学的存在条件首先要会写字,那么,不识字的文盲群里,当然不会有文学家的了。然而作家却有的。你们不要太早的笑我,我还有话说。我想,人类是在未有文字之前,就有了创作的,可惜没有人记下,也没有法子记下。我们的祖先的原始人,原是连话也不会说的,为了共同劳作,必需发表意见,才渐渐的练出复杂的声音来,假如那时大家抬木头,都觉得吃力了,却想不到发表,其中有一个叫道"杭育杭育",那么,这就是创作;大家也要佩服,应用的,这就等于出版;倘若用什么记号留存了下来,这就是文学;他当然就是作家,也是文学家,是"杭育杭育派"。不要笑,这作品确也幼稚得很,但古人不及今人的地方是很多的,这正是其一。就是周朝的什么"关关雎鸠,在河之洲,窈窕淑女,君子好逑"罢,它是《诗经》里的头一篇,所以吓得我们只好磕头佩服,假如先前未曾有过这样的一篇诗,现在的新诗人用这意思做一首白话诗,到无论什么副刊上去投稿试试罢,我看十分之九是要被编辑者塞进字纸篓去的。"漂亮的好小姐呀,是少爷的好一对儿!"什么话呢?

就是《诗经》的《国风》里的东西,好许多也是不识字的无名氏作品,因为比较的优秀,大家口口相传的。王官们检出它可作行政上参考的记录了下来,此外消灭的正不知有多少。希腊人荷马——我们姑且当作有这样一个人——的两大史诗,也原是口吟,现存的是别人的记录。东晋到齐陈的《子夜歌》和《读曲歌》之类,唐朝的《竹枝词》和《柳枝词》之类,原都是无名氏的创作,经文人的采录和润色之后,留传下来的。这一润色,留传固然留传了,但可惜的是一定失去了许多本来面目。到现在,到处还有民谣,山歌,渔歌等,这就是不识字的诗人的作品;也传述着童话和故事,这就是不识字的小说家的作品;他们,就都是不识字的作家。

但是,因为没有记录作品的东西,又很容易消灭,流布的范围也不能很广大,知道的人们也就很少了。偶有一点为文人所见,往往倒吃惊,吸入自己的作品中,作为新的养料。旧文学衰颓时,因为摄取民间文学或外国文学而起一个新的转变,这例子是常见于文学史上的。不识字的作家虽然不及文人的细腻,但他却刚健,清新。

要这样的作品为大家所共有,首先也就是要这作家能写字,同时也还要读者们能识字以至能写字,一句话:将文字交给一切人。

八　怎么交代？

将文字交给大众的事实,从清朝末年就已经有了的。

"莫打鼓,莫打锣,听我唱个太平歌……"是钦颁的教育大众的俗歌;此外,士大夫也办过一些白话报,但那主意,是只要大家听得懂,不必一定写得出。《平民千字课》就带了一点写得出的可能,但也只够记账,写信。倘要写出心里所想的的东西,它那限定的字数是不够的。譬如牢监,的确是给了人一块地,不过它有限制,只能在这圈子里行立坐卧,断不能跑出设定了的铁栅外面去。

劳乃宣和王照他两位都有简字,进步得很,可以照音写字了。民国初年,教育部要制字母,他们俩都是会员,劳先生派了一位代表,王先生是亲到的,为了入声存废问题,曾和吴稚晖先生大战,战得吴先生肚子一凹,棉裤也落了下来。但结果总算几经斟酌,制成了一种东西,叫作"注音字母"。那时很有些人,以为可以替代汉字了,但实际上还是不行,因为它究竟不过简单的方块字,恰如日本的"假名"一样,夹上几个,或者注在汉字的旁边还可以,要它拜帅,能力就不够了。写起来会混杂,看起来要眼花。那时的会员们称它为"注音字母",是深知道它的能力范围的。再看日本,他们有主张减少汉字的,有主张拉丁拼音的,但主张只用"假名"的却没有。

再好一点的是用罗马字拼法,研究得最精的是赵元任先生罢,我不大明白。用世界通用的罗马字拼起来——现在是连土耳其也采用了——一词一串,非常清晰,是好的。但教我似的门外汉来说,好像那拼法还太繁。要精密，当然不得不繁，但繁得很，就又变了"难"，有些妨碍普及了。最好是另有一种简而不陋的东西。

这里我们可以研究一下新的"拉丁化"法，《每日国际文选》里有一小本《中国语书法之拉丁化》，《世界》第二年第六七号合刊附录的一份《言语科学》，就都是绍介这东西的。价钱便宜，有心的人可以买来看。它只有二十八个字母，拼法也容易学。"人"就是 Rhen，"房子"就是 Fangz，"我吃果子"是 Wo ch goz，"他是工人"是 Ta sh gungrhen。现在在华侨里实验，见了成绩的，还只是北方话。但我想，中国究竟还是讲北方话——不是北京话——的人们多，将来如果真有一种到处通行的大众语，那主力也恐怕还是北方话罢。为今之计，只要酌量增减一点，使它合于各该地方所特有的音，也就可以用到无论什么穷乡僻壤去了。

那么，只要认识二十八个字母，学一点拼法和写法，除懒虫和低能外，就谁都能够写得出，看得懂了。况且它还有一个好处，是写得快。美国人说，时间就是金钱；但我想：时间就是性命。无端的空耗别人的时间，其实是无异于谋财害命的。不过像我们这样坐着乘风凉，谈闲天的人们，可又是例外。

九 专化呢，普遍化呢？

到了这里，就又碰着了一个大问题：中国的言语，各处很不同，单给一个粗枝大叶的区别，就有北方话，江浙话，两湖川贵话，福建话，广东话这五种，而这五种中，还有小区别。现在用拉丁字来写，写普通话，还是写土话呢？要写普通话，人们不会；倘写土话，别处的人们就看不懂，反而隔阂起来，不及全国通行的汉字了。这是一个大弊病！

我的意思是：在开首的启蒙时期，各地方各写它的土话，用不着顾到和别地方意思不相通。当未用拉丁写法之前，我们的不识字的人们，原没有用汉字互通着声气，所以新添的坏处是一点也没有的，倒有新的益处，至少是在同一语言的区域里，可以彼此交换意见，吸收智识了——那当然，一面也得有人写些有益的书。问题倒在这各处的大众语文，将来究竟要它专化呢，还是普通化？

方言土语里，很有些意味深长的话，我们那里叫"炼话"，用起来是很有意思的，恰如文言的用古典，听者也觉得趣味津津。各就各处的方言，将语法和词汇，更加提炼，使他发达上去的，就是专化。这于文学，是很有益处的，它可以做得比仅用泛泛的话头的文章更加有意思。但专化又有专化的危险。言语学我不知道，看生物，是一到专化，往往要灭亡的。未有人类以前的许多动植物，就因为太专化了，失其可变性，环境一改，无法应付，只好灭亡。——幸而我们人类还不算专化的动物，请你们不要愁。大众，是有文学，要文学的，但决不该为文学做牺牲，要不然，他的荒谬和为了保存汉字，要十分之八的中国人做文盲来殉难的活圣贤就并不两样。所以，我想，启蒙时候用方言，但一面又要渐渐的加入普通的语法和词汇去。先用固有的，是一地方的语文的大众化，加入新的去，是全国的语文的大众化。

几个读书人在书房里商量出来的方案，固然大抵行不通，但一切都听其自然，却也不是好办法。现在在码头上，公共机关中，大学校里，确已有着一种好像普通话模样的东西，大家说话，既非"国语"，又不是京话，各各带着乡音，乡调，却又不是方言，即使说的吃力，听的也吃力，然而总归说得出，听得懂。如果加以整理，帮它发达，也是大众语中的一支，说不定将来还简直是主力。我说要在方言里"加入新的去"，那"新的"的来源就在这地方。待到这一种出于自然，又加人工的话一普遍，我们的大众语文就算大致统一了。

此后当然还要做。年深月久之后，语文更加一致，和"炼话"一样好，比"古典"还要活的东西，也渐渐的形成，文学就更加精采了。马上是办不到的。你们想，国粹家当作宝贝的汉字，不是化了三四千年工夫，这才有这么一堆古怪成绩么？

至于开手要谁来做的问题，那不消说：是觉悟的读书人。有人说："大众的事情，要大众自己来做！"那当然不错的，不过得看看说的是什么脚色。如果说的是大众，那有一点是对的，对的是要自己来，错的是推开了帮手。倘使说的是读书人呢，那可全不同了：他在用漂亮话把持文字，保护自己的尊荣。

十　不必恐慌

但是，这还不必实做，只要一说，就又使另一些人发生恐慌了。

首先是说提倡大众语文的，乃是"文艺的政治宣传员如宋阳之流"，本意在于造反。给带上一顶有色帽，是极简单的反对法。不过一面也就是说，为了自己的太平，宁可中国有百分之八十的文盲。那么，倘使口头宣传呢，就应该使中国有百分之八十的聋子了。但这不属于"谈文"的范围，这里也无须多说。

专为着文学发愁的，我现在看见有两种。一种是怕大众如果都会读，写，就大家都变成文学家了。这真是怕天掉下来的好人。上次说过，在不识字的大众里，是一向就有作家的。我久不到乡下去了，先前是，农民们还有一点余闲，譬如乘凉，就有人讲故事。不过这讲手，大抵是特定的人，他比较的见识多，说话巧，能够使人听下去，懂明白，并且觉得有趣。这就是作家，抄出他的话来，也就是作品。倘有语言无味，偏爱多嘴的人，大家是不要听的，还要送给他许多冷话——讥刺。我们弄了几千年文言，十来年白话，凡是能写的人，何尝个个是文学家呢？即使都变成文学家，又不是军阀或土匪，于大众也并无害处的，不过彼此互看作品而已。

还有一种是怕文学的低落。大众并无旧文学的修养，比起士大夫文学的细致来，或者会显得所谓"低落"的，但也未染旧文学的痼疾，所以它又刚健，清新。无名氏文学如《子夜歌》之流，会给旧文学一种新力量,我先前已经说过了;现在也有人绍介了许多民歌和故事。还有戏剧,例如《朝花夕拾》所引《目连救母》里的无常鬼的自传,说是因为同情一个鬼魂,暂放还阳半日,不料被阎罗责罚,从此不再宽纵了——

"那怕你铜墙铁壁!

那怕你皇亲国戚!……"

何等有人情,又何等知过,何等守法,又何等果决,我们的文学家做得出来么?

这是真的农民和手业工人的作品,由他们闲中扮演。借目连的巡行来贯串许多故事,除《小尼姑下山》外,和刻本的《目连救母记》是完全不同的。其中有一段《武松打虎》,是甲乙两人,一强一弱,扮着戏玩。先是甲扮武松,乙扮老虎,被甲打得要命,乙埋怨他了,甲道:"你是老虎,不打,不是给你咬死了?"乙只得要求互换,却又被甲咬得要命,一说怨话,甲便道:"你是武松,不咬,不是给你打死了?"我想:比起希腊的伊索,俄国的梭罗古勃的寓言来,这是毫无逊色的。

如果到全国的各处去收集,这一类的作品恐怕还很多。但自然,缺点是有的。是一向受着难文字,难文章的封锁,和现代思潮隔绝。所以,倘要中国的文化一同向上,就必须提倡大众语,大众文,而且书法更必须拉丁化。

十一　大众并不如读书人所想像的愚蠢

但是,这一回,大众语文刚一提出,就有些猛将趁势出现了,来路是并不一样的,可是都向白话,翻译,欧化语法,新字眼进攻。他们都打着"大众"的旗,说这些东西,都为大众所不懂,所以要不得。其中有的是原是文言余孽,借此先来打击当面的白话和翻译的,就是祖传的"远交近攻"的老法术;有的是本是懒惰分子,未尝用功,要大众语未成，白话先倒，让他在这空场上夸海口的，其实也还是文言文的好朋友，我都不想在这里多谈。现在要说的只是那些好意的，然而错误的人，因为他们不是看轻了大众，就是看轻了自己，仍旧犯着古之读书人的老毛病。

读书人常常看轻别人，以为较新，较难的字句，自己能懂，大众却不能懂，所以为大众计，是必须彻底扫荡的；说话作文，越俗，就越好。这意见发展开来，他就要不自觉的成为新国粹派。或则希图大众语文在大众中推行得快，主张什么都要配大众的胃口，甚至于说要"迎合大众"，故意多骂几句，以博大众的欢心。这当然自有他的苦心孤诣，但这样下去，可要成为大众的新帮闲的。

说起大众来，界限宽泛得很，其中包括着各式各样的人，但即使"目不识丁"的文盲，由我看来，其实也并不如读书人所推想的那么愚蠢。他们是要智识，要新的智识，要学习，能摄取的。当然，如果满口新语法，新名词，他们是什么也不懂；但逐渐的检必要的灌输进去，他们却会接受；那消化的力量，也许还赛过成见更多的读书人。初生的孩子，都是文盲，但到两岁，就懂许多话，能说许多话了，这在他，全部是新名词，新语法。他那里是从《马氏文通》或《辞源》里查来的呢，也没有教师给他解释，他是听过几回之后，从比较而明白了意义的。大众的会摄取新词汇和语法，也就是这样子，他们会这样的前进。所以，新国粹派的主张，虽然好像为大众设想，实际上倒尽了拖住的任务。不过也不能听大众的自然，因为有些见识，他们究竟还在觉悟的读书人之下，如果不给他们随时拣选，也许会误拿了无益的，甚而至于有害的东西。所以，"迎合大众"的新帮闲，是绝对的要不得的。

由历史所指示，凡有改革，最初，总是觉悟的智识者的任务。但这些智识者，却必须有研究，能思索，有决断，而且有毅力。他也用权，却不是骗人，他利导，却并非迎合。他不看轻自己，以为是大家的戏子，也不看轻别人，当作自己的喽罗。他只是大众中的一个人，我想，这才可以做大众的事业。

十二　煞　尾

话已经说得不少了。总之，单是话不行，要紧的是做。要许多人做：大众和先驱；要各式的人做：教育家，文学家，言语学家……。这已经迫于必要了，即使目下还有点逆水行舟，也只好拉纤；顺水固然好得很，然而还是少不得把舵的。

这拉纤或把舵的好方法，虽然也可以口谈，但大抵得益于实验，无论怎么看风看水，目的只是一个：向前。

各人大概都有些自己的意见，现在还是给我听听你们诸位的高论罢。

原载 1934 年 8 月 24 日至 9 月 10 日《申报·自由谈》。署名华圉。

初收 1935 年 9 月上海天马书店版《门外文谈》；又收 1937 年 7 月上海三闲书屋版《且介亭杂文》。

致 楼炜春

炜春先生：

适夷兄是那一年生的，今年几岁？因为有一个美国人译了他一篇小说，要附带讲起作者的事情，所以写信来问。先生如知道，希即示知，信寄"北四川路底内山书店转周豫才收"为荷。

此布即请

暑安。

迅　上　八月二十日

380

二十一日

日记 晴,热。下午须藤先生来为海婴诊。复母亲信。寄《动向》稿一篇。

"大雪纷飞"

人们遇到要支持自己的主张的时候,有时会用一枝粉笔去搪对手的脸,想把他弄成丑角模样,来衬托自已是正生。但那结果,却常常适得其反。

章士钊先生现在是在保障民权了,段政府时代,他还曾经保障文言。他造过一个实例,说倘将"二桃杀三士"用白话写作"两个桃子杀了三个读书人",是多么的不行。这回李焰生先生反对大众语文,也赞成"静珍君之所举,'大雪纷飞',总比那'大雪一片一片纷纷的下着'来得简要而有神韵,酌量采用,是不能与提倡文言文相提并论"的。

我也赞成必不得已的时候,大众语文可以采用文言,白话,甚至于外国话,而且在事实上,现在也已经在采用。但是,两位先生代译的例子,却是很不对劲的。那时的"士",并非一定是"读书人",早经有人指出了;这回的"大雪纷飞"里,也没有"一片一片"的意思,这不过特地弄得累坠,掉着要大众语丢脸的枪花。

白话并非文言的直译,大众语也并非文言或白话的直译。在江浙,倘要说出"大雪纷飞"的意思来,是并不用"大雪一片一片纷纷的下着"的,大抵用"凶","猛"或"厉害",来形容这下雪的样子。倘要"对证古本",则《水浒传》里的一句"那雪正下得紧",就是接近现代的大众语的说法,比"大雪纷飞"多两个字,但那"神韵"却好得远了。

一个人从学校跳到社会的上层,思想和言语,都一步一步的和大众离开,那当然是"势所不免"的事。不过他倘不是从小就是公子哥儿,曾经多少和"下等人"有些相关,那么,回心一想,一定可以记得他们有许多赛过文言文或白话文的好话。如果自造一点丑恶,来证明他的敌对的不行,那只是他从隐蔽之处挖出来的自己的丑恶,不能使大众羞,只能使大众笑。大众虽然智识没有读书人的高,但他们对于胡说的人们,却有一个谥法:绣花枕头。这意义,也许只有乡下人能懂的了,因为穷人塞在枕头里面的,不是鸭绒:是稻草。

八月二十二日。

原载 1934 年 8 月 24 日《中华日报·动向》。署名张沛。
初收 1936 年 6 月上海联华书局版《花边文学》。

致 母 亲

母亲大人膝下敬禀者,十五日来信,前日收到。张恨水们的小说,已托人去买去了,大约不出一礼拜之内,当可由书局直接寄上。

海婴的痢疾,长久不发,看来是断根了;不过容易伤风,但也是小毛病,数日即愈。今年大热,孩子大抵生病或生疮,他却只伤风了一回,此外都很好,所以,他是没有什么病的。

但他大约总不会胖起来。他每天约七点钟起身,不肯睡午觉,直至夜八点钟,就没有静一静的时候。要吃东西,要买玩具,闹个不休。客来他要陪(其实是来吃东西的),小事也要管,怎么还会胖呢。他只怕男一个人,不过在楼下闹,也仍使男不能安心看书,真是没有法子想。

上海近来又热起来,每天总在九十度以上,夜间较凉,可以安睡。男及广平均好,三弟亦好,大约每礼拜可以见一回,并希勿念为要。

专此布复，敬请

金安。

男树　叩上　广平海婴同叩　八月二十一日

二十二日

日记　晴，热。上午内山书店送来『東方学報』（京都版第五册）一本，一元。得幼渔母李太夫人讣，即函紫佩，托其代致奠敬。得楼炜春复信。下午与保宗同复罗生信。寄吴景崧信并《门外文谈》稿一篇。

看书琐记（三）

创作家大抵憎恶批评家的七嘴八舌。

记得有一位诗人说过这样的话：诗人要做诗，就如植物要开花，因为他非开不可的缘故。如果你摘去吃了，即使中了毒，也是你自己错。

这比喻很美，也仿佛很有道理的。但再一想，却也有错误。错的是诗人究竟不是一株草，还是社会里的一个人；况且诗集是卖钱的，何尝可以白摘。一卖钱，这就是商品，买主也有了说好说歹的权利了。

即使真是花罢，倘不是开在深山幽谷，人迹不到之处，如果有毒，那是园丁之流就要想法的。花的事实，也并不如诗人的空想。

现在可是换了一个说法了，连并非作者，也憎恶了批评家，他们里有的说道：你这么会说，那么，你倒来做一篇试试看！

这真要使批评家抱头鼠窜。因为批评家兼能创作的人，向来是很少的。

我想，作家和批评家的关系，颇有些像厨司和食客。厨司做出一味食品来，食客就要说话，或是好，或是歹。厨司如果觉得不公平，可以看看他是否神经病，是否厚舌苔，是否挟凤嫌，是否想赖账。或者他是否广东人，想吃蛇肉；是否四川人，还要辣椒。于是提出解说或抗议来——自然，一声不响也可以。但是，倘若他对着客人大叫道："那么，你去做一碗来给我吃吃看！"那却未免有些可笑了。

诚然，四五年前，用笔的人以为一做批评家，便可以高踞文坛，所以速成和乱评的也不少，但要矫正这风气，是须用批评的批评的，只在批评家这名目上，涂上烂泥，并不是好办法。不过我们的读书界，是爱平和的多，一见笔战，便是什么"文坛的悲观"呀，"文人相轻"呀，甚至于不问是非，统谓之"互骂"，指为"漆黑一团糟"。果然，现在是听不见说谁是批评家了。但文坛呢，依然如故，不过它不再露出来。

文艺必须有批评；批评如果不对了，就得用批评来抗争，这才能够使文艺和批评一同前进，如果一律掩住嘴，算是文坛已经干净，那所得的结果倒是要相反的。

八月二十二日。

原载 1934 年 8 月 23 日《申报·自由谈》。题作《批评家与创作家》。署名焉于。

初收 1936 年 6 月上海联华书局版《花边文学》。

《迎神和咬人》附记

旁边加上黑点的三句，是印了出来的时候，全被删去了的。是总编辑，还是检查官的斧削，虽然不得而知，但在自己记得原稿的作者,却觉得非常有趣。他们的意思,大约是以为乡下人的意思——虽然是妄信——还不如不给大家知道,要不然,怕会发生流弊,有许多喉管也要危险的。

八月二十二日。

未另发表。

初收 1936 年 6 月上海联华书局版《花边文学》。

致 伊罗生

伊先生:

许多事情,已由 M. D. 答复了,我都同意的。这里只还要补充一点——

一、楼适夷的生年已经查来,是一九〇三年,他今年三十一岁,经过拷问,不屈,已判定无期徒刑。蒋的终于查不出。

二、我的小说,今年春天已允许施乐君随便翻译,不能答应第二个人了。

三、书名写上,但我的字是很坏的。倘大小不对,制版时可放大或缩小。

此复,并问

安好。

L. S.　上

并问

姚女士好,北平的带灰土的空气,呼吸得来吗?

附寄:序言原稿两篇,M 信一封,书名一张。

二十三日

日记 晴,热。午后寄《动向》稿一篇。寄母亲小说五种。下午居千爱里。

汉字和拉丁化

反对大众语文的人,对主张者得意地命令道:"拿出货色来看!"一面也真有这样的老实人,毫不问他是诚意,还是寻开心,立刻拚命的来做标本。

由读书人来提倡大众语,当然比提倡白话困难。因为提倡白话时,好好坏坏,用的总算是白话,现在提倡大众语的文章却大抵不是大众语。但是,反对者是没有发命令的权利的。虽是一个残废人,倘在主张健康运动,他绝对没有错;如果提倡缠足,则即使是天足的壮健的女性,她还是在有意的或无意的害人。美国的水果大王,只为改良一种水果,尚且要费十来年的工夫,何况是问题大得多多的大众语。倘若就用他的矛去攻他的盾,那么,反对者该是赞成文言或白话的了,文言有几千年的历史,白话有近二十年的历史,他也拿出他的"货色"来给大家看看罢。

但是,我们也不妨自己来试验,在《动向》上,就已经有过三篇纯用土话的文章,胡绳先生看了之后,却以为还是非土话所写的句子来得清楚。其实,只要下一番工夫,是无论用什么土话写,都可以懂得的。据我个人的经验,我们那里的土话,和苏州很不同,但一部《海上花列传》,却教我"足不出户"的懂了苏白。先是不懂,硬着头皮看下去,参照记事,比较对话,后来就都懂了。自然,很困难。这困难的根,我以为就在汉字。每一个方块汉字,是都有它的意义的,现在用它来照样的写土话,有些是仍用本义的,有些却不过借音,于

386

是我们看下去的时候,就得分析它那几个是用义,那几个是借音,惯了不打紧,开手却非常吃力了。

例如胡绳先生所举的例子,说"回到窝里向罢"也许会当作回到什么狗"窝"里去,反不如说"回到家里去"的清楚。那一句的病根就在汉字的"窝"字,实际上,恐怕是不该这么写法的。我们那里的乡下人,也叫"家里"作 Uwao-li,读书人去抄,也极容易写成"窝里"的,但我想,这 Uwao 其实是"屋下"两音的拼合,而又讹了一点,决不能用"窝"字随便来替代,如果只记下没有别的意义的音,就什么误解也不会有了。

大众语文的音数比文言和白话繁,如果还是用方块字来写,不但费脑力,也很费工夫,连纸墨都不经济。为了这方块的带病的遗产,我们的最大多数人,已经几千年做了文盲来殉难了,中国也弄到这模样,到别国已在人工造雨的时候,我们却还是拜蛇,迎神。如果大家还要活下去,我想:是只好请汉字来做我们的牺牲了。

现在只还有"书法拉丁化"的一条路。这和大众语文是分不开的。也还是从读书人首先试验起,先绍介过字母,拼法,然后写文章。开手是,像日本文那样,只留一点名词之类的汉字,而助词,感叹词,后来连形容词,动词也都用拉丁拼音写,那么,不但顺眼,对于了解也容易得远了。至于改作横行,那是当然的事。

这就是现在马上来实验,我以为也并不难。

不错,汉字是古代传下来的宝贝,但我们的祖先,比汉字还要古,所以我们更是古代传下来的宝贝。为汉字而牺牲我们,还是为我们而牺牲汉字呢? 这是只要还没有丧心病狂的人,都能够马上回答的。

八月二十三日。

原载 1934 年 8 月 25 日《中华日报·动向》。署名仲度。

初收 1936 年 6 月上海联华书局版《花边文学》。

二十四日

　　日记　晴,热。上午得思远信。得三弟信。得诗荃稿二,即为转寄《自由谈》。下午广平携海婴来。井上芳郎君来谈。大[尾]崎君赠『女一人大地を行ク』一本。

二十五日

　　日记　晴,热。晨得亚丹信。得诗荃稿二,即为转寄《自由谈》。上午寄伊罗生信。晚三弟及蕴如来并为取得《贞观政要》一部四本。夜得寄野信。得葛琴信并茶叶一包。

致 伊罗生

伊先生:

　　前几天我们挂号寄上一信,想已收到。

　　蒋君的生年,现在查出来了,是一九〇一年;卒年不大明白,大约是一九三〇或三一年。

　　我此刻已不住在家里,只留下女人和孩子;但我想,再过几天,我可以回去的。

　　此布,即请

暑安。

　　　　　　　　　　　　　　L. S. 启　八月廿五日

姚女士前并此问好。

二十六日

　　日记　星期。晴,热。上午寄野来。得『ド氏集』(十四)一本,『海の童話』一本,共三元九角。得母亲信,二十三日发。得诗荃信。

二十七日

日记 晴,热。上午寄野来。复葛琴信。夜浴。

二十八日

日记 晴,热。上午得天津中国银行信。得姚克信。得林语堂柬。得耳耶及阿芷信,即复。得光人信,即复。得望道信。得『版芸術』九月分一本,五角。夜蒋径三来并赠茶叶二合。

二十九日

日记 昙,风。上午代常君复中国银行信。复语堂信。复陈望道信。午后雨一阵即霁。下午诗荃赠饼饵二种。井上芳郎,林哲夫来谈。

三十日

日记 昙。上午得诗荃稿一,即为转寄《自由谈》。下午得黄源信。晚雨。

三十一日

日记 小雨。上午寄望道信并稿一篇。得陈农非信。得阿芷信。得母亲信,二十八日发,午后复。下午复姚克信。山本夫人寄来『版芸術』十一本。夜寄省吾信。

不知肉味和不知水味

今年的尊孔,是民国以来第二次的盛典,凡是可以施展出来的,几乎全都施展出来了。上海的华界虽然接近夷(亦作彝)场,也听到了当年孔子听得"三月不知肉味"的"韶乐"。八月三十日的《申报》报告我们说——

> "廿七日本市各界在文庙举行孔诞纪念会,到党政机关,及各界代表一千余人。有大同乐会演奏中和韶乐二章,所用乐器因欲扩大音量起见,不分古今,凡属国乐器,一律配入,共四十种。其谱一仍旧贯,并未变动。聆其节奏,庄严肃穆,不同凡响,令人悠然起敬,如亲三代以上之承平雅颂,亦即我国民族性酷爱和平之表示也。……"

乐器不分古今,一律配入,盖和周朝的韶乐,该已很有不同。但为"扩大音量起见",也只能这么办,而且和现在的尊孔的精神,也似乎十分合拍。"孔子,圣之时者也","亦即圣之摩登者也",要三月不知鱼翅燕窝味,乐器大约决非"共四十种"不可;况且那时候,中国虽然已有外患,却还没有夷场。

不过因此也可见时势究竟有些不同了,纵使"扩大音量",终于还扩不到乡间,同日的《中华日报》上,就记着一则颇伤"承平雅颂,亦即我国民族性酷爱和平之表示"的体面的新闻,最不凑巧的是事情也出在二十七——

> "(宁波通讯)余姚入夏以来,因天时亢旱,河水干涸,住民饮料,大半均在河畔开凿土井,借以汲取,故往往因争先后,而起冲突。廿七日上午,距姚城四十里之朗霞镇后方屋地方,居民杨厚坤与姚士莲,又因争井水,发生冲突,互相加殴。姚士莲以烟筒头猛击杨头部,杨当即昏倒在地。继姚又以木棍石块击杨中要害,竟遭殴毙。迨邻近闻声施救,杨早已气绝。而姚士莲见已闯祸,知必不能免,即乘机逃避……"

闻韶,是一个世界,口渴,是一个世界。食肉而不知味,是一个世界,口渴而争水,又是一个世界。自然,这中间大有君子小人之分,但"非小人无以养君子",到底还不可任凭他们互相打死,渴死的。

听说在阿拉伯，有些地方，水已经是宝贝，为了喝水，要用血去换。"我国民族性"是"酷爱和平"的，想必不至于如此。但余姚的实例却未免有点怕人，所以我们除食肉者听了而不知肉味的"韶乐"之外，还要不知水味者听了而不想水喝的"韶乐"。

八月二十九日。

原载 1934 年 9 月 20 日《太白》半月刊第 1 卷第 1 期。

署名公汗。

初收 1937 年 7 月上海三闲书屋版《且介亭杂文》。

致 母 亲

母亲大人膝下，敬禀者，八月廿三及廿八日两信，均已收到。海婴这人，其实平常总是很顽皮的，这回照相，却显得很老实。现在已去添晒，下星期内可寄出，到时请转交。

小说已于前日买好，即托书店寄出，计程瞻庐作的二种，张恨水作的三种，想现在当已早到了。

何小姐确是男的学生，与害马同班，男在家时，她曾来过两三回，所以　母亲觉得面熟。如果到上海来，我们是可以看见的，当向她道谢。

近几天，上海时常下雨，所以颇为凉爽了，不过于旱灾已经无可补救，江浙乡下，确有抢米的事情。上海平安，惟米价已贵至每石十二元六角。男及害马海婴均安好，请勿念。

专此布达，恭请

金安。

男树　叩上　广平及海婴同叩　八月三十一日

致 姚 克

Y 先生：

二十二日的信，前天收到了。法文批评等件，却至今没有收到，不知道是什么缘故，一两天内，我想写信去问令弟去。

还有前一回的信，也收到的。S 夫人要我找找这里的绘画，毫无结果。因为清醒一点的青年画家，已经被人弄得七零八落，有的是在做苦工，有的是走开了，所以抓不着一点线索。

我在印一本《木刻纪程》，共二十四幅，是中国青年的新作品，大约九月底可以印出，那时当寄上一本。不过这是以能够通行为目的的，所以选入者都是平稳之作，恐怕不能做什么材料。

北平原是帝都，只要有权者一提倡"惰气"，一切就很容易趋于"无聊"的，盖不独报纸为然也。这里也一样。但出版界也真难，别国的检查是删去，这里却是给作者改文章。那些人物，原是做不成作家，这才改行做官的，现在他却来改文章了。你想被改者冤枉不冤枉。所以我现在的办法是倘被改动，就索性不发表。

前一些时，是女游泳家"美人鱼"很给中国热闹了一通；近来热闹完了，代之而兴的是祭孔，但恐怕也不久的。衮衮诸公的脑子，我看实在也想不出什么更好的玩艺来，不过中小学生，跟着他们兜圈子，却令人觉得可怜得很。

张天师作法无效，西湖之水已干，这几天却下雨了，对于田禾，已经太迟，不过天气倒因此凉爽了不少。我们都好的，只是我这几天不在家里，大约须看看情形再回去。

先生所认识的贵同宗，听说做了小官了，在南京助编一种杂志，特此报喜。

专此布达，并请
暑安。

S君及其夫人前乞代致候。

本月

非　攻

一

子夏的徒弟公孙高来找墨子,已经好几回了,总是不在家,见不着。大约是第四或者第五回罢,这才恰巧在门口遇见,因为公孙高刚一到,墨子也适值回家来。他们一同走进屋子里。

公孙高辞让了一通之后,眼睛看着席子的破洞,和气的问道:

"先生是主张非战的?"

"不错!"墨子说。

"那么,君子就不斗么?"

"是的!"墨子说。

"猪狗尚且要斗,何况人……"

"唉唉,你们儒者,说话称着尧舜,做事却要学猪狗,可怜,可怜!"墨子说着,站了起来,匆匆的跑到厨下去了,一面说:"你不懂我的意思……"

他穿过厨下,到得后门外的井边,绞着辘轳,汲起半瓶井水来,捧着吸了十多口,于是放下瓦瓶,抹一抹嘴,忽然望着园角上叫了起来道:

"阿廉! 你怎么回来了?"

阿廉也已经看见,正在跑过来,一到面前,就规规矩矩的站定,

垂着手,叫一声"先生",于是略有些气愤似的接着说:

"我不干了。他们言行不一致。说定给我一千盆粟米的,却只给了我五百盆。我只得走了。"

"如果给你一千多盆,你走么?"

"不。"阿廉答。

"那么,就并非因为他们言行不一致,倒是因为少了呀!"

墨子一面说,一面又跑进厨房里,叫道:

"耕柱子! 给我和起玉米粉来!"

耕柱子恰恰从堂屋里走到,是一个很精神的青年。

"先生,是做十多天的干粮罢?"他问。

"对咧。"墨子说。"公孙高走了罢?"

"走了,"耕柱子笑道。"他很生气,说我们兼爱无父,像禽兽一样。"

墨子也笑了一笑。

"先生到楚国去?"

"是的。你也知道了?"墨子让耕柱子用水和着玉米粉,自己却取火石和艾绒打了火,点起枯枝来沸水,眼睛看火焰,慢慢的说道:"我们的老乡公输般,他总是倚恃着自己的一点小聪明,兴风作浪的。造了钩拒,教楚王和越人打仗还不够,这回是又想出了什么云梯,要耸恿楚王攻宋去了。宋是小国,怎禁得这么一攻。我去按他一下罢。"

他看得耕柱子已经把窝窝头上了蒸笼,便回到自己的房里,在壁厨里摸出一把盐渍藜菜干,一柄破铜刀,另外找了一张破包袱,等耕柱子端进蒸熟的窝窝头来,就一起打成一个包裹。衣服却不打点,也不带洗脸的手巾,只把皮带紧了一紧,走到堂下,穿好草鞋,背上包裹,头也不回的走了。从包裹里,还一阵一阵的冒着热蒸气。

"先生什么时候回来呢?"耕柱子在后面叫喊道。

"总得二十来天罢,"墨子答着,只是走。

二

墨子走进宋国的国界的时候,草鞋带已经断了三四回,觉得脚底上很发热,停下来一看,鞋底也磨成了大窟窿,脚上有些地方起茧,有些地方起泡了。他毫不在意,仍然走;沿路看看情形,人口倒很不少,然而历来的水灾和兵灾的痕迹,却到处存留,没有人民的变换得飞快。走了三天,看不见一所大屋,看不见一颗大树,看不见一个活泼的人,看不见一片肥沃的田地,就这样的到了都城。

城墙也很破旧,但有几处添了新石头;护城沟边看见烂泥堆,像是有人淘掘过,但只见有几个闲人坐在沟沿上似乎钓着鱼。

"他们大约也听到消息了,"墨子想。细看那些钓鱼人,却没有自己的学生在里面。

他决计穿城而过,于是走近北关,顺着中央的一条街,一径向南走。城里面也很萧条,但也很平静;店铺都贴着减价的条子,然而并不见买主,可是店里也并无怎样的货色;街道上满积着又细又粘的黄尘。

"这模样了,还要来攻它!"墨子想。

他在大街上前行,除看见了贫弱而外,也没有什么异样。楚国要来进攻的消息,是也许已经听到了的,然而大家被攻得习惯了,自认是活该受攻的了,竟并不觉得特别,况且谁都只剩了一条性命,无衣无食,所以也没有什么人想搬家。待到望见南关的城楼了,这才看见街角上聚着十多个人,好像在听一个人讲故事。

当墨子走得临近时,只见那人的手在空中一挥,大叫道:

"我们给他们看看宋国的民气! 我们都去死!"

墨子知道,这是自己的学生曹公子的声音。

然而他并不挤进去招呼他,匆匆的出了南关,只赶自己的路。又走了一天和大半夜,歇下来;在一个农家的檐下睡到黎明,起来仍复走。草鞋已经碎成一片一片，穿不住了，包袱里还有窝窝头，不能用，便只好撕下一块布裳来，包了脚。

不过布片薄，不平的村路梗着他的脚底，走起来就更艰难。到得下午，他坐在一株小小的槐树下，打开包裹来吃午餐，也算是歇歇脚。远远的望见一个大汉，推着很重的小车，向这边走过来了。到得临近，那人就歇下车子，走到墨子面前，叫了一声"先生"，一面撩起衣角来揩脸上的汗，喘着气。

"这是沙么？"墨子认识他是自己的学生管黔敖，便问。

"是的，防云梯的。"

"别的准备怎么样？"

"也已经募集了一些麻，灰，铁。不过难得很：有的不肯，肯的没有。还是讲空话的多……"

"昨天在城里听见曹公子在讲演，又在玩一股什么'气'，嚷什么'死'了。你去告诉他：不要弄玄虚；死并不坏，也很难，但要死得于民有利！"

"和他很难说，"管黔敖怅怅的答道。"他在这里做了两年官，不大愿意和我们说话了……"

"禽滑釐呢？"

"他可是很忙。刚刚试验过连弩；现在恐怕在西关外看地势，所以遇不着先生。先生是到楚国去找公输般的罢？"

"不错，"墨子说，"不过他听不听我，还是料不定的。你们仍然准备着，不要只望着口舌的成功。"

管黔敖点点头，看墨子上了路，目送了一会，便推着小车，吱吱嘎嘎的进城去了。

三

楚国的郢城可是不比宋国：街道宽阔，房屋也整齐，大店铺里陈列着许多好东西,雪白的麻布,通红的辣椒,斑斓的鹿皮,肥大的莲子。走路的人,虽然身体比北方短小些,却都活泼精悍,衣服也很干净,墨子在这里一比,旧衣破裳,布包着两只脚,真好像一个老牌的乞丐了。

再向中央走是一大块广场,摆着许多摊子,拥挤着许多人,这是闹市,也是十字路交叉之处。墨子便找着一个好像士人的老头子,打听公输般的寓所,可惜言语不通,缠不明白,正在手掌心上写字给他看,只听得轰的一声,大家都唱了起来,原来是有名的赛湘灵已经开始在唱她的《下里巴人》,所以引得全国中许多人,同声应和了。不一会,连那老士人也在嘴里发出哼哼声,墨子知道他决不会再来看他手心上的字,便只写了半个"公"字,拔步再往远处跑。然而到处都在唱,无隙可乘,许多工夫,大约是那边已经唱完了,这才逐渐显得安静。他找到一家木匠店,去探问公输般的住址。

"那位山东老,造钩拒的公输先生么?"店主是一个黄脸黑须的胖子,果然很知道。"并不远。你回转去,走过十字街,从右手第二条小道上朝东向南,再往北转角,第三家就是他。"

墨子在手心上写着字,请他看了有无听错之后,这才牢牢的记在心里,谢过主人,迈开大步,径奔他所指点的处所。果然也不错的:第三家的大门上,钉着一块雕镂极工的楠木牌,上刻六个大篆道:"鲁国公输般寓"。

墨子拍着红铜的兽环,当当的敲了几下,不料开门出来的却是一个横眉怒目的门丁。他一看见,便大声的喝道:

"先生不见客!你们同乡来告帮的太多了!"

墨子刚看了他一眼,他已经关了门,再敲时,就什么声息也没有。然而这目光的一射,却使那门丁安静不下来,他总觉得有些不舒服,只得进去禀他的主人。公输般正捏着曲尺,在量云梯的模型。

"先生,又有一个你的同乡来告帮了……这人可是有些古怪……"门丁轻轻的说。

"他姓什么？"

"那可还没有问……"门丁惶恐着。

"什么样子的？"

"像一个乞丐。三十来岁。高个子，乌黑的脸……"

"阿呀！那一定是墨翟了！"

公输般吃了一惊，大叫起来，放下云梯的模型和曲尺，跑到阶下去。门丁也吃了一惊，赶紧跑在他前面，开了门。墨子和公输般，便在院子里见了面。

"果然是你。"公输般高兴的说，一面让他进到堂屋去。"你一向好么？还是忙？"

"是的。总是这样……"

"可是先生这么远来，有什么见教呢？"

"北方有人侮辱了我，"墨子很沉静的说。"想托你去杀掉他……"

公输般不高兴了。

"我送你十块钱！"墨子又接着说。

这一句话，主人可真是忍不住发怒了；他沉了脸，冷冷的回答道：

"我是义不杀人的！"

"那好极了！"墨子很感动的直起身来，拜了两拜，又很沉静的说道："可是我有几句话。我在北方，听说你造了云梯，要去攻宋。宋有什么罪过呢？楚国有余的是地，缺少的是民。杀缺少的来争有余的，不能说是智；宋没有罪，却要攻他，不能说是仁；知道着，却不争，不能说是忠；争了，而不得，不能说是强；义不杀少，然而杀多，不能说是知类。先生以为怎样？……"

"那是……"公输般想着，"先生说得很对的。"

"那么，不可以歇手了么？"

"这可不成，"公输般怅怅的说。"我已经对王说过了。"

"那么，带我见王去就是。"

"好的。不过时候不早了，还是吃了饭去罢。"

然而墨子不肯听，欠着身子，总想站起来，他是向来坐不住的。公输般知道拗不过，便答应立刻引他去见王；一面到自己的房里，拿出一套衣裳和鞋子来，诚恳的说道：

"不过这要请先生换一下。因为这里是和俺家乡不同，什么都讲阔绰的。还是换一换便当……"

"可以可以，"墨子也诚恳的说。"我其实也并非爱穿破衣服的……只因为实在没有工夫换……"

四

楚王早知道墨翟是北方的圣贤，一经公输般绍介，立刻接见了，用不着费力。

墨子穿着太短的衣裳，高脚鹭鸶似的，跟公输般走到便殿里，向楚王行过礼，从从容容的开口道：

"现在有一个人，不要轿车，却想偷邻家的破车子；不要锦绣，却想偷邻家的短毡袄；不要米肉，却想偷邻家的糠屑饭：这是怎样的人呢？"

"那一定是生了偷摸病了。"楚王率直的说。

"楚的地面，"墨子道，"方五千里，宋的却只方五百里，这就像轿车的和破车子；楚有云梦，满是犀兕麋鹿，江汉里的鱼鳖鼋鼍之多，那里都赛不过，宋却是所谓连雉兔鲫鱼也没有的，这就像米肉的和糠屑饭；楚有长松文梓楩楠木豫章，宋却没有大树，这就像锦绣的和短毡袄。所以据臣看来，王吏的攻宋，和这是同类的。"

"确也不错！"楚王点头说。"不过公输般已经给我在造云梯，总得去攻的了。"

"不过成败也还是说不定的。"墨子道。"只要有木片，现在就可以试一试。"

楚王是一位爱好新奇的王，非常高兴，便教侍臣赶快去拿木片来。墨子却解下自己的皮带，弯作弧形，向着公输子，算是城；把几十片木片分作两份，一份留下，一份交与公输子，便是攻和守的器具。

于是他们俩各各拿着木片，像下棋一般，开始斗起来了，攻的木片一进，守的就一架，这边一退，那边就一招。不过楚王和侍臣，却一点也看不懂。

只见这样的一进一退，一共有九回，大约是攻守各换了九种的花样。这之后，公输般歇手了。墨子就把皮带的弧形改向了自己，好像这回是由他来进攻。也还是一进一退的支架着，然而到第三回，墨子的木片就进了皮带的弧线里面了。

楚王和侍臣虽然莫明其妙，但看见公输般首先放下木片，脸上露出扫兴的神色，就知道他攻守两面，全都失败了。

楚王也觉得有些扫兴。

"我知道怎么赢你的，"停了一会，公输般讪讪的说。"但是我不说。"

"我也知道你怎么赢我的，"墨子却镇静的说。"但是我不说。"

"你们说的是些什么呀？"楚王惊讶着问道。

"公输子的意思，"墨子旋转身去，回答道，"不过想杀掉我，以为杀掉我，宋就没有人守，可以攻了。然而我的学生禽滑釐等三百人，已经拿了我的守御的器械，在宋城上，等候着楚国来的敌人。就是杀掉我，也还是攻不下的！"

"真好法子！"楚王感动的说。"那么，我也就不去攻宋罢。"

五

墨子说停了攻宋之后，原想即刻回往鲁国的，但因为应该换还公输般借他的衣裳,就只好再到他的寓里去。时候已是下午,主客都很觉得肚子饿,主人自然坚留他吃午饭——或者已经是夜饭,还劝他宿一宵。

"走是总得今天就走的,"墨子说。"明年再来,拿我的书来请楚王看一看。"

"你还不是讲些行义么?"公输般道。"劳形苦心,扶危济急,是贱人的东西,大人们不取的。他可是君王呀,老乡!"

"那倒也不。丝麻米谷,都是贱人做出来的东西,大人们就都要。何况行义呢。"

"那可也是的,"公输般高兴的说。"我没有见你的时候,想取宋;一见你,即使白送我宋国,如果不义,我也不要了……"

"那可是我真送了你宋国了。"墨子也高兴的说。"你如果一味行义,我还要送你天下哩!"

当主客谈笑之间,午餐也摆好了,有鱼,有肉,有酒。墨子不喝酒,也不吃鱼,只吃了一点肉。公输般独自喝着酒,看见客人不大动刀匕,过意不去,只好劝他吃辣椒:

"请呀请呀!"他指着辣椒酱和大饼,恳切的说,"你尝尝,这还不坏。大葱可不及我们那里的肥……"

公输般喝过几杯酒,更加高兴了起来。

"我舟战有钩拒,你的义也有钩拒么?"他问道。

"我这义的钩拒,比你那舟战的钩拒好。"墨子坚决的回答说。"我用爱来钩,用恭来拒。不用爱钩,是不相亲的,不用恭拒,是要油滑的,不相亲而又油滑,马上就离散。所以互相爱,互相恭,就等于互相利。现在你用钩去钩人,人也用钩来钩你,你用拒去拒人,人也用拒来拒你,互相钩,互相拒,也就等于互相害了。所以我这义的钩拒,比你那舟战的钩拒好。"

"但是,老乡,你一行义,可真几乎把我的饭碗敲碎了!"公输般碰了一个钉子之后,改口说,但也大约很有了一些酒意:他其实是不会喝酒的。

"但也比敲碎宋国的所有饭碗好。"

"可是我以后只好做玩具了。老乡,你等一等,我请你看一点玩意儿。"

他说着就跳起来,跑进后房去,好像是在翻箱子。不一会,又出来了,手里拿着一只木头和竹片做成的喜鹊,交给墨子,口里说道:

"只要一开,可以飞三天。这倒还可以说是极巧的。"

"可是还不及木匠的做车轮,"墨子看了一看,就放在席子上,说。"他削三寸的木头,就可以载重五十石。有利于人的,就是巧,就是好,不利于人的,就是拙,也就是坏的。"

"哦,我忘记了,"公输般又碰了一个钉子,这才醒过来。"早该知道这正是你的话。"

"所以你还是一味的行义,"墨子看着他的眼睛,诚恳的说,"不但巧,连天下也是你的了。真是打扰了你大半天。我们明年再见罢。"

墨子说着,便取了小包裹,向主人告辞;公输般知道他是留不住的,只得放他走。送他出了大门之后,回进屋里来,想了一想,便将云梯的模型和木鹊都塞在后房的箱子里。

墨子在归途上,是走得较慢了,一则力乏,二则脚痛,三则干粮已经吃完,难免觉得肚子饿,四则事情已经办妥,不像来时的匆忙。然而比来时更晦气:一进宋国界,就被搜检了两回;走近都城,又遇到募捐救国队,募去了破包袱;到得南关外,又遭着大雨,到城门下想避避雨,被两个执戈的巡兵赶开了,淋得一身湿,从此鼻子塞了十多天。

一九三四年八月作。

未另发表。

初收 1936 年 1 月上海文化生活出版社版"文学丛刊"之一《故事新编》。

[附 录]

致 伊罗生

伊罗生先生：

八月十七日来信收到。您翻译的鲁迅序文，还有您自己做的引言，我们都看过了，很好。您说要我们修改您的引言，那是您太客气了。引言内有您注明问我们对不对那一节，我们只知道事实是不错的，可是那年份是不是一九二三，我们也查不出来，只记得那 *New China Youth Magazine* 是"中国少共"的机关报。这报当时是恽代英编的，他已经死了。至于楼适夷的生年，我们也不大明白，只知他今年还不过卅岁。蒋光慈死于一九三一年秋（或者一九三二年春），死时大约三十四五岁；他不会比楼适夷年青，那是一定的。

这本小说集您打算取名为《草鞋脚》，我们也很赞成。鲁迅用墨写的三个中国字，就此附上。

您问茅盾《喜剧》中那山东大兵和西牢这一点，这是茅盾疏忽弄错了，请您把"西牢"改作"监牢"（照《茅盾自选集》的页数算，就是一〇八页第十一行中那"西牢"二字）就行了。茅盾很感谢您指出了这个漏洞。

您说以后打算再译些中国作品，这是我们很喜欢听的消息。我们觉得像这本《草鞋脚》那样的中国小说集，在西方还不曾有过。中国的革命文学青年对于您这有意义的工作，一定是很感谢的。我们同样感谢您费心力把我们的脆弱的作品译出去。革命的青年作家时时刻刻在产生,在更加进步,我们希望一年半载之后您再提起译笔的时候,已经有更新更好的作品出世,使您再也没有闲工夫仍旧找老主顾,而要介绍新人了,——我们诚心诚意这么希望着,想来您也是同一希望罢! 顺候

您和姚女士的好!

茅盾　鲁迅　八月廿二日

此信系茅盾执笔,鲁迅签名。